novum pro

AF160412

ENDEFFEKT

Es war Tag, als sie Kinder waren

Miriam Schwardt

novum pro

www.novumverlag.com

Bibliografische Information
der Deutschen Nationalbibliothek:

Die Deutsche Nationalbibliothek
verzeichnet diese Publikation in
der Deutschen Nationalbibliografie.
Detaillierte bibliografische Daten
sind im Internet über
http://www.d-nb.de abrufbar.

Alle Rechte der Verbreitung,
auch durch Film, Funk und Fernsehen,
fotomechanische Wiedergabe,
Tonträger, elektronische Datenträger
und auszugsweisen Nachdruck,
sind vorbehalten.

© 2016 novum Verlag

ISBN 978-3-95840-161-7
Lektorat: Isabella Busch
Umschlagfoto: Miriam Schwardt
Umschlaggestaltung, Layout & Satz:
novum Verlag

Gedruckt in der Europäischen Union
auf umweltfreundlichem, chlor- und
säurefrei gebleichtem Papier.

www.novumverlag.com

Inhaltsverzeichnis

1. Frei 9
2. Die Farrells 33
3. Erinnerung 42
4. Vertrauen 57
5. Caros Party 78
6. Vorahnung 109
7. Paula Jensen 127
8. Die Illusion einer heilen Welt 149
9. Abrechnung 172
10. Vergebung 185
11. Echter Schmerz 193
12. Reue 206
13. Entscheidung 220
14. Zweiter Versuch 235
15. Ziel 250
16. Das letzte Licht 269
17. Sechzehn Jahre 280
18. Tod 303
19. Epilog 318
Nachwort 322
Danksagung 323

Für meine Zwillingsschwester Jennifer Schwardt,
die mich immer wieder glauben ließ,
das hier könnte einmal Realität sein.

52! Möglichkeiten gibt es im Poker,
das Kartenblatt zu mischen …
Es kann vorkommen, eine Mischung zu erhalten,
die es noch nie gegeben hat.

Definierten wir das Leben als 52!+,
so stünde das Plus für die zusätzlichen Ergebnisse,
die nur die Realität böte,
die regelwidrigen Ungereimtheiten des Lebens.

Inspiriert von Jennifer Schwardt

§

Wir sagen „Lebensweg"
und meinen unseren persönlichen Werdegang.
Aber wonach entscheiden wir, ob er gelungen ist? Gar nicht.
Der Sinn des Lebens ist das *Ziel*.

Es war Tag, als der kleine Junge
inmitten einer Menschenmenge entführt wurde.
Es war Tag, als eine junge Frau
auf der Straße zusammenbrach und schrie.
Es war Tag, als eine Mutter von zwei Kindern
auf offener Straße erschossen wurde.
Aber für uns ist es immer Nacht gewesen,
damit wir nicht schuld sind.

Es war Tag, als ein junger Mann beschloss,
seine lang geplante Rache in die Tat umzusetzen.

❦

1. Frei

Er trat aus dem Schatten der großen Lagerhalle. Die Sonne brannte vom Himmel und blendete seine ungeschützten Augen. Er hatte seit Tagen kein Tageslicht mehr gesehen. Eilig überquerte er die Landstraße, als würde er vor einem imaginären Regen Schutz suchen. Die Tür der kleinen Kneipe knarrte, als er eintrat. Im Inneren mussten sich seine Augen wieder an die Dunkelheit gewöhnen. In dem Moment, in dem er hereingekommen war, drehten sich die Menschen, nahe des Eingangs zu ihm um. Nicht weil sie ihn erwartet hatten, oder an ihm irgendetwas besonders war, sondern nur aus einem gewöhnlichen Reflex heraus. Aus dem Reflex, aus dem man nach Dingen griff, die zu Boden fielen, sich umdrehte, wenn irgendjemand einen Ausdruck rief, obwohl man wusste, dass man nicht gemeint war, oder eben auch, dass man sich umdrehte, wenn man in einer Kneipe saß und irgendwer hereingekommen war. Der junge Mann starrte sie mit seinen kalten, undurchdringlichen Augen an. Die Menschen drehten sich schnell wieder um und widmeten sich ihren Getränken, ihren Gesprächen und ihren Angelegenheiten.

Der junge Mann ging zum Tresen.

Das junge Mädchen sah ihn an. „Was möchten Sie trinken?"

„Nichts", antwortete er. Gerade, als sie fragen wollte, was er dann wohl hier machte, fragte er: „Wo ist Mrs. Clinton?"

Überrascht sah sie ihn an. Er hatte eine schwere Verletzung an der rechten Schläfe. „Du bist verletzt", murmelte sie, aber er ignorierte es. Genauso wie seine blutverkrustete Schläfe. „Die kommt sicher bald, kommt immer so um sechs."

Er nickte. „Dann warte ich."

Das Mädchen warf einen Blick auf die Uhr hinter ihr. Es war erst zehn nach fünf. „Willst du echt so lange warten?"

Er nickte. Es musste wohl wichtig sein, dachte sie sich. Der seltsame Typ setzte sich an einen Tisch, von dem aus er den Eingang im Blick behalten konnte. Irgendetwas stimmte nicht mit ihm, einmal abgesehen von seiner Verletzung. Aber Ayleen kam nicht darauf, was es war. Da sie nicht viel zu tun hatte, beobachtete sie ihn. Er saß da, kerzengerade, und wartete, als würde Zeit für ihn keine Rolle spielen. Was er nur von Clinton wollte? Immerhin war sie Polizistin. Kannten sie sich vielleicht? Aber dieser Junge passte nicht zu den Leuten, mit denen Clinton zu tun hatte. Die Zeit verging unendlich langsam. Leute bedienen, aufräumen. 9 Cappuccinos, 15 Latte Macchiatos und 20 Milchkaffees später kam Detective Clinton. Sie war noch in ihrer Uniform und ging sofort auf Ayleen zu. Sie lächelte freundlich, aber erschöpft.

„Hey, wie war dein Tag?", fragte sie Ayleen.

„Ganz okay, wie war deiner?"

Clinton verdrehte die Augen. „Kein Kommentar", sie lachte.

„Wie geht's Caro?"

„Ganz gut, ich soll dich von ihr grüßen. Ich glaube, du solltest sie mal anrufen."

Caro war Clintons Tochter und Ayleens beste Freundin. Sie beugte sich zu Clinton vor und sagte leise: „Ich glaube, der Typ da hinten wollte mit dir reden."

Clinton drehte sich so unauffällig wie möglich um. Ayleen bemerkte ihre Verwunderung.

„Kennst du den?", die Frage stellte sie nur, um ihren Verdacht zu bestätigen.

Clinton schüttelte wie erwartet den Kopf. Und dann stand der junge Mann auf. Nichts in seinem Gesichtsausdruck deutete auf sein Anliegen hin.

„Detective Clinton?" Der junge Mann stand direkt vor ihr.

„Ja, was wollen Sie?"

„Ich möchte mit Ihnen reden."

„Gut, setzen wir uns dort drüben hin. Ayleen, bringst du mir einen Kaffee, schwarz, ohne Zucker."

Ayleen betrachtete die beiden, wie sie sich an den Tisch am Fenster setzten. Dann begann sie den Kaffee für Clinton zu kochen.

„Gut, warum wollten Sie mit mir sprechen?", fragte sie ihn. Er sah aus dem Fenster. Nach einer Weile wandte er sich ihr zu. „Ich bin Ethan Farrell. Vor sechzehn Jahren wurde ich entführt." Entsetzt starrte Clinton ihr Gegenüber an. „Und jetzt bin ich wieder da." Ein winziges Lächeln umspielte seine Mundwinkel.

Ethan … Ethan … Wer war er, der Name klingelte bei ihr, aber sie konnte ihn nicht zuordnen, auch wenn sie spürte, dass sie den Namen von irgendwo her kannte.

„Sie haben damals meinen Fall gehabt", half er ihr auf die Sprünge. „Und jetzt möchte ich gerne wissen, warum Sie mich nicht gefunden haben."

„Ich kann mich nicht mehr daran erinnern, es tut mir leid", entschuldigend sah sie ihn an. „Sie können sich nicht mehr daran erinnern? Das kann fast keiner. Nun ich kann es schon. Und es tut Ihnen leid? Mir tut es auch leid, dass ich sechzehn Jahre lang gefangen war." Die Wut des Jungen war deutlich spürbar. Aber da war noch etwas, kaum zu erkennen. Aber Clinton glaubte in diesem Augenblick, etwas wie Hass in ihm zu sehen. Großer Hass … brutaler Hass. Warum konnte sie sich nicht mehr an diesen Fall erinnern?

„Sehen Sie doch einfach in Ihren Akten nach, dann wird es Ihnen vielleicht wieder einfallen."

„Ja, das kann ich machen. Erzählen Sie mir, was Ihnen widerfahren ist?" Clinton wollte hilfsbereit sein, aber sie hatte Angst, dass es eher neugierig wirkte.

„Nein, nicht jetzt." Mit diesen Worten stand er auf. Er rang einen Moment mit sich, dann drehte er sich doch noch einmal um „Vielleicht erzähl ich Ihnen das irgendwann, falls Sie es dann noch wissen wollen." Der seltsame junge Mann verließ die Kneipe und hinterließ eine verwirrte Clinton und eine Menge an sich unterhaltenden Menschen.

„Was wollte er?", fragte Ayleen und stellte Clinton den Kaffee hin.

„Kann ich dir nicht sagen, aber es scheint ernst zu sein. Vielleicht sage ich es dir, wenn ich selbst mehr weiß." Sie stand auf. „Tut mir leid wegen des Kaffees, aber ich muss noch einmal zurück aufs Revier." Sie lächelte entschuldigend und verließ, genauso wie der Junge vor ihr, die Kneipe. Ayleen hätte zu gerne gewusst, was dieser seltsame Typ zu Clinton gesagt hatte. Erfahren würde sie es wohl nie. Gedankenverloren arbeitete sie weiter. Manchmal geschahen solche Dinge, wie dieser junge Mann, aber, da man nicht genug Kontakt zu diesen Dingen bekam, vergaß man sie wieder, als wären sie nie passiert. So würde es auch mit ihm sein, morgen würde Ayleen schon nicht mehr an ihn denken. Dachte sie.

Detective Clinton hielt die Akte in der Hand. Es war ein Entführungsfall vor sechzehn Jahren. Ein Vierjähriger war verschwunden. Aufgrund mangelnder Beweise und Erfolglosigkeit war der Fall bereits nach ein paar Wochen eingestellt worden. In der Akte lag ein Foto des Jungen. Konnte das der Mann von vorhin gewesen sein? Die Augen hatten Ähnlichkeit. Nur sahen sie auf dem Foto fröhlich und unbeschwert in die Kamera. Diesen Ausdruck hatten seine Augen wohl für immer verloren. Was wohl aus ihm geworden wäre, wenn ihn nicht dieses grausame Schicksal ereilt hätte? Manchmal geschahen Dinge, die alles veränderten und mit denen niemand rechnete. Das Leben war nicht planbar. Als ihre Mutter gestorben war, hatte sie das erkannt. Ansonsten wurde nur der letzte Ort angegeben, an dem er gesehen worden war: ein Spielplatz. Und die Person, die ihn zuletzt gesehen hatte: die Nanny der Familie Farrell. Ihre Aussage war beigelegt. Ansonsten befand sich nichts weiter von Bedeutung in der Papiermappe. Enttäuscht ließ sie die Akte auf ihren Schreibtisch fallen. Sie erinnerte sich. Es war eine furchtbare Geschichte gewesen. Die Eltern hatten alles Geld der Welt zahlen wollen, nur war nie eine Lösegeldforderung eingegangen. Die Mutter hatte geschrien und geweint. Genauso wie die Nanny. Paula Anderson hatte sie geheißen. Clinton erinnerte sich plötzlich wieder an ihren Namen. Sie war eine zierliche, schöne junge Frau gewesen. Was wohl aus ihr geworden war. Hatte sie sich je wieder für diesen Fehler verzeihen können? Clinton hoffte es für sie. In ihrem eigenen Leben hatte sie so viele Fehler gemacht, sie wusste, wie es sich anfühlte, etwas Unverzeihliches getan zu haben und trotzdem dafür Vergebung zu erhoffen. Ihr war vergeben worden. Würde Ethan Farrell vergeben? Die sechzehn Jahre, die er verloren hatte? Müde verließ sie das Büro und fuhr nach Hause.

„Hey, Mum, wie war's? Wieder Gangster gejagt? Warst du bei Ayleen?"

„Eins nach dem anderen. Lass mich erst einmal ankommen." Caro lehnte sich an die Wand im Flur. „Ist was passiert, Mum?" Clinton schüttelte den Kopf. „Nicht wirklich. Und ich habe Ayleen schöne Grüße ausgerichtet."

„Danke, Mum."

Clinton ging in die Küche, um sich etwas zu essen zu machen. „Wie war der Job?"

Caro zuckte mit den Schultern „Wie Minijobs halt sind, die großen Sachen darf man nicht machen und es wird mies bezahlt. Ich hoffe, ich kann die frei werdende Stelle in Ayleens Kneipe bekommen."

Clinton nickte. „Ich bin heute Ethan Farrell begegnet." Caro sah sie verwundert an „Na und, wer ist das denn?" „Ein junger Mann, der vor sechzehn Jahren entführt worden ist." „Was? Entführt?" Clinton nickte „Ja, aber dass er wieder da ist, wird niemandem auffallen. Sein Fall wurde schon lange eingestellt. Niemand weiß, dass er noch existiert."

„Das ist ja furchtbar, woher weißt du das?"

„Es war mein Fall."

„Wieso hast du ihn eingestellt?"

Clinton seufzte müde „Es gab kein Anzeichen, dass er noch am Leben war und die Welt hat sich weitergedreht, verstehst du? Es kamen neue Ethan Farrells, die gefunden werden wollten."

„Aber du könntest seine Familie kontaktieren und denen sagen, dass ihr Sohn noch lebt."

„Sei nicht naiv", entgegnete Clinton ihrer Tochter „Das ist sechzehn Jahre her. Alles, was ich tun kann, ist, ihm die Adresse seiner Eltern zu geben, obwohl ich nicht einmal weiß, ob sie noch da leben."

Caro sah sie wütend an. „Ich finde, du könntest mehr machen!"

„Du hast keine Ahnung, Caro! Das ist kein Film, in dem alles sein Happy End bekommt! Das ist die Realität und da passieren eben auch schreckliche Dinge, die schrecklich bleiben."
Caro sah sie an, dann drehte sie sich um und ging auf ihr Zimmer. Clinton blieb in der Küche und beschloss, Ethan Farrell die Adresse seiner Eltern zu geben. Sie konnte nicht mehr tun. Aber sie hätte mehr tun können. Damals, als es noch nicht zu spät gewesen war. Warum hatte sie sich nur dazu bereit erklärt, den Fall einzustellen? Hätten sie ihn denn gefunden? Sie war sich nicht sicher. Aber weitersuchen hätten sie trotzdem können. Aber das hatten sie nicht getan. So war es nun mal. Ändern konnte das niemand mehr.

Es regnete. Die Kneipe war voll. Ayleen hatte alle Hände voll zu tun. Nach einer Weile hörte der rege Ansturm auf. Die Leute waren bedient und saßen um die vielen kleinen Tische, unterhielten sich und lebten ihr Leben. Ein Leben, von dem Ayleen nur Bruchstücke und Fetzen mitbekam. Mehr interessierte sie auch nicht. Das war deren Leben. Nicht ihres. Sie hatte ihr eigenes. Und sie versuchte ihr eigenes zu leben. Die Tür ging auf und die Leute in der Nähe des Eingangs drehten sich zu ihr um. In der Tür stand der junge Mann von gestern. Von ihrem Tresen aus konnte sie sehen, dass die Verletzung an der Schläfe verarztet worden war. Augenblicklich fragte sie sich, ob er das selbst getan und wo er wohl die Nacht verbracht hatte. Erst jetzt fielen ihr sein dunkler Parker und die Jeans mit den Löchern an den Knien auf. Hatte er die gestern auch schon getragen? Ayleen wusste es nicht. Wie gestern kam er auf sie zu.

„Möchtest du heute etwas trinken?"

Er lächelte auf einmal. Es war freudlos. „Ich warte auf Detective Clinton."

„Wieso bist du dir so sicher, dass sie kommen wird?"

„Du hast gestern gesagt, sie käme *immer* gegen sechs", erwiderte er.

„Was willst du eigentlich von ihr?", fragte Ayleen.

„Ich möchte verstehen, warum mich niemand gesucht hat. Vor sechzehn Jahren."

Ayleen starrte ihn ungläubig an. „Was ist denn passiert, vor sechzehn Jahren?", flüsterte sie und lehnte sich ein Stück vor.

„Ich bin entführt worden."

Erschrocken wich sie zurück. „Wie bist du wieder freigekommen?"

„Das ist schwer zu erklären. Ich durfte gehen."

Sie wusste nicht, wie sie sich verhalten sollte. Er hatte Dinge gesehen, die sie nicht einmal in ihren Albträumen erlebte. Was sollte sie ihm sagen? Dass alles wieder gut war. Sie konnte nichts tun. Sechzehn Jahre. Sechzehn Jahre, das war eine lange Zeit. Eine verdammt lange Zeit. Eine grausam lange Zeit. Wie man wohl weiterleben konnte, wenn man fast sein ganzes Leben nur in Gefangenschaft verbracht hatte?

„Ich setze mich hier hin. In Ordnung? Die Tische sind alle besetzt." Er setzte sich an den Tresen und sah ihr dabei zu, wie sie ihre langweilige Arbeit verrichtete. Als sie wieder aufsah, stand Clinton hinter dem Jungen.

„Ethan Farrell?" Er drehte sich um. „Ich habe die Adresse Ihrer Eltern herausgefunden."

Seine Augen weiteten sich ein winziges Stück. „Wie sind Sie auf die Idee gekommen, dass ich die haben möchte?"

Clinton sah ihn verwundert an. „Keine Ahnung, hier." Sie schob ihm ein Stück Papier zu. Er steckte es ein, ohne irgendetwas dazu zu sagen. „Können Sie sonst noch etwas sagen?"

Clinton schüttelte den Kopf „Nicht viel. Ich kann Ihnen sagen, dass die junge Frau, die sie zuletzt gesehen hat, Ihre Nanny, Paula Anderson hieß."

Ayleen erschrak. Paula Anderson hatte ihre Tante geheißen, bevor sie geheiratet hatte.

„Ich muss los, es tut mir aufrichtig leid, nicht mehr tun zu können", sagte Detective Clinton.

„Beichten Sie das ihrem Pfarrer. Sie hätten nach mir suchen können, das ist alles, was für mich zählt."

Sie sah ihn traurig an. Dann wandte sie sich ab und ging. Ayleen hätte mehr gesagt an Clintons Stelle. Mehr und etwas anderes. Sie hätte sich entschuldigt für damals, für die sechzehn Jahre, sie

hätte versucht, ihn nach Hause zu bringen, einen Zeitungsartikel über ihn zu schreiben, damit die Menschen, die ihn liebten – die ihn sechzehn Jahre lang vermisst hatten – wussten, dass er wieder da war. Warum tat Clinton so etwas nicht? Sollte sie ihn fragen, ob sie es tun sollte? Er tat ihr leid, er war ganz allein. Auch, wenn ihn das nicht zu stören schien. Kein Mensch war gerne alleine. Das widersprach der Natur des Menschen.
„Was wirst du jetzt tun?"
Er sah sie an, mit seinen stahlharten Augen, die von einem abgenutzten Blau waren, als hätten sie einmal geleuchtet, aber das Leben hätte ihnen das Licht gestohlen. Dann sagte er mit bestimmter Stimme, die keinen Zweifel ließ an dem, was er sagte: „Ich werde mich rächen." Der junge Mann wandte sich ab, um zu gehen.
Ayleen sah ihm nach. Er würde sich rächen ... Wie? An wem? An Paula. Wenn, dann musste sie sie warnen.

Der junge Mann mit der Verletzung an der rechten Schläfe lief die Straße hinunter. Es regnete noch immer. Aber was waren schon ein paar Tropfen Wasser gegen die letzten sechzehn Jahre. Er zog den Zettel, den ihm Clinton gegeben hatte, aus seiner Jackentasche. Die Adresse rüttelte etwas wach in ihm, als hätte er sie schon einmal irgendwo gesehen oder gehört. Dann musste er beinahe darüber lächeln, natürlich, das war sein Zuhause. Selbstverständlich hatte er diesen Straßennamen schon einmal jemanden sagen gehört. Er fuhr mit der U-Bahn und lief das letzte Stück. Er wollte sich rächen. Aber nicht an ihnen. Oder doch? Hatten sie gesucht? Er konnte es nicht wissen. Er stand vor dem großen weißen Haus. Einer Villa im viktorianischen Stil. Sein Zuhause. Schmerzhaft stürzten die Erinnerungen auf ihn ein. Er hatte gedacht, dieses Haus nie wiederzusehen. Und hier stand er, als wäre es erst gestern gewesen, dass er es verlassen hatte. Aber es war nicht gestern gewesen. Es war sechzehn Jahre her. Unwillkürlich wandte er sich ab. Das war nicht mehr sein Leben. Das war es schon lange nicht mehr. Für diese Welt war er vor sechzehn Jahren gestorben, verschwunden ... er existierte nicht mehr. Das würde er nie wieder. Existieren. Leben. Er war jetzt ein Geist. Nur noch getrieben von seiner Rache. Seinem gewaltigen Verlangen nach Vergeltung. Das war alles, was ihn noch am Leben hielt. Wie einfach Menschen doch kaputt gingen. Aber waren sechzehn Jahre *einfach*? Der Regen hörte auf. Er holte einen weiteren Zettel aus seiner Jackentasche. Es war eine Liste mit Namen, an die er sich noch erinnern konnte. Die anderen hatten Glück gehabt. Er wollte wissen, wie viel die Personen auf der Liste, gewusst, getan und nicht getan hatten. Danach würde er sich an ihnen rächen. Mehr hatte er nicht mehr. Mehr würde es für ihn nicht mehr geben. Und sie waren schuld daran. Sie hatten ihn vergessen. Der erste Name auf der Liste war Laura Richards.

Eine Freundin von früher. Sie hatte ihn vergessen, auch wenn sie jetzt 21 sein musste. Sie war fünf gewesen. Erlaubte das ihr, ihn einfach so zu vergessen? Ihre Adresse hatte er längst herausgefunden. Sie lebte immer noch hier in der Nähe in einer kleinen Wohnung. Um acht Uhr abends stand er vor der Tür des Wohnblocks. Er klingelte bei allen Bewohnern, nur nicht bei ihr. Irgendwer öffnete. Er schlüpfte ins Innere und rannte leise die Treppen in den dritten Stock. Er hatte gelernt, sich leise zu bewegen. Keine Spuren zu hinterlassen. Vor der Tür blieb er einen Moment stehen, dann klingelte er. Die Tür öffnete sich. Eine schöne blonde Frau sah ihn überrascht an.

„Laura Richards?"

Sie nickte erstaunt. „Kennen wir uns?", fragte sie.

„Ja, aber das ist lange her. Erinnerst du dich nicht mehr an mich?"

Sie betrachtete ihn verzweifelt. „Nein, sorry, ich weiß echt nicht mehr, wer du bist ..."

Er hatte nichts erwartet. Nichts war schon lange das, was seine Welt am meisten füllte. „Ich bin Ethan Farrell, du erinnerst dich nicht mehr an mich, aber ich erinnere mich noch gut an dich."

Ihre Augen weiteten sich vor Schreck. Sie klammerte sich an den Türrahmen. „Ethan ... Ethan", hauchte sie fassungslos. „Warum bist du hergekommen?", ihre Stimme war kaum mehr als ein Flüstern.

„Warum?", meinte er kalt, „um dir zu sagen, dass ich noch lebe, immer gelebt habe und sechzehn Jahre lang festgehalten worden bin. Ist das ein Problem für dich?"

Sie schüttelte den Kopf. „Warst du bei der Polizei?"

„Ja."

„Willst du reinkommen?"

Er nickte. Für nichts anderes war er hier.

„Ich studiere Medizin", meinte sie lächelnd. „Wie ist es, entführt zu werden?", Laura drehte sich um und sah ihm in die stumpfen Augen.

„Nicht schön", erwiderte er fassungslos.

„Du siehst gut aus", sagte sie lächelnd.

„Nein, das tue ich nicht."

Sie sah ihn verwundert an. Aber seinem unverwandten Blick konnte sie nicht standhalten.

„Sie haben mich zerstört. Was hast du die sechzehn Jahre lang getan?"

„Ich war auf der Schule, habe einen sehr guten Abschluss erworben und bin jetzt auf der Uni."

Er machte einen Schritt auf sie zu, packte sie und drehte sie zu sich um. Sie starrte ihn angsterfüllt an. Er schob sie an die Wand und drückte sie dagegen. „Hast. Du. Mich. Gesucht?"

Sie schrie verzweifelt: „Wie hätte ich dich suchen sollen? Ich war fünf! Fünf, Ethan, fünf!"

„Aber jetzt bist du nicht mehr fünf oder?" Sie schüttelte den Kopf. „Und du bist, soweit ich sehe, schon lange nicht mehr fünf."

„Ich hatte auch ein eigenes Leben, Ethan! Ich konnte dich nicht suchen!" Er senkte den Blick. Seine Stimme klang gefährlich ernst, als er sagte: „In deinem Leben, war kein Platz für mich. Nicht einmal für einen Gedanken an mich."

„Ethan", fing sie verzweifelt an „Wir waren Kleinkinder, du kannst doch nicht erwarten, dass ich dich geliebt habe, oder so etwas!"

„Geliebt? Du bist es wohl gewohnt, dass dich alle lieben!", spottete er herablassend. „Ich hatte nur gehofft, dass du vielleicht mal an mich gedacht hast und deine Eltern gefragt hast, was aus mir geworden ist. Das ist alles."

Sie nickte. „Es tut mir leid!", jammerte sie.

„Wieso tut das allen leid?" Er stieß sie heftig gegen die Wand. „Ihr wisst doch gar nicht, was mir passiert ist!"

Sie schüttelte den Kopf „Bitte, Ethan, bitte lass mich los."

„Nein."

„Was willst du denn jetzt machen?"

„Ich werde mich rächen."

Ihre Augen weiteten sich. Sie wollte etwas sagen, aber ihr Hals war zu trocken. Sie konnte nicht sprechen. Aber es gab auch nichts, was sie ihm hätte sagen können, um seinen jahrelang geplanten Beschluss zu ändern.

„Willst du wissen, wie es sich anfühlt, wenn sich niemand mehr an dich erinnert?"

Nein, dachte Laura. Sie wollte schreien, ihn treten. Aber sie konnte sich nicht bewegen. Sie konnte nicht schreien. Sie schüttelte den Kopf.

„Ich werde dich töten, für dein Vergessen."

Sie bekam keine Luft mehr. Schwer nach Luft ringend stand sie an der Wand und wartete auf ein Wunder. So wie er gewartet hatte. All die Jahre lang. Er zog die Pistole aus seinem Hosenbund. Den Schalldämpfer hatte er bereits lange davor daraufgeschraubt. Die wilde Panik in ihren Augen würde der letzte Ausdruck der selbigen sein. Danach würde nur noch der Tod kommen. Der Tod hatte keinen lebendigen Ausdruck. Er kannte keine Angst. Keine Panik. Keinen Schmerz. Das hier war keine Vergeltung. Sie bezahlte viel weniger als er. Sie würde es nicht sehen, ihr Leid, sie würde den Schmerz nicht spüren. Sie würde nie zurückkommen, um zu sehen, dass die Welt sie vergessen hatte. Dass sie sich weitergedreht hatte. Ohne sie. Ohne Laura Richards. Ohne *diese* Laura Richards. Er hielt sie mit der linken Hand an die Wand gedrückt fest. Mit der rechten presste er den Lauf der Waffe gegen ihren Hals. Die Kugel würde ihr Genick brechen. Ihr Leben. Sie wartete darauf, eine letzte Frage gestellt zu bekommen. Aber Ethan fragte nicht. Er war auch nicht gefragt worden. Er sah ihr nur ein letztes Mal in die Augen. Ihr geschminktes Gesicht, ihr falsches Gesicht. Es ekelte ihn. Dann drückte er ab. Die Kugel sprengte ein Loch in Laura Richards' Hals und zerriss ihr Leben. Tot sank sie an der Wand hinunter. Sie war die Erste. Es war leicht gewesen. Aber alles war leicht für ihn. Er fühlte nicht mehr. Ohne Gefühle war die Welt einfach. Ohne zu existieren auch. Er entfernte die Kugel, die hinter Laura in die Wand eingeschlagen war, und sammelte die Hülse ein. Dann verschwand er aus der Wohnung, ohne je wirklich dort gewesen zu sein. In Gedanken strich er ihren Namen von der Liste.

Ayleen klingelte. Caro öffnete. „Hey, Ayleen, lange nicht mehr gesehen!"

Die beiden Freundinnen nahmen sich in den Arm.

„Na, was macht das Kaffeekochen?", Caro grinste ironisch.

„Aufregend wie immer", lachte Ayleen und trat ein. „Ist deine Mum nicht da?"

„Ne, bei denen ist heute irgendetwas passiert."

Ayleen nickte. Es war nicht ungewöhnlich, dass bei der Polizei etwas passierte.

„Komm, ich mach uns einen Tee", meinte Caro fröhlich und lief in die Küche.

„Gute Idee, Kaffee kann ich nämlich nicht mehr sehen!", rief Ayleen ihr hinterher und zog sich die Schuhe aus.

„Vorgestern war so ein komischer junger Mann da, der wollte deine Mum sprechen und gestern, war dieser Typ wieder da und deine Mum hat ihm eine Adresse gegeben." Caro nickte. „Und der hat mir gesagt, dass er sechzehn Jahre lang entführt gewesen war, ist das nicht krass? Ich meine, was macht der denn jetzt? Sechzehn Jahre, das ist so verdammt lange."

Caro nickte mitfühlend „Mum hat mir auch schon von dem erzählt. Wusstest du, dass es ihr Fall gewesen ist, vor sechzehn Jahren?" Caro durfte so etwas eigentlich nicht weitererzählen. Aber sie tat es trotzdem, weil sie dachte, dem fremden jungen Mann irgendwie eine Hilfe zu sein. Es war naiv. So war Caro.

Ayleen sah sie fassungslos an „Deine Mutter hat ihn also nicht gefunden?"

„Sie hat gar nicht erst richtig nach ihm suchen lassen!" Caro war wütend auf ihre Mutter, aber Ayleen verstand nicht so recht warum. Immerhin kannte Caro ihn gar nicht. „Wie heißt er?" Ayleen sah ihre Freundin verzweifelt an „Ich glaube Ethan und der Nachname war irgendetwas mit F, glaube ich. Mein Gott, Caro, frag doch deine Mum, ich konnte mir das nicht so schnell merken."

„Macht doch nix. Aber Ethan sagt mir gar nichts."

Ayleen lächelte skeptisch „Natürlich nicht, du warst drei oder so, als das passiert ist."

Caro nickte. Damit war das Thema vorerst abgehakt. Ayleen hätte noch stundenlang über diesen Jungen reden können. Wie er wohl so gelebt oder mehr überlebt hatte. Warum er freigekommen war, warum er zurückgekommen war, obwohl er wusste, dass hier nichts, aber auch gar nichts mehr für ihn war. Und nicht zuletzt fragte sie sich, ob sie ihn wiedersehen würde. Ayleen hätte ihm gerne all diese Fragen gestellt. Aus Neugier, oder war es Mitleid? Interesse?

„Wann wird der Job bei dir da frei?"

„Nächste Woche."

„Haben die schon jemanden, also du wolltest doch ein gutes Wort für mich einlegen." „Hab ich auch, Caro, die nehmen dich bestimmt."

Caro grinste zufrieden und Ayleen musste daran denken, dass diese Zufriedenheit etwas war, was Ethan wahrscheinlich überhaupt nicht kannte, geschweige denn je empfunden hatte. In diesem Moment hasste sie das Lächeln ihrer Freundin.

Caro sagte fröhlich: „Wann fängst du an zu studieren?"

„Keine Ahnung, wenn ich was gefunden habe, was mich wirklich interessiert. Und natürlich, wenn ich ein bisschen Geld zusammen hab, um hier wegzukommen."

Caro nickte. „Gehen wir dann zusammen?"

Ayleen nickte ebenfalls, obwohl sie sich schon lange nicht mehr sicher war, ob sie das wirklich wollte. Aber es war einmal ein Versprechen gewesen, dass sie sich vor Jahren und viel zu früh gegeben hatten, dass sie diesen Ort gemeinsam verlassen würden.

Manchmal versprach man eben Dinge, von denen man nicht die geringste Ahnung hatte, ob man sie würde halten können. Caro stellte ihr eine Tasse Tee hin. Für sie war die Welt in Ordnung. Das war schon immer so gewesen. Solange sie sich kannten. Vielleicht musste sie so naiv und gutgläubig sein, weil ihre Mutter einen so harten Job hatte und immer das Böse in der Welt sah.

„Ich glaub, ich geh jetzt, Caro." Ayleen stand auf.

„Musst du noch was machen heute?"

„Ja", log Ayleen.

„Okay, dann sehen wir uns nächste Woche hoffentlich im Café", rief sie fröhlich.

„Es ist eine Kneipe, kein richtiges Café. Abends geht's da manchmal ganz schön ab", erinnerte sie ihre Freundin zum x-ten Mal.

Caro nickte entschuldigend. Ayleen ging. Als sie draußen die Straße entlangging, fühlte sie sich so frei wie schon lange nicht mehr. Frei. Sechzehn Jahre lang war er eingesperrt gewesen … Wieso konnte sie nicht mehr aufhören an Ethan zu denken. Farrell. Farrell hieß er, jetzt wusste sie es wieder. Ethan Farrell. Ein normaler Name. Und trotzdem war dieser Name für sie so einzigartig wie kein anderer. Er war der einzige Mensch auf diesem Planeten, den sie kannte, der fast sein ganzes Leben lang in Gefangenschaft gelebt hatte. Oder mehr verbracht, durchgestanden. Überlebt. Eigentlich kannte sie ihn gar nicht. Aber das musste sie in diesem Augenblick auch nicht. Alles, was zählte, war, dass es ihn gab. Und dass sie nie geglaubt hatte, einem Menschen mit einem solchen Schicksal zu begegnen. Aber da war er. Ab heute würde sich für sie der Blick auf diese Welt ändern. Sie würde eine ganze Weile dankbar sein, frei zu sein. Ein selbstbestimmtes Leben führen zu dürfen. Eine schöne Kindheit gehabt zu haben. Aber irgendwann würde das wieder aufhören. Sie würde sich mit anderen Dingen beschäftigen und auf einmal würde sie sich wieder über ihren Job ärgern, über ihre kleine Schwester. Sie würde die Welt als schlecht und ungerecht bezeichnen. Nur dass sie dabei nicht mehr die sechzehn Jahre dieses Jungen meinen würde, denn Ethan Farrell würde sie zu diesem Zeitpunkt wieder vergessen haben. Vergessen. Hatten ihn alle anderen auch vergessen? Als ihr das bewusst wurde, schwor sich Ayleen, Ethan Farrell nie wieder zu vergessen. Egal wie wenig sie ihn kannte, sie wollte sein Schicksal und seinen Namen nie wieder vergessen. Sie stieg in den Bus. Die ganze Fahrt über sagte sie im Kopf immer wieder seinen Namen auf. Ethan Farrell. Ethan Farrell. Ethan Farrell. Ethan Farrell. Ethan Farrell. Ethan Farrell. Ethan Farrell. Ethan Farrell. Ethan Farrell. Ethan Farrell. Ethan Farrell. Ethan Farrell. Ethan Farrell. Ethan Farrell.

Der Bus hielt. Ayleen stieg aus. Wo er wohl gerade war? Was er wohl gerade machte? Er wollte sich rächen ... Paula! Ayleen rannte zum Haus ihrer Eltern. Im Inneren sah sie sich kurz um. Es war niemand da. Ihr Vater kam immer erst spätabends und ihre Mutter am späten Nachmittag nach Hause. Es war drei Uhr. Später würde sie noch eine Schicht haben. Aber jetzt musste sie erst einmal Paula anrufen. Sie tippte die Festnetz-Nummer, die sie in ihrem Smartphone gespeichert hatte, ins Telefon ab, da ein Flatrate-Telefonat von Festnetz zu Festnetz günstiger war. Es klingelte. Ayleen hoffte, dass Paula da war. Oder hatte er sich schon gerächt?

„Hallo, hier ist Paula Jensen."

„Hi, hier ist Ayleen."

„Hey, wie geht's dir? Habe gehört du arbeitest zurzeit in einer Kneipe?"

„Ja", fing Ayleen ungeduldig an „und mir geht's gut. Ich muss dir was sagen."

„Okay, worum geht's? Ist etwas passiert?"

„Ja, sag mal, du hast doch, als du so alt warst wie ich jetzt, als Nanny gearbeitet."

„Ja, habe ich, wieso?"

Ayleen fragte sich, ob sie sich den Schmerz in der Stimme ihrer Tante nur einbildete. „Da ist doch was passiert, oder? Vor sechzehn Jahren ungefähr?"

„Ja", flüsterte Paula. „Woher weißt du das?"

„Was ist da passiert, Paula, bitte, sag mir, was damals passiert ist."

Ihre Tante zögerte.

„Paula, es ist wichtig, bitte."

„Vor sechzehn Jahren", fing sie auf einmal an zu sprechen. Ihre Stimme klang verletzt und traurig. Unheimlich traurig. „Ich habe damals bei einer Familie namens Farrell gearbeitet. Die waren ganz in Ordnung, ich hatte nicht viel mit denen zu tun. Ich sollte ja nur auf ihren vierjährigen Sohn aufpassen. Und an diesem einen Tag waren wir draußen auf dem Spielplatz, weil ich ..." Ihre Stimme brach ab. Ayleen tat es so leid, aber es war auch wiederum so wichtig. Anders konnte sie ihre Tante nicht warnen. „Ich", fing sie wieder an, „ich ... dachte, es würde ihm Spaß machen, dort zu spielen. Er war so lieb, Ayleen, und so ein hübsches Kind. Ich habe mir manchmal gewünscht, er wäre mein eigener Sohn oder wenigstens mein kleiner Bruder ... Und dann ... dann", sie konnte nicht weitersprechen, es quälte sie zu sehr.

„Bitte", flehte Ayleen sie an, auch wenn sie die Last auf der Seele ihrer Tante spüren konnte. Und plötzlich kam ihr ein komischer Gedanke: Wahrscheinlich hatte Paula noch nie darüber gesprochen. Nicht mit ihrem Bruder und nicht mit ihrem Mann. Mit niemandem.

„Na gut, Ayleen, also ich habe nicht aufgepasst ... Oder eben nicht genug, verstehst du? Auf einmal war er weg. Ich habe nach ihm gerufen, den ganzen Spielplatz abgesucht und die Polizei gerufen. Aber er war weg, entführt und ich war schuld ..."

Sie schluchzte und Ayleen spürte, wie auch ihr langsam Tränen in die Augen stiegen, bei dem Gedanken an Ethan Farrell, wie er jetzt war, was er verloren hatte und dass er noch lebte, was aber niemand wusste.

„Weißt du", Paula holte zitternd Luft. Ayleen wurde mit einem Schlag klar, dass ihre Tante irgendwo zu Hause saß und weinte. „Ich hatte keine Angst, seinen Eltern das zu sagen, aber ich hatte Angst, ihn nie wiederzusehen, verstehst du? Dass er für immer weg ist oder sogar tot und ich schuld bin daran, was ihm passiert ist. Seine Eltern wollten Schadenersatz und so weiter, aber es gab nichts, was Ethan ersetzen konnte, er war verschwunden und ich habe mir das nie verziehen! Ich wache noch heute nachts auf und wünsche mir, ich könnte die Zeit zurückdrehen!" Sie schluchzte wieder. „Und nicht auf diesen verfluchten Spielplatz gehen!", schrie sie.

„Paula, bitte …"

„Was? Ayleen, es ist meine Schuld, dass er tot ist! Wie kann ich das je wiedergutmachen? Wie!"

Ayleen holte tief Luft, ehe sie leise, aber gefasst sagte: „Ist er nicht, Paula."

„Was?", hauchte sie fassungslos, „was hast du gerade gesagt?"

„Ethan Farrell lebt, er kam in meine Kneipe und wollte Detective Clinton sprechen."

„Was?", fragte sie fassungslos. „Er lebt? Aber wie ist das möglich nach all diesen Jahren …"

Ayleen sagte nichts. Sie schwiegen sich eine Weile durch das Telefon an, bis Paula irgendwann leise fragte: „Bist du sicher, dass er es ist?"

„Ja, absolut." Ayleen hatte ihre Tante noch nie so vor Freude weinen gehört.

„Wie geht's ihm?", fragte sie mit bebender Stimme. „Na ja, Paula, er war sechzehn Jahre lang gefangen …" Sie brach ab, weil ihre Tante am anderen Ende der Leitung laut und gequält aufjaulte und anfing zu heulen und zu schreien.

„Was habe ich nur getan! Warum? Was habe ich nur getan!"

Ayleen schluckte, um das brennende Gefühl in ihrer Kehle verschwinden zu lassen, aber es ging nicht weg. Es war wie der Schmerz ihrer Tante. SechzehnJahre lang hatte sie versucht weiterzuleben, aber die tiefe Trauer und der Schmerz waren immer noch genauso stark wie an dem Tag, an dem Ethan Farrell entführt worden war.

„Hast du Clinton gesagt?", fragte sie plötzlich leise und schniefte.

„Ja …"

„Die hat doch aufgehört, nach ihm zu suchen! Die hat den Fall einfach eingestellt und seinen Eltern gesagt, dass ihr Sohn tot sei!"

Er wollte sich rächen, dachte Ayleen, an Clinton? Weil sie ihn nicht gesucht hatte? Das wäre auf jeden Fall ein guter Grund.

Wieso hatte sie aufgehört? Sie hatte doch selbst eine Tochter gehabt, sie hatte doch gewusst, wie schrecklich es sein musste, sein Kind zu verlieren. Oder etwa nicht?

„Da ist noch etwas, Paula", fast hätte sie es wieder vergessen gehabt. „Er will sich rächen, für das, was ihm angetan wurde."
Auf der anderen Seite der Leitung wurde es still. Einen Moment glaubte Ayleen sogar, ihre Tante hätte aufgelegt. „Er will sich rächen? Auch an mir." Das war alles, was sie dazu sagte. Aber sie hörte auf zu weinen.

Ayleen kannte den Schmerz nicht, den Paula Jensen in diesem Moment empfand. Sie kannte nicht das brennende Gefühl, noch einmal Paula Anderson sein zu wollen, an diesem schicksalhaften Tag, um anders zu entscheiden, um Ethan zu retten. Ihre Nichte kannte dieses Gefühl nicht. Genauso wenig wie ihr Mann oder ihr Bruder. Vielleicht war das auch der Grund, warum sie nie mit irgendwem darüber gesprochen hatte.

„Pass auf dich auf, Paula, okay?"

„Okay." Paula legte auf. Sie saß auf der Treppe ihres Einfamilienhauses, das viel zu groß für zwei Personen war. Aber sie hatte keine Kinder gewollt. Nur Ethan. Sie hatte Ethan zurückgewollt. Sie hatte keine Kinder kriegen wollen, denen sie irgendwann einmal erzählen müsste, was sie Schreckliches getan hatte. Außerdem war Ethan ihr Kind gewesen. Ein ganzes Jahr lang. Und sie wollte kein Kind, das ihn am Ende aus ihren Erinnerungen verdrängen und in ihrem Herzen ersetzen würde. Jeder Therapeut hatte ihr gesagt, dass sie verrückt war. Aber dieses Verrücktsein passte in die Welt, in der sie nach Ethans Verschwinden leben musste. Es passte zu ihr. Und deshalb lebte sie damit. Anfangs hatte sie ihn in jedem dunkelhaarigen, kleinen Jungen gesehen. Manchmal hatte sie sogar quer über die Straße seinen Namen gerufen. In der Hoffnung, ihn nur ein einziges Mal wiederzusehen, um sich zu entschuldigen. Müde richtete sie sich auf. Würde sie ihn jetzt wiedersehen? Nach all diesen furchtbaren Jahren? Sie sah aus dem Fenster auf die Straße und stellte sich vor, wie er sie entlanglief. Auf sie zu. Nach Hause. Dann fiel ihr auf einmal ein, dass er jetzt 20 sein musste. Diese Erkenntnis ließ sie wieder zusammenbrechen. All diese Jahre. Er war kein Kind mehr. War er überhaupt noch der Ethan Farrell, den sie gekannt, den sie verloren hatte? Was würde er tun, um sich zu rächen? Sie war jetzt 35 Jahre alt. Vielleicht würde sie nicht älter werden. Damit hatte sie seitdem sechzehn Jahre lang gelebt, während Ethan Farrell mit vier Jahren gestorben war. Sie stand wieder auf und lief ins Wohnzimmer. Dort hing ein Bild von ihnen beiden. Er sah so glücklich aus. Damals hätte niemand geglaubt, dass dieses Bild das letzte sein würde, das von ihm gemacht werden würde. Sie strich mit den Fingern über das gerahmte Foto. „Ich habe dich nicht vergessen." Sie weinte wieder. „Ich werde dich nie vergessen. Nie. Versprochen."

Ayleen kam zu spät zu ihrer Schicht. Ihr Boss Mrs. Brooks war höchst unerfreut. „Das passiert dir nicht noch einmal, sonst muss ich dich feuern."

„Klar, tut mir leid, aber in meiner Familie ist etwas passiert."

„Familie und Arbeit sind zwei verschiedene Paar Schuhe." Damit war das Gespräch beendet. Ayleen trat hinter den Tresen und bediente lustlos die Gäste.

„Diesmal möchte ich etwas trinken." Die Stimme löste gleichzeitig Freude und Angst in ihr aus. Ethan Farrells Gesicht sah entspannter aus als gestern. Was er wohl getan hatte?

„Was möchtest du denn?", fragte sie freundlich. Der junge Mann deutete auf die Wodkaflasche hinter ihr im Regal. „Ich darf erst ab sechs Uhr abends Alkohol ausschenken."

Er beugte sich über den Tresen. „Könntest du nicht eine Ausnahme machen?"

Ayleen starrte ihn an. Ob sie einmal eine Ausnahme machen könnte? Sein ganzes Leben war eine Ausnahme gewesen. Eine Ausnahme an Unmenschlichkeit. Sie drehte sich um und nahm die Flasche aus dem Regal. Sein Lächeln war dankbar. Es verwunderte sie etwas. Warum konnte er überhaupt noch lächeln? Sie füllte ihm ein kleines Glas und schob es ihm zu.

„Danke, ich hoffe für dich, du bekommst keine Schwierigkeiten."

Ayleen wäre es das wert gewesen. Sie hatte soeben mehr getan, mehr als Clinton. Er kippte das Glas herunter, als wäre es Wasser. Ayleen füllte es auf. Wie viel er wohl trinken konnte?
„Du weißt, dass Alkohol nicht gesund ist, oder?"
„Ich werde nicht mehr lange leben, denke ich. Da kommt es nicht auf ein paar Gläser an."
Sie füllte sein Glas. „Warum?"
Er sah überrascht auf. „Weil ich nicht mehr existiere in dieser Welt und nachdem ich hier fertig bin, werde ich für immer verschwinden." Er lächelte. Aber seine Augen blieben ausdruckslos. Sie füllte erneut sein Glas. Vielleicht hatte er ja wirklich recht und alles, was von ihm bleiben würde, war der niedrige Füllstand dieser Wodkaflasche. Wollte er sterben? Oder würde er nur wegziehen? Irgendwohin, wo niemand Ethan Farrell kannte und niemand ihn kennen musste. Oder sollte. Wo er keine Vergangenheit hatte. Wo sein Name nicht eine sechzehn Jahre alte Schlagzeile war. Ayleen hoffte es für ihn.
„Wo warst du die letzten sechzehn Jahre?"
Er sah ihr in die Augen. „Keine Ahnung, wo das war. Aber es war immer kalt und dunkel."
Sie sah ihn überrascht an. „Wie hast du dann hierhergefunden?"
Er lächelte gequält. „Ich durfte wählen, wo die mich aussetzen."
Ayleen nickte, obwohl sie kein Wort verstand.
„Die haben immer gesagt, dass sie mich mit 20 nicht mehr gebrauchen können. Konnten sie vorher auch nicht, wenn du mich fragst."
Die Bitterkeit in seiner Stimme quälte Ayleen. Gleichzeitig fragte sie sich, ob er das wirklich erzählen wollte, oder ob es der Alkohol war. Sie wollte seine Situation nicht ausnutzen. Er war in seinem Leben wirklich genug ausgenutzt worden.
„Was tust du jetzt, abgesehen von deiner Rache?"
„Nichts."
„Doch, du sitzt gerade hier und trinkst eine ganze Flasche Wodka. Das gehört doch sicher nicht zu deiner Rache, oder?"
Sie musste grinsen. Er sah auf.

Er lächelte, aber wie immer erreichte das Lächeln nicht seine Augen. „Wie heißt du?"

Ayleen war so überrasch über die Frage, dass sie einen Moment brauchte, bis sie antwortete: „Ayleen Jensen."

Er nickte. „Warum heißt du so?"

„Keine Ahnung, warum heißt du Ethan Farrell?" Es war komisch seinen Namen zu sagen. Es war komisch mit ihm zu reden.

„Ich weiß es nicht, aber ich hätte meine Eltern sicher gefragt, wenn ich die Chance dazu gehabt hätte."

Ayleen sagte nichts. Dazu gab es nichts zu sagen.

„Ayleen", es war noch komischer, wenn er ihren Namen sagte „Das ist kein gewöhnlicher Name, oder? Deshalb dachte ich, es hat vielleicht eine Bedeutung gehabt, dich so zu nennen."

„Ich werde meine Eltern mal fragen, vielleicht heißt es so viel wie schwer erziehbar."

„Wäre gemein, denke ich." Er sagte das so, als würde er das wirklich so meinen. Dabei war das eine Kategorie von ‚gemein', deren Harmlosigkeit er vermutlich nicht einmal kannte. Er hatte sicherlich wirklich gemeine Dinge erlebt. Was war schon der eigene Name dagegen? Gegen ein Leben an einem dunklen, kalten Ort. Ayleen hätte so gerne mehr gewusst. Ob er sich dort hatte bewegen dürfen, um nicht an Arthritis zu erkranken. Ob sie ihn geschlagen hatten. Oder Schlimmeres. Auch wenn sie sich bei all dem nicht sicher gewesen wäre, ob sie die Antworten wirklich wissen wollte.

„Ich will meine Eltern eigentlich nicht wiedersehen. Aber jetzt tue ich es vielleicht doch, um sie zu fragen, warum sie mich Ethan genannt haben." In seiner Stimme lag eine Schwere, die Ayleen an Paula erinnerte. Sollte sie ihm vielleicht von ihrem Telefonat erzählen?

„Ethan ist doch kein schlechter Name. Einmal abgesehen davon, dass es etwa so viele Ethans wie Sand am Meer gibt", sagte Ayleen lächelnd.

„Die sind sicher nicht alle so wie ich." Es war eine Feststellung, der nichts zu entgegnen war.

„Dein Fall wurde eingestellt, habe ich gehört."

„Ja, vor sechzehn Jahren. Die haben nicht mal zwei Wochen nach mir gesucht." Seine Stimme klang resigniert, aber auch wütend.

„Willst du, dass sie wissen, dass du wieder da bist?"

„Sie?", fragte er. Es klang beinahe spöttisch.

„Was weiß ich, deine Eltern, Verwandte, Freunde?"

Er nickte grinsend. „Schon verstanden, ich wollte dich nur provozieren."

Ayleen grinste jetzt auch.

„Die wollten sechzehn Jahre lang nichts von mir wissen, da werden sie das jetzt auch nicht wollen." Das Lächeln war aus seinem Gesicht verschwunden.

„Okay, ich verstehe." Tat sie nicht. „Ich hatte nur gedacht, einen Zeitungsartikel zu verfassen oder so, damit deine Leute wissen, dass du lebst. Willst du das wirklich nicht?"

„Nein. Ich bin nur noch hier, um mich zu rächen, das ist alles. Sie werden es also erfahren."

Ayleen nickte, obwohl sie das, was er sagte, in keiner Hinsicht befürwortete. Sich rächen. Wie würde er sich denn rächen? Wie er das einfach so sagte, als wäre es normal, dass man sich an irgendwem rächte. Aber was war in seiner Welt schon normal? Was war an ihm schon normal? Er leerte das Glas und schob es ihr wieder hin.

„Nein, sonst ist die Flasche leer. Außerdem hast du schon genug getrunken."

„Findest du?"

Ayleen sah verwundert in seine schmerzerfüllten Augen. „Ja, finde ich." Er tat ihr schon wieder leid. Was sollte nur aus ihm werden, wenn er einmal seine Rache erfüllt hatte. „Glaubst du wirklich, dass dich keiner vermisst oder gesucht hat?"

„Nein, dann hätten sie mich gefunden. So schwer wäre das nicht gewesen."

„Darf ich dich etwas fragen, Ethan?", fragte Ayleen vorsichtig.

„Ja."

Sie beugte sich zu ihm vor und fragte so leise, dass nur er es hören konnte: „Ethan, warum willst du dich nicht an deinen Entführern rächen?" Sie wusste nicht einmal, ob sie das richtig verstanden hatte. Aber immer wenn er von den Personen sprach, die er verlassen musste, spürte sie eine ungeheure Wut. Über seine Entführer sprach er nie. Vielleicht war es zu schrecklich und sie kannten sich zu wenig, als dass er es ihr erzählen würde. Aber sicher war sie sich nicht, deshalb hatte sie gefragt. „An denen kann ich mich nicht rächen. Es ist eine Entscheidung in ihrem Leben gewesen, mich zu entführen. Warum sollte ich mich an ihnen rächen? Ich werde noch schlimme Entscheidungen treffen. Solche, wie sie sie getroffen haben. Das nimmt mir das Recht, über sie zu urteilen. Sie haben nur ihr beschissenes Leben gelebt. Sie kannten mich nicht. Aber die anderen, die haben mich in dieser Situation gelassen. Dafür hasse ich sie." Beim letzten Satz nahm seine Stimme einen derart scharfen, hasserfüllten Ton an, dass Ayleen Angst bekam. Angst um Paula, um Clinton, um alle anderen, an denen er sich rächen wollte. Auch wenn sie sie nicht kannte. „Ich gehe jetzt zu meinen Eltern." Er hatte definitiv ein Rad ab, dachte sie sich. Und er war definitiv nicht mehr nüchtern. Sie hoffte, dass er seinen Eltern nichts Böses wollte. Aber sicher war sie sich nicht mehr. Nicht mehr, seitdem er das gesagt hatte.

Er leerte wieder sein Glas. „Danke für die Ausnahme." Der racheerfüllte junge Mann wandte sich zum Gehen.

„Ethan?"

Er drehte sich noch einmal um. Man konnte in seinem Blick deutlich den gestiegenen Alkoholpegel sehen. „Ich glaube, nicht alle haben dich vergessen."

Die Härte in seinen Augen ließ Ayleen wünschen, dass sie das nie gesagt hätte. Ethan ging ohne ein weiteres Wort. Oder ein Wort des Abschieds. Er ging einfach, verließ die Kneipe, als wäre er nie wirklich hier gewesen. Er war ein seltsamer Mensch. Geworden. Wie er wohl sein würde, wenn er ein anderes Leben gelebt hätte? Oder das, was ihm Paula gewünscht hätte, das für ihn bestimmt gewesen war? Oder war dieses hier das, was für ihn bestimmt worden war? War er wirklich dafür auserkoren gewesen, sechzehn Jahre lang zu leiden? Sechzehn Jahre? Litt er nicht immer noch? Würde er je aufhören, die Menschen zu hassen, die ihn vergessen hatten? Oder musste er sie dazu ..., wollte er sie dazu ... töten? Damit sie nicht mehr existierten? Damit sie nicht mehr ohne ihn das Leben lebten, das er eigentlich mit ihnen hatte teilen wollen? Konnte es sein, dass sie gerade mit einem Mörder gesprochen hatte? Paula! Sie rief ihre Tante am Handy an. Aber eine plötzliche Gewissheit sagte ihr, dass Paula das längst wusste.

„Hey, Ayleen? Was gibt es?", ihre Stimme klang schwer.

„Ich glaube, Ethan wird sich sehr, sehr böse rächen, verstehst du?" Sie verriet ihrer Tante nicht, dass sie gerade mit ihm geredet hatte. Es war nur eine Vermutung, die hätte sie auch ohne ihn aufstellen können. Von daher musste sie das nicht sagen.

„Ayleen, ich weiß. Mach's gut, du weißt, dass ich euch alle liebe, nicht wahr?"

„Ja, na klar. Paula pass auf dich auf, ich hab euch lieb."

Paula legte auf. Konnte es sein, dass ihre Tante regelrecht sterben wollte?

2. Die Farrells

Der junge Mann lief die Straße hinunter. Er spürte noch weniger als sonst. Der Alkohol, ließ auch noch die Grenzen fallen zwischen dem, was er sah und dem, was wirklich da war. Er nahm seine Umwelt anders wahr. Leiser und verschwommener, als würde sie keine Rolle spielen. Sie war nur ein Spielfeld, auf dem er den verschiedenen Mitspielern begegnete. Er kam zufällig an seine Schläfe. Sie würde bald verheilt sein. Warum hatte er diese Verletzung? Wo hatte er sie sich zugezogen? Der Alkohol machte seine Erinnerungen schwammig. Aber im Gegensatz zu anderen Menschen sorgte er bei ihm zum Ausgleich nicht für ausgelassene Heiterkeit. Nur für Taubheit. Eine Taubheit, die ihn umhüllte und den Schmerz erträglich machte. Verschwinden lassen konnte der Alkohol ihn aber auch nicht. Genauso wenig, wie er die Welt veränderte. Er ließ sie nur für Ethan Farrell anders aussehen. Gleichgültiger. Unwichtiger. Weniger aufdringlich. Wie hatte das junge Mädchen geheißen? Ellen? Ayla? Ayleen. Ayleen hieß sie. Richtig. Warum war sie so nett zu ihm? Warum machte sie sich Sorgen? Sie kannte ihn nicht. Sie hatte ihn nicht gekannt. Und trotzdem sorgte sie sich mehr um ihn, als Laura Richards es getan hatte. Mehr als seine Eltern es getan hatten. Seine eigenen Eltern. Auf einmal merkte er, dass er sich automatisch auf dem Weg zu ihnen befand. Vielleicht war es nicht schlecht, zu ihnen zu gehen, wenn er nicht ganz bei sich war. Das würde es leichter machen, ihnen zu sagen, dass er sie hasste. Für die sechzehn Jahre. Für ihr Desinteresse. Es würde leichter sein, denn lügen fiel ihm schwer. Das Haus der Farrells ragte schneeweiß empor. Eingerahmt von Villen jeglicher Form und Farbe. Es war die Gegend der Reichen. Aber sie waren nur reich an Geld. Nicht an Mitleid. Sie konnten keine immateriellen Probleme lösen, da sie nur gelernt hatten, sich Lösungen zu kaufen. Aber gegen Hass konnte man nichts kaufen, das ihn lindern oder verschwinden ließ. Kein Gefühl konnte man kaufen. Zeit konnte man nicht kaufen, auch wenn sie es immer wieder versuchten. Zeit war im Ganzen endlos und für den Einzelnen endlich. Die Ewigkeit war nicht für den Menschen bestimmt. Jahre vergingen, ohne dass sie je wieder zurückkamen. Jahre konnte man nicht bezahlen. Auch Ethan würde seine sechzehn Jahre nie wieder zurückbekommen. Der Gedanke schmerzte nicht mehr. Er riss nichts mehr ein. Es gab nichts mehr, was einzureißen war. Er betrat das Grundstück durch das elegante Tor. Er stieg die Treppe hinauf. Fünf weiße Stufen. Schneeweiß. Einen Moment lang tauchten Bilder vor seinem inneren Auge auf. Schnee. Seine Eltern. Vor langer Zeit. Irgendwann vor sechzehn Jahren. Er klingelte. Eine Weile passierte nichts. Dann wurde die Tür geöffnet. Ethan Farrell war wieder zu Hause.

„Ey, was willst du?" Ein Junge sah ihn herablassend und vorwurfsvoll an. Wer war er?

„Ich will Mrs. Farrell sprechen."

„Meine Mutter braucht keinen dreckigen Lover oder so, kapiert? Hau ab!"

Ethan machte einen Schritt auf ihn zu. „Wer hat dir so beigebracht zu sprechen? Bist du immer so unhöflich? Hat man dir nicht angewöhnt, sich höflich zu benehmen?"

Der Junge schaute ihn aus seinen kleinen schwarzen Augen misstrauisch an. „Was weißt du schon über Höflichkeit?"

Ethan zögerte keine Sekunde „Richtig, gar nichts." Er schubste den Jungen zur Seite und betrat das Haus. Sein Haus. Sein Zuhause.

„Ey, Mann, spinnst du?", rief der andere wütend. Er schloss die Tür. „Gut, warte hier, ich hole meine Mutter."

Seine Mutter? Seine Mutter! Ethan starrte seinen Bruder an. Er war mindestens einen Kopf kleiner und hatte keine Ähnlichkeit mit ihm.

„Mum! Komm mal runter, da ist ein Typ für dich!", brüllte sein kleiner Bruder.

Mit allem hatte Ethan gerechnet nur nicht damit. Einen Hund oder eine Katze hätte er als Trost akzeptiert. Aber sie hatten ihn einfach ersetzt! Seine Eltern hatten ihn einfach ausgetauscht. Der Schmerz loderte ihn ihm auf, als wollte er ihn umbringen. Seit sechzehn Jahren war es das Erste, was er wieder fühlte. Wut. Hass. Verzweiflung. Enttäuschung. Neid. Dieser Junge lebte sein Leben!

Katelyn Farrell kam die geschwungene weiße Treppe hinunter. „Könntest du das nächste Mal nicht durchs ganze Haus schreien, bitte?" Missbilligend sah sein kleiner Bruder weg.

„Guten Tag."

Es war deutlich, dass sie überrascht war, ihn zu sehen. Es war deutlich, dass sie ihn nicht erkannte. Aber er erkannte sie. Sie sah etwas älter aus und ihre Haare waren kürzer, als in seinen Erinnerungen. Die Jahre hatten dennoch kaum Spuren hinterlassen. Er hatte sich darauf vorbereitet, sie wiederzutreffen. Trotzdem schockierte es ihn.

„Sie wollten mich sprechen?" Ihr war anzumerken, dass es ihr missfiel, dass er da war. Vielleicht, weil er kaputte Jeans trug und aussah, als wäre er verprügelt worden. Aber beides stimmte. Und die Wahrheit würde ihr noch weniger gefallen. Ethan war dankbar über die Ausnahme, die Ayleen gemacht hatte. Es war das erste Nette gewesen, das ihm seit seiner neu errungenen Freiheit widerfahren war. Vielleicht würde es auch das letzte sein.

„Ich muss mit Ihnen reden."

„Worum geht es denn?"

„Um etwas, das vor vielen Jahren passiert ist?"

„Was ist denn da passiert?", plapperte der Junge dazwischen.

Seine Mutter lächelte etwas verärgert. Trotzdem war es offensichtlich, wie sehr sie ihn liebte. „Das ist Trevor, mein Sohn."

„Ich weiß", knurrte Ethan beinahe. Hätte sie das mit dem Sohn wirklich sagen müssen? War das nicht klar? Und dass er Trevor und nicht James, Richard oder sonst wie hieß, war ihm völlig egal.

„Kommen Sie bitte mit ins Wohnzimmer." Sie betrachtete angewidert seine knöchelhohen, zerkratzten Stiefel. Aber sie verkniff sich einen Kommentar. Dass die Leute, die sonst hier waren, anders aussahen, konnte Ethan sich ja denken. Er beobachtete die Wände. Bilder. Überall Bilder. Sein Vater. Seine Mutter. Trevor. Nur das Angesicht seines Bruders schmerzte. Auf den Rest hatte er sich jahrelang vorbereitet. Hier hatte sich einiges verändert. Aber nicht so weit, dass es wirklich der Rede wert gewesen wäre. Alles war weiß. Ethan überlegte, ob es das schon immer gewesen war. Seine Mutter setzte sich auf die Couch und bedeutete ihm, sich ebenfalls zu setzen. Er tat, wie ihm geheißen wurde. Hatte er eine Wahl? Er würde lieber stehen. Er stand immer lieber, als dass er saß.

„Gut, was gibt es so Wichtiges, dass Sie sofort mit mir sprechen wollten und nicht einen Termin mit meiner Sekretärin vereinbaren konnten?"

„Das wusste ich gar nicht."

Sie lachte missbilligend „Sie wussten nicht, dass ich eine Sekretärin habe? Wenn Sie keine Ahnung haben, warum sind Sie dann hier?", sie versuchte bedauernd oder mitleidig zu klingen. Es misslang ihr. Der Hohn war einfach zu deutlich. Was arbeitete seine Mutter eigentlich? Er wusste es gar nicht. Sie hatte ein Büro, in dem sie früher stundenlang verschwunden war. Vielleicht war sie Anwältin? Ethan beschloss, nicht nachzufragen.

Mrs. Farrell gefiel es gar nicht, dass dieser junge Mann hier bei ihnen zu Hause war. Warum hatte Trevor ihn reingelassen? Weil er so aussah wie die bösen Jungs an seiner Schule, mit denen er gerne befreundet wäre, aber es nicht war. Zu Katelyns Erleichterung. Sie fragte sich, warum er da war. Irgendetwas stimmte nicht mit ihm. Sollte sie die Polizei rufen?

„Gut, jetzt sagen Sie bitte gleich, warum Sie hier sind, sonst rufe ich die Polizei wegen Hausfriedensbruch."

Wie sehr sie ihren Sohn damit verletzte, wusste sie nicht. Sie wusste ja nicht einmal, dass er ihr Sohn war.

„Sie erinnern sich doch sicher noch daran, was vor sechzehn Jahren passiert ist?"

Sie starrte ihn an. „Ja, das werde ich wohl auch nie vergessen."

Er schüttelte den Kopf. „Was ist damals passiert?"

„Es ist ziemlich respektlos, das zu fragen." Sein kalter Gesichtsausdruck verstörte sie. Was war mit seinen Augen?
„Dann ist es eben respektlos. Nicht alles im Leben läuft respektvoll, geordnet, nacheinander und genau so, wie man es haben will, ab. Das sollten Sie doch wissen."
Seine Mutter war kurz davor, die Polizei zu rufen. Er wusste es.
„Vor sechzehn Jahren wurde mein Sohn entführt und ermor…"
„Das wissen Sie nicht. Es wurde nie eine Leiche gefunden", unterbrach er sie.
„Wurden Ihnen keine Manieren beigebracht?", empörte sich seine Mutter. Konnte es sein, dass sie es mehr störte, dass er sie unterbrochen hatte, als über die Entführung ihres Sohnes zu sprechen. „Ja, es ist richtig, es wurde keine Leiche gefunden. Na und? Deshalb ist er trotzdem nie wieder zurückgekommen."
Ethan sah aus dem riesigen Fenster. „Doch ist er", sagte er so leise, dass sie es nicht hören konnte.
„Das weiß ich aber alles schon. Was wollen Sie mir noch darüber sagen?"
„Haben Sie Ihren Sohn geliebt?"
„Was soll die Frage?", rief sie empört und stand auf. Er blieb sitzen. „Natürlich habe ich ihn geliebt! Er war mein Kind!"
„Wieso haben Sie dann aufgehört, nach ihm zu suchen?"
„Wir konnten nicht! Die Polizei hat die Suche eingestellt!" Seine Mutter wandte sich ab und stellte sich zum großen Fenster.
Ethan stand auf. „Tut mir leid, ich musste das einfach wissen … ob … du … mich vermisst hast."
Sie stand da am Fenster und starrte nach draußen. Er stand hinter ihr. Die Zeit stand für sie still. Es war leichter gewesen, es ihr nicht ins Gesicht sagen zu müssen. Er war fertig. Katelyn Farrell drehte sich zu ihrem Sohn um. Ihre Augen waren geweitet. Als sie ihn ansah, glänzten Tränen in ihren schmerzerfüllten Augen. „Was hast du gesagt?"
„Ich bin Ethan Farrell. Ich bin wieder da."
„Was? Du? Du bist Ethan? Mein Ethan?"
„Ja. Ich bin Ethan."

„Wo warst du? All diese Jahre lang? Wo warst du?"
„Weit weg." Seine Stimme war ruhig und gefasst.
Seine Mutter schrie. „Warum? Warum jetzt! Warum kommst du jetzt zurück?"
„Ich konnte vorher nicht."
Sie machte einen Schritt auf ihn zu. Fassungslos. Traurig. Verzweifelt. Er wich ihr aus. „Ethan ...", ihre Stimme zitterte.
„Wo warst du?"
„Kann ich dir nicht sagen, ich weiß es nicht."
„Jetzt bist du wieder da." Ihr Blick streifte die Bilder. Ihr neues Leben. „Es hat sich so vieles verändert ..."
„Ich weiß."
„Ich ... wir hätten nie damit gerechnet, dich wiederzusehen ... Aber jetzt bist du wieder da."
„Ich werde nicht bleiben."
Panik schlich sich in ihre Augen. Panik, ihn wieder zu verlieren? „Du bist groß geworden. Wie alt bist du jetzt?" Seiner Mutter war schlecht und das war alles, was sie daran hinderte zu weinen. Die Übelkeit der Angst, der Panik. Die Verzweiflung.
„Rechne doch nach. Ich war vier, als ich ...", er wollte gestorben sagen, oder verschwunden, „entführt worden bin."
„Zwanzig", sie stöhnte verzweifelt auf. „Du siehst aus wie dein Vater."
„Nein, das tue ich nicht." Er sah auf die Fotos. Nein, das tat er nicht.
„Was ist dir passiert?", flüsterte sie plötzlich.
„Das willst du nicht wissen."
Sie nickte wie hypnotisiert. Das wollte sie nicht wissen. Wieso hatte sie überhaupt gefragt? „Du siehst fertig aus", startete sie einen neuen Versuch.
„Ich hatte eine Gehirnerschütterung." Er fuhr sich über die Schläfe.
„Oh mein Gott, wer war das? Wer hat dir das angetan?"
„Na, rate mal, wer wohl?"
Entgeistert starrte sie ihn an. Wann würde sie endlich kapieren, dass die sechzehn Jahre ihn nicht nur äußerlich verändert hatten?

Er war kein Mensch aus ihrer Welt mehr. Er passte hier nicht mehr rein. Wann würde sie das endlich einsehen.

„Deine Jeans …" Er betrachtete seine Beine.

„Was ist damit?"

„Sie ist kaputt."

Er zuckte mit den Schultern. Was war schon eine kaputte Jeans gegen ein kaputtes Leben.

„Ich meine, … brauchst du Geld oder so etwas?"

„Was? Ich komme nach sechzehn Jahren zurück und alles, was du mich fragst, ist, ob ich vielleicht Geld bräuchte? Um mir neue Hosen zu kaufen?" Er schüttelte den Kopf „Nein, danke! Ich brauche kein Geld."

„Aber du siehst aus wie … wie …"

„Wie was? … Heruntergekommen? Arm? Kaputt!?" Sie sah ihn hilflos an.

„Was ist hier los, Mum?" Trevor stand im Flur.

„Nichts, Schatz, bitte gehe wieder auf dein Zimmer."

Trevor sah Ethan an. Seinen Bruder. Nur wusste er das noch nicht. „Nichts? Ist das alles, was du ihm sagen wirst, wenn er wieder und wieder fragen wird, wer dieser komische Typ in den verdammten, zerschlissenen, olivgrünen Jeans gewesen ist!"

„Mum?", fragte Trevor unsicher.

„Ich, Trevor, bin dein Bruder."

Trevor verstand die Welt nicht mehr. „Was, aber ich habe keinen Bruder."

Ethan drehte sich zu seiner Mutter um. „Du … ihr habt es ihm nie erzählt?"

Sie senkte den Blick „Wir dachten, es wäre leichter."

„Was wäre leichter?"

„Neu anzufangen. Du warst tot, Ethan."

„Neu anzufangen? Also habt ihr mich einfach vergessen?!" Sie sah weg. Toll. Das war seine Familie. Seine Mutter war zu schwach, und sein Vater war nicht da. Und sein Bruder. Sein Bruder war ein verwöhntes Arschloch. Das passierte also, wenn man versuchte zu vergessen. Ein Neuanfang. Ethan sollte gehen. Aber es gab noch etwas, was er wissen wollte. Nicht, weil es ihn brennend interessierte, nicht mehr seit den letzten 15 Minuten. Aber er hatte es Ayleen sozusagen versprochen. Er wollte nicht vergessen. Er wollte nicht so sein wie sie. Seine Eltern. Seine Familie. Sein Zuhause. „Mum", es war das erste Mal, dass er sie wieder so nannte „Das warst du doch mal, nicht wahr? Meine Mum." Sie wollte etwas erwidern, aber er sprach einfach weiter. Ihre Erwiderung wollte er jetzt nicht. „Warum habt ihr mich ‚Ethan' genannt?"

Katelyn war noch nie eine solche Frage gestellt worden. Noch nie. „Was?", fragte sie verwirrt.

„Warum ihr mich so genannt habt, bitte?"

„Weil uns der Name gefallen hat. Wir fanden ihn schön."

„‚Ethan' ist in der Chemie ein farbloses, geruchloses Gas. Wie ein Geist, verstehst du. Vielleicht war das schon immer mein Schicksal … vergessen zu werden. Wie etwas, das gar nicht existiert! Oder zumindest nicht spürbar. So war ich doch, oder etwa nicht? Ich war da, aber ihr habt mich nicht gesehen, ihr wolltet mich nicht sehen. Ich war wie dieses verdammte Gas: kaum wahrnehmbar. Aber effektiv."

Trevor und seine Mutter starrten den jungen Mann an, der vor ihnen stand. Ihr Sohn. Sein Bruder. Ethan drehte sich um und ging zur Tür.

„Ich gehe jetzt." Sie liefen ihm hinterher. „Vergiss nicht", er drehte sich um, „ich werde mich rächen, denn ich habe nicht vergessen. Nichts." Dann verschwand er aus der Tür, wie einst, als er mit diesem Kindermädchen zum Spielplatz gehen wollte. Würde dieses Mal wieder das letzte sein? Das letzte Mal, dass sie ihn gesehen hatte, auf eine unbestimmbar lange Zeit? Würde sie ihn überhaupt je wiedersehen? War es das? Was würde er nur tun?

„Mum, wer war das?" „Dein Bruder. Geh auf dein Zimmer, ich muss Dad anrufen." Trevor ging. Aber nur, weil er musste. Gerne hätte er mehr über den groben Typen erfahren, der seine Mutter zum Weinen gebracht hatte. Er war sein Bruder. Warum hatte er nie gewusst, dass er einen Bruder hatte? Gleichzeitig hoffte Trevor, ihn nie wiedersehen zu müssen.

Ein Geist, das war er, ein Geist. Warum seine Eltern ihn so genannt hatten? Weil ihnen der Name gefallen hatte. Warum er zurückgekommen war? Um sich zu rächen. War die Welt wirklich so einfach? Nein, war sie nicht. Sie kam ihm nur so vor, weil er nicht mehr fühlte. Ein Geist fühlte nicht. Gas fühlte nicht. Gas hatte keine Gefühle. Ethan hatte keine Gefühle. Seine Mutter hatte ihn genervt. Er hatte gehofft, sie würde ihn zum Weinen bringen. Aber sie hatte nur seinen Hass geschürt. Und Trevor. Da war nichts, was er über Trevor dachte. Trevor berührte ihn nicht. Trevor war da, lebte Ethans Leben. Aber würde niemals Ethan sein. Er kannte seinen Bruder nicht. Er konnte nicht über ihn urteilen. Er wollte ihn nicht kennenlernen. Das beruhte auf Gegenseitigkeit. Warum Ayleens Eltern sie so genannt hatten? Weil ihnen der Name gefallen hatte. Vielleicht machten Eltern das ja so. Sie gaben ihren Kindern Namen, die ihnen gefielen. Warum hatte ihnen der Name Ethan gefallen. Ethan, das war Platz fünf der meist vergebenen Namen. Wieso hatten sie ihm nicht einen Namen gegeben, den nicht jeder Fünfte hatte. Ayleen hieß bestimmt nicht jedes fünfte Mädchen. Hatte das wirklich etwas zu sagen? Vermutlich nicht. Das Einzige, was er im Moment sicher wusste, war, dass er nicht mehr existierte. Wirklich nicht mehr. Für niemanden. Und das würde auch so bleiben. Laura Richards würde man vergessen, so wie man ihn vergessen hatte. Genau deshalb rächte er sich. Obwohl die Welt jetzt so war, wie sie eben war, verspürte er dennoch einen winzigen Stich, dass er fortan nicht mehr Teil seiner eigenen Familie sein würde. Dass sie ihn einfach so vergessen hatten – einfach so –, hatte er nicht erwartet. Oder hatte er nur *gehofft,* dass sie es nicht getan hatten?

3. Erinnerung

„Ayleen!"

„Jaha! Was denn?", schrie sie aus ihrem Zimmer zurück. Als ihre Mutter keine Antwort nach oben brüllte, stand sie auf und ging nach unten. „Kannst du bitte Madeline von der Schule abholen?"

„Warum, ich muss noch was machen?"

„Weil du auch mal in der Familie helfen kannst, okay?"

Ayleen verdrehte die Augen hinter dem Rücken ihrer Mutter und nahm die Autoschlüssel. Es war der ganz normale Wahnsinn einer vierköpfigen Familie. Ayleens Vater war immer den ganzen Tag arbeiten und ihre Mutter versuchte gleichzeitig, zwei Kinder großzuziehen, den Haushalt zu machen und zu arbeiten. Ayleen verließ das Haus und stieg in den kleinen VW Golf. Er war alt und an manchen Stellen nicht mehr ganz in Ordnung. Aber sie liebte dieses Auto, weil es ihr eigenes war und sie es selbst erworben hatte. Sie hasste es, alles von ihren Eltern geschenkt zu bekommen. Sie fuhr zu der Schule ihrer kleinen Schwester. Sie hasste diese Gegend. Bereits in zweihundert Meter Entfernung konnte man die Luxuswagen der Eltern sehen, die alle versuchten, möglichst nahe an den Eingang der Schule heranzukommen. Ayleen ergatterte einen Parkplatz in unmittelbarer Nähe. Sollte sie aussteigen? Da, zwischen zwei anderen Mädchen eingekeilt kam Madeline aus der Schultür. Ayleen seufzte. Wahrscheinlich hatte ihre 15-jährige Schwester mal wieder alle zum Essen eingeladen. Sie stieg aus. „Hey Mady! Hier!"

Ihre Schwester sah sie genervt an. „Danke, dass du mich abholst." Sie lächelte ihr engelhaftes Lächeln. So gab sie sich immer vor ihren Freundinnen.

„Hi, Ayleen", begrüßte die blonde Freundin sie.
„Hey, steigt ein."
„Ist doch okay, dass sie mitkommen?"
„Ja, sicher, kann nur sein, dass mein Wagen auf der Straße liegen bleibt, wenn noch mehr Personen drinnen sitzen."
„Was?", fragte die andere hysterisch.
„Das war ein Scherz."
„Meine Schwester macht immer solche Sachen", erklärte Mady ihnen. Ayleen seufzte und fuhr los.
„Wir haben heute Mathe zurückbekommen", meinte Mady irgendwann.
„Oh, toll", erwiderte Ayleen ironisch.
„Ich hab ein A", sagte sie fröhlich.
„Toll, du Musterschülerin." Das war sie. Sie entsprach immer den Ansprüchen der anderen. Ayleen hatte das nie getan. Sie war nachts zu lange weg gewesen, hatte Freunde, die ihre Eltern nicht mochten, und war in der Schule immer durchschnittlich gewesen. Für sie waren andere Sachen wichtiger. Ob sie ihrer Schwester von Ethan erzählen sollte? Oder würde sie nur denken, dass er wieder einer dieser *bösen Jungs war, mit denen Ayleen immer abhing*? Vielleicht würde sie auch gleich wieder denken, dass er ihr Freund war. Madeline war in dieser Hinsicht sehr naiv. Vielleicht auch einfach zu jung. Sie kamen an. Ayleen stellte den Motor ab, zog die Handbremse an und stieg aus. Die anderen folgten ihr.
„Mum! Wir sind wieder da!", rief sie im Inneren des Hauses.
„Gut, dann kommt zum Essen!"
„Mum ich hab meine Freundinnen mitgebracht."
Ihre Mutter stöhnte genervt. „Na gut, es wird schon für alle reichen, sonst muss sich einer eben ein Brot schmieren."
„Ich hab ein A in Mathe." Als würde das die Situation retten. Tatsächlich freute sich ihre Mutter sehr darüber. Sie saßen alle um den gläsernen Esstisch.
„Ayleen, hast du heute noch eine Schicht?", fragte Mady.
„Jap, wieso, brauchst du 'nen Fahrer?"
„Ja, eine Freundin feiert heute ihren Sechzehnten und es wäre echt cool, wenn du mich fahren könntest."

„Mum, warum fährst du sie nicht? Ich kann da wahrscheinlich nicht."

„Ayleen, Mensch, wir fahren doch eine Woche in den Urlaub."

„Hast du die Koffer im Flur nicht gesehen?", fragte Mady verwundert. „Doch, aber ich dachte nicht, dass ihr schon heute fahrt."

„Ayleen, das ist doch seit Wochen abgeklärt, du bleibst alleine hier und Mady wohnt zwei Tage bei Lisa." Jetzt fiel es auch ihr wieder ein. Sie räumten ab.

„Mum, darf ich Freunde einladen, wenn ich alleine hier bin?"

„Nein, das letzte Mal hat dein Freund fast das Haus angezündet."

„Das stimmt nicht!"

„Keine Diskussion. Du wirst auch so klarkommen, ohne Party!"

„Ich hab doch gar nicht von *Party* gesprochen. Ich hatte eher an Caro gedacht, sie kann doch kommen, oder?"

„Mir wäre es lieber, wenn du dich mal eine Woche um deine Studienbewerbungen kümmern würdest."

Ayleen würde Caro trotzdem einladen und sie würde auch eine Party veranstalten, wenn ihr danach war. Was sollten ihre Eltern schon machen? Sie wollte sowieso bald ausziehen. Die Haustür wurde geöffnet.

„Dad! Ich hab ein A in Mathe!"

Als gäbe es nichts anderes auf dieser Welt. Für sie gab es vielleicht wirklich nichts anderes. Es tat Ayleen weh, ihre Schwester so zu sehen, weil sie schon wieder an Ethan denken musste. Wie einfach doch die Welt ihrer kleinen, naiven Schwester war. Sie verabschiedeten sich von ihren Eltern und auch Madelines Freundinnen fuhren irgendwann mit dem Bus nach Hause. Ayleen saß mit ihrem Laptop auf dem Bett. Madeline kam herein. Sie klopfte nicht. Das tat sie nie, obwohl Ayleen sie immer daran erinnerte.

„Kannst du mich jetzt um sieben da hinfahren?"

„Ich habe ab halb fünf Schicht, Mady."

„Aber du kannst doch einfach sagen, dass es ein Notfall ist?"

„Ich kann da meine Arbeitsschichten nicht legen, wie ich will, sonst werde ich gefeuert. Außerdem ist die Party deiner Freundin kein Notfall."

„Du machst doch sonst auch immer, was du willst!"

„Ja, eben. ich will arbeiten und Geld verdienen und keinen Stress mit meiner Chefin, kapiert? Nimm doch den Bus."

„Da fährt keiner!"

„Mein Gott, komm mit in die Kneipe, dann frag ich, ob ich dich kurz wegfahren kann, okay?"

„Hä, du hast doch gerade noch gesagt, dass das nicht geht?"

„Nichts ist unmöglich. Außerdem kann ich dir auch nicht versprechen, dass es klappt."

„Du bist die Beste!", rief Madeline glücklich, „du schaffst das bestimmt!" Ayleen war sich diesbezüglich nicht so sicher wie ihre Schwester.

Sie fuhren los. Madeline war so schwarz geschminkt, dass sie kaum wiedererzukennen war. „Du siehst billig aus, mit der vielen Schminke, ist das Absicht?"

Mady starrte sie verlegen an. „Nein, ist es nicht. Aber das trägt man doch so."

„Wie du meinst. Ich finde eben, dass es zu viel ist."

„Du trägst auch manchmal so viel Schwarz."

„Jetzt nicht mehr so oft. Außerdem war ich mir der Wirkung bewusst."

„Du wolltest billig aussehen?"

Ayleen zuckte mit den Schultern. Sie hatte schon vieles getan, was ihre Schwester nicht verstehen würde. Sie waren verschieden. Auch wenn Madeline immer so sein wollte wie ihre ältere Schwester. Aber dafür nahm sie nicht die Folgen in Kauf. Ayleen hatte ihr nie gesagt, wie es wirklich war, mit einem Filmriss irgendwo aufzuwachen und nach Hause zu kommen. Sie hatte nie erzählt, wie es wirklich war, Freunde zu haben, die ununterbrochen Autorennen fahren wollten und sich dabei am besten fast umbrachten. Dafür hatte sie zu den Coolen in ihrer Schulzeit gehört und nicht zu den Braven, Hübschen. Wie ihre Schwester. Sie erreichten die Kneipe.

„Wurdest du da drinnen schon mal angemacht?"

„Ja, bestimmt so ein-, zweimal."

Madeline hob erstaunt die Augenbrauen. Sie fragte sich gerade, wie ihre Schwester das nur aushielt, hier zu arbeiten. Dabei war es überhaupt nicht so, wie Madeline dachte. Sie liefen ins Büro. Es war stickig und warm. Draußen hatte es 30 Grad.

„Mrs. Brooks, ich habe um sieben einen Arzttermin, das ist nur 'ne Impfung, geht also schnell."

„Kommst du danach wieder her?"

„Jap, klar."

„Und was macht sie hier?"

„Das ist meine Schwester, die kommt mit. Muss auch geimpft werden."

Mrs. Brooks nickte. „In Ordnung."

Die beiden Mädchen drehten sich zur Tür. „Ayleen, bleibst du noch mal kurz hier." Ayleen blieb. „Wegen der Stelle."

„Ja, meine Freundin Caro würde die gerne nehmen." „Ich weiß, ich habe auch sonst nur noch einen anderen Bewerber." Sie sah aus dem Fenster. Dann wandte sie sich wieder dem jungen Mädchen vor ihr zu. „Ich werde deine Freundin nehmen. Ich hoffe, sie arbeitet so zuverlässig wie du."

„Danke", sie musste grinsen „Ich rufe sie gleich an."

„Frag sie, ob sie gleich morgen anfangen könnte, das wäre gut, sonst musst du den Rest der Woche alleine arbeiten."

„Okay", sagte Ayleen und verließ das Büro.

„Worum ging's?"

Ayleen schüttelte ihre neugierige Schwester ab und rief Caro an. „Hey, du hast die Stelle."

„Was! Geil! Wann soll ich anfangen?"

„Morgen."

„Okay! Holst du mich dann ab?"

„Klar, kann ich machen." Sie legten auf.

„Darum ging's", meinte Madeline.

Ayleen nickte. „Setz dich da hinten an einen Tisch. Ich bring dir eine heiße Schokolade."

„Okay." Sie setzte sich.

Es bereitete Ayleen eine kleine Genugtuung, dass ihre Schwester jetzt zweieinhalb Stunden hier warten musste. Sie brachte Mady die Schokolade, obwohl es eigentlich viel zu warm für ein Heißgetränk war. „Ich geh jetzt arbeiten, wenn du was brauchst, komm einfach zum Tresen, okay?" Sie nickte.

Ayleen nahm ihren Arbeitsplatz ein. Es passierte so gut wie nichts. Leute kamen, bestellten Getränke oder Kuchen, den sie tagsüber anboten, und setzten sich irgendwo hin. Es war interessant, die verschiedensten Menschen zu sehen, die doch trotzdem irgendwo das gleiche bestellten und hier gemeinsam saßen. Wenn auch nur indirekt. Die Zeit verging. Madeline chattete mit irgendwelchen Leuten oder machte das Netz unsicher. Hier wurde kostenloses WLAN angeboten. Was für ein Paradies für Mady.

„Hey, du bist es! Mann, lange nicht mehr gesehen!"
Ayleen sah erschrocken hoch.
„Hi, kennst du mich nicht mehr?"
Ayleen grinste ihre ehemalige Schulfreundin an. „Doch, klar, Lauren, wie könnte ich dich vergessen?"
„Richtig! Ich hab gehört, du bist nicht mehr mit diesem Typen zusammen?"
„Von wem hast du das denn gehört?"
„Von Caro."
„Du warst bei Caro?"
„Jap! Bekomme ich einen Kaffee aufs Haus?"
„Nein. Wie hast du mich gefunden?" Sie legte den Kopf schief. „Ach, ja, richtig!", Ayleen musste über sich selbst den Kopf schütteln, „du warst ja bei Caro. Wie war's in Australien? Du warst doch in Australien, oder?"
„Ja." Die Augen der, blonden, sonnengebräunten jungen Frau fingen an zu leuchten. „Es war toll, Ayleen. Ich wünschte, du wärst dabei gewesen!"
Ayleen lächelte. Sie wäre gerne mitgekommen. Aber ihre Eltern hatten es verboten. Und sie hatte sich daran gehalten, weil sie sich schon oft genug mit ihren Eltern stritt.
„Und wie ist es so hier, zu arbeiten?"
„Geht so."
Lauren lachte. „Warum will Caro dann unbedingt hierher?"
„Keine Ahnung. Willst du was haben oder nur quatschen?"
„Keine Ahnung, machst du mir einen Kaffee?"
„Klar, geht aber nicht aufs Haus."

Lauren lachte und setzte sich dann zu Madeline, nachdem sie sie stürmisch und provokant begrüßte. Sicher würde sie ihr jetzt auch noch einmal sagen, dass sie zu dunkel geschminkt war. Wahrscheinlich würde sich Mady danach überhaupt nicht mehr schminken. Irgendwann ging Lauren wieder. Es war so unwirklich gewesen, sie wiederzusehen. Ayleen hatte sie fast schon vergessen gehabt. Wie schnell man doch selbst Menschen vergaß oder verdrängte, die einem wichtig waren. Und Lauren war ihr wichtig. Lauren war impulsiv und risikofreudig. Ayleen hatte sie ein ganzes Jahr lang vermisst. Mit ihr hatte sie so viel Spaß gehabt. Mit Caro ging das nicht. Jedenfalls nicht so einfach. Sie waren eben doch sehr unterschiedlich. Sie bediente die Leute. Wieder verging die Zeit. Langsam. Wie immer in letzter Zeit. Als würde sie auf etwas warten. Aber was war das? Worauf wartete sie?

„Hallo, Ayleen." Richtig, darauf. Er sah so fertig aus, als hätte er tagelang nicht mehr geschlafen. Hatte er vielleicht auch nicht. Trotzdem freute sie sich, ihn zu sehen.

„Ist etwas passiert?"

„Warum?"

„Du siehst schrecklich aus."

„Tue ich das nicht immer?" Ein müdes Lächeln stahl sich auf sein Gesicht. „Ich hätte gerne etwas zu trinken."

„Ich darf erst ab sechs Uhr …"

„Es ist sechs." Er grinste.

Ayleen drehte sich zu der Uhr hinter ihr um. Es war Punkt sechs. „Okay." Sie holte die neue Flasche aus dem Regal. Die alte war von der gestrigen Kundschaft geleert worden. Oder besser das, was davon noch übrig gewesen war. Ethan leerte das erste Glas.

„Meine Eltern haben mich auch nur so genannt, weil ihnen der Name gefallen hat."

„Ich glaube, Eltern machen das so. Ich würde meine Kinder auch so nennen, wie ich es schön fände."

Er zuckte mit den Schultern. „Glaubst du an Determination?" Er sah ihr in die Augen.

„Ich weiß nicht, ich hoffe aber, dass es sie nicht gibt. Sonst wären wir ja nicht frei." Sie hätte sich am liebsten auf die Zunge gebissen. Das Wort *frei* sollte sie vor ihm lieber nicht erwähnen. Aber er sah darüber hinweg. „Das würde alles so relativ machen, denke ich. Dann läge es nicht an uns, so zu handeln, wie wir es für richtig halten, sondern an unserem Schicksal."

„Wusstest du, dass Ethan auf Deutsch ein farbloses, geruchloses Gas ist?"

„Nein, das wusste ich nicht."

„Seit ich das weiß, frage ich mich, ob ich prädestiniert war, ... so zu ... leben?"

„Müssten dann nicht alle Ethans dein Schicksal teilen?"

Er grinste. „Du hast recht, denn das tun sie nicht. Vielleicht ist es ja ein Beweis dafür, dass wir nicht determiniert sind?"

„Ja, zumindest ist es ein Anfang." Sie musste lächeln.

„Willst du immer noch wissen, was gestern passiert ist?"

„Ja." Dabei war sie sich überhaupt nicht sicher, ob sie das wirklich wollte.

„Ich war bei meinen Eltern", er sah vor sich auf den Tresen und schob ihr wieder das Glas hin „Die haben mich ersetzt. Zumindest brauchen sie mich nicht mehr."

Ayleen schluckte. Was sollte sie denn jetzt sagen? Sie füllte sein Glas. „Ersetzt?"

Er sah sie an. Seine Augen waren traurig. „Sie haben jetzt einen Sohn, er heißt Trevor. Er ist ein Arsch. Glaube ich."

„Oh Gott, aber haben sie sich gar nicht gefreut, dich wiederzusehen?"

Er zuckte mit den Schultern. „Keine Ahnung, ich glaube, meiner Mutter tat es weh, dass ich jetzt zurückgekommen und in ihr heiles Leben geplatzt bin. Und meinen Vater habe ich gar nicht gesehen."

Ayleen starrte ihn an. „Sie mussten doch irgendwann weiterleben", flüsterte sie.

Er sah sie kalt an. „Ich weiß. Aber ich hatte trotzdem gehofft, dass sie mich nicht einfach so aus ihrem Leben gelöscht hätten. Darf ich das nicht?" Seine Stimme war kalt, schmerzerfüllt und wütend.

„Doch, ich hatte gehofft, dass sie dich nicht vergessen haben. Es tut mir wahnsinnig leid ..." Sie wusste nicht, was sie sonst hätte sagen sollen. Was sollte man jemandem wie ihm sagen? Warum

hatte ihr das nie jemand beigebracht, wie man so jemandem helfen konnte? Das wäre doch nützlich gewesen zu lernen, statt Algebra oder Latein. Aber wahrscheinlich gab es dafür keine Bedienungsanleitung. „Was wirst du jetzt tun? Wirst du dich an ihnen rächen?" Er schien einen Moment zu überlegen, dann sagte er: „Nein, ich denke nicht. Sie haben mich enttäuscht. Ich werde sie einfach vergessen und sie aus meinem Leben streichen."
Sie konnte ihm nicht sagen, dass er noch einmal mit ihnen reden sollte. Seine Entscheidung stand fest. Oder?
„Wie alt bist du?"
Ayleen sah ihn erstaunt an. „Neunzehn", antwortete sie.
Er nickte. „Ich bin ein Jahr älter als du." Er lächelte, als hätte das für ihn eine große Bedeutung. „Was hast du am liebsten gemacht, als du fünf warst?"
Es war der Alkohol, ganz sicher. Warum wollte er auf einmal solche Dinge wissen? Warum war er sonst dermaßen neben der Spur.
„Keine Ahnung, ich glaube, ich habe mit Autos gespielt." Sie musste grinsen. Sie hatte es noch lebhaft vor Augen. Ihre Schwester hatte immer mit Puppen gespielt. Sie waren so verschieden. Ethan grinste auch, was sie verwunderte.
„Mit Autos, das ist ungewöhnlich, oder?"
„Ja, ich denke schon, meine Schwester wollte immer mit Barbies spielen."
Er sah sie an. „Weißt du noch, wie die Autos aussahen?"
„Jap. Warum? Weißt du nicht mehr, was du mit fünf gemacht hast?" Ayleen erstarrte. Wie alt war er noch mal? Zwanzig. Richtig. Und vor sechzehn Jahren war er entführt worden, also war sein fünftes Lebensjahr wahrscheinlich das schrecklichste seines Lebens gewesen. „Es tut mir leid, also ich wollte nicht ..."
„Was denn? Ist schon okay. Ich habe mit fünf in einem Keller gesessen und geheult." Er grinste.
Warum grinste er dabei? Das war doch nicht lustig! Sie lächelte schief. Was sollte sie auch tun?
„Also denkst du, meine damaligen Freunde müssten sich noch an mich erinnern?"
„Wenn sie so alt waren wie du, meinst du?"

Er nickte. "Keine Ahnung, ich denke schon. Wenn sie das alles mitbekommen haben, dann müssten sie sich noch daran erinnern."

"Bist du sicher? Das heißt, sie hätten suchen können, wenn sie es gewollt hätten?"

"Na ja, also man muss auch weiterleben, das heißt, es kann schon sein, dass sie nicht gesucht haben, weil sie nicht mehr genug wussten, ..."

"Ja, ich verstehe. Aber wenn sie mich vergessen haben, dann konnten sie mich nicht suchen, weil man nicht nach etwas sucht, von dem man keine Ahnung mehr hat, dass es existiert."

Ayleen nickte.

"Also konnten sie gar nicht suchen?"

Ayleen sah ihn verzweifelt an. "Keine Ahnung, Ethan, ich weiß es nicht."

"Schon gut, ich meine nur, wie würdest du reagieren, wenn plötzlich jemand vor deiner Haustür steht und dir sagt, dass er dein verschwundener Kindheitsfreund ist?"

Es war definitiv der Alkohol. "Keine Ahnung, ich würde versuchen, ihm zu helfen?"

Er nickte. "Du würdest das tun. Aber sie haben es nicht getan."

Bei seinem letzten Satz nahm seine Stimme einen harten Unterton an. Was hatte er nur vor? Oder vielleicht schon getan?

"Ethan, ..."

"Hey, wir müssen bald los!"

Sie drehten sich beide erschrocken zu Madeline um.

In Ethans Augen spiegelte sich Erstaunen. "Wer bist du?", fragte er leicht missbilligend.

"Das ist meine kleine Schwester Mady."

"Könntest ihn mir auch vorstellen", zischte sie ihrer älteren Schwester zu.

Ayleen antwortete nur mit einem skeptischen Hochziehen der Augenbrauen.

"Also kannst du vielleicht aufhören, mit dem zu flirten und mich fahren?" Sie wollte nur cool sein. So tun, als hätte sie die Lage total im Griff. Aber diesmal hatte Madeline weit gefehlt.

Ethan sah sie zweifelnd an.
„Was ist?"
„Du bist zu dunkel geschminkt, hab doch gesagt, dass das komisch ankommt", meinte Ayleen provokant. Ihre Schwester sah sie böse an. Aber Ethan bestätigte Ayleen mit einem skeptischen Blick zu Mady.
„Findest du, dass ich zu dunkel geschminkt bin?", fragte sie Ethan. Ayleen hasste es, wenn ihre Schwester versuchte, verführerisch zu sein. Zum Glück bekam sie nicht viel aus ihrem Privatleben außerhalb von zu Hause mit.
„Ja, finde ich."
Ayleen wäre ihm am liebsten um den Hals gefallen. Ihm war das Arschkriechen wahrscheinlich nicht beigebracht worden. Er sagte ehrlich seine Meinung. Sie hatte Mady besiegt.
„Können wir jetzt fahren?", drängte Mady, weil ihr die Situation immer unangenehmer wurde.
„Ja, können wir." Sie lief um den Tresen herum. „Ich bin in einer Viertelstunde oder so wieder da."
Ethan nickte.
„Bist du dann noch da?", fragte sie ihn. Mady eilte bereits nach draußen.
„Ja, bin ich."
„Gut." Sie lächelte und verließ die Kneipe.
„Wer war das?", wollte Mady wissen, sobald Ayleen im Auto saß. Das Funkeln in den Augen ihrer Schwester beunruhigte sie. Sollte sie ihr die Wahrheit sagen oder lügen? Um ihr ihre Illusion zu lassen?
„Jetzt sag schon!"
„Er heißt Ethan."
„Und weiter?"
„Farrell."
Ihre Schwester stöhnte genervt auf. „Das meine ich nicht!"
„Was dann?"
„Woher kennst du ihn?"
„Von der Arbeit, also er ist öfter dort. Warum interessiert er dich so?"

„Keine Ahnung", fing sie unschuldig tuend an „Ich will halt wissen, wer der geile Typ ist, mit dem meine Schwester abhängt." Sie grinste frech.

„Geil? Du kennst ihn doch gar nicht." Irgendetwas widerstrebte Ayleen, dass ihre Schwester so über ihn redete.

„Aber er sieht gut aus!", verteidigte Mady sich.

„Na und? Rede nicht so über ihn!"

„Also magst du ihn doch? Und warum soll ich nicht so was sagen?"

„Verdammt, Mady, *mögen* ist sehr grob gefasst. Klar, *mag* ich ihn."

„Ayleen, warum, jetzt sag schon!"

„Ach so. Er hat ziemlich viel durchgemacht. Es ist nicht fair, denke ich, ihn nur auf sein Äußeres zu reduzieren."

Mady starrte ihre große Schwester an. Noch nie hatte sie so etwas gesagt. Sie war diejenige, die ständig über Leute redete, über hübsche Mädchen, heiße Jungs. Warum durfte sie das nicht? Oder lag es wirklich an diesem Ethan? „Glaubst du, der hat eine Freundin?"

Ayleen reichte es jetzt. „Mady, hör auf!"

„Aha, also stehst du doch auf ihn?" Mady wollte sie nur necken. Aber das lief heute schief.

„Mady, du verstehst das alles falsch!"

„Was ist daran misszuverstehen?"

„Es ist nicht so einfach, wie es für dich vielleicht aussieht. Wir sind da."

„Oh, stimmt! Danke fürs Fahren!" Madeline sprang aus dem Auto und verschwand im Hintergarten des weißen Einfamilienhauses, vor dem sie hielt.

Mochte sie Ethan? Nein, nicht so, wie ihre Schwester dachte. Sie kannte ihn doch gar nicht. Nur das, was alle von ihm wussten. Dass er in seinem Leben das Opfer war und nicht die heldenhafte Hauptfigur. Trotzdem merkte sie, dass sie sich freute, wieder zur Kneipe zurückzufahren, ... weil *er* dort war.

Sie erreichte die Kneipe. Im Inneren war hoher Betrieb.

„Da bist du ja endlich wieder!", rief Brooks.

Ayleen nickte genervt und nahm ihre Position hinter dem Tresen ein und bediente den Ansturm an Leuten. Ethan war noch da. Auch wenn er noch weniger er selbst war, als sonst.

„Ayleen?"

„Ja?", sie wandte sich ihm zu. Er hatte die Flasche bis auf einen kleinen Rest geleert.

„Du bist ja wieder da." Seine Augen waren trüb. Kein Zweifel, er war betrunken.

„Ja, und du bist es nicht mehr." Sie grinste. Aber es ärgerte sie, dass sie ihm die Flasche nicht weggenommen hatte. Warum war sie so nachlässig gewesen?

Er lehnte sich zu ihr hinüber und sagte irgendetwas, das sie nicht verstand. Sie nickte trotzdem lächelnd. Er legte den Kopf auf den Tisch. Was er wohl sagen wollte? Sie bediente die nächsten Gäste, wobei sie Ethan nie aus den Augen ließ. Ayleen hatte Angst, dass er vom Stuhl kippen könnte.

„Ethan, willst du nicht langsam nach Hause gehen?"

Er schüttelte den Kopf. „Ich hab kein Zuhause mehr", nuschelte er als Antwort.

Es versetzte ihr einen Stich. Richtig. Hatte er nicht mehr.

„Wo hast du die letzten Tage verbracht?"

Sie musste wieder daran denken, wie er vor einigen, wenigen Tagen hier zum ersten Mal hereingekommen war. Im Vergleich zu jetzt war er damals eingetreten wie ein Racheengel. Jetzt war er ein Wrack. Ayleen wollte nicht wissen, was die ganze Zeit noch mehr an ihm riss, als es die letzten Jahre nicht schon getan hatten. Sie wollte nicht wissen, was ihn jetzt so sehr verzweifeln ließ. Sie wollte es nicht wissen. Wieder nuschelte er zu sehr, als dass sie ein Wort verstehen konnte. Sie ließ es bleiben, ihn noch weiter zu fragen. Ihre Schicht würde in drei Stunden beendet sein, wenn er dann immer noch da war, würde sie weitersehen.

Drei Stunden später war Ethan Farrell immer noch da. Er hatte die Arme auf den Tresen gelegt und seinen Kopf darauf platziert. In dieser Haltung beobachtete er Ayleen und die Menschen, die sie bediente. Sein Umfeld. Die Welt, zu der er nicht mehr gehörte, nie wieder gehören würde. Aber der Alkohol ließ ihn zweifeln, warum das ein Problem war. Beinahe fand er es schon amüsant, wie die Leute an ihm vorbei lebten, als würde er nicht mehr existieren. Vor allem, da er es einst getan hatte. Vor all diesen Jahren war er ein kleiner Teil dieser herumwuselnden, unschlüssigen Masse gewesen. Wieso vermisste er es nicht mehr, dazuzugehören? Zu diesen lächerlichen, armseligen Wesen? Richtig. Sie waren glücklich. Oder glaubten es zumindest zu sein. Aber konnte man in dieser verdammten Welt überhaupt glücklich sein? Er schloss die Augen.

„Ethan?" Es kam aus einer anderen Welt. Von weither. Von einer anderen Zeit, aus einer anderen Welt. Es war nicht real. Es war ein Ruf aus der Welt vor sechzehn Jahren. Aus dieser anderen Zeit, in die er keinen Weg mehr hineinfand. War das die Brücke? War es nur in seinem Kopf? Quoll aus seinem Unterbewusstsein und erinnerte ihn daran, einmal hierhergehört zu haben?

„Ethan!" Irgendwer rüttelte an ihm.

Er öffnete müde die Augen „Ayleen." Was machte sie hier? Es war gut, dass sie da war. Seine Augen fielen wieder zu. Er wollte schlafen, endlich mal wieder schlafen.

„Ethan!", Ayleen zerrte an ihm. Aber er war kaum noch erreichbar.

„Ayleen, bitte kümmere dich darum, dass der nach Hause kommt." Mrs. Brooks war wie immer eine große Hilfe.

Ayleen zerrte den jungen Mann hoch. „Ich bring dich ins Bett", sagte sie genervt.

„Ins Bett!", er lachte lallend.

Sie legte seinen linken Arm um ihre Schultern und stützte ihn zum Ausgang.

„Wo gehen wir hin?"

„Zu mir." Erst, als sie es sagte, stand ihr Beschluss fest. Ihre Eltern waren nicht da und ihre Schwester auch nicht. Niemand würde es merken. Und er brauchte dringend Hilfe. Mühevoll schob sie ihn zum Auto. „Vorsicht", meinte sie, als Ayleen ihn auf den Beifahrersitz drückte. Er stieß sich den Kopf am Türrahmen. Sie setzte sich und versuchte ihn anzuschnallen. Er beobachtete sie die ganze Zeit mit seinem glasigen Blick. „Zum Glück bist du morgen wieder nüchtern!" Sie fuhr los. Er sagte nichts. Sie erreichten das Haus ihrer Eltern. Sie zog ihn quasi aus dem Auto und zur Haustür.

„Wohnst du hier?"

„Ja", meinte sie und grinste ihn an, „was hast du denn gedacht, dass ich hier mal eben einbreche, weil die es hier bestimmt schöner haben, als wir?"

Er grinste abwesend. Sein Gewicht lastete schwer auf ihr. Sie brachte sie beide in den Hausflur. Dann schob sie ihn zur Couch im Wohnzimmer. Sie ließ Ethan darauf fallen. Er legte sich längs hin. Sie zerrte ihm seine Boots von den Füßen.

„Ayleen ... Danke."

„Nichts zu danken, schlaf gut. Morgen hast du bestimmt 'nen ganz schönen Kater."

Er nickte. Sie war sich nicht sicher, ob er wirklich verstanden hatte, was sie gesagt hatte. Ayleen rannte nach oben und zerrte ihre Bettdecke vom Bett.

„Hier." Sie deckte ihn mit ihrer Decke zu. Er lächelte. Sie war sich nicht sicher, ob er schon schlief. Sie war sich seiner nie sicher. Wer war er wirklich? Wie wäre er, wenn er nicht so gelebt hätte? Wäre er dann er? Plötzlich lief aus seinem rechten Auge eine Träne über seine Wange. Ayleen erstarrte. Es versetzte ihr einen dermaßen heftigen inneren Schmerz, dass sie sich ihre Handfläche vor den Mund presste. „Gute Nacht", flüsterte sie leise und spürte, wie ihre Stimme brach.

Oben holte sie sich die Decke ihrer Schwester und kuschelte sich in ihr Bett. Sie war froh, dass er hier war. Wenigstens diese Nacht würde ihm niemand etwas tun können. Und er niemandem ... Falls das nötig war. Wieder etwas, das sie nicht wusste. Er war nicht der erste Junge, der hier war. Aber er war der erste, der so anders war als alle anderen ...

4. Vertrauen

Es war dunkel. Da stand sie. Ganz alleine. Im Dunklen. Ihre dunklen Haare fielen ihr über den Rücken. Waren sie wirklich dunkel? Waren sie immer noch so lang? Er hielt ein Messer in der Hand. Es war schwer. Der Griff war kalt. Es fühlte sich gut an. Richtig. Er ging auf sie zu. Das junge Mädchen stand einfach da. Sie wartete auf ihn. Er wusste es. Es war sicher. Niemand sonst würde kommen. Woher er diese Sicherheit nahm, spielte im Moment keine Rolle. Er hob langsam den Arm. Sie drehte sich um. Ganz langsam. Zu langsam. Er war schneller und stach zu. Warum hatte er nicht noch einen Moment gewartet, um ihr Gesicht zu sehen? Ihr Schrei klang in seinen Ohren wie aus weiter Ferne und hallte wider, obwohl sie sich auf offenem Feld befanden. Der Schrei kam aus einer anderen Zeit. Sie kam aus einer anderen Zeit. Aus einer vergangenen. Für sie alle war es keine Realität mehr. Für ihn war es alles, was noch geblieben war. Sie wehrte sich. Er konnte ihr Gesicht nicht sehen. Ihre Haare lagen darüber. Er stach wieder zu. Es ging so einfach, dass es keine Rolle spielte, wie oft er es tat. Sie riss mit ihren Händen an ihm. Hart erwischte sie seine Schläfe. Der Schmerz war matt. Fast gar nicht spürbar. Blut lief ihm über das Gesicht. Sie hörte auf. Sich zu wehren – zu leben. Er richtete sich wieder auf. Er musste zurück ... Woher war er gekommen? Wer war er eigentlich? Er fühlte sich wie ein Geist. Er existierte nicht. Die Macht, über allen anderen zu stehen, ergriff ihn. Sie verlieh ihm das Gefühl fliegen zu können, wenn er es nur wollte. Sie konnten ihn nicht kriegen. Nie wieder würde ihn irgendwer kriegen, fangen, zwingen. Er war frei. Frei wie die Dunkelheit der Nacht. Unantastbar. Es war nicht real. Das wusste er aber in diesem Moment *fühlte* er es nicht. Er fühlte nur die Weite der unendlichen Dunkelheit.

Sie wachte auf. Einen Moment später erinnerte sie sich daran, dass auf ihrer Couch ein junger Mann lag. Sie sprang auf, zog sich an und lief eilig die Treppe hinunter. Einen Moment, bevor sie ihn sah, freute sie sich noch ihn zu sehen. Dann nicht mehr. Er stand in der Mitte des Wohnzimmers. Seine Schläfe war aufgekratzt und Blut lief ihm über das Gesicht. Sein Blick sah verzweifelt ins Leere. Was er wohl sah? Was hatte er getan! Seine Hände. Ayleen konnte sich nicht bewegen, was war hier passiert? Seine Hände waren voller Blut. Sein verzweifelter Blick erfasste sie kaum. Er konnte nichts sagen. Was war passiert? Was hatte er getan? Warum war er hier? Was machte sie hier?

„Ethan, was hast du gemacht? Du bist voller Blut?"

„Bin ich?", krächzte er tonlos und sah entsetzt an sich hinunter. „Hast du dir die Schläfe aufgekratzt?"

Sie erinnerte sich an seine Verletzung. Wie stark musste er wohl dagegen gekommen sein, dass die alte Verletzung dermaßen aufgerissen war? Ethan nickte, obwohl er ahnte, dass es nicht stimmte.

Ayleen kam auf ihn zu. „Komm mit", sie zog ihn zum Gästebad. Dort drehte sie den Wasserhahn auf. Ethan wusch sich das Blut von den Händen und aus dem Gesicht. „Ich hol einen Verbandskasten, bleib kurz hier, okay?" Er nickte. Sie kam zurück. Die tiefe Schramme an seiner Schläfe war wieder komplett offen. „Da bleibt wahrscheinlich eine Narbe." Er sah sie an. In seinen Augen glänzten Tränen der Fassungslosigkeit. Es lag nicht an der Narbe. „Was ist denn?", fragte sie vorsichtig.

„Was habe ich getan?", seine Stimme war kurz davor abzubrechen, so leise und krächzend sprach er.

„Du hast dir deine Verletzung aufgerissen, das heilt wieder."

Er schüttelte voller Grauen den Kopf. Da war noch mehr. Wo auch immer er diese Nacht gewesen war. Es war nicht hier gewesen. Sie verarztete seine Wunde.

„So, jetzt sollte es wieder gehen."

„Danke." Er stand auf. Ihm wurde schwarz vor Augen. Sie fing ihn auf, als er drohte umzukippen.

„Ist alles in Ordnung?"

„Ja", meinte er heiser, „ich gehe jetzt besser."

„Nein, du solltest was frühstücken, sonst kippst du wirklich noch um."
Er nickte abwesend. Ayleen schob ihren merkwürdigen Gast zum Küchentisch. Dann holte sie Cornflakes, Milch und setzte Wasser für einen Tee auf. Er saß einfach nur da und beobachtete sie gedankenverloren. Nachdem der Tee fertig war, setzte sie sich zu ihm.
„Hast du schon mal etwas getan, was du eigentlich nicht tun wolltest?", fragte er sie.
„Ja, na klar ... Ich meine, keine Ahnung, wie meinst du das?"
„Etwas Schlimmes."
„Nein, nichts Unverzeihliches, denke ich." Es graute ihr davor, worauf er hinauswollte.
„Ich habe vieles getan, was ich eigentlich nicht tun wollte. Über manches hatte ich keine Kontrolle."
„Willst du darüber reden?" Es war das Einzige, was sie darauf erwidern konnte.
„Nein, das kann ich dir nicht sagen."
Sie schwiegen sich an.
Nach einer Weile meinte er plötzlich: „Vielleicht ... will ich ja doch ... zurück." Unschlüssig sah er sie an.
„Das ist nicht so leicht, nicht wahr?"
Er schüttelte den Kopf. „Ich habe nichts, womit ich hier anfangen könnte ..." Ethan blickte traurig vor sich auf den Tisch.
„Ist es normal, dass man Menschen wie mich kennt?"
„Nein, ist es nicht." Sie sah ihm ehrlich ins Gesicht. „Ich hoffe, dass du es schaffst, zurückzukommen und diese sechzehn Jahre irgendwann nicht mehr so wichtig sind."
Er sah sie an. Etwas in seinen Augen brach und auf einmal lächelte er. Dieses Mal erreichte das Lächeln seine Augen. Aber er sagte nichts. Er hätte nicht gewusst was. Sie sagte auch nichts. Sie hatte Angst, er würde aufhören zu lächeln. Schweigend aßen sie ihre Cornflakes.
„Du kennst doch Leute wie mich", meinte er plötzlich. „Warum?"
„Du hättest mich doch wohl sonst kaum gestern mitgenommen."
„Ja, na ja, so genau wie du sind die nicht, aber so ähnlich, das stimmt schon", meinte sie. Es stimmte.

Er grinste „Wo sind deine Eltern und deine Schwester?"

Ayleen seufzte. „Meine Eltern sind im Urlaub und meine Schwester übernachtet bei einer Freundin."

Er nickte. „Aha, hättest du mich auch mitgenommen, wenn sie hier gewesen wären?"

„Ja", antwortete sie sofort.

Er legte den Kopf schief.

„Ja, hätte ich. Es wäre schwieriger gewesen, aber ich hätte es trotzdem getan. Vielleicht hätte ich es gerade deshalb getan, weil es sie so gestört hätte." Sie hätte es getan. Sie hätte sogar gerne die Gesichter ihrer Eltern gesehen.

„Mögen deine Eltern die Leute, die du mitbringst, nicht?"

„Nein, tun sie nicht. Die denken, meine Freunde hätten alle einen ungemein schlechten Einfluss auf mich. Dabei glaube ich, dass es manchmal auch genau umgekehrt ist."

Er grinste. „Gegen mich kommst du wohl nicht an."

Sie sah ihn fragend an.

„Weil ich einen schlechten Einfluss auf dich habe und du einen guten auf mich."

Sie musste lächeln. Er erwiderte das Lächeln. Aber es war nicht mehr so tief wie vorher. „Vielleicht hast du ja gar keinen schlechten Einfluss auf mich. Jetzt kannst du das doch noch gar nicht wissen."

„Doch, kann ich, glaub mir."

„Wieso?", wollte sie wissen.

„Das kann ich dir nicht sagen, aber es hat mit dem zu tun, was ich während der letzten sechzehn Jahre gelernt habe."

„Ethan?"

„Ja?"

Sie sah im direkt in die Augen. Leise fragte sie: „Wirst du es mir irgendwann sagen?"

Er erstarrte. Irgendwann. Wann sollte das sein? So lange würde er nicht mehr hier sein. Aber er wollte es ihr erzählen. Sollte er es jetzt tun? Warum nicht? Was machte es für einen Unterschied, es ein andermal zu tun? War es ihm nicht egal, was sie von ihm hielt? Wo er doch nicht bleiben würde.

„Du musst es nicht sagen, wenn du nicht kannst."

„Können?"

Sie nickte „Ja, wenn es zu hart ist, meine ich."

„Ich könnte schon, aber ich weiß nicht, ob du das wirklich hören willst. Warum interessiert es dich überhaupt?"

Sie starrte ihn an. Ja, warum interessierte es sie eigentlich? Sie wusste es selbst nicht. Aber sie sollte. „Ist es so schlimm?"

„Nein, aber es ist nicht wichtig."

„Warum nicht? Das hat dich doch hierher geführt."

Ethan Farrell schüttelte den Kopf. Nein, das hatte ihn nicht hierher gebracht. Es waren die letzten Erinnerungen aus diesem Leben gewesen, die ihn zurückgebracht hatten. In diesem Moment zweifelte er zum ersten Mal daran, ob es richtig gewesen war, herzukommen. Es würde nicht das letzte Mal bleiben.

„Die haben mich hart trainiert."

„Was?" Etwas anderes konnte sie dazu nicht sagen. Sie war zu überrascht über das, was er gesagt hatte, und darüber, dass er es gesagt hatte.

„Ja, die dachten sich, ein junges Mitglied in ihrer Schlägertruppe würde sich ganz gut machen."

„Aber warum haben sie dich jetzt gehen gelassen?" Sie zögerte, bevor sie fortfuhr: „Ich meine, jetzt bist du doch erwachsen und könntest ihnen *behilflich* sein?"

Er schüttelte den Kopf. „Ich weiß es nicht, aber die hätten mich nicht dazu gebracht, bei ihnen mitzumachen. Das wussten sie. Aber warum sie mich überhaupt entführt haben, habe ich nie herausgefunden. Vielleicht war es reiner Sadismus."

Sie senkte den Kopf. Sie wollte ihn nicht ansehen. Sofort würden vor ihrem inneren Auge wieder Bilder auftauchen, wie er geschlagen wurde. Von irgendwelchen Sadisten. Es war grundlos gewesen. Warum machte ihn das nicht noch wütender? Das musste ihm doch bewusst sein?

„Ich glaube, ich gehe jetzt." Er stand auf und ging zur Tür. Als hätte ihr Gespräch niemals stattgefunden.

„Wo gehst du denn jetzt hin?"

Er drehte sich verwundert um. Der unbekannte Ausdruck in seinen Augen verunsicherte sie. Sie hatte noch nie jemanden

derart verwundert gesehen. Was hatte sie denn gesagt, was ihn derart aus der Fassung gebracht hatte?
„Warum willst du das wissen?" Seine Stimme klang hart und kalt. „Ich mache mir nur Sorgen, dass du irgendwas anstellst, das du später bereust. So wie heute Nacht."
Er stand still und erstarrt da, als wäre irgendwo ein Blitz eingeschlagen. Aber für sie war es auf einmal klar gewesen. Man konnte sich nicht aus Versehen die Schläfe zerkratzen. Und er floh, er rannte ständig weg. Warum hatte er es sonst so eilig? Was trieb ihn? Wenn es nicht die Rache war, die das Einzige war, das ihn noch ausmachte. Ayleen wollte nicht, dass er sich weiterhin rächte. Es war zwar sein Leben. Seine Aufgabe. Aber das hier war ihr Leben, ihr Haus. Und wenn sie verhindern konnte, dass er irgendwem wehtat, dann würde sie das tun. Vielleicht auch nur, um nicht später wegen unterlassener Hilfeleistung oder gar Beihilfe zum Mord angeklagt zu werden. Mord. Mord? War er ein Mörder? Oder wollte er einer werden? Konnte es sein, dass sie gerade einen Mörder bat, in ihrem Haus zu bleiben? Er würde ihr doch nichts tun, oder etwa doch? Wenn sie ihn nicht gehen ließ?
„Gut, dann bleibe ich, wenn du das willst." Er grinste schief und schloss die Haustür hinter sich. Seine Reaktion hinterließ ein seltsames Gefühl. Es war ihr unmöglich zu sagen, was es war. Unsicherheit? Angst? Freude? Erleichterung? Vielleicht war es auch einfach eine wirre Mischung aus allem. Immerhin würde er bleiben. Und niemandem etwas tun. Das war ein Anfang. Wenn auch nur ein kleiner. Das Telefon klingelte. Ethan stand näher. Er griff nach dem Hörer und reichte ihn ihr. Sie nahm ihn verwundert.
„Ayleen?!"
„Ja, wen hast du erwartet, Mady?"
„Ja, stimmt. Kannst du mich abholen?"
„Nein." Sie hatte es bereits gesagt, bevor sie sich wirklich dazu entschieden hatte. Ethan hob die Augenbrauen. Eine teilhabende Geste, die sie vorher noch nie bei ihm gesehen hatte.
„Warum nicht? Mann! Wie soll ich denn dann heimkommen?"
„Such dir 'ne Fahrgemeinschaft!"
„Aha, wahrscheinlich ist der hübsche Typ aus der Bar bei dir!"

Woher wusste sie das? Ayleen hasste es, wenn ihre Schwester sie versuchte mit irgendetwas aufzuziehen. Aber das hier war definitiv zu viel. Weil sie recht hatte. Weil er wirklich da war. Verdammt! Und sie selbst, Ayleen Jensen, hatte ihn gebeten zu bleiben. Manchmal gab es wirklich Zufälle, deren Wahrscheinlichkeit so gering war, dass man sie ausgeschlossen hatte.

„Es ist eine Kneipe, keine Bar."

„Ey, bist du doof, oder so?! Das ist doch voll egal!" Sie schrie so laut, dass Ethan mithören konnte. Er unterdrückte ein ironisches Schnauben. Ayleen warf ihm einen bösen Blick zu. Er grinste daraufhin. Er war unberechenbar. „Also holst du mich?"

„War es nicht abgemacht, dass du zwei Tage nicht da bist?"

„Ja, aber ich muss mich umziehen und so, dann fahr ich wieder weg."

„Aha, mit ‚du fährst' meinst du wohl ‚ich fahre dich'."

„Ja, genau, dafür sind große Schwestern doch da", lachte sie fröhlich.

„Ja, klar, als Taxiservice." Ihre Schwester lachte.

„Hör mal, Mady, ich kann echt gerade nicht …"

Ethan schüttelte den Kopf. „Kannst fahren", flüsterte er, damit Mady es nicht hörte.

„Okay, ich kann doch, bis gleich." Sie legte auf, bevor ihre Schwester den erstaunlichen Stimmungswandel nachfragen konnte.

„Ich komme mit, dann kannst du aufpassen, dass ich keinen Scheiß baue." Sein Lächeln war fies. Aber nicht böse gemeint. In diesem Moment war es ihm todernst. Es war vielleicht für eine Weile besser, die Rache detaillierter durchzuplanen. Das, was heute Nacht gewesen war, durfte ihm nicht noch einmal passieren. Er konnte sich kaum noch daran erinnern. Er durfte nie wieder so die Besinnung verlieren, sonst würde er einen Fehler machen. Und er durfte keine Fehler machen. Das sagte sein Plan. Und sein Plan war alles, was er noch hatte. Abgesehen von der Liste. Der Liste der Menschen, an denen er sich rächen würde. Für das, was sie getan hatten. Für das, was sie nicht getan hatten. Sie traten aus dem Haus. Die Sonne blendete ihn. Er hasste das Licht, seit er fast nur noch in Kellerräumen gewesen war.

„Kannst du fahren?", fragte sie ihn neugierig.
„Ob ich fahren *kann* oder ob ich jetzt fahren soll?"
Ayleen lachte. „Ersteres."
„Ja, ich kann fahren."
Sie nickte anerkennend. „Die haben dir also auch was Nützliches beigebracht." Er nickte. „Ich will sehen, wie du fährst!", rief sie und warf ihm die Schlüssel zu. Er grinste.
Sie stiegen ein. Er brauchte eine ganze Weile, bis er den Sitz und die Spiegel passend eingestellt hatte. Das Auto hatte in ihrem Besitz nur sie gefahren. Niemand anders. Das war ihr sehr wichtig gewesen. Sie war plötzlich überrasch über sich selbst, dass ihr das hier noch wichtiger war.
„Anschnallen?", fragte sie ihn nervös.
„Okay", erwiderte er und schnallte sich an. Der Motor startete mit seinem typischen Knattern. Aber ihr kam es vor, als würde es heute irgendwie anders klingen. Sollte sie ihm sagen, wie wichtig ihr das Auto war? „Los geht's, du musst mir sagen, wo es langgeht, ich habe keine Ahnung."
Sie grinste. „Links aus der Einfahrt raus." Er fuhr los. Rückwärts rangierte er das Auto aus der Einfahrt. Sie lotste ihn durch die halbe Stadt, bis sie schließlich vor dem Haus von Madelines Freundin standen. Es war ein Déjà-vu, weil sie gestern schon hier gewesen war und genau an derselben Stelle geparkt hatte. Nur saß diesmal er am Steuer.
„Ich gehe klingeln."
Ayleen stieg aus und lief zu Tür. Im selben Moment fragte sich Ethan, was er hier machte. Das Leben war komisch. Vor einem Tag hatte er sich nur rächen wollen und jetzt hatte er auf einmal beinahe Angst davor. Warum? Sechzehn Jahre hatte er sich darauf vorbereitet. Und wenn er an die Personen dachte, die Namen auf seiner Liste, dann stieg der Hass wieder in ihm auf. Der Wunsch nach Rache. Nach einem Ende. Für alle. Aber vor allem für ihn selbst. Er wollte diese Stadt wieder verlassen. Dieses Leben. Er wollte weg. Egal, was weg auch immer sein sollte. Egal, wo es auch immer liegen mochte. Hier konnte er nicht bleiben. Wenn er das Mädchen beobachtete, wie es an der Haustür eines fremden

Hauses auf ihre Schwester wartete, wenn er an ihr Lachen dachte und an ihre Sorge, wusste er, dass hier ein lebenswerter Ort hätte sein können. Wenn er nicht er wäre. Oder zumindest sein Leben anders verlaufen wäre. Er passte nicht hierher. Aber er konnte sich auf einmal gut vorstellen, dass es schön sein könnte, hier hineinzupassen. Nicht alle Menschen waren schlecht hier. Die Welt war kein schlechter Ort, zu leben. Das war sie nicht. Würde es aber wahrscheinlich bald sein. Da war er wieder, der Hass. Was auch immer Menschen taten, es war nicht gut. Es war eigennützig oder gierig, von Illusionen zerfressen oder dem Wahnsinn unterlegen. Es war nicht gut. Teile waren gut. Sicher war Ayleen gut. Aber was war sie schon im Vergleich zu allen anderen? Zu all dem anderen, was hier passierte? Ohne dass die Menschen Kenntnis davon nahmen.

Die Tür öffnete sich und Mady kam heraus. In diesem Augenblick fürchtete Ayleen die Verlegenheit, die sie empfinden würde, wenn sie ihrer Schwester die Anwesenheit Ethans erklären müsste. In genau diesem Augenblick fühlte Ethan gar nichts, bis auf die Gewissheit, dass er nicht mehr fühlen konnte. Ihn berührte die Situation nicht. Sie bedeutete ihm nichts. Sie war nicht wichtig. Sie war nichts.

„Oh, du bist ja echt noch da."

„Ja, bin ich. Hast du gehofft, dass ich verschwunden bin?"

Seine Antwort klang belanglos, aber Ayleen hatte Angst, ihre Schwester könnte gerade einen wunden Punkt getroffen haben. Aber ihre Angst war grundlos. Die Antwort war belanglos. Mady stieg nach hinten. Ayleen setzte sich nach vorne.

„Ayleen, warum ist er hier?"

„Komisch, dass du so fragst, Mady. Ich dachte, du würdest erst einmal ausflippen, darüber, dass er überhaupt da ist."

„Ayleen, warum? Ich bin's doch gewohnt, dass du irgendwelche Typen abschleppst."

Das sollte wohl Ethan beleidigen, aber es traf nur sie. Ayleen drehte sich wütend um: „Hallo? Das stimmt überhaupt nicht!"

„Natürlich!"

„Gar nicht wahr! Was weißt du schon über meine Freunde?"

„Nur, dass öfter Jungs bei uns übernachten."

„So oft ist das nun auch wieder nicht. Außerdem sind sie meistens betrunken, wenn ich sie mitnehme, weil ich das nur mache, damit sie nicht noch einen Unfall haben oder nicht nach Hause finden." Sie sah kurz zu Ethan, der geduldig auf die Straße starrte.

Mady bemerkte ihren Blick. „Warst du gestern betrunken?"

„Ja, total", antwortete ihre große Schwester an Ethans Stelle.

„Echt? Warum?"

„Frag nicht!", zischte Ayleen.

Mady sah sie entsetzt an „So schlimm?"

Ayleen nickte. Darauf gab es keine Antwort.

„Weißt du, dass meine Schwester niemanden ihr Auto fahren lässt?"

Jetzt sah Ethan erst Mady und dann Ayleen an. Ayleen spürte die Hitze der Verlegenheit in ihrem ganzen Körper. Sie wusste genau, was Mady als Nächstes sagen würde.

„Sie muss dich echt mögen, wenn du ihr Auto fahren darfst."

Genau das. Sie hatte es gesagt. Und das hätte auch keine Naturgewalt verhindern können. Manchmal hasste Ayleen die Naivität ihrer Schwester, die sicher dachte, Ethan sei ihr neuer Freund. Woher sollte sie auch ahnen, dass sie nicht einmal Freundschaft verband? Höchstens Bekanntschaft. Und trotzdem hatte Ayleen ihn mitgenommen. Nach Hause. Einen jungen Mann, den sie nicht kannte, von dem sie nur wusste, dass er eventuell ein Mörder war. Was erwartete sie auch von Madeline? Sie war komisch. Sie nahm komische Männer mit nach Hause. Nur wusste Mady nicht, dass das nicht alles ihre Freunde waren, und die auch nicht alle bei ihr im Bett geschlafen hatten.

„Da vorne links."

Ethan nickte. Sie fuhren wieder auf den Hof.

„Wie lange bleibst du?", fragte Ayleen.

„Ich?"

„Nein, Mady."

„Ich?"

„Oh Mann, ja!"

„Ich zieh mich nur schnell um, dann fahr ich weiter, also du fährst. Du fährst doch, oder?"

Ayleen nickte genervt und ging ins Haus. Die anderen beiden folgten ihr. Sie half Mady beim Packen.

„Hattet ihr was miteinander?"

Ayleen hob erstaunt eine Augenbraue. „Sehen wir so aus, als ob?"

Mady nickte kichernd „Ja, tut ihr."

Ayleen schüttelte den Kopf.

„Jetzt sag schon! Ja oder nein?"

„Ich habe doch schon den Kopf geschüttelt."

Ihre Schwester zog einen Schmollmund. „Was ist? Das ist doch echt nicht dein Business!"

„Aber dann hättest du endlich mal einen hübschen Freund? Du stehst doch auf bad boys!" Sie lachte. Ayleen nicht.

Die Situation wurde immer schlimmer. In einer anderen, einer besseren oder weitaus optimierteren Welt wäre Ethan nur das gewesen, ein gut aussehender junger Mann. Aber egal, wie sehr diese Gesellschaft daran arbeitete, diese optimiertere, bessere Welt zu werden, sie schaffte es nicht. Perfektion blieb eine Illusion. Eine unerreichbare. Sie verursachte Depressionen und machte ein Schicksal, wie das des jungen Mannes zu einem untragbaren Los. In einer härteren Welt, einer schlechteren, wäre sein Leben eine Gnade. Nur leider lebte er hier. In dieser Welt. Nicht in einer anderen. Und leider lebte er in dieser Zeit. Nicht in einer anderen.

Ayleens Handy klingelte. „Oh, Mann was willst du?", meinte sie genervt, als sie auf dem Display erkannte, dass es Caro war.

„Hey, Ayleen ich feiere morgen meinen Neunzehnten und wollte fragen, ob wir bei dir feiern können, deine Eltern sind schließlich weg?"

Auch das noch. Es war einfach zu viel. Was sollte sie denn mit Ethan machen? Andererseits war er nicht ihr Haustier. Sie konnte ihn auch wegschicken. Oder war es eher gehen lassen?

„Bitte, Ayleen! Wann hatten wir zuletzt 'ne richtige Party?"

„Ja, ist schon länger her." Ayleen dachte nach. Würde ihr Caros Party Spaß machen? „Na gut, aber dann kommst du heute noch her und wir kaufen gemeinsam ein. Hast du denn deinen Leuten gesagt, dass es hier stattfindet?"

„Nö, mach ich noch. Aber die meisten sind ja auch deine Leute."
„Okay, ich hol dich später ab, muss meine Schwester zu einer Freundin fahren."
„Ayleen?"
„Ja?"
„Du bist die Beste, Beste, Beste!", sie kreischte fast vor Aufregung.
Ayleen seufzte.
„Ich will mitfeiern!", bettelte Mady.
„Nein, willst du nicht."
„Warum nicht?"
„Glaub mir, das wird nicht so eine brave Hollywood-Teenager-Party." Sie klaute ihrer kleinen Schwester mal wieder eine Illusion. Die Illusion von Spaß. Ihre Partys machten Spaß. Aber nicht, weil ihre Freunde von Natur aus so lustig waren. Sicher nicht.
„Bleibt Ethan auch?", fragte Mady provokant.
„Wieso? Du wirst doch eh nicht dabei sein. Also kannst du nicht einmal versuchen, ihn mir auszuspannen", sie grinste.
„Das würde ich sowieso nicht schaffen."
Würde sie auch nicht. Madeline würde es nicht einmal versuchen. So war sie nicht. Ayleen wusste das und war dankbar dafür.
„Können wir los?"
Mady nickte. Sie liefen die Treppe herunter. Im Flur stand Ethan, wie abgestellt.
„Tschüss, Ethan!"
„Tschüss", meinte er etwas verwirrt.
Ayleen verdrehte über ihre Schwester die Augen und hoffte inständig, dass er nichts von ihrem Gespräch mitbekommen hatte.
„Willst du hier warten?"
„Nein, du kannst mich an der Bushaltestelle rauslassen."
„Okay."
Ayleen ärgerte sich schwarz darüber, dass seine Antwort sie enttäuschte. Sie stiegen wieder alle in das Auto. Diesmal fuhr Ayleen. Sie brachte ihre Schwester zu ihrer Freundin. Insgeheim war sie noch nie so froh gewesen, sie für ein paar Tage los zu sein.
„Wo soll ich dich rauslassen?"

„Also, wenn's dir egal ist, könntest du mich zur nächsten U-Bahnstation fahren."

„Okay."

Sie fuhren durch die Straßen. Sie sagten nichts. Es gab so viel zu sagen. So viel, das sie von ihm wissen wollte. Aber sie traute sich einfach nicht zu fragen. Er war so anders. Sie konnte seine Reaktionen nicht einschätzen.

„Wir feiern morgen Caros Geburtstag", begann sie mit etwas Belanglosem.

„Darüber habt ihr also gesprochen." Er hatte das Gespräch also mitbekommen.

„Ja, deshalb wollte ich fragen, ob du bleiben willst und uns hilfst?"

„Warum willst du so unbedingt, dass ich bleibe?"

Darauf wusste sie keine Antwort.

„Und was würdest du Caro sagen, wer ich bin?"

Richtig, das war ein Problem. Zumal Caro Clintons Tochter war und eventuell doch ein Bild von Ethan gesehen hatte, und sollte das nicht der Fall sein, dann würde sie sicher eins und eins zusammenzählen können.

„Ich sage ihr einfach, du seist mein Kollege aus der Kneipe." Caro hatte sie so selten dort besucht. Sie konnte das nicht wissen.

„Der jetzt ein Jahr nach Deutschland geht, oder so."

„Studieren?"

„Ja, genau, das ist gut."

Sie mussten beide grinsen. Es war absurd. Alles war auf einmal so absurd. Ayleens Welt hatte sich verändert. Sie sah sie nun anders als andere. Für Außenstehende, für alle anderen, schien der junge Mann neben ihr nur ein Freund zu sein oder ein Bekannter aus ihrer Umgebung. Für niemanden sah er aus, als wäre er das, was er tatsächlich war. Vielleicht war das gut so. Vielleicht auch nicht. Immer wieder wollte sie so tun, als würde er nur das sein, für das man ihn so leicht halten konnte: einen Menschen aus dieser Gegend, mit einem dem ihren ähnlichen Lebenslauf, einem dem ihren ähnelnden Wohnort. Einem Leben wie dem ihren. Nur bei der Frage, warum sie ihn nicht gehen lassen wollte, wurde ihr selbst doch bewusst, dass er ein Mörder war. Oder sein könnte. Trotzdem dachte sie nicht ein einziges Mal daran, zur Polizei zu gehen. Dabei hatte sie dorthin sogar Kontakte. Aber vielleicht wollte sie ihm das nicht antun, weil er schon genug gestraft war. Vielleicht konnte sie es nicht, weil sie nicht wollte, dass er ein Mörder war.

Ayleen ertappte sich dabei, dass sie sich vorstellte, wie es wäre, wenn er kein potenzieller Mörder wäre, wenn er nicht sechzehn Jahre in Gefangenschaft verbracht hätte. Aber wäre er dann jetzt er? Würde er so reden? Würde er so reagieren? So sonderbar, aber gleichzeitig erstaunlich tolerant? Vielleicht wäre er ja ein ganz anderer Mensch geworden. War es dann vielleicht sogar *gut*, dass er so gelebt hatte? Oder linderte es zumindest den Schmerz der *vergeudeten* Jahre seines Lebens? Waren sie wirklich *vergeudet*? Oder kam ihr das nur so vor, weil es nicht dem Musterlebenslauf eines optimal perfektionierten Lebens entsprach. War es vielleicht ihre Illusion, die sein Leben so grausam aussehen ließ? War es die Reaktion der Gesellschaft, die es unmöglich machte für ihn, je wieder hier reinzupassen, sich anzugleichen und einfach nur zu leben?

„Heißt das jetzt, dass ich bleibe?"

„Ja, ist das schlimm?"

„Nein."

„Aber?"

„Wieso, aber?"

„Das klang nach einem Aber."

Der junge Mann aus einer härteren Parallelwelt schwieg. Das war es, eine parallele Welt. Parallel zu ihrer. Vielleicht auch parallel zu noch ganz anderen, ihr weitaus unbekannteren.

„Hast du wirklich Angst, dass ich etwas verbrechen könnte?"

„Sollte ich?" Sie sah ihn ernst an.

Sein Grinsen wurde zu einem traurigen Lächeln. „Ich weiß es nicht."

Sie nickte. Was blieb ihr auch anderes übrig, als es hinzunehmen? Sicher hätte es tausend Möglichkeiten gegeben, wie sie jetzt hätte reagieren können. Aber ihr kam keine davon sinnvoll vor. Also ließ sie es bleiben und fuhr weiter. Hätte Ethan Farrell in diesem Augenblick in dem Auto eines anderen, neben jemand anderem gesessen, würde dieser Jemand jetzt ganz anders handeln. Aber was genau er täte, würde Ethan wohl nie erfahren.

Ging man von der Theorie verschiedener paralleler Dimensionen aus, so würde sich wohl hier eine Dimension spalten und in zwei verschiedene Richtungen weiterlaufen, die sich niemals wiederbegegnen würden. Wie einfach eine Autofahrt zu einem Knotenpunkt im Leben werden konnte. Ayleen war sicher nicht die Einzige, die sich gegen einen Besuch bei der Polizei entschieden hätte. Aber es gab mit Sicherheit andere, die gegangen wären. Sie kamen wieder zu Hause an. Plötzlich war sie sich gar nicht mehr so sicher, ob es wirklich eine gute Idee gewesen war, ihn wieder mitzunehmen. Andererseits war er ja jetzt schon einmal hier.

„Du hast deiner Freundin wirklich angeboten, in deinem Haus zu feiern?"

„Ja, ich weiß auch nicht so genau, ob das richtig war", erwiderte sie tatsächlich etwas beunruhigt. Caro war nicht gerade sparsam, wenn es um das Ausschenken von Alkohol ging. Sie war genau die Richtige für ihren neuen Job, aber vielleicht nicht für das Haus der Jensens.

„Bleib diesmal bitte nüchtern. Du bist groß, du könntest ein paar von den Rabauken am Haus anzünden hindern."

Er sah sie überrascht an. „Was? Ich soll zu Caros Party bleiben?"

Ayleen grinste. Ihre Idee gefiel ihr. Es war doch gut, dass er da war. „Ja, sollst du."

„Okay, ich schau, was ich machen kann."

Sie gingen nach oben. „Eigentlich nervt es mich schon ein bisschen, dass sie bei mir feiern will. Meine Eltern haben mir eigentlich verboten, zu feiern."

„Oh, na dann viel Spaß beim Beichten."

„Das wird schrecklich." Ayleen seufzte.

„Schrecklich?" In seiner Stimme lag eine gefährliche Skepsis. Erschrocken drehte sie sich zu ihm um. „Im umgangssprachlichen Sinn."

Er nickte. „Schon verstanden. Es ist nur …" Seine Stimme klang niedergeschlagen und gleichzeitig bedrohlich. Er stand mitten in ihrem Zimmer, direkt vor ihr. Aber eigentlich waren sie so weit

weg voneinander, dass sie sich wohl nie in einer Mitte treffen würden. „… Ich kenne ein ganz anderes Schrecklich als du", sagte er betont langsam, um die Bedeutung seiner Worte zu verstärken.
„Ich weiß."
„Das heißt, dass ich hier nie wieder reinpassen werde, verstehst du? Wenn jemand so etwas sagt, werde ich unheimlich wütend. Eure Welt ist so gerade und sorglos und trotzdem verbessert jeder, wo er kann. Ich komme aus einem Loch. Ich wurde geschlagen, Ayleen. Ich hatte keine Kindheit."
Sie starrte ihn fassungslos an. Dass er so etwas sagen würde, damit hatte sie nicht gerechnet. Er wurde geschlagen …?
„Kannst du mir also sagen, wie ich jemals wieder zurückkommen soll?"
Die Verzweiflung in seiner Stimme bildete sie sich nicht ein. Aber hatte er wirklich feuchte Augen bekommen? Es schmerzte sie, ihn zu sehen. Wie sehr es ihn schmerzen musste, *sie* zu sehen! In ihrer sorglosen Welt, mit schöner Kindheit, mit Freiheit, einer Familie … Ethan musste sie hassen!
„Es tut mir leid."
Er schüttelte den Kopf. „Sag das nicht. Du kanntest mich doch gar nicht. Du kannst doch gar nicht wissen, was ich verloren habe."
Sie senkte den Kopf. Er hatte recht.
„Meine Mutter …" Seine Stimme brach ab. Sie sah wieder hoch. Ethan wollte es ihr sagen, aber sein Hals war auf einmal zu trocken, um überhaupt irgendetwas zu sagen. Vielleicht wurde ihm erst jetzt bewusst, wie sehr er seine Mutter vermisst hatte und wie sehr es ihn innerlich zerriss, dass sie ihn so einfach wieder hatte gehen lassen. Nach einer Weile kam seine Stimme wieder zurück. „Darf ich mich setzen?"
Ayleen zog überrascht die Augenbrauen hoch. „Ja, na klar."
Er setzte sich auf ihr Bett. Sie zog sich ihren Schreibtischstuhl zum Bett hin, sodass sie ihm gegenüber saß. „Was ist mit deiner Mutter?"
Er sah ihr direkt in die Augen. „Ich glaube, sie hat mich ersetzt." Jetzt wo er sich endlich seiner Trauer bewusst war, konnte er auch darüber sprechen. Hätte er seiner Mutter sagen sollen,

dass er sie vermisste? Hätte er dortbleiben sollen? Hätte er das gekonnt? Gedurft?

„Bist du sicher?"

„Ja, sie hat einen neuen Sohn."

„Ich weiß, das hast du mir erzählt."

„Ach, echt? Der ist nur fünf Jahre jünger oder so."

„Oh, das hast du nicht gesagt ..."

„Wann habe ich das überhaupt gesagt?" Seine Angst, die Kontrolle zu verlieren, war wieder da.

„Gestern Abend? Aber du warst später so betrunken, dass du's wahrscheinlich vergessen hast."

Er nickte „Na, toll."

Sie musste sich angesichts seiner ironischen Bemerkung ein Grinsen verkneifen. „Denkst du nicht, dass sie einfach versucht weiterzuleben?"

„Das hast du mir schon einmal gesagt, oder?"

„Ja, also erinnerst du dich doch?"

„Ja, aber nicht an alles."

„Ich denke, deine Mutter hat dich bestimmt immer noch lieb."

„Nein, sie kennt mich doch gar nicht mehr. Vielleicht hat sie den vierjährigen Ethan lieb, den hat sie vielleicht auch vermisst. Sie hätte sich darauf einstellen müssen, dass ich nicht als Kleinkind, sondern als Mann zurückkomme."

„Ich glaube, das ist echt schwer."

„Würdest du deinen Sohn einfach ersetzen?"

„Das ist schwer, sagen wir lieber Mann, okay? Ich kann mir nicht vorstellen, Kinder zu haben. Gott, am Ende werden die auch so wie Mady!", sie musste lachen.

Ethan schmunzelte. „Okay, dann Mann. Würdest du deinen Mann einfach ersetzen, wenn er entführt werden würde und nach sechzehn Jahren zurückkäme?" Selbst Ethan wurde, während er sprach, bewusst, was er da verlangte. Natürlich wollte er ein ‚Nein' hören, aber langsam verstand er, dass es darauf vielleicht gar kein ‚Nein' geben konnte.

„Ich weiß nicht, sechzehn Jahre sind schon eine verdammt lange Zeit. Andererseits, wenn ich ihn so sehr lieben würde ..."

dann würde ich vielleicht warten. Besonders, wenn ich das Gefühl hätte, dass ich mit keinem anderen glücklich werden könnte." Plötzlich musste sie an den Film „Pearl Harbor" denken, in dem die Frau sich sofort in den Freund des für tot erklärten Piloten verliebte und selbst bei ihm blieb, als der Pilot zurückkam. So in etwa musste sich Ethan auch fühlen. Sie hatte das immer schrecklich gefunden, wie diese blöde Kuh so untreu sein konnte.
„Auf jeden Fall würde ich ein paar Jahre warten."
Er nickte. Das war vermutlich mehr, als er erwarten konnte. Ein paar Jahre. Waren sechzehn nicht auch nur ein paar Jahre mehr? Auf einmal fragte er sich, ob er eventuell vor dem einzigen Menschen saß, der wirklich warten würde. Sie hatte gesagt, wenn sie ihn sehr lieben würde ... Hatte seine Mutter ihn nicht genug geliebt? Oder war Ayleen einfach nur ein anderer Mensch? Seine Mutter wartete vielleicht nie auf irgendetwas. Sie konnte nicht warten. Sie hatte auch gleichzeitig ihr erstes Kind bekommen und die Karriereleiter hochsteigen wollen. Am Ende war ihr das ja auch gelungen. Mehr oder weniger erfolgreich, das lag jetzt an ihrer Einstellung zum Leben und wie schnell sie ihren ersten Sohn wieder vergessen konnte.
„Weißt du, Ayleen, ich wurde nie für tot erklärt. Das sagen immer nur alle, weil sie damit das Unfassbare abschließen wollten."
„Oh, ich dachte ..."
Er schüttelte den Kopf.
„Dann hätten sie warten müssen!"
Ihre Wut überraschte ihn. „Sie hätten mehr machen können!"
„Clinton hat die Suche damals eingestellt."
„Ich weiß, das hat mir Caro erzählt."
„Caro?"
Sie starrten sich an.
„Caro ist Clintons Tochter, hab ich dir das nicht gesagt?"
„Nein, hast du nicht." Er vergrub das Gesicht in den Händen.
„Sie hat eine Tochter! Aber auf die Idee, wie es sich wohl für sie anfühlen würde, ihr Kind zu verlieren, ist sie wohl nie gekommen!"
Ayleen beugte sich langsam zu ihm runter. „Bitte, tu ihr nichts", flüsterte sie.

Er riss seinen Kopf aus den Händen und starrte sie mit einem irren Blick an. „Was!? Ich soll ihr nichts tun? Kannst du ihre Mutter dann auch darum bitten, dass sie aufhören soll, mir etwas zu tun?" Er schrie beinahe.

Ayleen schluckte. Richtig. Der Einzige, der hier wirklich gequält wurde, war er. Sein Leben stand auf dem Spiel. Sie waren sicher. Wahrscheinlich sogar vor ihm. Oder?

„Ich werde mit Clinton reden. Sogar gerne! Ich werde sie zusammenscheißen, warum sie damals aufgehört hat, nach dir zu fahnden."

„Das musst du nicht, ich komm schon klar."

„Das will ich aber! Caro hat übrigens Clinton auch schon ganz schön angemacht deswegen."

Ethan erwiderte nichts. Er konnte sowieso nichts machen oder ändern. Wie immer saßen die anderen am längeren Hebel.

„Ethan, darf ich etwas fragen?"

„Frag, wirst ja sehen, ob du eine Antwort bekommst." Er grinste schief und freudlos.

„Hattest du vor, den Clintons etwas anzutun?"

Er sah sie an. Zeit war für ihn nicht von Bedeutung, das hatte sie vorher schon erkannt. Er konnte sie ewig nur ansehen, ohne, dass ihn das irgendwie störte. Ayleen störte es. Sie konnte seinem Blick nicht standhalten. Sie wendete ihn ab.

„Ja, aber nicht körperlich."

Sie erstarrte. Er hatte ihr geantwortet! Irgendwann, hatte er gesagt. War jetzt schon irgendwann?

„Sie ist ein Teil meiner Rache. Sie wird da sein, um hinter mir sauber zu machen."

Es klang harmlos. War es aber nicht. Nicht aus Ethans Sicht. Clinton hatte das härteste Los aus der Rache-Tombola gezogen: Sie würde am Ende bleiben und erklären müssen, wie das hatte passieren können. Wie *er* hatte passieren können. Ihre einstige Entscheidung würde ihr zum Verhängnis werden. Ihr Job machte diese Entscheidung zur Strafe. Ob das fair war, stand hier nicht zur Debatte. Sein Leben war auch nicht fair gewesen. Das Leben war nicht fair. Aber es würde enden. Für jeden. Irgendwann. Für den einen früher und für den anderen später. Wer dann am Ende das ‚glücklichere' Leben geführt hatte, hing nicht von der Länge des Lebens ab, sondern von den Zielen des Einzelnen und seiner Lebensart. Die meisten lebten nur danach, ‚besser' zu leben als andere. Aber ob das am Ende ihr Leben tatsächlich lebenswerter machte, war fraglich, wurde aber in dieser Welt viel zu wenig infrage gestellt. Die Perfektion verdrängte alles. Die Gier nahm zu. Die Ansprüche stiegen. Irgendwann würde es wieder Krieg geben. Auch hier. Und dann würden die Menschen wieder bei Null anfangen müssen. Es war ein Teufelskreis. Dumm war nur, dass man nicht wählen konnte, wann man in den Zyklus einstieg. Man wurde einfach hineingeboren. An allen Orten der Welt gab es diese Zyklen, nicht identisch zueinander, aber stets von Menschen dominiert, was sie im Grunde wieder einander annäherte. Man konnte die Welt als großen, komplexen Hyperzyklus bezeichnen.

„Was wird aus dir, wenn du hiermit fertig bist?"

„Ich?"

„Ja, du?"

Noch nie hatte ihn das jemand gefragt. Überhaupt hatte sich kaum jemand je um seine Bedürfnisse geschert. „Ich werde gehen, ganz weit weg."

Ayleen schluckte. „So weit weg?", sie hob kurz ihr Kinn Richtung Zimmerdecke.

„Ja, bleiben werde ich nicht. Ich kann nicht und ich will auch nicht."

Sie nickte. Draußen schien die Sonne. Ayleen musste mit den Tränen kämpfen. Warum beschäftigte sie das so? Sie kannte ihn doch kaum? Würde er sterben? Und wie? Wann?

„Du könntest noch mal mit deinen Eltern reden, findest du nicht?"

„Wieso?"

„Ich weiß nicht, ich kann nicht glauben, dass dein Zurückkommen sie kaltgelassen hat."

„*Sie* ist sowieso falsch. Mein Vater war gar nicht da. War er früher auch nicht. Sie haben sich echt nicht verändert. Meine Mutter will alles und zwar sofort und mein Vater arbeitet, vielleicht, weil er seine Familie nicht erträgt, keine Ahnung. Auf jeden Fall hat es mich nicht überrascht, dass er nicht zu Hause war.

„Aber willst du deinen Vater nicht wiedersehen?"

Er ließ sich mit seinem Oberkörper auf die Matratze nieder.

„Ich weiß nicht. Manchmal frage ich mich, ob ich ihn überhaupt je gekannt habe."

„Das ist nicht wahr! Das sagst du nur, weil du Angst hast, ihn zu treffen."

„Was weißt du schon?", erwiderte er ungewöhnlich leise.

Ja, was wusste sie schon? Gar nichts. Sie kannte seine Familie nicht mal. Trotzdem hoffte sie für ihn, dass er unrecht hatte.

„Wahrscheinlich hast du doch recht, aber ich habe kein Problem damit."

„Wie ist deine Familie so?"

Warum wollte er das wissen? Das musste ihn doch noch mehr quälen. „Also, meine Mutter arbeitet auch viel und mein Vater ist auch ständig unterwegs wegen seines Jobs. Aber ich komme ganz gut klar mit beiden. Und meine kleine Schwester kennst du ja bereits. Sie würde gerne ein Draufgänger sein, aber dafür ist sie viel zu brav. Ich glaube, manchmal wäre sie auch gerne so wie ich, obwohl ich die Intention dahinter nicht verstehe."

„Mhm."

Ayleen grinste. „Ich ruf jetzt Caro an und sag ihr, sie soll jetzt kommen."

Er nickte. Aber eigentlich schlief er schon fast.

„Caro?"

„Ja, hey, holst du mich jetzt?"

„Ne, geht grad schlecht. Kannst du nicht schnell selbst fahren?"

„Warum geht's denn nicht?"

„Sag ich dir, wenn du da bist, so wichtig ist es auch wieder nicht."

„Na, gut. Okay, dann bis gleich."

Die Enttäuschung in Caros Stimme nervte sie. Was war schon dabei, selbst das Auto zu nehmen und herzufahren?

5. Caros Party

„Hey, Ayleen!" Ayleen stand in der Haustür. Vor ihr Caro mit Übernachtungsgepäck.

„Wie lange willst du denn bleiben? Ich dachte, die Party wäre erst morgen?"

„Ja, aber dann haben wir mal Zeit für uns." Sie marschierte mit einem Grinsen ins Haus.

„Und da dachtest du dir, du lädst dich eben mal selbst ein?"

„Das ist doch sonst auch nie ein Problem."

Sonst. Aber heute war nicht sonst. „Ich bin nicht allein, Caro."

„Hä?"

Ayleen verdrehte genervt die Augen. „Komm schon, Caro, streng dich an, denk nach!"

Caros Augen fingen an aufgeregt zu leuchten. „Echt?" Ihre Stimme überschlug sich beinahe.

„Ja, echt."

„Stimmt, ist für dich ja eigentlich nichts Neues."

In diesem Moment überlegte Ayleen, ihrer Freundin doch die Wahrheit zu sagen. Auch wenn sie Ethan zutraute, den Kollegen aus der Kneipe zu geben, würde Caro es früher oder später doch herausfinden und dann fuchsteufelswild werden, weil sie angelogen worden war.

„Caro, bevor du nach oben stürmst, muss ich dir noch was sagen."

„Okay, was denn?"

„Also, der Typ ...", sie deutete nach oben.

„Ja? Wie heißt er denn?"

„Ethan Farrell."

„Das sagt mir was!"

„Ja, sollte es auch."

Die Augen ihrer Freundin weiteten sich vor Schreck. „Ist das nicht?"

„Ja genau, ist es."

„Wie? Also wie kommt es, dass er ... und du?"

„Ich hab dir doch gesagt, dass der ständig in der Kneipe war, und da haben wir uns kennengelernt. Also, so kann man das eigentlich nicht nennen. Ich weiß immer noch so gut wie gar nichts über ihn. Aber er war so betrunken, dass ich dachte, der findet nirgendwo mehr hin, da habe ich ihn mitgenommen."

„Das ist dein Ernst?! Du hast ihn mitgenommen, weil er betrunken war? Bist du eigentlich irre?!"

„Ach, Caro, war auch nicht das erste Mal."

„Ja, ich weiß, aber der ist doch hochgradig gestört?"

„Nicht so laut, er ist oben und kann dich hören."

„Shit", flüsterte Caro.

„Ach, ich hätte dir doch besser erzählen sollen, dass er mein Kollege war und jetzt in Deutschland studiert."

„In Deutschland?"

„Ja, ich glaube er kann ein bisschen deutsch. Wäre doch logisch gewesen, und du hättest es garantiert geglaubt."

„Das hättest du echt gemacht? Mir so einen Scheiß erzählt?"

„Ja, hätte ich. Habe ich aber nicht. Und jetzt komm."

Caro schien trotzdem ein bisschen verunsichert zu sein.

„Mann, der tut dir doch nichts! Das ist kein wilder Tiger oder so."

Caro murmelte etwas Unverständliches, dann gingen sie nach oben. In ihrem Zimmer blieb Caro vorsichtig stehen.

„Das ist er?"

Ayleen nickte. Gemeinsam betrachteten sie den schlafenden jungen Mann auf ihrem Bett.

„Ich hab ihn mir irgendwie ganz anders vorgestellt."

„Wie denn?"

„Irgendwie entstellter?", meinte Caro vorsichtig.

Ayleen widerte die Vorstellung an, dass er von seinen Entführern zerschlagen oder verstümmelt worden war. „Ach ja, und ich habe ihn als persönliche Unterstützung für deine Party angeheuert."

„Nicht dein Ernst?"

„Doch. Es ist mein Haus, meine Regeln."

Caro zuckte mit den Schultern. Sie war sowieso vollkommen von Ethan Farrell in den Bann geschlagen. „Ist er irgendwie ... anders?"

„Was hast du erwartet? Natürlich ist er *irgendwie* anders. Aber nicht irre, wenn du das meinst." Zumindest hoffte Ayleen das. Sicher war sie sich noch nicht. „Komm, wir lassen ihn in Ruhe und planen in der Küche."

„Ist das okay für dich, dass er in deinem Bett schläft?"

„Ja, warum nicht?" „Meine ja nur so." Sie gingen nach unten.

„Und wie viele kommen?" Ayleen setzte sich an den Küchentisch.

„Ungefähr 30 oder so?"

„Okay, die kriegen wir schon irgendwie hier rein. Wir haben ja auch noch den Garten."

„Stimmt, soll ja gutes Wetter morgen werden."

„Eben."

„Ich hab schon eine Liste geschrieben an Sachen, die wir besorgen müssen."

„Okay, zeig."

Caro schob ihr ein zusammengefaltetes Blatt Papier zu. Ayleen las es. „Okay, du zahlst."

„Ja, weiß ich."

„Das ist 'ne ganz schöne Menge, Caro, wollen wir das nicht noch kürzen?"

„Ach Quatsch, das passt schon so."

„Zehn Packungen Chips?", las Ayleen vor. „Wer soll das denn alles essen?! Oder neun Kästen Bier? Die bringen doch selbst noch was mit! Da sitzen wir ja nächstes Jahr noch drauf. Eigentlich könntest du damit gleich dann deinen Zwanzigsten feiern."

„Na gut, das mit dem Bier ist vielleicht zu viel. Aber die Chips werden alle, ganz bestimmt. Und es ist blöd, wenn wir zu wenige haben."

Ayleen seufzte. „Aber du nimmst das dann alles wieder mit nach Hause, sonst merken meine Eltern, dass hier 'ne Feier stattgefunden hat."

„Jaja."

Sie bemerkten erst nach einer Weile, in der sie weiter darüber diskutierten, was einzukaufen war, dass Ethan im Türrahmen stand.

„Oh", machte Caro verwundert. Sie sah ihn zum ersten Mal. Er war größer, als sie angenommen hatte. Ayleen wusste nicht, was sie sagen sollte. Ethan trat in den Raum.

„Er hat doch eine Narbe." Caro konnte es nicht lassen. Sie strich sich über die rechte Schläfe.

„Das ist nicht die einzige", erwiderte er. Es war mit Abstand nicht die einzige Narbe, die er im Laufe der Jahre erhalten hatte. Nicht alle dieser Spuren verdankte er allerdings seinen Entführern.

„Zeig mal, wie hast du die denn bekommen?"

Ethan beugte sich gehorsam zu ihr hinunter, sodass sie seine Schläfe begutachten konnte.

„Du hast das Pflaster abgemacht", bemerkte Ayleen von der Seite. Wie so oft in letzter Zeit gefiel ihr die Reaktion ihrer Freundin überhaupt nicht.

„Das hat nicht mehr gehalten."

Während Caro die Wunde studierte, warf er Ayleen einen entschuldigenden Blick zu. Ayleen lächelte versöhnlich und schob ihm einen Stuhl heran. Sie gehörte nicht zu den Menschen, die aus Neugier so respektlos wurden.

„Wann ist das passiert?"

„Vor ein paar Tagen erst."

„Und wie?" Caro ließ nicht locker. Sie war fast so schlimm wie ihre Mutter. Sie hätten sich vor sechzehn Jahren für ihn so interessieren sollen, dann müssten sie das jetzt gar nicht.

„Weiß ich nicht so genau."

„Aber man muss doch wissen, wo und wie man so verletzt wurde."

Ethan schüttelte den Kopf. „Nein, muss man nicht. Ich weiß es nicht, beweist dass das nicht?"

Caro sah ihn skeptisch an. „Muss hart für dich sein."

„Ja, einfach ist es nicht."

Das war untertrieben, so viel stand für beide Mädchen fest.

„Lass, ihn, Caro, warum interessiert dich seine Verletzung so?" Er war doch genug verletzt. Musste man noch weiter nachfragen?

„Jaja, tut mir leid. Meine Mutter hat schon von dir erzählt."
„Ach, tatsächlich, was konnte sie dir denn über mich erzählen? Sie kennt mich doch überhaupt nicht. Oder hat sie sich vielleicht eingestanden, dass ich wohl der dümmste Fehler ihres Lebens war?"
Caro erstarrte. Noch nie hatte jemand ihre Mutter direkt beleidigt. „Hallo, meine Mutter hat vielleicht Mist gebaut, aber das ist doch nicht ihr *größter Fehler* gewesen!"
„Was war denn ihr größter Fehler?" Seine Angriffslust machte Ayleen Angst. „Überhaupt war es doch nicht nur ihre Schuld!"
„Sie hat die Suche eingestellt, was ist daran *nicht* ihre Schuld?"
„Sie konnte nicht weitersuchen!", rief Caro wütend.
„Was ist so schlimm daran, einfach einzusehen, einen Fehler gemacht zu haben?"
„Es war kein Fehler!"
„Ach nein?! Ich musste dafür mit meinem Leben bezahlen! Ist das etwa geplant gewesen?!" Er sprang auf.
Sie hatte keine Chance gegen ihn. Seine Wut schüchterte sie ein. Ayleen starrte sie an. Sie wollte nichts sagen. Aber sie hätte gerne etwas gesagt, wenn ihre Freundin dann nicht ein Leben lang sauer auf sie sein würde. Sie hätte gerne für Ethan Partei ergriffen. Aus ihrer Sicht hatte Mrs. Clinton einen Fehler gemacht. Einen unverzeihlichen. Und das gerade ihre Tochter sie jetzt auch noch verteidigte, obwohl sie sich doch eher für ihre Mutter entschuldigen oder zumindest schämen sollte. Aber in Caros Augen wurde gerade ihre Mutter in den Dreck gezogen und egal wie sehr sie sich manchmal stritten, würde sie immer zu ihr halten.
„Darf ich gehen?"
Ayleen sah ihn überrascht an. Caro starrte sie beide an. Die Kontrolle, die Ayleen über ihn ausübte, war weder Caro noch ihr selbst klar gewesen. Ethan stand auf und warf Caro einen hasserfüllten Blick zu. Auf einmal hatte sie Angst um ihre Mutter.
„Was machst du denn jetzt?", fragte sie misstrauisch.
„Ich fahre nicht los und bring deine Mutter um, keine Sorge."
Noch nie hatte er so abfällig gesprochen. Aber wer konnte es ihm verübeln. Er war allein. Er musste sich alleine gegen alle verteidigen, während die anderen sich gegenseitig schützen konnten.

Ayleen stand ebenfalls auf. Sie packte Ethan am Arm und zog ihn in den Flur. „Wir müssen reden."

Er nickte.

„Es tut mir leid, aber so sind die Clintons leider. Du weißt das von uns allen am besten."

Er sah sie verwundert an.

„Was ist?"

„Ich dachte, du würdest mich jetzt auch noch mal zusammenstauchen."

„Nein, ich bin auf deiner Seite, aber das kann ich Caro nicht sagen, sonst sind wir keine Freunde mehr." Sie grinste entschuldigend. „Ich hätte was sagen sollen."

„Ja, das wäre hilfreich gewesen."

„Das nächste Mal werde ich etwas sagen, versprochen, okay?"

Ethan nickte.

„Wo willst du hin?"

„Ein paar Sachen holen, ich soll schließlich noch ein paar Tage hierbleiben."

Daran hatte Ayleen überhaupt nicht gedacht. Aber sie hatte ihren Kleiderschrank ja hier. „Darf ich mitkommen?" Sie war doch neugierig, wo er wohnte. Gleichzeitig musste sie fast über sich selbst lachen. Er war schon ein paar Tage hier in der Gegend. Irgendwo musste er ja geschlafen haben. Für ein Leben auf der Straße sah er zu ordentlich aus.

„Ich dachte, du musst deine zickige Freundin beschäftigen?"

„Ups, stimmt."

„Aber ich versichere dir, du verpasst nichts." Er grinste.

„Du kannst mein Auto nehmen, dann bist du schneller."

Seine Augen weiteten sich überrascht. „Ich dachte, das wäre dir so heilig."

„Es ist nur ein Auto. Außerdem vertraue ich dir, dass du keinen Unfall baust." Sie drückte ihm die Schlüssel in die Hand.

„Danke."

Er ging aus der Tür. Und Ayleen war bewusst, dass sie ihm gerade ihr Auto gegeben hatte und er vielleicht nie wiederkam. Zumindest könnte er das tun. Aber das würde er nicht.

„Können wir los?!"
„Ja, okay!" Caro kam angerannt. „Was habt ihr denn noch besprochen?"
„Nichts, nur dass er kurz heimfährt und dann wiederkommt."
Caro sah sie unsicher an. „Ich habe doch recht, oder?"
„Nein, das hast du aus meiner Sicht nicht."
Caros Entsetzen hielt sich zum Glück in Grenzen. „Gut, fahren wir. Wir müssen dein Auto nehmen, Ethan hat meins."
„Ethan hat dein Auto!? Was gibst du ihm noch, dein Haus? Deine Schwester?" Beim Letzten musste Caro schon wieder lachen. Aber erstaunt war sie trotzdem und ein wenig verletzt. Ihr hatte Ayleen den Wagen nie geliehen.
„Ach Quatsch! Außerdem würde er meine Schwester gar nicht haben wollen."
„Warum nicht?"
„Mann, Mady ist klein und naiv. Die peilt doch die ganze Lage nicht. Das liegt zwar daran, dass ich ihr nichts gesagt habe, aber trotzdem."
„Jaja", erwiderte Caro. Gemeinsam fuhren sie einkaufen. Immerhin spendierte Ayleen auf eigene Verantwortung das Haus ihrer Eltern. Das war doch schon fast mehr, als das blöde Auto. Damit konnte sich Caro wieder zufriedenstellen.

Das Mädchen an der Rezeption hatte den jungen Mann schon länger nicht mehr gesehen. Die meisten Gäste gingen recht häufig ein und aus. Es waren fast alles Touristen, die sich die näheren Großstädte und Kulturdenkmäler ansahen. Einige waren auch geschäftlich hier. Er war ihr aufgefallen, weil er nicht mit ihr oder ihrem Kollegen reden wollte. Die meisten Menschen hier führten ständig Small Talk mit den Angestellten. Nur dieser Typ nicht. Er hielt sich zurück. Das Auffälligste an ihm war die blutende Verletzung, die er am ersten Tag gehabt hatte. Immerhin hatte er sie auf Anweisung verbinden lassen. Jetzt durchquerte er die Lobby, als wäre er ein Geist. Sein Blick war stur geradeaus gerichtet und sein Gesicht zeigte keine Regung – bis auf eine unheimliche Abweisung. Er hätte ein Krimineller sein können oder ein Psychopath. Vielleicht war er auch nur ein schlecht gelaunter Student.

Der junge Mann erreichte den Fahrstuhl. Warum er seine Entführer nicht hasste? Sie hatten ihn entschädigt. Viel zu sehr. Aber sie hatten am Ende Reue gezeigt. Er hatte ihnen nichts genutzt und sie ihm auch nicht. Sie hatten sich nur gegenseitig das Leben schwer gemacht. Auch wenn sein Los wesentlich schlechter war als das ihre. Er kam nicht damit klar. Aber das hatte er auch nicht gewollt. Darauf hatte er sich nicht vorbereitet. Ayleens Freundlichkeit irritierte ihn. Er konnte nicht begreifen, warum sie wollte, dass er blieb. War es wirklich die Angst um die Menschen auf seiner Liste? Aber es war mehr als Mitleid. Mitleid war das, was Caro empfand. Ein oberflächliches, schmerzendes Gefühl, das wieder verging und nur das Leid sah. Aus irgendeinem unerfindlichen Grund sah Ayleen nicht nur das Leid seiner vergeudeten Lebenszeit, seines gestohlenen Lebens, seiner verschwundenen Familie. Die Bürde der Rache.

Das Hotelzimmer war klein und so gut wie nicht verwendet worden. Er packte ein paar Sachen in die Tasche. Das war alles gewesen, was er hatte mitnehmen dürfen. Sie hatten ihm einen Schlag verpasst, der ihm das Bewusstsein geraubt hatte. Es war nicht böse gewesen, nur eine Vorsichtsmaßnahme, dass sie sich nie, nie wieder treffen würden. Dazu gehörte natürlich, dass er nicht wusste, wie er hierhergekommen war. Genau konnte er immer noch nicht sagen, wo er die letzten Jahre verbracht hatte. Er war nicht immer eingesperrt gewesen. Er hatte nach draußen gehen können. Dort hatte sich eine Art sandiger Hof befunden, wo ihm Fahren beigebracht worden war. Er packte die Tasche und verließ wieder das Zimmer. Sich so frei bewegen zu können war eine Erleichterung, die niemand anders in diesem Haus als solche wahrnahm. In diesem Moment war Ethan mit den Gedanken in seiner Vergangenheit, die auch *nur er* kannte. Er war allein mit seinem Leben, seinen Ansichten und Empfindungen. Aber diese Tatsache brannte nicht in ihm, als er neben einer Touristenfamilie im Aufzug nach unten fuhr. Dafür war er im Augenblick zu sehr in seinen Erinnerungen, seinem anderen

Leben in einer fremden Welt, gefangen. Die Familie beachtete den jungen Mann nicht besonders. Von außen war da nur der Striemen auf seiner Schläfe, der etwas über ihn verraten konnte. Der Rest war gut verborgen in den Tiefen seiner Erinnerung. Niemand konnte *sehen*, dass er nicht so war wie sie. Aber wäre das sein einziges Problem, so hätte er ja keines. Sein Problem waren die Erwartungen, die die Menschen voneinander hatten, wenn sie sich näher kennenlernten. Er erfüllte diese Vorstellungen nicht. Er hatte seit seiner Entführung gewusst, dass er jetzt etwas erlebt hatte, was er niemandem erzählen könnte. Niemand, den er kannte, war entführt worden. Mit niemandem würde er wieder so auf einer Wellenlänge sein. Das hatte er schon als Kind gewusst. Aber der Wahn dieser Welt, die neue Krankheit, die die Menschen befallen hatte, zumindest die reichen Köpfe, machte es für ihn unmöglich dazuzugehören. Dort war man schon ein Outcast, wenn man nur das falsche Smartphone besaß. Dabei wussten sie alle gar nicht, was es wirklich bedeutete, *anders* zu sein. Und das wirklich nicht ändern zu können. Es machte ihn nicht wütend. Aber es würde ihn wütend machen, wenn er vorgehabt hätte zu bleiben. Es fühlte sich gut an, ein Geist zu sein und bald verschwinden zu können. Die Menschheit war wirklich ziemlich danebengeraten. Man könnte fast sagen, sie wäre ein Fehler der Evolution, eine entgleiste Mutation, die sich durchsetzen konnte. So empfand Ethan Farrell, der über Menschen eigentlich gar nichts wusste, außer, dass er kein Teil ihrer Gesellschaft mehr war. War er überhaupt ein Mensch in ihrem Sinne? Oder war er ein Soziopath? Er wäre lieber keiner gewesen, aber daran führte wohl kein Weg mehr vorbei. Er war, was das Leben aus ihm gemacht hatte und was er entschieden hatte zu tun.

„Warum hast du das gemacht?" Caro hörte nicht auf, das immer und immer wieder zu fragen.

„Mann? Was willst du denn hören?"

„Keine Ahnung. Er könnte gefährlich sein, das ist dir doch klar, oder?"

„Da ist er nicht der Erste."

„Ach Quatsch, Ayleen! Die anderen waren nur grob ... aber nicht ... so."

Ayleen seufzte. Warum konnte Caro nicht einfach akzeptieren, dass sie selbst nicht wusste, warum sie es getan hatte. Vielleicht war es Neugierde gewesen oder Sorge. Warum war das überhaupt so wichtig? Was änderte das? Er war jetzt bei ihr und würde dort auch erst einmal bleiben. Was spielte es für eine Rolle, warum er das tat. Oder warum sie ihn dazu überredet hatte.

„Ich meine ja nur, vielleicht entpuppt er sich ja noch als hochgradig gestört", bohrte ihre Freundin weiter.

„Caro, hör auf, okay?"

Sie zuckte mit den Schultern. „Ich will dich nur gewarnt haben."

„Er ist kein Sadist und kein Monster, kapiert!"

„Jaja."

Natürlich hatte Caro nichts kapiert. Ayleen wusste das. Sie fuhren mit den Einkäufen nach Hause.

„Weißt du, ich hab ja nicht direkt was gegen ihn, ..."

„Aber?" Ayleen wurde langsam klar, dass sie diese Diskussion wohl noch zigmal führen würden. Und jedes Mal würden sie sich nicht gegenseitig überzeugen können. Es war vergeudete Zeit.

„Er ist gruselig ... Schau mal, was der durchgemacht hat. Der kann doch gar nicht mehr normal sein ..."

„Okay, was willst du eigentlich die ganze Zeit von mir? Kannst du das vielleicht einfach mal sagen, Caro?"

Caro hatte nicht mit so einer Reaktion gerechnet. „Ja, äh, also ich mach mir nur Sorgen, ich halte es eben für keine gute Idee, ihn hier ... Also, ich meine ich hab einfach kein gutes Gefühl bei der Sache."

Ayleen nickte. Damit konnte sie leben. Caro würde wohl nichts daran ändern können, dass Ayleen kein schlechtes Gefühl hatte.

„Er ist noch gar nicht zurück", stellte Caro anhand des fehlenden Autos fest, als sie auf den Hof fuhren.

„Caro, sag jetzt nichts."

Caro sagte nichts. Es hätte vieles gegeben, das sie gerne jetzt gesagt hätte. Aber sie tat ihrer Freundin den Gefallen. Sie verstauten die Einkäufe. Jetzt hatte Ayleen ein schlechtes Gefühl. Erstaunlicherweise war es aber nicht die Angst um ihr Auto. Was sollte sie machen, wenn er nicht mehr zurückkam? Oder wenn er etwas angestellt und die Polizei ihn gefunden hatte? Würde sie dann auch angeklagt werden? Und würde er lange sitzen müssen? Die anderen sollten sitzen! Die anderen sollten dafür bezahlen, dass er jetzt so war, wie er war. Gleichzeitig hoffte Ayleen in diesem Augenblick, dass sich der hasserfüllte junge Mann nur verspätet hatte, aber wiederkommen würde. Unverletzt. Ohne andere verletzt zu haben. Es gab so viele Dinge, die sie sich wünschte. Aber kaum einer ihrer Wünsche würde in Erfüllung gehen. Nur wusste Ayleen das in diesem Augenblick nicht. Dafür war sie zu sehr in Sorge. In Sorge um einen Menschen, den sie kaum kannte. Was hatte er mit ihr getan? Warum verhielt sie sich so sonderbar? Noch nie hatte sie sich derart um jemanden gesorgt, den sie nicht kannte. Aber sie war auch noch nie jemandem wie ihm begegnet. Lag es an ihm? Oder an seiner Vergangenheit? War das nicht gleich ...

Es klingelte. Ayleen rannte zur Tür. Ethan! Der junge Mann stand im Türrahmen. In der Hand hielt er eine schwarze Tasche.

„Ich dachte, du würdest nicht mehr kommen."

Ihre Freude überraschte ihn. Er lächelte. „Vertraust du mir nicht?"

Sie legte den Kopf schief. „Kann ich denn?"

Er grinste. „Na klar kannst du. Die Frage ist nur, ob dich das glücklich machen wird. Vertrauen wird leicht gebrochen."

Sie starrte ihn an. Ein seltsames Gefühl hinderte sie daran, etwas zu antworten.

„Schau nicht so, Ayleen, ich werde mir Mühe geben", er grinste schief.

Sie musste lachen. Er nickte erleichtert. Tatsächlich war es ihm nicht egal, ob sie ihm vertraute. Zumindest bis zu einem gewissen Punkt. Sie wusste nicht alles über ihn und das sollte sie auch gar nicht. Aber auch, wenn sie nur einen Teil von ihm kannte, wollte er, dass sie diesem Teil vertraute.

„Komm rein." Sie schloss hinter ihm die Tür. Es fühlte sich gut an, ihn wieder im Haus zu haben. Es erinnerte sie an das Gefühl, wenn man vor dem Kamin saß und es draußen kalt war und stürmte, es innen aber trocken und sicher war. Sie war darüber verwundert. In letzter Zeit fühlte sie so etwas nur selten. Vielleicht lag es daran, dass sie jetzt wieder die Kontrolle hatte. Inwiefern sie wirklich kontrollierte. Caro saß in der Küche.

„Du hättest ja auch hier duschen können?"

„Warum? Wenn ich fürs Hotel zahle, kann ich es doch auch nutzen."

Ayleen war gar nicht aufgefallen, dass er andere Sachen trug.

„Deine Haare sind nass, regnet es draußen?"

„Guck aus dem Fenster, Caro!", rief Ayleen.

Caro sah aus dem Fenster. Es regnete nicht.

„Ich hab mich beeilt."

Caro sah ihn skeptisch an. „Du hast trotzdem lang gebraucht."

Ethan stand vor ihr in der hellen Küche und fühlte sich, als würde er vor dem hohen Gericht stehen. „Der Verkehr war scheiße."

Ayleen fragte sich, warum er sich überhaupt rechtfertigte. Ethan fragte sich das selbst auch.

„So schlimm war's doch gar nicht."

„Was willst du von mir?", seine Stimme klang langsam gereizt.

Caro warf ihm einen überraschten Blick zu. Ayleen fand das arrogant. „Ich will gar nichts von dir. Ich hab mich doch nur erkundigt."

„Erkundigt? Warum nimmst du dann meine Antwort nicht hin?"

„Weil sie keinen Sinn ergibt!"

Es war wie ein Schlag. Wie das Einschlagen eines Blitzes. Die Zeit stand still. Es war der Tropfen, der das Fass zum Überlaufen brachte. Sinn. Dieses Wort durften sie nicht verwenden. Sinn war etwas, dass Ethan an dieser Welt nicht verstand. Alles musste immer einen Sinn ergeben, dabei tat es das doch ganz offensichtlich nicht.

„Mein ganzes Leben ergibt keinen *Sinn*!" Der junge Mann starrte sie unverwandt an. Jede Faser seines Körpers spannte sich an. Er hatte gelernt zu kämpfen. Er hatte gelernt zu töten. Er würde hier nicht kämpfen. Er würde hier nicht töten. Aber sein Instinkt wusste das noch nicht.

„Man muss seinem Leben einen Sinn geben!", sagte Caro und stand auf. Es war Wut. Aber auch Angst.

„Ich habe mir einen Sinn gegeben", sagte er kalt und kontrolliert. Diese Kontrolle war das, was Ayleen am meisten Angst machte.

„Ach ja? Was kannst du dir schon für einen Sinn geben?" Ihre Arroganz irritierte ihn. Erstaunt zog er die Augenbrauen hoch. „Was? Was hast du gerade gesagt?"

Caro sah ihn mitleidig an. „Es tut mir wahnsinnig leid für dich, weil du kein Leben hattest und so ... und jetzt niemanden mehr hast ... und nicht zurückkannst in dein altes Leben ..."

Ayleen starrte ihre Freundin fassungslos an. „CARO!"

Caro sah sie erschrocken an.

„Kannst du mal aufhören? Was soll er dir eigentlich antworten, dass du endlich zufrieden bist!"

Caro sah sie beide an. „Warum fragst du überhaupt, wenn dir niemand das antwortet, was du hören willst?" Ayleen zog interessiert eine Augenbraue hoch. Sie warteten auf Caros Antwort.

„Das stimmt gar nicht, ich hab das ja nicht so gemeint. Ich meine ja nur, dass es doch echt schwer für dich ist ..."

„Ja, das weiß ich auch ohne dich. Obwohl Menschen wie du es nicht gerade leichter machen. Außerdem werde ich auch nicht bleiben. *Hier.*"

„Caro, du solltest mal posten, dass die alle hierherkommen sollen, okay?"

Caro stand auf und verließ die Küche. Beide wussten, dass das nur ein Vorwand war, sie von Ethan zu isolieren.

„Die hat dich echt gefressen, tut mir leid." Ayleen ließ sich auf die Bank in der Küche fallen. „Es war gemein, was sie zu dir gesagt hat."

„Ich werd's überleben."

„Ja, ich weiß, aber es ist einfach unglaublich, wie sie immer alles so hinstellen muss, wie sie sich das vorstellt."

Ethan setzte sich ihr gegenüber.

„Mach dir keinen Kopf, machst du ja eh nicht, ... aber die ist immer so." Er sah sie an. Einfach so. Ohne etwas zu erwidern.

„Woher hast du das Geld für ein Hotel?", fragte sie vorsichtig.

„Die haben mir Schadensersatz gezahlt, als ich gehen durfte. Manche von denen haben kapiert, dass ich sonst dort das Licht ausgeknipst hätte." Seine Mundwinkel verzogen sich zu einem bösen Grinsen.

Ayleen nickte. „Sorry, dann hättest du vielleicht echt dortbleiben sollen, hier musst du auf der Couch schlafen."

Er lächelte versöhnlich. „Das ist mir ziemlich egal. Wo hast du denn gedacht, dass ich sonst geschlafen habe?"

„Das ist jetzt peinlich, aber ich dachte, du würdest, na ja, nirgendwo schlafen …"

„Du dachtest, ich würde unter der nächsten Brücke pennen?" Er musste grinsen.

„Ja, tut mir leid."

„Das muss dir doch nicht leidtun, schließlich wohne ich nicht wirklich dort."

„Ja, ich weiß, aber dass ich dir das zugetraut hätte …"

Er musterte sie überrascht. „Würde mich das zu einem schlechteren Menschen machen?"

Es war eine ernst gemeinte Frage. Ethan wollte wirklich wissen, ob die Tatsache, unter einer Brücke zu leben, einen zu einem unwürdigen Lebewesen machte. Dass es einen zu einem unwürdigen Mitglied dieser Perfektionsgesellschaft machte, war ihm klar.

„Na ja, aus gesellschaftlicher Sicht schon, auch wenn das eigentlich gemein ist. Aber im Grunde kann man ja meistens nichts dafür, dass man dort endet." Ayleen hatte das einfach so sagen wollen, weil es Sinn machte. Aber jetzt wo sie es gesagt hatte, merkte sie plötzlich, dass sie das wirklich so meinte.

„Okay, aber ich bin auch so kein würdiges Mitglied."

„Warum?" Warum eigentlich? Was, bis auf seine Vergangenheit, machte ihn anders? Er hatte keinen Kontakt zu seiner Familie. Das hatten doch viele nicht. Er hatte keinen Schulabschluss, nahm sie an, das wiederum brachte ihn der Brücke näher. Also war es doch seine Vergangenheit. Und die würde es wohl auch immer bleiben. Aber wie sehr unterschied er sich äußerlich dadurch von anderen?

„Ich bin krank." Krank. „Krank?"

„Ich bin ein Psychopath, schon vergessen?"

„Na ja, wenn du einer sein willst."

Sie musste grinsen. Auf sie wirkte er nicht wie ein Psychopath. Er schüttelte den Kopf. Die Rache. Ayleen fielen seine Worte wieder ein. Er würde gehen, nachdem er sich gerächt hatte. Er war gestört. Ein potenzieller Mörder. Ein zukünftiges Suizid-Opfer. Aber sie wünschte sich, er wäre normal, so wie er jetzt gerade war.

„Du musst das nicht tun", sagte sie sanft.

Er senkte den Kopf. Dann hob er ihn wieder und sah ihr in die Augen. „Ich habe schon angefangen." Ganz oder gar nicht. Einen Moment lang schwebte die Verzweiflung darüber im Raum, nicht mehr zurück-, die Zeit nicht zurückdrehen zu können, zu einem Zeitpunkt, nachdem er die Kneipe zum ersten Mal betreten hatte. Wie ein kaum sichtbares Gas. Dann war der Gedanke schon wieder verschwunden.

Caro stand im Türrahmen. Der Hass, der Wunsch nach Rache flammte in seinem Inneren auf.

„Morgen steigt die Party!", sagte Caro voller Vorfreude,„Ist uns bewusst, Caro." Ayleen hasste sie dafür, gerade jetzt reingekommen zu sein. Aber so war das Leben nun mal: Man konnte sich nicht aussuchen, wann wer was tat. Jeder entschied seine Handlungen für sich, jeder war frei. Fast jeder.

„Ayleen?" Caro hatte den ganzen Abend über kaum etwas gesagt. Auch nicht bei ihrer ersten Schicht in der Kneipe. Ayleen hatte das etwas schade gefunden, da sie sich darauf gefreut hatte, ihre beste Freundin einzuarbeiten. Aber ansonsten hatte sie die Funkstille nicht bedauert. Jetzt lagen sie zusammen in Ayleens Bett gequetscht. Hätte sie die Wahl gehabt, sie hätte sich nachts heimlich neben Ethan auf die Couch gelegt. Aber die war leider zu schmal für zwei.

„Was ist denn?", fragte sie verschlafen.

„Glaubst du, der hasst mich jetzt?"

„Ja. Nein. Keine Ahnung ... Du warst nicht gerade nett."

„Aber ich war auch nicht wirklich gemein ..."

Doch, genau das war sie aus Ayleens Sicht gewesen. „Schlaf jetzt, er wird dir schon nichts tun."

In Wahrheit war es nicht die Angst, Ethan könnte ihr etwas tun, sondern dass er sie nicht mögen könnte. Caro versuchte immer die Leute für sich einzunehmen. Ayleen fragte sich insgeheim, wie sie es überhaupt anstellte, Freunde zu haben. Alles sollte möglichst ihren Vorstellungen entsprechen, und wenn es das nicht tat, entstand eine Diskussion wie am Nachmittag. Ayleen war längst eingeschlafen, da grübelte Caro noch stundenlang nach, was genau an ihrer Art Ethan missfallen hatte. Sie stieß doch sonst nicht auf Ablehnung. In diesem Fall kam Caro nicht in den Sinn, dass genau dieses Mal es eben anders war. In diesem Fall spielte nur seine Ablehnung eine Rolle, nicht aber sein Anderssein, das sie sonst so störte.

„Ethan? Ethan? Alles in Ordnung?"
„Hm?" Ethan öffnete gequält die Augen. Alyeen stand vor ihm und sah ihn erleichtert an.
„Was ist denn?"
„Nichts, ich dachte nur, du wärst ohnmächtig oder tot oder so."
Er richtete sich auf. „Warum denkst du immer, ich sei weg oder arm oder tot?"
Sie lächelte zerknirscht. „Ich mach mir eben Sorgen."
Er lächelte verwundert, als wäre ihre Antwort das Sonderbarste, das je jemand zu ihm gesagt hatte. Aber vielleicht kam das Ayleen auch nur so vor.
„Heute ist Caros Party", sagte sie und klang nicht unbedingt begeistert.
Er sah sie fragend an und stand dann auf. Ayleen überraschte auf einmal seine Größe. Sie frühstückten alle drei zusammen und fingen dann an, die Party vorzubereiten. Ethan und Caro räumten ihre gesamten Sachen in Ayleens Zimmer. Ayleen sperrte das Zimmer ihrer Eltern ab, damit sich niemand dorthin verirren konnte. Den Esstisch stellten sie zur Seite, damit mehr Platz entstand. „Können wir die Couch auch wegschieben?"
„Ja, meinetwegen."
„Ethan?"
Er grinste angesichts der Schwäche der beiden Mädchen. Aber er schob die Couch vorsichtig an die Wand und ließ sich anschließend

darauf fallen. Ayleen testete die Musikanlage. Sie hatte nicht so viel Spaß an der ganzen Sache, wie sie gehofft hatte. Es lag schlicht daran, dass sie wahninnig sauer auf Caro war. Nur Ethans Anwesenheit hinderte sie daran, den ganzen Zirkus abzublasen. Um sechs Uhr abends waren sie endlich fertig, das ganze Haus umzustellen und Essen für die Gäste vorzubereiten. Ayleen hatte immer wieder darauf gelauert, einen Moment mit Ethan alleine zu sein, um ihrer Wut auf Caro Luft zu machen. Aber dieser Augenblick kam leider nicht. Pünktlich um acht Minuten vor der vereinbarten Zeit kamen die ersten Leute. Caro begrüßte alle überschwänglich. Und Ayleen versuchte sich zu freuen. Nach einer Weile kamen immer mehr Leute. Ayleen hatte nicht den blassesten Schimmer, wie viele Caro tatsächlich eingeladen hatte. Ihre Eltern würden sie umbringen.

„Hey, Ayleen! Hätte nicht gedacht, dass wir uns so bald wiedersehen!"

Lauren stand mit weit geöffneten Armen vor ihr. Sie umarmten sich. Die anderen kannte Ayleen auch alle und sie schienen sich alle ungemein zu freuen, sie wiederzusehen.

„Oh! Wer ist das denn?", fragte Lauren aufgedreht.

Ayleen brauchte sich nicht umzudrehen, um zu wissen, dass Ethan hinter ihr stand. Endlich konnte sie einem ihre Geschichte erzählen. „Das ist Ethan, er war mein Kollege und studiert jetzt in Deutschland."

Laurens Augen wurden groß. „Oh, hey, ich bin Lauren, du kannst deutsch?"

Ethan nickte. Wahrheitsgemäß. „Ja, fürs Studium reicht es, um dort zu leben nicht." Er grinste.

„Ich dachte, es sei genau andersherum?"

„Das kommt darauf an, wie sehr du dich dort integrieren und leben willst."

Das machte für alle Sinn. Eine bessere Antwort wäre Ayleen auch nicht eingefallen. Um ehrlich zu sein, nicht einmal diese. Immerhin wusste sie nicht, dass er tatsächlich genug deutsch konnte, um das zu beurteilen. Lauren bedachte ihn mit einem anzüglichen Blick, der bei Ayleen wieder einmal die Alarmglocken läuten ließ. Diesmal lag sie mit ihrer Sorge richtig, ohne es zu wissen. Ethan konnte das nicht mehr leiden, seitdem er wusste, dass sie seine Vergangenheit nicht akzeptieren würde. Er konnte geheuchelte Gefühle nicht ausstehen. Er brauchte das nicht. Ayleen drehte sich um. Er sah sie beide neutral an. Lauren grinste. Auch wenn sie enttäuscht war. Ayleen wusste selbst, dass sie mit Ethan geflirtet hätte, wenn sie nicht instinktiv das Gefühl gehabt hätte, dass er das nicht wollte. Sie sah Lauren davongehen und dachte mit Genugtuung darüber nach, dass in einer Paralleldimension, in der Ethan nur ihr Kollege aus der Kneipe war, sie auf keinen Fall gegen Lauren verloren hätte. Die Geschichte durften sie noch zigmal erzählen. Ethan war für die Gäste ein Magnet. Vielleicht gerade deshalb, weil er das nicht sein wollte.

„Mark!", rief Caro und umarmte den jungen Mann, der gerade hereingekommen war. Bei dem Namen zog sich alles in Ayleen zusammen. Sie stand neben Ethan im Flur und beobachtete, wie Caro Mark umarmte. Sie kannte Mark. Leider zu gut. Einerseits hatte sie gehofft, ihn nie wiederzusehen und andererseits auch wiederum genau das Gegenteil. Mark trat ein, nachdem er sich von Caro lösen konnte.

„Hey, Ayleen! Lange nicht mehr gesehen!" Er kam zu ihr und umarmte sie, obwohl Ayleen sich gar nicht sicher war, ob sie das wollte. „Hey, Mark!"

Mark bemerkte den jungen Mann neben ihr. „Hey und du? Bist du ihr Freund?"

Ethan verzog das Gesicht zu einem mörderischen Grinsen. „Wieso? Weil du das gerne wärst?"

Mark hatte nicht mit einer provokanten Antwort gerechnet und sah ihn verdutzt an. Ayleen beobachtete die beiden. „Okay, okay, war doch nur 'ne Frage."

Caro kam zu ihm und umarmte ihn wieder. Sie hätten sich nur noch direkt vor Ethan und ihr küssen müssen, um es noch direkter zu zeigen: Mark war Caros Freund. Ayleen verspürte eine gewisse Wut darüber, dass Caro ihr nichts erzählt hatte. Vor allem, da er einmal beinahe ihr Freund gewesen war. Aber zum Glück nur beinahe.

„Oh wie lange geht denn das schon?", fragte Ayleen provokant.

„Sorry, Ayleen, aber ich wusste nie, wie ich dir das sagen soll."
Ayleen nickte. Es gab Schlimmeres. Diese Party zum Beispiel. Die Leute bewegten sich auf fremdem Terrain wie in ihrem eigenen Zimmer, als gäbe es dazwischen keinen Unterschied. Gab es für die meisten in diesem Moment auch nicht. Sie waren betrunken. Für sie zählte nur das Hier und Jetzt, auch wenn das wenige Stunden später keine Bedeutung mehr haben würde. Eigentlich war es sehr fraglich, warum sie die einzigen Momente, in denen sie im Augenblick lebten, so unbedingt in Vergessenheit geraten lassen wollten. Aber andererseits war es auch der Alkohol, der sie im Jetzt behielt, sie vergessen ließ, was morgen war oder gestern hätte sein müssen. Der Alkohol veränderte ihre Welt, machte sie kleiner, bunter und schneller. Ayleen hatte bis zu diesem Tag noch nie darüber nachgedacht, dass das Feiern unter Alkoholeinfluss ein Paradoxon war: Einerseits brauchte man ihn, um sich bewusst im Moment zu bewegen und andererseits ließ er einen genau diese Augenblicke wieder vergessen. Alles, was blieb, oder bleiben konnte, war das Gefühl, Spaß gehabt zu haben, ohne wirklich zu wissen, was eigentlich passiert war. Aber manchmal reichte das eben. Es reichte, um es immer und immer wieder zu tun. Manchmal ging es auch nicht um das, was passierte, während man feierte, sondern nur darum, abzuschalten und manchmal ging es genau darum. Caro und Mark verschwanden im Getümmel.
„Mark war mal fast mein Freund." Es war eine Erklärung an Ethan. Ethan nickte. Was gab es dazu auch schon zu sagen.
„Und, ärgert es dich, dass sie ihn jetzt hat?" Er kannte Ayleen nicht gut genug, das zu wissen, aber abgesehen davon, dass er das Gefühl hatte, das jetzt fragen zu sollen, interessierte es ihn auch.
„Na ja, weiß nicht. Es ärgert mich, dass sie nie was erzählt hat, gerade, weil ich ihn ziemlich gut kenne. Aber Mark ist ein Idiot, das wird Caro früher oder später rausfinden." Ethan befriedigte die Antwort nicht, das sah man seinem Blick an. „Er ist halt unzuverlässig und ein ganz schöner Macho."
„Ach Quatsch! Er war nicht böse genug für dich!" Ayleen hatte Vivi nicht bemerkt, die auf einmal neben ihr stand, als hätte sie auf den Moment gelauert, etwas zu sagen.

„Hey, Vivi, nett, dass du so von mir denkst!"

Vivi grinste und legte Ayleen einen Arm um die Schultern. Sie war sehr hübsch, fand Ayleen. Und viele andere. „Komm schon, ein bisschen stimmt's schon!"

„Jaja."

Ethan sah sie an. „Wie böse muss er denn sein?" Es war ein Moment, den nur sie beide teilten, weil sie sich kannten, weil Ayleen die Einzige war, die wusste, dass Ethan genau das war, böse. Vivi verstand nur die Frage und wartete grinsend auf die Antwort ihrer Freundin. Ethan dagegen interessierte Ayleens Auffassung von böse.

„Das ist schwer zu sagen", sie grinste und wich seinem Blick aus. Es war dumm! So dumm, dass Vivi das erwähnt hatte. „Ich steh eben nicht auf diese blonden Surfertypen, die mit Machosprüchen Mädchen klarmachen. Und man darf sich dann freuen, wenn man seine Auserwählte ist, und nächste Woche freut sich dann eine andere."

Ethan musste lachen. Er kannte solche Leute flüchtig. Er war immer davon ausgegangen, die seien eben ‚normal'.

„Ach komm, bad boys sind auch nicht besser!", empörte sich Vivi gespielt aufgebracht.

„Doch, manche schon, die sind ernster und keine Poser."

„Haha, wenn die sagen, ich fahr dich tot, dann machen sie das auch!"

Ayleen sagte nichts dazu. Sie lachte auch nicht. Sie sah nur in Ethans Augen und versuchte sich dafür zu entschuldigen, dass sie solche Freunde hatte. Aber was konnten die auch dafür, er war für sie nur der Deutschlandstudent, kein Entführungsopfer. Ethan brauchte ihr dafür nicht zu verzeihen, das Geschwätz oberflächlicher Menschen war er gewöhnt. Dass sie immer wieder Dinge sagten, die sich in seinem Inneren anfühlten wie Messerstiche, war auch längst Gewohnheit. Er konnte nicht mit ihnen lachen. Oder leben. Genau das war der Grund, warum er hier nicht mehr hineinpasste. Auch wenn Ayleen sich unheimlich Mühe gab, sie konnte nicht ändern, was nicht zu ändern war. Und sein Leben war nun mal so gelaufen. Niemand konnte daran noch irgendetwas ändern. Aber es gab Menschen, die etwas hätten ändern können, die da gewesen waren. Diese Menschen würde er finden. Er würde sie alle finden und sich an ihnen rächen. Dann würde er gehen, wie er es der Welt versprochen hatte und Platz machen für andere, die nach ihm kommen würden. Er würde diese Welt, diese verdammt kleine Welt, nicht weiter belästigen, stören und verstören. Er würde gehen. Ganz. Weit. Weg. Er hatte die Frage nicht mitbekommen, die Vivi ihm gestellt hatte. Es war zu laut um sie herum und er hatte nicht aufgepasst.

„Was?"

Sie beugte sich vor. „Wie heißt du?"

„Ethan."

„Schön, ich bin Vivi", sagte sie und stellte sich direkt vor ihn.

Ayleen bedachte sie mit einem wütenden Blick, dann ging sie in die Menge, an tanzenden Menschen vorbei, um schnell das Wohnzimmer zu checken. Sie hasste sie alle, weil sie sich einfach direkt vor ihn stellten und ihn anschmachteten wie Frischfleisch. Nur sie verhielt sich anders! Sie hielt immer gebührend Abstand zu ihm, versuchte höflich zu sein und nicht ständig Anspielungen zu machen. Und wer landete bei ihm? Vivi! Ausgerechnet. Die Welt war ungerecht, fand Ayleen. Im nächsten Moment wünschte sie sich wieder, das nie gedacht zu haben. Sollte er sich doch amüsieren, dabei hoffte sie schon wieder, dass er das nicht tun würde. Obwohl er doch der einzige Mensch in diesem Raum war, der wirklich ein bisschen Spaß verdient hatte. Aber eben nicht mit Vivi! Warum nicht mit ihr?! Ayleen hatte schon so viele Typen für sich einnehmen können und genau bei diesem einen Menschen blieb sie auf Abstand. Es war auch dumm von ihr gewesen, zu glauben, dass er so anders war! Es war dumm anzunehmen, dass er aufgrund seiner Vergangenheit überhaupt keine Nähe wollte! Er war doch immer noch ein Mensch! Er war doch so wie sie! Wie sie alle hier! Warum war ihr das nie aufgefallen? Warum hatte sie ihn behandelt, wie ein rohes Ei? Vielleicht hatte er das ja gar nicht gewollt? Wahrscheinlich war sie genauso schlimm wie Caro. Ayleen hasste sich in diesem Augenblick selbst am allermeisten. Bis ihr wieder einmal klar wurde,

dass Hass übertrieben war. Um sie herum tobte die Menge. Sie hatte schon lange keine Party mehr erlebt, bei der die Leute wirklich tanzten. Aber im Moment erschwerte es nur ihre Suche nach Ethan. Sie fand Vivi, obwohl sie sie gar nicht finden wollte.
„Wo ist Ethan?", sie versuchte nicht wütend zu klingen oder vorwurfsvoll.
„Keine Ahnung! Ich glaube, er ist rausgegangen, aber sicher bin ich mir nicht."
Rausgegangen? Wollte er gehen? Ayleen lief eilig zur Terrassentür. Sie ging in den dunklen Garten. Es war immer noch warm. Aber Ayleen war kalt. Sie hatte Angst, dass er gegangen war. Auf der kleinen Anhöhe, mitten auf der Grasfläche, saß der junge Mann, den sie wahrscheinlich immer falsch eingeschätzt hatte. Er saß mit angezogenen Knien da und starrte in die Dunkelheit, als gäbe es dort etwas zu sehen, was nur er sah, denn für Ayleen war es schwarz. Aber vielleicht existierte für ihn mehr im Dunkeln, weil er die Dunkelheit besser kannte. Sie blieb hinter ihm stehen.
„Ethan?"
„Ja", antwortete er leise ohne sich umzudrehen.
Sie setzte sich neben ihn. Sein ‚Ja' deutete sie als eine Art Einladung dazu, oder zumindest nicht als Abweisung. Sie saßen eine Weile da und starrten in die Dunkelheit vor ihnen. Ayleen versuchte etwas darin zu finden. Etwas, das Sinn machte. Aber da war nichts. Außer Schwärze. Für sie war da nichts. Für ihn schon. Er sah darin sein Leben, die Möglichkeiten dieser Welt, das Universum. Gerade die Dunkelheit, das Ungenaue, das Verschwommene machten es so einfach, Dinge zu sehen, die vielleicht gar nicht da waren, die nur der Fantasie entsprungen waren. Er kannte die Grausamkeit, er kannte die Einsamkeit, die Dunkelheit eines Gartens fürchtete er nicht. Sie betrachtete sein Gesicht von der Seite. Wann hatte Ethan Farrell beschlossen, sich zu rächen? Wann hatte er begonnen, zu dem zu werden, der er jetzt war? Sie wusste, dass er im Moment irgendwo war, wo sie niemals sein würde, auch wenn er dicht neben ihr saß, waren sie doch weit auseinander.
„Woran denkst du?"

„Wieso?"

Er grinste traurig, er wusste, dass sie auf seine Gegenfrage nicht antworten würde. Weiterhin wandte er seinen Kopf nicht von der Dunkelheit ab. Sie zog ihn an, wie ein Magnet.

„Ich weiß es nicht, ehrlich, ich denke an alles, und gleichzeitig auch an nichts." Sie ließ ihm diese Antwort. Sie wusste nicht, was sie dazu sagen sollte. Sie hatte erwartet, dass er anders drauf sein würde im Moment. Aber er war wieder in dieser Zwischenwelt, in der sie ihn nicht erreichen konnte. Also blieb sie still neben ihm sitzen.

„Warum bist du rausgekommen?", wollte er wissen.Sie warf ihm einen verwunderten Blick zu. „Das ist Caros Party …" Sobald sie es gesagt hatte, fiel ihr auf, dass sie gelogen hatte. „Ich habe dich gesucht." Sie sah auf ihre Füße und legte die Arme um ihre angezogenen Knie.

„Warum?"

„Warum? Weil ich mir Sorgen gemacht hab, du könntest abgehauen sein!"

Endlich sah er sie an. Er war überrascht. „Aber ich habe doch meine Sachen bei dir?"

„Ja, das stimmt."

„Aber ich wollte wirklich gehen", gestand er plötzlich.

„Warum bist du geblieben?"

Er sah ihr direkt in die Augen. „Ich wusste nicht wohin. Ich kann nirgendwohin … Ich kann immer nur weiter verschwinden. Aber ich will nicht immer wegrennen." Sie nickte. „Also bin ich draußen geblieben, weil ich auch nicht mehr reinwollte."

Ayleen grinste. „Zu viele fremde Mädchen, die dich belagern?"

Er verzog das Gesicht. „Ich hasse es, wenn Menschen mich einfach so anfassen oder hin und her schubsen … Aber ich wäre trotzdem geblieben …" Er sah in die ferne Schwärze der Nacht. „Aber da drinnen ist es zu laut für mich, und zu bunt. Es sind einfach zu viele Menschen auf einer Fläche. Das macht mich irre."

Sie nickte. „Aber hier ist es kalt, findest du nicht?"

„Was ist schon kalt?"

Sie schluckte. „Sorry", hauchte sie entschuldigend.

Er lächelte ganz leicht. „Ich werde gehen, vielleicht doch noch heute Nacht. Ich kann nicht bleiben, Ayleen." Er sah sie an und stand dann auf. Es kam für sie so unerwartet, dass sie nicht einmal wusste, was sie machen sollte. Reflexartig stand sie ebenfalls auf.

„Warum nicht?", flüsterte sie leise.

„Ich habe eine Liste, die muss ich abarbeiten, danach kann ich endlich gehen, verstehst du?"

„Gehen? Du kannst gehen, wohin du willst! Ethan, du bist frei! Kapier das doch endlich!"

„Frei?", sagte er verächtlich, „ja, ich bin frei! In einer Welt, die so strengen Normen folgt, dass ich nicht einmal ansatzweise hineinpasse. Du bist frei, solange du hier klarkommst, Ayleen."

Er hatte recht. Aber nicht komplett. Sie mochte ihn. Aus ihrer Sicht hätte er bleiben können und eines Tages hätte er hier wieder reingepasst. Eines Tages wäre er wieder ein Teil dieser Welt gewesen. Aber wollte er das gar nicht? Oder sah er das nur nicht?

„Du kannst zurückkommen, wenn du mit deiner Liste fertig bist?"

Er sah sie erstaunt an. Dann brach etwas in seinen Augen, traurig sah er zum Boden. „Nein, das geht nicht, glaub mir, das willst du auch gar nicht."

„Und wenn du die Liste vergisst?"

Seine kalten Augen starrten in ihre. „Ich habe das zu lange geplant."

„Dann komm wieder mit rein", flehte sie ihn an. Wenigstens sollte er nicht heute gehen.

„Da ist es zu laut für mich. Das da drinnen verwirrt mich alles, tut mir leid."

„Dann gehst du jetzt?"

Er nickte. „Nachts ist immer gut, da kann man gut nachdenken."

„Weißt du, ich glaube, die Welt könnte sich an dich gewöhnen." Sie sah ihn traurig an.

Er erwiderte ihren Blick. „Ich komme wieder, versprochen, ich habe ja meine Sachen noch hier." Die Spur eines Lächelns war in seinem Gesicht zu sehen.

„Ethan? Pass auf, dass du nicht so lange bleibst, dass etwas kaputt geht, wenn du gehst."

Es war eine Bitte. Für Ethan war es das Merkwürdigste, dass er je in seinem Leben gehört hatte, bis auf das eine Mal, als Paula ihm gesagt hatte, dass sie gerne seine Mutter wäre. Er fragte sich, warum er gerade dabei an sie denken musste. Für einen Moment lang, sah er Paula in Ayleens Augen. Sie sahen sich ähnlich, fand er. Warum war ihm das noch nie aufgefallen? Wie konnte er, wenn er ging, etwas zerstören? War er nicht selbst die Zerstörung? Wollte sie wirklich, dass er blieb? Sie sah so traurig aus, als müsste sie weinen. Sie standen voreinander. Ayleen war kurz davor zu weinen, während Ethan Farrell die Welt nicht mehr verstand. Als würde sie sich auf einmal in die entgegengesetzte Richtung drehen. Entgegengesetzt zu allem, was er kannte, zu allem, was er sich jahrelang gepredigt hatte. „Tu niemandem weh." Die Erde machte wieder einen Satz in die richtige Richtung.

„Wieso sagst du das nicht den Leuten, die mir wehtun?"

Sie starrte ihn an. Fassungslos. „Das würde ich, wenn ich wüsste, wer das ist."

Er nickte „Hast du manchmal das Gefühl, dass sich die Welt in die falsche Richtung dreht?"

„Hä, wie kommst du auf einmal darauf?"

Er grinste. „Tut mir leid, das ist mir gerade durch den Kopf gegangen. Und? Bekomme ich eine Antwort?"

Sie lächelte. „Ja, bekommst du. Ich habe oft das Gefühl, das Dinge passieren, die nicht passieren sollten, oder zumindest anders. Meine Schwester zum Beispiel, ich hab mir immer vorgestellt, dass sie einmal ein schüchternes, schönes Mädchen sein wird."

Ayleen lachte. „Und jetzt! Jetzt versucht sie so zu sein wie ich!", sie grinste gequält.

„Was ist daran falsch?"

Sie sah verdutzt in sein lächelndes Gesicht. „Na ja alles. Sie ist nicht ich, also soll sie auch nicht ich sein wollen, oder etwa nicht?"

Er nickte. „Vermutlich hast du recht." Ethan setzte sich wieder hin. „Ich kann nicht so lange stehen", erklärte er.

Während sie sich setzte, bemerkte Ayleen, dass die Frage, warum das schlecht war, so zu sein wie sie, einem Kompliment gleichkam, nur hatte sie das nicht kapiert.
„Warum kannst du nicht lange stehen? Ist etwas kaputt?"
„Nein, nicht direkt."
Sie nickte erleichtert. „Ethan?"
„Ja?"
„Darf ich dich etwas Persönliches fragen?"
Er sah einen Moment in die Dunkelheit, ehe er sich ihr zuwandte „Kommt darauf an, wie persönlich", er grinste frech. Sie lachte. Dann waren sie wieder ernst.
„Wie ist das damals passiert?"
„Die Entführung?"
„Ja, genau." Er sah wieder geradeaus. „Ich war vier und mit meiner Nanny am Spielplatz, weil meine Mutter keine Zeit für mich hatte. Ich weiß noch, dass ich auf meine Mutter sauer war, weil sie nie Zeit für mich hatte, aber ich habe mich gefreut, mit Paula unterwegs zu sein. Manchmal war sie wie meine zweite Mutter."
Ayleen schluckte, um nicht heulen zu müssen. Bei dem Gedanken an ihre Tante brannte ihre Seele. Er hatte sie wie eine Mutter gesehen, das würde Paula glücklich machen zu wissen. Irgendwann würde sie es ihr vielleicht erzählen.
„Wir waren also auf dem Spielplatz und ich habe geschaukelt. Das weiß ich noch ganz genau, die Schaukel war rot und aus Holz und hing an Metallketten. Liegt wahrscheinlich daran, dass das zu den letzten Dingen gehört, die ich in meinem alten Leben gesehen habe." Ayleen sah ihn mitfühlend an. „Ich habe irgendwann aufgehört zu schaukeln und bin dann auf dem Spielplatz rumgelaufen. Paula hat dort irgendwo gesessen, glaub ich. Und dann stand auf einmal dieser Mann hinter mir. Er fragte mich, wie ich hieße und was ich hier machte …" Er lachte freudlos auf. „Dabei war es ja eigentlich offensichtlich, was ein Kind auf einem Spielplatz macht … Auf jeden Fall hat er mir dann gesagt, dass ich sicher gerne mit ihm mitkommen würde, weil er etwas Tolles für mich hätte …"

„Und du bist einfach mitgegangen?", fragte Ayleen empört.
„Haben dir deine Eltern nicht beigebracht, dass man nicht mit fremden Männern mitgeht?" Sie musste grinsen, es war absurd. Sogar Ethan verzog das Gesicht zu einer grinsenden Grimasse.
„Ja, ne, haben sie nicht, scheinbar. Oder ich war zu dumm, es mir zu merken." Ayleen lächelte kopfschüttelnd „Nein, bestimmt nicht!" Sie legte ihm eine Hand auf die Schulter.
Er sah sie kurz an. „Keine Ahnung, na ja, jedenfalls hat er mich dann gepackt und mitgenommen. Er hat mir die Hand vor den Mund gehalten, damit ich nicht schreien konnte und dann hat er mich mit Chloroform betäubt." Er starrte in die Dunkelheit, die für ihn wie die Wiederholung seiner schrecklichsten Momente auf Leinwand aussah. Das, was er ihr erzählt hatte, war nicht die ganze Wahrheit. Aber mehr konnte er ihr nicht sagen.
„Und dann bin ich in einem Keller wieder aufgewacht. Stunden später ist dann jemand gekommen ... na ja und dann wurde es nicht gerade besser."
Sie starrte ihn entsetzt an „Haben die? Also ich meine, haben die ... dich ...?"
Er drehte den Kopf in ihre Richtung „... missbraucht?"
Sie nickte erfüllt von Grauen und hoffte einmal die Antwort zu bekommen, die sie wollte.
„Nein."
Ayleen atmete erleichtert auf.
„Aber geschlagen haben sie mich, allerdings nicht oft. Die waren keine Vergewaltiger, die waren einfach nur scharf drauf, etwas Blödes zu tun", sagte er und lachte bitter auf. „Keine Ahnung! Ehrlich. Ich weiß bis heute nicht, warum sie mich wirklich mitgenommen haben."

Das irritierte Ayleen, sie hätte gewettet, dass er das wusste. Aber er wusste es nicht. Und nach sechzehn Jahren hatte er sich mit dem Gedanken abgefunden, das Warum wohl nie zu erfahren. Warum er all dieses Leid hatte ertragen müssen ... er würde es nie wissen. Für Ayleen war diese Tatsache fast noch schlimmer als die Entführung selbst. Ihr war immer beigebracht worden, nach dem Sinn einer Sache, dem Warum zu fragen.

„Quält dich das nicht? Dass es vielleicht umsonst war?"

„Umsonst?" Wieder lachte er bitte auf. „War es das nicht sowieso? Ich hätte auch nichts davon gehabt, wenn es wegen Geld oder Macht passiert wäre."

Damit hatte er recht, so hatte sie das noch nie gesehen.

„Für mich hätte überhaupt nichts daran einen Sinn ergeben, egal wie sinnvoll es für sie gewesen wäre." Auch das war nicht die ganze Wahrheit, zum Teil sogar gelogen, denn Ethan *wusste*, warum sie ihn entführt hatten. Aber er traute sich nicht, ihr das alles zu erzählen.

Ayleen beobachtete ihn von der Seite. Sein Leben war einem sinnlosen Akt an Hybris zum Opfer gefallen. Oder war es überhaupt Hybris gewesen? Wenn es nicht einfach nur sinnlos gewesen war … War sein Leben wirklich gefallen? Aber es war nicht sein ganzes Leben. Es waren sechzehn Jahre. Trotzdem wollte Ethan, dass es sein Leben war, er wollte diese sechzehn Jahre zu seinem ganzen Leben machen. Ayleen hätte ihn gerne daran gehindert. Es war ihre Vermutung, dass er sterben wollte, nicht seine. Aber sie konnte ihn nur fragen, was er wirklich wollte, aber niemals wissen, ob seine Antwort der Wahrheit entsprach. Dafür hätte sie in ihn hineinsehen müssen. Und das war nicht möglich.

„Ist es schön hierherzugehören?" Die Frage traf Ayleen wie ein Schlag aus dem Nichts. Sie wusste nicht sofort, was sie darauf antworten sollte. War es schön, hier zu leben? Schön? War es für sie schön, hier zu leben? Hier zu sein? Ja, das war es. Wenn sie darüber nachdachte, war es das, es war schön, sie zu sein. Es war schön, eine Familie zu haben … Ihr ganzes Leben war schön. Noch nie war ihr das so klar gewesen wie in diesem Augenblick, in dem sie neben diesem jungen Mann saß, dessen Leben so überhaupt nicht schön gewesen war.

„Ja, es ist schön, hier zu leben und hierherzugehören."

Er nickte. „Siehst du das immer so?"

„Nein, natürlich nicht." Die Gefahr, die in dieser Frage lauerte, erkannte Ayleen erst, als sie schon geantwortet hatte. Er war hinterhältig. „Ich meine, natürlich ärgere ich mich auch oft und vergesse das."

„Das meine ich nicht."
„Was meinst du dann?" Sie wusste es wirklich nicht. Sie spürte nur, dass er auf etwas Bestimmtes hinauswollte, aber nicht, was das war.
„Sagst du jedem, dass dein Leben schön sei, oder sagst du das nur mir, weil es im Verhältnis zu meinem für dich so viel besser erscheint?"
Mit einem Schlag wurde ihr klar, was er meinte. „Du hast recht."
„Womit?"
„Dass ich den meisten anderen sage, dass es mir scheiße ginge … Aber …"
„Aber was?"
Sie sah auf ihre Knie. „Du tust mir nicht nur leid, Ethan. Trotzdem wird mir natürlich im Vergleich zu deinem Leben bewusst, was für ein bequemes Leben ich habe …"
„Ich bringe dich also dazu, das zu realisieren?"
„Ja, scheint wohl so."
„Also sagst du mir das nicht, weil du mich bemitleiden willst? Ich brauche kein Mitleid, Ayleen."
Sie sah ihn verdutzt an, wie jedes Mal, wenn er ihren Namen sagte. „Nein, mir ist das wirklich klar geworden, also mir ist das auch sonst klar. Aber hätte ich gesagt, dass ich unzufrieden bin, das wäre doch echt dumm gewesen, außerdem hätte es nicht gestimmt! Dass du kein Mitleid brauchst, ist mir schon klar irgendwo …"
Er nickte. „Ich bemitleide mich selbst, das reicht." Ihr entfuhr ein kleines Lachen. Er sah sie erstaunt an. „Findest du das komisch?" Sie sah sein ernstes Gesicht an, und fing an zu lachen. Es brach einfach so aus ihr heraus und war nicht aufzuhalten. „Ja, das ist komisch …", brachte sie unter Lachen hervor.
Etwas in seinen Augen brach. Sein Gesicht verzog sich zu einer grinsenden Grimasse.
„Ich will euer Mitleid nicht! Ich will nur mein eigenes!", äffte sie ihn lachend nach.
Ethan lachte. Es war das erste Mal, dass sie ihn lachen sah. Sein Lachen passte überhaupt nicht zu ihm, es klang so befreit und unbeschwert, nicht so bitter wie seine restliche Art.

„Du bist echt gemein!", rief er, aber er meinte es nicht böse. Sie lachten. Darüber, wie sein Leben hatte so ein Mist werden konnte, darüber wie sie ihr eigenes Leben sah, und schließlich lachten sie, um nicht zu weinen. Er legte sich auf die Wiese und starrte in den tiefen, dunklen Himmel. In diesem Moment verspürte er eine seltsame Erleichterung, hier zu sein.

Ayleen legte sich neben ihn. „Kennst du Sternbilder, die du erkennen kannst?", fragte sie fröhlich, das Lachen klang noch immer in ihrer Stimme mit.

„Nein, kein einziges, du?" Ethan musste grinsen.

„Nein, ich auch nicht."

Wenn er in den Himmel sah, leuchteten dort unzählige Sterne, aber nie im Leben hätte er sie einander zu Bildern zuordnen können. Sobald er einen der unzähligen Lichtpunkte fokussierte und dann den nächsten ansah, wusste er schon nicht mehr, welchen er zuerst angesehen hatte.

„Früher mussten die Leute anhand von diesen Sternen den Weg finden Die müssen sich ja ständig verlaufen haben", spekulierte Ayleen.

Ethan schnaubte, um ein Lachen zu unterdrücken. „Tja, da ist man heute mit Google maps schon besser aufgestellt." Ayleen lachte. Ihr Lachen war so klar und freundlich. Man hätte meinen können, ihr Lachen zeigte ihr wahres Ich, während ihre Stimme sich dieser rauen Welt angepasst hatte, um sich durchsetzen zu können. Ayleen Jensen würde hassen, was Ethan tun würde, aber sie würde es akzeptieren. Sie würde es verstehen, auch wenn sie dafür sich vor sich selbst fürchten würde.

„Ich muss los."

„Komm wieder."

„Werde ich."

Sie standen gleichzeitig auf. Sie sah ihn in einem anderen Licht, als noch vor wenigen Minuten. Sie kannte jetzt seine Vergangenheit. Seine Geschichte. Zumindest glaubte sie, sie zu kennen.

„Ich kann dir nicht versprechen, dass ich niemandem wehtun werde ... Das tut mir leid für dich. Ehrlich."

Ayleen nickte wie betäubt. Sie wollte ihm nie wieder Vorschriften machen. „Ich verspreche dir, dass ich versuchen werde, dir nie wieder wehzutun, das tut mir auch leid", sie lächelte gequält.
„Das musst du nicht versprechen, wenn ich es auch nicht kann, denk ich."
„Doch, weil ich es kann." Sie wusste, dass er meinte, dass er das nicht verdient hätte. Aber aus ihrer Sicht hatte er das. Außerdem war es *richtig*, niemanden zu verletzen, egal wer es war. Für sie war das ein ethisches Gesetz, und dabei zählte nicht, ob es das auch für ihn war. „Pass auf dich auf, Ethan."
Er grinste schief. „Sollten das nicht lieber die anderen?"
Ja wahrscheinlich. „Das sagt man halt so."
Er nickte, drehte sich um und ging. Aus dem Garten, vom Grundstück. Sie ließ er stehen, im Garten. Während sie ihm hinterhersah, hoffte sie, dass er wieder zurückkommen würde. Aber sie war so verwirrt, dass sie in diesem kurzen Moment eigentlich nichts fühlte, sie hoffte auch nicht wirklich, noch wünschte sie sich in diesem Augenblick etwas. Ein Teil von ihr war einfach zufrieden, der andere zu sehr aufgewühlt, als dass er die Zufriedenheit durchscheinen lassen konnte. So fühlte sie also gar nichts. Nicht einmal, wie nah sie Ethans Gefühlszustand war. Dem täglichen Durcheinander seiner Seele, die sich nicht entscheiden konnte, oder wollte, zwischen Gut und Böse, richtig und falsch, Rache und Vergebung. Die Rache dominierte im Chaos. Vielleicht war das auch der Grund, warum er so an ihr festhielt. Sie war das Einzige, das er klar in sich selbst erkennen konnte. Nur wusste Ayleen das nicht, sie wusste nicht, dass sie sich in diesem Moment genauso verwirrt fühlte wie er immer, dafür kannte sie ihn nicht gut genug. Im nächsten Augenblick würde sie sich wünschen, das eines Tages zu tun. Nur würde er dann noch unter ihnen sein?

6. Vorahnung

Es war eins dieser Häuser, die bereits von außen zeigten, was Wohlstand und eine stabile Familienbande bedeuteten. Es stand neben anderen, die ebenfalls so aussahen. Nur die Hausnummer unterschied sie voneinander. Er wusste, dass sie zu Hause war, weil sie hier in der Nähe einen Ferienjob hatte, bevor sie irgendwo studieren würde. Er klingelte. Es war riskant. Es war Mitternacht durch. Es konnte sein, dass niemand mehr wach war. Aber Risiken machten Ethan Farrell nichts aus. Sein bisheriges Leben war ein einziges Risiko gewesen, nicht immer für ihn, aber immer für irgendwen. Irgendwo wurde Licht eingeschaltet. Es war also jemand im Haus. Die Haustür wurde einen Spaltbreit geöffnet.

„Hallo?", fragte eine müde Stimme.

Eine Welle der Erleichterung überlief ihn. Sie war da. Sie war noch da.

„Amelia?"

Sie starrte ihn an.

„Ich bin Ethan Farrell, darf ich reinkommen?"

Der Schock ließ sie glauben, dass sie träumte. Ethan Farrell war tot. Oder etwa nicht? „Du bist tot."

„Nein, wie du siehst nicht."

„Wie? ... Wie kann das sein? Sie haben dich nie wieder ..."

Ethan machte einen Schritt auf die Tür zu. Sie trennten nur drei kleine Stufen voneinander. Er erinnerte sie nicht an den kleinen Jungen, der mal ihr Freund gewesen war.

„Du siehst anders aus."

„Es sind sechzehn Jahre vergangen, was hast du erwartet?"

Alles. Aber nicht das. „Willst du reinkommen?" Sie fragte, weil ihr kalt war. Sie war es gewohnt, fremde Leute im Haus zu

haben. Sie hatte keine Angst. Sie war ein bisschen wie Ayleen. Nur stand sie auf seiner Liste. Ayleen nicht. Amelia machte ihm Platz, sie war nur im Schlafanzug, aber das schien sie überhaupt nicht zu stören. „Komm, wir gehen ins Wohnzimmer."
Er folgte ihr. Warum war sie so naiv? Ließ den Teufel ins Haus. Warum hatte sie nicht die Polizei gerufen? Warum war sie so dumm?
„Wie bist du wieder hergekommen?"
Sollte sie nicht vielmehr fragen, wie er sie ausfindig gemacht hatte. Wäre sie vor einem Jahr auf die Uni gegangen, hätte er sie vielleicht nie wiedergefunden. Aber sie hatte sich entschieden zu bleiben, in der Stadt, in der alles angefangen hatte. Sie würde die Konsequenzen dieser Entscheidung tragen müssen. Es war schon komisch, wie manche Entscheidungen das ganze Leben verändern konnten, während andere nicht das Geringste zu bedeuten schienen.
„Ich bin eben nach Hause gegangen", beantwortete er ihre Frage. Sie bedeutete ihm, sich auf die Couch zu setzen.
„Wie geht's dir so?" Er hatte herausgefunden, dass das eine verdammt gute Frage war.
„Mir? Na ja, mein Freund hat mit mir Schluss gemacht und im Job ist es recht nervig, und bei dir? Muss doch furchtbar gewesen sein, was du erlebt hast?"
Ihm gefiel die Antwort nicht. Egal, was die Menschen darauf antworteten, die Antwort machte ihn wütend.
„Das ist echt komisch, weißt du, dass du so mitten in der Nacht nach sechzehn Jahren wieder auftauchst."
Sie sah zu viele kitschige Filme. Er sah sie skeptisch an. Es war wohl nicht komisch. Aber was es sein würde, würde sie vielleicht nie erfahren.
„Hast du noch Kontakt zu Joseph?"
Sie nickte. „Jap, hast du ihn auch besucht?"
„Besucht? Nein, noch nicht." Sie schien sich geschmeichelt zu fühlen, dass er sie seinem besten Freund vorzog. Seinem ehemaligen besten Freund. „Hast du mich vermisst?" Es war eine kühl kalkulierte Frage. Amelia faste es als Versuch auf, mit ihr zu flirten. Sie lächelte künstlich.

„Ja, klar." Amelia stand auf und setzte sich neben ihn auf die Couch. „War es schlimm dort, wo du warst?"

„Ich glaube kaum, dass du dir das vorstellen kannst." Sie war behütet aufgewachsen, ihre Eltern schienen, nach den vielen Angeber-Fotos zu urteilen, ihre einzige Tochter immer noch als göttliches Wunder zu sehen. Sie hatte keine Ahnung von Gewalt und Demütigung, kannte sie nur aus dem Fernsehen.

Zu liebevoll legte sie eine Hand auf seine Schulter. „Du tust mir ja so leid …"

„Warum? Wenn du dir nicht mal vorstellen kannst, wie mein Leben aussieht."

„Du siehst traurig aus, deshalb." Sie wollte, ihn traurig sehen, dabei war er wütend.

„Ich bin nicht traurig. Du kennst mich nicht."

„Wieso?" Erschrocken zog sie ihre Hand weg. „Wir waren Freunde …"

„Eben", er sah sie beinahe provokant an „Waren." Sie wollte ihm widersprechen, aber er war schneller: „Wenn du glaubst, dass wir uns nach so langer Zeit noch kennen, irrst du dich gewaltig." Er stand auf.

Sie sah ihn verstört an. „Warum bist du dann hier?"

Um zu töten. Und genau deshalb würde er auch wieder gehen. „Ich suche Vergeltung."

„Also arbeitest du mit der Polizei, um die Verbrecher zu finden, die dir das damals angetan haben …"

„Damals? Ich bin erst seit einer Woche ungefähr wieder frei, aber ansonsten hast du recht, ich suche diejenigen, die damals mein Leben in einen Albtraum verwandelten."

„Und hast du sie gefunden?"

„Ja, ich bin dabei."

„Viel Glück, dass du die Schweine findest und sie kaltmachst." Er sah ihr direkt in die Augen. „Pass auf, was du sagst."

Sie starrte ihn an. Seinem stechenden Blick war sie nicht gewachsen. „Ethan!" Sie stand auf. „Was willst du von mir?"

„Gar nichts. Was sollte ich von dir wollen?" Sie machte einen Schritt auf ihn zu. Wie oft wollte sie sich ihm noch nähern? „Ich könnte dir helfen."

„Das tust du bereits." Und wie sie das tat. Sie rief nicht die Polizei, dafür vertraute sie ihm wie ihrem ehemaligen Freund. Sie sah zu viel fern, glaubte zu sehr, die Hauptfigur zu sein. Die Welt drehte sich aus ihrer Sicht entschieden zu sehr um sie. Das würde sich ändern. Sein Universum hatte einen ganz anderen Platz für sie vorgesehen. Und sein Universum war größer als ihres und weniger pink.

Sie lächelte. „Du hast dich ganz schön verändert."

„Du auch", erwiderte er wahrheitsgemäß.

„Du bist so groß geworden."

„Wieso? War ich früher so klein?"

Sie lachte auf. „Kleiner als Joseph und jetzt bist du eindeutig größer. Das wird ihn bestimmt ärgern."

Ethan sah sie müde an. Wieso sollte es? Als ob diese Größe von Bedeutung wäre. Aber in ihrer Welt war es das sicher. Perfektion war wichtig. Und körperliche Größe gehörte dazu, geistige scheinbar wesentlich weniger.

Amelia hatte seit Langem nicht mehr an Ethan gedacht. Es war eine harte Zeit für sie gewesen aber trotzdem war es ihr nicht gelungen, ihn völlig zu vergessen. Aber dafür gab es einen ganz anderen Grund.

„Und was machst du jetzt? Bleibst du hier?"

„Bei dir? Nein."

„Ich meine in der Stadt."

„Auch nicht."

Sie sah ihn unschlüssig an. „Wo gehst du denn dann hin?"

„Weg. Hier hält mich nichts."

„Aber wieso bist du dann überhaupt erst wieder hergekommen?"

„Ich will mich rächen, schon vergessen?"

Sie nickte entschuldigend. „Warum ich, Ethan?" So lange hatte sie diesen Namen nicht mehr gesagt, es war komisch, es jetzt zu tun. Es war komisch, dass er wieder da war.

„Weil du zu den wenigen Menschen gehörst, an die ich mich noch erinnern kann."

Es machte für sie Sinn, wenn auch nicht so wie für ihn. Er war aus einem anderen Grund hier, als sie dachte. Sie wusste nicht, dass er eine Liste hatte. Sie wusste nicht, dass ihr Name auf dieser Liste stand. Direkt unter Laura Richards. Sie würde es erfahren. Viel zu früh.

„Ich gehe wieder." Er drehte sich um und ging zu Haustür. „Warte!" Er blieb stehen. „War ... schön, dich wiederzusehen." „Was soll das? Als ob wir uns kennen würden? Wie naiv bist du eigentlich?"
Sie starrte ihn verletzt an. Aber sie sagte nichts mehr, als er aus der Tür ging. Sie war wieder alleine. Morgen früh würde sie für einen Augenblick denken, dass sie das alles nur geträumt hatte.

Joseph wohnte nur drei Blocks weiter. Es war drei Uhr morgens. Kein Problem. Joseph lebte alleine. Seine Eltern waren in den Süden verreist. Woher er das wusste, war niemandem bekannt. Wie er sie alle fand, für alle ein Rätsel. Für ihn aber war es so simpel, dass er darüber lachen musste, wenn er daran dachte, wie die Menschen dieser Welt ihr Leben ins Netz stellten. Er klingelte. Wie bei Amelia. Er würde auch das gleiche Gespräch führen. Das wusste er noch, bevor ein verschlafener Joseph ihm die Tür öffnete. Hätte er tiefer geschlafen, wäre vielleicht alles ganz anders gekommen. So war es immer. Es waren die Details im Leben, die jenes lenkten und veränderten. Ethan Farrell wusste das. Wäre er an jenem schicksalhaften Tag nicht am Spielplatz gewesen ... Es waren Nichtigkeiten, leicht getroffene Entscheidungen. Und doch konnten sie alles für immer verändern. Hätte Joseph in diesem Augenblick nicht die Tür geöffnet, wäre sein Leben vielleicht anders geendet, dachte Ethan. Vielleicht gerade, weil es mitten in der Nacht war, kam er jetzt zu ihnen, gerade weil sie jetzt eine Chance hatten, ihm zu entkommen. Nur für diese Nacht. Aber immerhin, ein Tag mehr. Aber beide öffneten sie ihm die Tür, als hätten sie sechzehn Jahre nichts anderes getan, als auf ihn zu warten. Die Vorstellung war zu absurd. Aber das war sein Besuch auch. Die Nacht machte den Menschen Angst. Das lag nicht an der Kälte, fand Ethan, es lag an der Dunkelheit, die nicht klar ersichtlich machte, was sie verbarg. Genauso war sein Erscheinen hier. Er gab ihnen durch die Uhrzeit einen Hinweis darauf, dass er nicht nur zufällig in der Gegend gewesen war. Denn nachts war man nicht zufällig irgendwo. Zumindest nicht nach der Anschauung dieser Menschen.

„Hey, Mann, weißt du, wie spät es ist?", nölte Joseph.

„Ich weiß, aber ich muss mit dir reden, Joseph."

„Hey, wer bist du, woher kennst du meinen Namen?"

Das Ironische an dieser Frage war, dass wirklich jeder, der gezielt nach ihm gesucht hätte, wissen würde, dass er Joseph hieß und genau hier wohnte.

„Von früher."

„Von früher? Und woher weißt du, wo ich wohne?"

„Aus dem Internet."

Joseph lachte. Er erinnerte ein bisschen an den kleinen Jungen, der er einmal gewesen war.

„Ich bin Ethan ... Farrell."

„Fuck! Nicht dein Ernst! Du verarschst mich. Woher weißt du, dass ich mal einen Freund hatte, der so hieß? Das steht nicht im Netz!" Immer noch lachte Joseph, wenn auch etwas hysterisch.

„Ich bin eben wieder da, Joseph. Sehe ich echt so anders aus?"

„Ey, Mann, ich glaub dir kein Wort! Mein Kumpel ist tot, klar?"

Ethan schüttelte den Kopf. „Nein, ist er nicht, er wurde entführt, das ist etwas anderes. Und jetzt ist er wieder da."

„Ach Quatsch! Ernsthaft, Mann, ich würde ihn wiedererkennen!"

„Und warum tust du das dann nicht?"

„Okay, wie hieß unsere beste Freundin?"

„Amelia Smith."

„Wow, Mann, du bist's echt! Ich glaub's nicht! Wie lange ist das her? Ne Ewigkeit!" Joseph kam ihm entgegen und musterte ihn begeistert.

„Hast du vergessen, was passiert ist, Jo?"

Sein ehemals bester Freund sah ihn verzweifelt an. „Ja, Mann, das tut mir so leid ..."

„Lass das, ich brauch dein Mitleid nicht."

Joseph verzog das Gesicht. „Alter, tut mir leid, reg dich ab."

„Reg dich ab? Ich war über zehn Jahre lang eingesperrt, hast du das vergessen? Ich kann mich nicht abregen."

Joseph schluckte. „Ich ... Also ... ich ... tut mir ... ach fuck, das soll ich ja nicht sagen!"

Ethan lächelte gefährlich. „Und wie ist dein Leben so?"

„Ach, na ja geht so, eigentlich ziemlich gut, im Vergleich zu deinem."

Das hatte Ayleen auch geantwortet, nur hatte sie das anders gesagt.

„Du weißt doch gar nicht, wie mein Leben ist."

„Ja, klar, Mann, aber Entführung ist sicher nicht geil."

„Nein, wohl eher nicht."

„Wie lange bist du schon wieder ... na ja *frei?*"

„Seit 'ner Woche ungefähr."

„Alter, so kurz erst? Verdammt, wie lange warst du dann weg?" Joseph fing an zu rechnen.

„Sechzehn Jahre", antwortete Ethan. Für ihn war diese Zahl so unvergesslich wie der eigene Geburtstag.

„Krass! sechzehn Jahre! War's schlimm da?"

„Ja."

„Wo genau haben die dich eigentlich hingebracht?"

„Russland, wieso? Hast du da gesucht?"

Joseph kapierte gar nichts mehr. Vor wenigen Augenblicken war er noch felsenfest der Überzeugung gewesen, dass Ethan tot war und jetzt stand ein großer, dunkelhaariger junger Mann vor seiner Haustür und behauptete, der entführte Ethan Farrell zu sein. „Du erinnerst mich an jemanden."

„Ja, wahrscheinlich an mich selbst in jüngeren Jahren", erwiderte Ethan.

„Ja, wahrscheinlich, willst du reinkommen?"

„Nein, ich glaube nicht."

„Und was machst du so hier?"

„Ich räche mich."

„An den Entführern? Finde ich gut." Joseph grinste fett.

„Nein." Ethan drehte sich um und ging. Es machte ihm Angst hier zu sein. Es machte ihn traurig. All die Erinnerungen an ihre gemeinsame Zeit kamen wieder auf, sie waren gute Freunde gewesen. Oder war es nur die Trauer um seine verlorene Kindheit? Aber Warum? Warum in aller Welt hatte Jo ihn verraten? Er würde sich rächen, so viel stand fest … Oder stand es das überhaupt noch?

Detective Clinton stand am offenen Fenster im ersten Stock ihres Hauses. Ihre Tochter feierte in diesem Moment bei den Jensens ihren Geburtstag. Sie war alleine und dachte nach. Vor ein paar Tagen hatte man die Leiche einer jungen Frau gefunden, aber die Polizei hatte bisher keine Spur. Seltsamerweise frustrierte das Clinton nicht. Jedenfalls nicht jetzt. Sie war mit ihren Gedanken woanders. Immer wieder musste sie an einen Tag vor ungefähr sechzehn Jahren denken, an dem sie beschlossen hatte, nicht mehr nach dem kleinen Jungen zu suchen. Es war ihr schwergefallen. Caro war damals drei Jahre alt gewesen und hatte sie stark an den Jungen erinnert. Aber doch hatte sie aufgegeben. Warum, das wusste sie nach all diesen Jahren nicht mehr so genau. Aber je mehr die Erinnerung daran verblasste, warum sie sich damals so entschieden hatte, desto mehr fragte sie sich, warum sie nicht weitergesucht hatte. Was hatte sie damals dazu getrieben aufzugeben? Einfach so? Sicher, in dieser Zeit hatte sie gerade ihre Scheidung am Hals. Aber war das tatsächlich der Grund gewesen? Zu viel Stress, wegen eines Mannes, der es nicht wert gewesen war? Wenn sie daran dachte, dass ihr Mann weg war und Ethan das auch gewesen war, wurde ihr schlecht vor Schuld. Ihren Mann hatte sie nicht am Gehen hindern können, egal wie sehr sie es versucht hatte. Aber Ethan hätte sie vielleicht retten können, wenn sie ihn nicht aufgegeben hätte, stattdessen aber ihren Mann. Es war eine unmerkliche Entscheidung gewesen, sie hatte sie nicht einmal bewusst getroffen und doch hatte sie so viel verändert. Es gab Dinge, die einfach geschahen und vorübergingen wie eine Erkältung. Und es gab Dinge, die sich nicht wesentlich von den anderen zu unterscheiden schienen, nur hinterließen sie Narben und Tumore, die nie wieder heilten. Sie wandte sich vom Fenster ab. Aber sie ließ es offen, andernfalls hätte sie das Gefühl gehabt, zu ersticken. Sie konnte nichts mehr tun. Das Leben war, wie es war. Sie hatte versagt, einen Fehler gemacht. Das würde sie nie wieder tun. Aber ihr war klar, dass das Ethan Farrell nicht half. Er hatte sein Leben verloren, damit sie einen Fehler machen konnte, aus dem sie für ihr restliches Leben gelernt hatte. Trotzdem konnte sie nicht sagen, dass es ihr leidtat, dafür hatte sie schon zu viele Schicksale wie seines gesehen, zu viel Leid erlebt. Es war das Leben, so wie es nun mal war. Daran konnte sie nichts ändern. Sie war nicht unfehlbar. Das war niemand. Und von niemandem wurde erwartet, das zu sein.

Ayleen und Caro schafften die Leute aus dem Haus. Einige waren zu betrunken, als dass sie noch gehen konnten. Fast war Ayleen ein bisschen froh, dass Ethan im Moment nicht da war, denn seine Couch war von fünf anderen besetzt. Andererseits hätte er ihnen im Moment mit den ganzen Leuten echt helfen können. Aber er war nicht da, also mussten sie das eben zu zweit hinkriegen. Auf die Frage, wo er abgeblieben wäre, antwortete sie unzählige Male, dass er Kopfschmerzen gehabt hätte und früh nach Hause gegangen sei. Das reichte den Leuten. So richtig interessierte es sie sowieso nicht.

„Wo ist Ethan?", fragte schließlich sogar Caro, als sie fertig waren.

„Weiß nicht, aber er kommt zurück."

„Mann, du lässt ihn einfach gehen und kommen, wie es ihm passt?"

„Er ist ein freier Mensch, oder nicht?"

Caro sah ihrer Freundin verblüfft hinterher. Für sie war es nicht nachvollziehbar, wie man diesen jungen Mann so mögen konnte, dass man ihm derart vertraute. Sie gruselte sich ein bisschen vor ihm und langsam auch vor Ayleen. Noch nie hatte sie miterlebt, dass ihre Freundin jemandem so freies Geleit erlaubte.

Mark lehnte sich betrunken gegen sie. „Schläfst du bei mir?", nuschelte er und sackte dann auf dem Boden zusammen.

„Nein, Schatz, ich penn nicht auf dem Boden."

Er grunzte irgendetwas. Caro folgte Ayleen nach oben, wo sie sich neben ihrer Freundin ins Bett knallte.

„Gute Nacht, Caro."

„Gute Nacht." Sie wollte Ayleen noch vor Ethan warnen, aber ihr fielen vorher die Augen zu.

Ayleen wachte viel zu spät auf. Es war bereits 12 Uhr mittags. Sie quälte sich aus dem Bett.

„Caro, aufstehen!"

Caro maulte eine Antwort und drehte sich auf die andere Seite. Ayleen ärgerte sich kurz über Caro, dann ging sie nach unten. Was sie dort erwartete, war schlimmer, als sie befürchtet hatte. Überall lagen Dosen auf dem Boden, alle Stühle aus dem Esszimmer waren um die Couch versammelt und dazwischen lagen mehr oder weniger angezogene Leute. Sie hätte sie gestern alle wegschicken sollen, aber dafür waren sie zu fertig gewesen, das hätte sie nicht verantworten können.

„Aufstehen!", rief sie.

Nach einer Weile lösten sich die Gestalten aus ihrer Ohnmacht und krochen zum Sofa, an dem sie sich dann hochzogen, um sich schließlich aufzurichten. Ein Prozess, der durchaus hätte witzig sein können, wenn er nicht so erbärmlich gewesen wäre. Er zeigte das Bild der Jugend, die sich wegschoss, wo immer sie konnte, um am nächsten Morgen aufzuwachen und sich an rein gar nichts mehr erinnern zu können. Jahrelang war Ayleen ein Mitglied dieser Masse gewesen. Abends feiern und morgens aufstehen und den letzten Abend nicht mehr im Gedächtnis haben. Aber in diesem Augenblick ekelte es sie an. Diese fehlende Kontrolle, diese Ohnmacht, der Gestank. Sie wollte in diesem Augenblick nie wieder feiern, nie wieder Menschen in ihr Haus lassen.

„Steht auf!", schrie sie beinahe wütend.

Sie standen auf. Manche von ihnen schnappten sich ihre Sachen und verließen stolpernd und ohne ein weiteres Wort das Haus. Es war ihr recht, dass sie gingen. Nach einer Weile waren alle weg.

„Caro! Komm runter!"

Caro schleppte sich nach unten. „Ach du Scheiße!"

„Ja, richtig, und jetzt räumen wir auf."

Caro seufzte. Dann fingen sie an. Es war so entmutigend, es war einfach zu viel, das nicht an seinem rechtmäßigen Platz war. Es klingelte.

Ayleen sprang auf. „Ich geh, stell du die Stühle zurück ins Esszimmer." Ayleen rannte zur Tür. Voller Erwartung. Ethan. Es musste Ethan sein! Sie riss die Tür auf.

„Entschuldigen Sie, ich habe ein Paket für Familie Jensen." Noch nie hatte sie sich so über Post geärgert. Sie unterschrieb und nahm das Paket entgegen. Enttäuscht schloss sie wieder die Tür. Es war an ihre Mutter adressiert.

„Oh, doch nicht Ethan?" Der schnippische Unterton ihrer Freundin ließ sie beinahe zur Mörderin mutieren.

„Das ist an meine Mutter ... Willst du wissen, was drin ist?" Caro grinste begeistert. „Und was ist mit Postgeheimnis?"

Ayleen schmunzelte und schüttelte den Kopf. „Gibt's hier nicht."

Caro machte sich begeistert mit ihr ans Auspacken.

„Oh mein Gott!" Ayleen hielt ein schrill pinkfarbenes Cocktailkleid in der Hand.

„Shit! Was ist mit deiner Mum falsch?"

„Nichts", knurrte Ayleen, „das hat sich meine Schwester bestellt."

Caro fing an zu lachen angesichts von Ayleens verstörtem Gesichtsausdruck. „Was will sie dann damit?", fragte sie lachend.

„Keine Ahnung, ich werde sie fragen müssen."

„Bitte!" Caro konnte nicht weitersprechen vor Lachen. „Bitte, zieh's an, wenn du sie fragst!"

Ayleen musste auch lachen, die Vorstellung löste eine boshafte Freude in ihr aus.

„Zieh's gleich an! Bitte, ich will sehen, wie dieses schrille Ding aussieht!"

Ayleen sah das Kleid zögernd an. Dann stand sie auf und zog sich das Cocktailkleid an. Caro kreischte abfällig und prustete wieder los vor Lachen.

„Was ist?", aber auch Ayleen brach ab, als sie sich in dem großen Spiegel im Flur betrachtete.

„Damit kannst du dich gleich an den Straßenrand stellen!",
rief Caro ausgelassen.

„Aber echt, was will Mady denn damit?!"

„Vielleicht irgendeinen Typen beeindrucken?" Caro bekam sich gar nicht mehr ein. Sie sprudelte nur so von Ideen, was Ayleens Schwester alles mit diesem Kleid machen wollte. Ayleen hörte irgendwann nicht mehr zu. Die ganze Sache versetzte ihr doch einen gehörigen Stich. Wann war ihre Schwester so erwachsen geworden? Oder so freizügig? Auf einmal wollte sie das verdammte Ding nur noch ausziehen und verbrennen. Niemals sollte ihre Schwester mit so etwas das Haus verlassen. Und Ayleen würde dafür sorgen, dass sie das auch nie tun würde. Schon wieder klingelte es an der Haustür. Einen Moment lang – ganz gefangen in den Gedanken an ihre Schwester – dachte sie, es sei Madeline. Auch wenn das gar nicht sein konnte, da Mady erst am Nachmittag wiederkommen würde. Sie hatte bereits die Worte im Kopf, die sie ihr entgegenschleudern wollte, als sie die Tür aufriss. Ethan. Sie starrte ihn an. Als würde sie ihn zum ersten Mal sehen.

„Ethan!", entfuhr es ihr überrascht. Dann räusperte sie sich und fügte hinzu: „Schön, dass du wieder da bist."

Ein seltsames Lächeln zeichnete sich auf seinem Gesicht ab. Wehmut. Aber Ayleen freute sich wirklich, dass er da war. Er sah aus wie gestern. Seine Augen hatten den gleichen traurigen Glanz, wenn er lächelte. Er war nicht auf die Idee gekommen, sich die Haare abzurasieren oder gar in einem pinkfarbenen Cocktailkleid zu kommen. Er war geblieben, auch wenn er die Nacht nicht da gewesen war.

„Komm rein, sonst denken die Nachbarn noch, ich hätte einen Schlag hinsichtlich meiner Berufswahl."

Erst jetzt fiel sein Blick auf das schreckliche Kleid. Er zog die Augenbrauen hoch.

„Frag nicht, das ist gerade für meine Schwester angekommen."

Jetzt sah er erst recht erstaunt aus. Ayleen sah ihm in die Augen und war ihm noch nie so dankbar gewesen, dort den gleichen besorgten und verstörten Ausdruck zu sehen wie in ihren eigenen.

„Ja, ich werde mit ihr reden müssen."

Ethan senkte den Kopf. „Ja, ich glaube, das solltest du", erwiderte er leise und trat ein.

Caro versuchte zu lächeln, aber sie konnte Ethan nicht leiden. Vielleicht, weil sie Angst hatte, er würde ihrer Mutter etwas tun. Vielleicht aber auch nur, weil er nicht so einfach zu durchschauen war wie Mark.

Erst jetzt betrachtete Ethan Ayleen einmal von unten nach oben. Ayleen wäre das nicht so unangenehm gewesen, wenn sie in diesem Moment nicht gerade ein Kleid getragen hätte, das nur bis unter ihren Hintern ging, einen Ausschnitt bis zum Bauch hatte und aus einem glänzenden, lederartigen Material bestünde. Er machte wieder einen Schritt auf sie zu. Ethan beugte sich zu ihr vor und sagte so leise, dass Caro es nicht hören konnte: „Du siehst trotzdem schön aus." Sein Lächeln war warm und weniger traurig als sonst. Ayleen starrte ihn nur an und grinste. Sie freute sich über sein Kompliment mehr, als über alle, die sie je bekommen hatte. Trotzdem wunderte sie sich auch darüber, er war niemand, der leichtfertig Komplimente verteilte. Eher wirkte er abweisend und gereizt. Ethan wunderte sich über sich selbst. Aber bevor er gehen würde, wollte er ihr zumindest einmal gesagt haben, dass sie nicht so war wie die anderen und dass sie darauf stolz sein konnte. Aber in diesem Augenblick hatte sie schön ausgesehen, trotz des furchtbaren Kleides und deshalb hatte er ihr eben das gesagt, auch wenn es nicht ganz die eigentliche Aussage traf. Aber sie hatte so unsicher ausgesehen. Das Telefon klingelte.

Ayleen ging ran. „Ayleen Jensen?", meldete sie sich.

„Hey, Sis, kannst du mich abholen? Hier ist es ... ich weiß nicht ... langweilig."

Beschwingt von den vergangenen Sekunden, bejahte sie das Verlangen ihrer Schwester. Ayleen eilte zur Tür.

Ethan hielt sie fest. „Ich dachte, du wolltest nicht, dass die Nachbarn denken, dass du jetzt nicht mehr in der Kneipe arbeitest?" Er grinste.

„Shit, ja, danke!" Sie eilte nach oben.

Die Ampel war rot. Seit einer Ewigkeit. Ayleen sah stur geradeaus und beschwor sie endlich auf Grün zu wechseln. Gelb. Grün. Das Auto rumorte laut, als sie im ersten Gang über die Kreuzung raste. Es tat ihr jedes Mal ein bisschen leid. Aber die Angst, mitten auf der Kreuzung stehen zu bleiben und den Verkehr aufzuhalten, war größer. Ethan saß neben ihr und starrte aus dem Fenster in die verschwimmenden Töne der Umgebung. Er sagte nichts. Aber er war trotzdem da. Genau deshalb hatte sie ihn mitgenommen und damit Caro ihm nicht auf die Nerven gehen konnte. Die durfte schön weiter das Haus aufräumen. Sie erreichten das Haus, an dem Ayleen ihre Schwester das letzte Mal rausgelassen hatte.

„Komm, wir klingeln, ich find's doof nur 'ne Nachricht zu schreiben."

Sie stiegen aus und erklommen die Treppen vor dem Haus. Ayleen drückte auf die Klingel. Sie hörte das Surren im Inneren und dann Schritte. Sie stand direkt vor der Tür, während Ethan im Sicherheitsabstand zwei Stufen unter ihr stehen geblieben war. Die Tür wurde aufgerissen. Das Mädchen kam Ayleen bekannt vor, aber sie kannte seinen Namen nicht.

„Hi, du bist Madys Schwester, oder?", fragte sie fröhlich und errötete leicht bei Ethans Anblick, weil sie nur im Schlafanzug war. Lächerlich, dachte Ayleen.

„Ich … ich hol sie." Sie zischte ab.

Ayleen warf Ethan kurz einen Blick über die Schulter zu. Sie konnte das Mädchen verstehen. Er lächelte spöttisch. Sie seufzte und verdrehte die Augen. Dann kam ihre Schwester verkatert an die Tür. Ihre Sachen hatte sie schon gepackt. Sie war sehr erstaunt über Ethans Anwesenheit.

„Hi, Sis, hi, Ethan", murmelte sie, doch ein bisschen stolz, dass sie seinen Namen kannte. Die anderen Mädchen dachten sich nichts dabei, für sie war der junge Mann einfach nur Ayleens Freund.

„Können wir?", fragte Ayleen etwas gereizt, „ich muss später noch arbeiten."

„Es ist Sonntag", maulte Mady.

Ayleen hasste ihre Schwester für ihre Scharfsinnigkeit. „Wir können." Sie hatte sich in ihre Schuhe gezwängt und torkelte aus dem Haus.

„Wie viel hast du gestern getrunken?"

„Nicht viel."

„Bestimmt mehr als ich!"

Madeline sah ihre Schwester erstaunt an „Hä, das ist ja wohl nicht zu toppen!"

Ayleen schüttelte den Kopf. „Ich war nicht betrunken gestern, und ich habe Zeugen, Mady!", sie deutete auf Ethan, der nickte.

„Echt?", die Frage richtete sich mehr an ihn.

„Echt, deine Schwester war komplett nüchtern und hat versucht, euer Haus vorm Einsturz zu bewahren."

„Was, die haben unser Haus kaputt gemacht!", empörte sie sich, wie nur ein naiver Teenager es tun konnte.

„Keep calm, es ist nicht wirklich was passiert." Ayleen nervte es schon wieder, dass Mady sich so aufbrausend verhielt. Fehlte nur noch, dass sie auch noch anfing nur noch mit Ausdrücken zu sprechen und zu rauchen.

Sie fuhren nach Hause. Mady brabbelte von der Feier und weder Ayleen noch Ethan hörten ihr zu.

„Mady", fing sie an, als sie auf dem Hof zum Stehen kamen „wir müssen mal reden, nur zu zweit, okay?"

„Hä, warum das denn?" Ganz gleich wie sehr Mady versuchte, sich einzubilden, dass nichts los war, erkannte sie an der Stimme ihrer Schwester, dass genau das Gegenteil der Fall war.

„Dann geh ich schon mal rein", meinte Ethan und stieg so schnell aus, dass Ayleen nicht mehr protestieren konnte. Eigentlich wollte sie das nicht im Auto besprechen. „Los, wir auch, wir reden drinnen."

Caro sah Ayleen nervös an. Ihre Freundin wirkte extrem angespannt.

„Könntet ihr vielleicht solange die Stühle aufräumen?"

„Klar", meinte Caro. Ethan begann ohne eine Antwort einen Stuhl nach dem anderen wieder an seinen rechtmäßigen Platz zu bringen.

Sie standen in Ayleens Zimmer. „Was ist das?" Ayleen hielt das Kleid hoch.

Mady starrte sie verständnislos an.

„Was ist was?"

„Das Kleid, verdammt! Du hast das bestellt oder etwa nicht?" Einen Moment lang hoffte sie, dass ihre Schwester tatsächlich verneinen würde. Aber das hier war die verdammte Realität.

„Na und, das wollte ich zu Vanessas Party anziehen! Was ist schon dabei, das ist 'ne Motto-Party!"

Ayleen dachte, sie höre nicht richtig. „Was?! Sag das noch mal!", sie sah ihre Schwester entgeistert an „Eine Motto-Party?", sie dehnte jedes Wort. „Was ist denn das Motto? Strippklub? Puff?"

Mady sah verlegen zu Boden, ehe sie leise antwortete: „Pink."

„PINK!?", entfuhr es Ayleen. „Pink? Das hier ist noch viel mehr als nur pink! Hättest du nicht ein anderes Kleid wählen können, eins, das weniger ledern und lackiert aussieht und vielleicht nicht ganz so kurz und ausgeschnitten ist?"

Mady wurde wütend. „Du bist nicht Mum, kapiert!"

Ayleen starrte sie an. Ja das war sie nicht. Vielleicht hatte sie auch kein Recht dazu, aber sie konnte das nicht mit ansehen, wie ihre Schwester so etwas anzog.

„Außerdem sieht das angezogen voll gut aus, das hat man doch auf den Bildern gesehen ..."

„Aber Mady, das sind Modells, die sehen auch nackt toll aus. Ich hab's angezogen und an mir sah's richtig furchtbar aus ..." Sie hob hilflos die Schultern.

Mady schnappte sich das Kleid und rannte aus dem Zimmer, nachdem sie gerufen hatte: „Das liegt dann vielleicht an dir und nicht an dem Kleid!"

Ayleen stand in ihrem Zimmer und wusste nicht, was sie machen sollte. Hinterherrennen? Würde sie überhaupt etwas bewirken können? ‚Es liegt an dir, nicht an dem Kleid', diese Äußerung hätte sie sehr verletzt, wenn sie nicht dieses Mal gewusst hätte, dass es nicht stimmte. Sie war Ethan wirklich dankbar für das Kompliment, es stärkte ihr Selbstwertgefühl. Besonders jetzt brauchte sie das, um sich nicht als die alte, blöde Kuh zu fühlen, die ihre Schwester in ihr sah. Ayleen war nicht spießig. Nein, sie war alles andere als das, aber manchmal fühlte auch sie den Spießer in sich. In Momenten wie diesen. In Momenten, in denen sie ihre Schwester davor bewahren wollte, noch mehr zu werden wie sie. Aber das war wohl unmöglich. Ayleen hatte mit ähnlichen Sachen in Nachtklubs abgehangen, als sie in Madys Alter gewesen war, aber sie hatte sich danach so dafür geschämt, dass sie auf keinen Fall wollte, dass Mady das auch durchmachen musste. Ihre kleine Schwester Madeline war aus ihrer Sicht dafür nicht stark genug. Sie war zu lieb, zu naiv, nicht taff genug. Ayleen lief nach unten. Erleichtert stellte sie fest, dass das Haus wieder okay aussah.

„Ich koch uns was, ich sterbe vor Hunger", verkündete Caro und eilte in die Küche. Ayleen stellte die restlichen Sachen zurück und staubsaugte die untere Etage. Ethan machte die ganze Zeit Anstalten, ihr helfen zu wollen, aber es war nicht mehr viel und die beiden hatten wirklich schon genug getan, fand Ayleen. Außerdem sah Ethan aus, als hätte er nicht geschlafen.

Die beiden Mädchen standen vor dem Induktionsherd und kochten Nudeln. Ayleen war mit den Gedanken irgendwo bei ihrer Schwester und ihrem hypothetischen Ausflug in dem schrecklichen pinkfarbenen Kleid. Caro dachte an Mark und wünschte sich, bei ihm zu sein. Aber vor allem sehnte sie sich danach, wieder zu sitzen oder am besten zu liegen. In einem Bett.

„Caro, nicht im Stehen einschlafen!", neckte sie ihre Freundin, die ruckartig mit dem Kopf in ihre Richtung fuhr.

„Mann, ich bin echt müde." Ayleen war das auch. Sie drehte sich um zu der eingelassenen Sitzecke um den Küchentisch, auf der vor einigen Minuten Ethan noch gesessen hatte. Jetzt lag er auf der Bank und schlief. Sie lächelte und gab dem Impuls nach, sich daneben zu setzen. Caro quittierte das mit einer tadelnden Anmerkung, dass sie jetzt alleine kochen musste. Ayleen ließ sich neben ihm auf die gepolsterte Bank nieder. Es war kaum noch genug Platz, dass sie sitzen konnte. Die Bank war nicht lang und Ethan war zu groß, auch wenn er nur bis zur Hüfte auf der Bank lag. Sie hätte die Hand nur neben sich legen müssen, um sie auf seiner Schläfe zu platzieren. Sein Gesicht sah nicht entspannt aus.

Ethan war weit weg. Im Traum rannte er immer wieder über eine dunkle Wiese, an dessen Ende er einen Teich sah, aber immer wenn er ihn erreicht haben müsste, war er weg und tauchte in zweihundert Meter Entfernung wieder auf. Er war schon einmal hier gewesen, wusste er und da hatte er am Teich gestanden ... Wieso konnte er ihn nicht erreichen? Er rannte wieder los ... Plötzlich stand Laura vor ihm. Laura Richards. Sie sagte etwas: „Du hast es bald geschafft, dann kannst du wieder zurück. Nach Hause." Sie sprach mit Paulas Stimme, aber das machte Sinn, weil es eigentlich Paula war, die das sagte, sie aber nicht hier sein konnte. Eine Hand legte sich auf seine Schulter. „Ethan, ich habe dich vermisst", das Mädchen mit den braunen langen Haaren sah ihn verführerisch an. Er erkannte sie sofort. Er machte einen Satz nach hinten, aber sie hatte bereits tief das Messer in seinen Bauch versenkt. Es tat nicht weh. Sie riss es heraus und stach ein weiteres Mal zu. Wieder wartete er angsterfüllt auf den Schmerz. Aber wieder blieb er aus. „Erinnerst du dich daran?" „Ja", erwiderte er stockend. Sie rächte sich. Aber das war doch seine Rache, wieso war sie da? Was machte sie hier? Dann setzte mit einem Schlag das ziehende Gefühl der Realität ein, die ihn zurückholte. Für den Bruchteil einer Sekunde fiel er, um mit einem Ruck wieder in der Realität zu sein. Ethan zuckte reflexartig zusammen. Er war wach. Sein Traum ergab keinen Sinn. Er hatte es bald geschafft, aber er würde nie wieder zurück nach Hause kommen können. Dafür müsste er schon die Zeit zurückdrehen, warum fiel einem so etwas im Traum nie auf?

7. Paula Jensen

Sie saßen zu zweit in dem alten Auto und betrachteten das weiße Haus links neben ihnen. Ethan hatte es noch nie gesehen, aber er hatte herausgefunden, dass Paula Anderson hier wohnte. Es war lange her, dass er das herausgesucht hatte und er hoffte, dass es immer noch stimmte. Ayleen kannte das Haus. Sie wusste, dass Paula hier wohnte, dass sie hierhergezogen war, nachdem sie ihr Studium beendet hatte. Sie wusste, dass sie nicht mehr Paula Anderson, sondern Jensen hieß.

„Du brauchst nicht zu warten, ich weiß nicht, wie lange das dauern wird." Er stieg aus. Ethan war angespannt, das konnte man sehen. Er beugte sich noch einmal zu ihr ins Auto „Danke, dass du mich hergefahren hast."

„Ethan?"

„Ja?"

„Sie heißt nicht mehr Anderson, sie heißt jetzt Jensen." Sie sah ihm ruhig in die Augen.

„Woher weißt du das?", fragte er misstrauisch.

„Sie ist meine Tante."

Seine Gesichtszüge entglitten ihm. Er fing sich wieder „Aber es gibt viele Jensens."

Ayleen legte den Kopf schief. Einen Augenblick später wurde auch Ethan bewusst, wie bescheuert die Frage gewesen war. „Geh, ist okay, aber ich wollte, dass du das weißt."

Ethan sah sie unschlüssig an und knalle die Autotür zu. Ayleen drückt aufs Gas. Er wusste genau, was das bedeutete: Wenn er Paula wehtäte, würde er auch Ayleen verletzen. Aber was war dieser Schmerz schon gegen seine Erinnerungen? Er schüttelte den Skrupel ab und marschierte auf das hübsche Einfamilienhaus zu. Sie hatten Geld, das konnte man bereits von außen sehen. Wieso hatte sie dann nicht nach ihm gesucht?, durchfuhr es ihn. Auch wenn er bereits vor einer Weile kapiert hatte, dass sie ihn nicht hatten suchen können. Sie hatten ihr eigenes Leben gehabt und gelebt. Aber er hatte sich in den letzten sechzehn Jahren nichts mehr gewünscht, als endlich, endlich gefunden zu werden. Es schmerzte in seinem Inneren, dass das nie passiert war. Er hatte umsonst gehofft. Umsonst ihnen vertraut. Es hatte ihm das Gefühl gegeben, vergessen worden zu sein. Manchmal wünschte er sich tatsächlich zurück, nur um noch einmal die Chance zu haben, gerettet zu werden. So war er gestorben und kehrte als Geist in die Welt zurück. Als farbloses, geruchloses Gas. Er schluckte den Schmerz hinunter. So gut es ging. Diese Qualen würden nie aufhören. Niemals. Warum waren sie verwandt? Warum ausgerechnet diese beiden Frauen. Ayleen hatte ihn für einen winzigen Augenblick an Paula erinnert. Jetzt ahnte er warum. Er zögerte nicht, bevor er auf die Klingel drückte. Er wollte nicht noch mehr Zeit verschwenden. Paula Anderson. Jensen. Sie stand auf der Liste nicht unter Laura, aber er hatte seine Rache noch nicht fertig überdacht, also würde er hier schon einmal ‚Hallo' sagen. Die Tür wurde von einer schönen Anfang Dreißigjährigen geöffnet. Es war Paula, ohne Zweifel.

„Kann ich Ihnen helfen?"

Ethan machte einen Schritt auf sie zu. „Ja, das können Sie."

Paula war sehr unsicher, was sie als Nächstes tun oder sagen sollte. Nicht jeden Tag klingelten bei ihr junge Männer. Er sah ihr direkt in die Augen. Sie erstarrte. Noch bevor er ihr seine Identität offenbarte, erkannte sie ihn wieder. Irgendetwas sagte ihr mit einer derartigen Gewissheit, dass es Ethan war, dass es keinen Zweifel mehr gab.

„Erinnern Sie sich noch an mich?"

Sie nickte benommen.

Ethan war vor den Kopf gestoßen, wieso erkannte sie ihn und seine eigene Mutter tat das nicht?

„Ethan", sagte sie leise, „dein Name ist Ethan Farrell."

Er starrte sie entsetzt an. Warum? Warum sie! Warum konnte sie sich noch erinnern? Warum stellte sie alle anderen in den Schatten, indem sie zeigte, dass es *möglich* war, sich zu erinnern?

Ihre Hände zitterten und ihre Stimme bebte, als sie fast tonlos sagte: „Ich habe gehofft, dass du kommst, aber ich hatte keine Ahnung, wo du im Moment sein könntest."

Das war das Allerletzte, mit dem Ethan Farrell je in seinem Leben gerechnet hätte. „Was?", fragte er völlig verdattert. „Woher wusstest du, dass ich kommen würde?"

Sie lächelte und in ihren Augen lag eine schwere Wehmut. „Meine Nichte hat es mir erzählt, sie hat mir erzählt, dass du wieder da bist, wie auch immer das passieren konnte", sie zögerte, ehe sie vorsichtig hinzufügte: „Es ist ein Wunder ... ein Wunder, dass du noch lebst."

Ethan war unfähig, sich zu bewegen oder etwas zu erwidern. Dort stand die Frau vor ihm, die einmal wie seine Mutter gewesen war und sie erinnerte sich, als wären sie gestern auf dem Spielplatz gewesen und nicht vor sechzehn Jahren. Wie war das möglich?

„Willst du nicht reinkommen?"

Ihre Stimme war sanft und freundlich. Für einen Augenblick fühlte er sich zurückversetzt in eine Zeit, in der Leid für ihn nur ein Wort aus vier Buchstaben gewesen war. In eine Zeit vor sechzehn Jahren. Er folgte ihr ins Haus. Es war modern eingerichtet und nicht klinisch weiß, wenn auch in hellen Tönen gehalten. Es war gemütlicher als bei seinen Eltern und Trevor. Wenn er nur an ihn dachte, wünschte er sich seine Glock zurück, die er nicht mitgenommen hatte, weil er nicht hier war, um zu töten. Noch nicht. Oder überhaupt nicht? Ethan folgte Paula. Er betrachtete die Bilder auf dem Weg ins Wohnzimmer, um herauszufinden, ob sie Kinder hatte und wie der Mann aussah, den sie geheiratete hatte. Aber es waren fast alles Drucke von Künstlern, einer war von Dalí, ein Hochzeitsbild hing im Flur. Es zeigte zwei wunderschöne Menschen in schöner Kleidung. Aber nirgendwo Bilder von Kindern. Dann fiel sein Blick auf das Bild über der weißen Kommode im Wohnzimmer. Er konnte nicht glauben, was er da sah. Es überforderte seinen Verstand. Wäre er ein Computer, er wäre in diesem Moment abgestürzt. Entgeistert und voller Fassungslosigkeit starrte er den kleinen dunkelhaarigen Jungen an. Er stand neben Paula. Beide grinsten, als wäre das Wort ‚Sorge' in ihrem Wortschatz nicht vorhanden. Wahrscheinlich war es das auch damals nicht gewesen. Zumindest nicht in seinem. Nie im Leben hätte er damit gerechnet, noch einmal ein Bild von sich selbst als Kind zu sehen. In seinem vorherigen Leben. Er war wie in Schockstarre vor diesem Bild gefangen. Er bemerkte nicht, dass Paula sich neben ihn stellte. Er spürte ihre leise Trauer nicht, zu sehr war er in seiner eigenen gefangen. In seiner Fassungslosigkeit und seiner Wehmut, oder war es Rührung? Freude? Erleichterung? Erleichterung darüber, noch nicht ganz vergessen zu sein? Unglauben über etwas, was ihm nach all den Jahren so unmöglich erschienen war, dass er die Hoffnung aufgegeben, sogar nicht mehr gewagt hatte zu hoffen? Oder war es der Schmerz, die ganze Zeit ein falsches Bild im Kopf gehabt zu haben? Die Welt mit falschen Augen gesehen, sie verdammt und die Menschen in ihr gehasst zu haben? Wäre seine Wahl zu rächen anders verlaufen, wenn er das gewusst hätte? ... Gab es vielleicht doch einen Weg? ... Ein Zurück ...? War er diesen, seinen Weg so weit gegangen, um jetzt festzustellen, dass er falsch gewesen war, dass er eine Sackgasse war? Ethan Farrell versuchte zu begreifen, was in seinem Inneren tobte, versuchte es zu ordnen, es zu verstehen, aber das war ihm unmöglich. Zu viele Emotionen strömten auf ihn ein. Angst. Unter allen war die Angst dominierend. Er war zu weit gegangen, er stand vor einer Mauer, und auch wenn diese sich noch in vielen Metern Abstand befand, war sie doch da und in ihr gab es keine Tür. Aber er konnte nicht zurück, er war schon viel zu weit nach vorne gegangen ...

„Erinnerst du dich daran?", fragte sie zögernd.

Er starrte das Bild an „Ja", fing er an und seine Stimme glich einem heiseren Krächzen. „Wie hätte ich das vergessen können?"

Sie sah traurig den kleinen Jungen auf dem gerahmten Foto an. „Ich weiß es nicht, aber wer weiß, was du erlebt hast ..."

„Ja, aber genau deshalb hab ich daran festgehalten, an den schönen Momenten." Um mich zu rächen, fügte er in Gedanken hinzu.

Aber wie könnte er das jetzt sagen, wie könnte er ihr, der einzigen Person, die ihn nicht vergessen hatte, obwohl er kaum noch gewagt hatte zu glauben, dass das überhaupt möglich sein könnte, wie könnte er ihr so etwas Furchtbares sagen? So abgestumpft war er nicht. Noch nicht. Und vielleicht war es noch früh genug, um das niemals zu werden? An diesem Gedanken hingen zu viele Zweifel, zu viele ‚Aber', als dass er ihn ernsthaft zu Ende dachte. Was hatte Ayleen gesagt? ‚Doch, weil ich es kann.' Auf seine Aussage, dass er nicht versprechen könne, ihr nicht wehzutun, weshalb sie das auch nicht versprechen müsste. Dieser Satz hätte über dem Foto hängen sollen, in goldenen Lettern. Weil sie es kann ... Paula konnte es auch, sie konnte sich erinnern. Es war mehr als Dankbarkeit, die er empfand ... es war unbeschreiblich. Ein Wunder, wenn er noch an Wunder geglaubt hätte. Für Ethan Farrell war es unbeschreiblich, da ‚Wunder' für immer aus seinem Wortschatz gestrichen worden war. Mit Blutrot. Sie sahen das Foto an, nebeneinander stehend und schweigend. Schließlich fiel ihm etwas ein, was Paula gesagt hatte, gerade an der Tür, was ihn irritiert hatte.

„Woher wusste deine Nichte, dass ich wieder da bin? Also, dass das ‚ich' bin? Ich habe bestimmt nur eine Paula Anderson erwähnt und davon gibt es sicher viele."

Sie warf ihm einen sanften, traurigen Blick zu. „Glaubst du nicht, dass meine Familie weiß, wer der Junge ist, der abgesehen von meinem Hochzeitsbild, als einziges Foto im Haus hängt?"

Ethan sah sie verstört an. Es zauberte ein winziges Lächeln auf ihr Gesicht. Auf einmal sah sie wieder genauso jung aus wie damals auf dem Spielplatz. „Sie wusste es eben, dass, als ich Nanny war, das Kind unter meiner Obhut entführt worden ist. Schließlich bin ich danach, zumindest ihrer Meinung nach, ausgeflippt und nie wieder ‚normal' geworden." Sie sah traurig aus. Unheimlich traurig. „Na ja, meinen Mann hat das nie gestört, er ist im Krieg gewesen, er weiß, was es bedeutet, von anderen für verrückt erklärt zu werden, ohne es zu sein."

Ethan sah ihr in die Augen. Dass sie verrückt geworden war, tat ihm leid, aber es war für ihn auch das Beste in dieser Welt. Vielleicht würde er neben diesen beiden Menschen gar nicht so sehr auffallen? Vielleicht würde er neben ihnen nicht so alleine sein. Mit seinen Ängsten, seinen Schmerzen und seinen Erinnerungen, die seine Nächte zu Albträumen machten.

„Wo warst du?", flüsterte sie.

„Russland."

Sie starrte ihn an. Ihre Augen schwammen in Tränen. „Warum?", ihre Stimme brach.

„Die haben ein Experiment gemacht, dafür brauchten sie eine Versuchsperson. Aber eigentlich ist es nicht wichtig, wo oder warum ich weg war, ... ich war es und niemand kann daran etwas ändern."

Sie sah ihn wie betäubt an, ehe sie voller Angst vor der Antwort fragte: „Hätten wir eine Chance gehabt? ... Ich meine, *hätten* wir dich finden können?"

Er sah ihr in die Augen und antwortete: „Nein, ich denke nicht", weil er den Schmerz darin nicht ertragen konnte.

„Es tut mir so leid", sie schrie beinahe auf vor Qual und fing dann an zu weinen „Es tut mir so leid! So leid! Ich konnte nichts tun, ich konnte dir nicht helfen!"

„Du hast nicht gesehen, wer es war oder wo und wann genau es passiert ist ..."

„Nein!", rief sie. „Nein, ich hab es nicht gesehen! Ich war zu blind! Es tut mir so leid, verzeih mir bitte, wenn du das irgendwann kannst, verzeih mir, bitte!" Ihre Stimme flehte um Vergebung, als stünde sie vor dem jüngsten Gericht. Die Tränen liefen ihr über das Gesicht und sie hatte ihre Hände wie zum Gebet ineinander verkrampft. Ihr Gesicht war verzerrt zu einer qualvollen Grimasse. Noch nie in seinem Leben hatte Ethan Farrell so tiefe, echte Trauer gesehen. Es erschreckte ihn, genauso sehr, wie es ihm wehtat. Mitleid. Schon lange hatte er das nicht mehr empfunden. So lange, dass er gar nicht mehr gewusst hatte, dass er das noch empfinden konnte. Sie tat ihm leid. Er war hergekommen, um sich zu rächen. Aber sie tat ihm leid. Das Opfer seiner Rache. Sie stand vor ihm, in ihren schmerzenden Tränen und tat ihm einfach nur leid. Er wollte sie beruhigen, sie trösten, weil er das Gefühl nicht loswurde, dass, wenn er das noch länger sehen würde, sein Herz in tausend Stücke zerbersten würde. Gebrochen war es. Aber nicht komplett zerstört. Nicht zu Asche zerfallen. Er konnte noch fühlen. Fühlen … Er konnte noch mitfühlen … mit anderen … Menschen.

„Es … war", er zögerte, „nicht deine … Schuld." Er hatte es nur sagen wollen, um sie zu trösten. Aber jetzt, wo es gesagt war, merkte er mehr und mehr, dass es stimmte. Oder wurde es nur mehr und mehr zu seiner Realität, weil er es so wollte? Weil er sie nicht länger als Täterin sehen wollte? Oder täuschten ihn jetzt seine Erinnerungen. Irgendwer hatte ihm einmal gesagt, dass man sich nicht wirklich an Dinge erinnerte, weil das Gehirn diese Informationen speicherte, vielmehr war es wohl so, dass es die Puzzleteile jedes Mal, wenn man daran dachte, wieder neu zusammensetzte und dabei nicht unbedingt das ursprüngliche Bild wieder rekonstruiert wurde, wodurch man sich auch *falsch* an etwas erinnern konnte, oder eben anders. Es ärgerte Ethan, dass er nicht mehr wusste, wer ihm das erzählt hatte. Aber der Ärger war nur ein kleiner Stich irgendwo in der Taubheit, die ihn umfing. Er sah ihr die ganze Zeit ins Gesicht, aber erst jetzt hob sie ihren Blick und begegnete seinem.

„Schuld?" Das Feuer in ihren Augen war kalt und schmerzhaft, es war grausam, … es verbrannte sie von innen. Oder vereiste es sie nicht eher? Wenn es doch kalt wie Eis war oder wie die Überreste der Flammen, wie Asche. „Bin ich nicht … schuld?"

Ethan starrte sie an. Nein. Nein. Schuld … sind andere. „Nein, und wenn, wäre mir das egal." Er sagte es so leise, dass sie sich nicht sicher war, ob sie ihn richtig verstanden hatte. Aber sie hoffte inständig, dass sie sich nicht verhört hatte.

Ethan sah wieder das Bild an. „Das ist so verdammt lange her … Wieso hast du keine eigenen Kinder?"

Sie war überrascht über die Frage. „Weil … weil ich …", sie senkte den Blick „verrückt bin", flüsterte Paula leise.

„Danke."

Sie schaute wieder auf und geradewegs in sein Gesicht. „Danke, dass du mich vermisst hast und noch weißt, dass ich einmal existiert habe. „Irgendwo hier." Er machte eine traurige Geste, die die Stadt einfangen sollte. „Du bist immer noch hier, und du wirst wieder einen Platz finden." Es klang aufmunternd, aber nicht glaubwürdig. „Ich habe dich so vermisst, Ethan." Sie weinte wieder.

„Ja, ich habe dich auch vermisst …", sagte er tonlos und seine Stimme brach ab. Es war das erste Mal, dass ihn die Rührung zum Weinen brachte, der Schmerz über die verlorene Zeit, die Wehmut, so einen hohen Preis gezahlt zu haben, so verloren zu sein und dennoch hier, irgendwo am Ende der Welt noch willkommen zu sein, erwartet zu werden. Er ließ die Tränen laufen. Es würde vielleicht nie wieder einen Moment geben, in dem er das tun könnte. Er würde vielleicht sonst nie wieder weinen und dann würde er das in seinem letzten Moment bereuen, nicht einmal wirklich geweint, alles herausgelassen zu haben.

Er versuchte, die Tränen in den Griff zu bekommen, aber das war unmöglich. Also stellte er nur heulend die Frage, die er jedem stellte: „Wie ist dein Leben?"

Sie sah ihn erstaunt durch einen Schleier von Tränen an. „Was meinst du? Mein Leben? Mein Leben … ist … wunderbar!" Sie lachte unter Tränen. Fassungslos, dass es der Realität entsprach. „Du bist wieder da, und du lebst noch …", fing sie sehr leise und langsam an und fügte noch leiser hinzu: „Weißt du, wie lange ich auf diesen Tag gewartet habe? Sechzehn Jahre lang wollte ich nicht glauben, dass du tot bist."

Er sah sie an. Verwirrt. Verstört. Voller Freude. Das Gefühl, das sich in seinem Inneren ausbreitete, war warm und so unbekannt für ihn wie ein altes Foto aus längst vergangenen Tagen, von Menschen, die man nicht richtig kannte und die schon lange tot waren.

Ayleen stand wieder an der Ampel. Was würde Ethan wohl tun? Was würde er ihr sagen? Hasste er Paula für damals? Wenn sie an seine blutige Schläfe dachte, das Blut an seinen Händen. Egal wie sehr sie ihn mochte ... was, wenn er wirklich ein Mörder war? Was, wenn er sich rächte? Und sie würde es zugelassen haben! Ihn sogar noch hingefahren haben! Das konnte sie auf keinen Fall zulassen! Ihre Tante! Aber was sollte sie machen? Was *konnte* sie machen? Die Ampel sprang auf Grün. Panisch legte sie den Gang ein und startete den Motor. Was in aller Welt sollte sie tun? Die Polizei rufen? Aber interessierte die das? Und würde Ethan in Schwierigkeiten kommen, selbst wenn er Paula nichts tat? Das hätte sie nicht gewollt.

Paula weinte nur noch. Sie hatte versucht, ihm die letzten sechzehn Jahre zu schildern, ihre Hoffnung, ihn irgendwo zu sehen und schließlich ihre Verzweiflung darüber, dass er nie wieder der kleine Junge von damals sein würde. Sie hatte recht. Er war kein bisschen mehr wie der Junge von damals. Das Einzige, was geblieben war, war seine Zuneigung zu ihr. Und im Moment war er dankbar dafür. Für diesen kleinen Teil, der ihn noch mit diesem Leben verband.

Er machte einen Schritt auf Paula zu. Er wollte sie in den Arm nehmen, auch wenn er sich nicht sicher war, ob er das überhaupt konnte. Die Tür sprang auf, es fiel irgendetwas im Flur zu Boden. Die Zeit stand niemals still, auch wenn sie es manchmal sollte. Die Zeit kannte keine Pause und kein Ende. Sie rannte weiter, ohne jemals zu halten, jemals zu bleiben, zu verharren, ohne sich umzusehen. Die Zeit war kein Freund, sie war ein ewiger Flüchtling auf der Flucht vor sich selbst. Sie konnte von Nutzen sein oder von Schaden, sie konnte Menschen retten und ihr Leben nehmen, sie bestimmte alles, ohne jemals lange genug zu verweilen, um ihr Werk zu betrachten. Das war der Grund, warum nur in schönen Geschichten die Menschen miteinander im Einklang und im Gleichgewicht mit der Zeit lebten. Überall sonst sah das anders aus, überall anders bewegte sich jeder so, wie er es für richtig hielt oder wie er musste.

Und Ayleen hatte zurückkommen müssen. Sie rannte auf die beiden zu. „Bitte, Ethan! Tu ihr nichts! Bitte!", schrie sie verzweifelt.

Ethan hielt in der Bewegung inne. Gerade in dem Moment, in dem er das erste Mal wirklich nichts Böses tun wollte, wurde er daran gehindert. Was war falsch in dieser Welt? Warum drehte sie sich so unregelmäßig?

Paula starrte ihre Nichte irritiert an. „Was? Aber Ayleen er wollte doch gar nicht ..."

Ayleen sah Ethan forschend an. Nur, weil ihre Tante dieser Meinung war, hieß das noch lange nicht, dass es der Wahrheit entsprach. Aber in seinen Augen lag nur eine ehrliche Irritation. Kein Hass, keine Wut, kein Schmerz ... Kein Schmerz? Sein Blick war nicht so traurig wie sonst. Zwar waren seine Augen getrübt von einer tiefen Verzweiflung, aber es war kein wütender Schmerz, nur die Wehmut, sein Leben verloren zu haben. Verloren an irgendeinem Tag im Sommer, an dem er nicht genug darauf aufgepasst hatte. Und sein Gesicht war nass von den Tränen und seine roten Augen glänzten. Trotzdem sah er nicht so erbärmlich aus wie sonst.

Erst jetzt fiel Ayleen auf, dass ihre Tante ebenfalls weinte. Paula weinte oft, das war kein Geheimnis. Ihr Mann dagegen hatte die traumatischen Erlebnisse in sich vergraben und nur Paula wusste wirklich alles über ihn. Wenn überhaupt. Sie waren sich nie ähnlich gewesen, außer in ihrem Schmerz, ihrer Verzweiflung über die Welt. Früher hatte Ayleen das immer ein bisschen genervt, aber seitdem sie Ethan kannte, hatte sich das für immer verändert. Sie konnte jetzt echtes Leid von falschem unterscheiden. Und wusste, dass die Bewohner dieses Hauses mit Ethan die Erkenntnis echten Leides teilten. Sie konnte nur ahnen, wie schwer sich diese Verzweiflung anfühlen musste, aber seit diesem heißen Tag, an dem Ethan Farrell in die Kneipe und damit in ihr Leben getreten war, wusste sie, dass sie das nicht wissen wollte. Sie hatte angefangen zu erkennen, wie schön das Leben sein konnte. Das hatte sie früher nicht. Ethan hatte ihr das gezeigt. Im Endeffekt würde er mehr für sie getan haben, als sie für ihn.

„Tut mir leid", murmelte Ayleen und blieb ratlos stehen. Ihr wurde bewusst, dass sie gerade ein sehr vertrauliches Gespräch gestört hatte. Und als ihr Blick auf das Bild über der Kommode fiel, verstand sie, dass Paula ein Leben lang von diesem Augenblick geträumt hatte. Und sie, Ayleen, die eigene Nichte, hatte diesen Moment zerstört. Aber egal, wie sehr man sich es wünschte, Träume wurden eben nicht so wahr, wie man sie sich erträumte, wenn sie sich überhaupt erfüllten. Träume nicht dein Leben, lebe deinen Traum, wer diesen Spruch erfunden hatte, wusste wohl nicht viel über Träume oder das Leben oder die Umsetzung des einen in das andere. Sie hasste den Kerl, der sich diesen Witz ausgedacht hatte.

„Ich geh dann mal", meinte sie und wollte sich schon zum Ausgang wenden, als Ethan plötzlich sagte: „Du hattest recht … oder sagen wir, du hättest bei jedem anderen recht gehabt, zurückzukommen."

Sie starrte ihn an. Seine Antwort und seine Augen sagten ihr, dass Paula Anderson nichts geschehen würde. Ayleen war erleichtert. Paula verstand den Dialog nicht, den ihre Nichte mit Ethan führte. Sie war eine Außenseiterin in dieser Beziehung, sie hatte nicht einmal gewusst, dass sie sich kannten, geschweige denn so gut. Ayleen lächelte und ging aus dem Haus. Sie würde im Auto warten. Ethan wusste das in diesem Augenblick, auch wenn sie es nicht gesagt hatte.

„Ihr kennt euch ziemlich gut?"

„Ja, ich denke schon, sie war der einzige Mensch, zu dem ich irgendwie eine Beziehung aufbauen konnte, seit ich wieder hier bin. Frag mich nicht wie, ich weiß es selbst nicht", er lachte auf. Es war ein warmes freundliches Lachen.

Paula erstaunte es, dass er noch lachen konnte. Sie war ihrer Nichte noch nie so dankbar gewesen. „Sie ist sehr offen und vertrauensselig, das war sie schon immer. Ich habe sie immer dafür bewundert, auch wenn ihre Eltern das gar nicht toll fanden."

Ethan grinste. „Das ist wahrscheinlich der Grund, warum sie mich einfach so zu sich mitgenommen hat, obwohl ich betrunken war."

Sie lächelte. „Es muss schwer sein, wieder hier zu sein, warst du bei deinen Eltern?"

„Ja", sagte er zu ihrer Überraschung, „ja, war ich, aber die haben jetzt Trevor."

„Ihr Hund oder ... Sohn?"

Ethan sah weg. „Sohn."

Sie konnte seinen Schmerz spüren, so stark war er. Es zerriss ihn von innen, egal, wie sehr er sich einredete es nicht zu spüren, es tat einfach zu sehr weh. Er wollte schreien, bis seine Lungen zerbersten würden, bis er ersticken würde. Aber er stand nur da und sah aus dem Fenster. Ins Nichts. Das hatte er sechzehn Jahre lang gemacht, nur dass er nicht einmal immer ein Fenster gehabt hatte. Wieso sollte er jetzt damit aufhören? Die Welt zeigte ihm, dass Schreien nichts brachte, nichts bewegte, sondern alles nur noch schlimmer machte. Hier wäre es okay gewesen. Ethan warf einen schnellen Blick auf Paula. Er irrte sich nicht. Hier hätte er schreien dürfen so laut und lange, wie er wollte. Das machte es leichter, nicht zu schreien. Die Gewissheit, schreien zu dürfen, milderte den Drang, es wirklich zu tun.

„Danke", sagte er leise und sah ihr tief in die Augen.

„Wofür?", fragte sie unsicher.

„Für das Bild."

Eine Träne lief ihr die Wange hinunter. „Du musst dich dafür nicht bedanken ... Das ist nicht nur für dich, es ist auch für mich dort."

„Ja, und genau dafür bedanke ich mich."

Sie schüttelte hastig den Kopf. „Musst du nicht, Ethan. Du musst doch jetzt wieder weiterleben ... ich dagegen habe endlich bekommen, was ich mir so lange gewünscht habe. Aber für dich endet es nicht hier, du wirst es nie vergessen können, was passiert ist, du wirst noch sehr lange weitersuchen müssen, bis du ankommst."

Er senkte traurig den Kopf. Wie recht sie hatte. „Wenn ich es überhaupt je schaffen werde ..." Er sah sie wieder an, verzweifelt. „Es ist so unglaublich schwer ... Ich bin hergekommen, um mich zu rächen ..."

Paula erwiderte seinen Blick gelassen.

„Und jetzt ...", fing er an und spürte wieder, wie die Tränen ihm die Kehle zuschnürten und er beinahe nur noch flüsterte, „jetzt weiß ich gar nicht mehr, ob das wirklich richtig war, ob

das wirklich ist, was ich … will." Er spürte, wie eine Träne sich aus seinem Auge löste und über seine Wange lief. Ihr folgten andere, bis er wieder weinte. Stumm stand er da und die Tränen liefen ihm übers Gesicht. Wann hatte er das letzte Mal wirklich geweint? Es war ewig her …
Paula machte ein paar Schritte auf ihn zu und nahm ihn in den Arm. Ethan schlang seine Arme um sie, ohne bewusst darüber nach zudenken. Schließlich brach der Schmerz aus ihm aus, der sich sechzehn Jahre in ihm angesammelt hatte. Er schluchzte laut auf und seine Stimme klang wie ein verrostetes Jaulen. Paula Anderson, jetzt Jensen, stand da und hielt Ethan Farrell fest. Er bebte vor Weinen. Sie konnte hören, dass er ewig nicht geweint hatte. Wie furchtbar sein Leben gewesen sein musste, konnte sie nur erahnen. Eines Tages würde er ihr vielleicht erzählen, was er gesehen, was er erlebt hatte. Aber dafür war es noch zu früh.

„Ich wollte nicht bleiben", schluchzte er gequält, „ich will gehen, irgendwohin, wo mich niemand daran erinnert, dass ich nicht hierher passe! Aber jetzt weiß ich nicht mehr, wohin!"

Paula verstand nur die Hälfte von dem, was er sagte, aber sie hielt ihn einfach fest. Sie musste nicht alles verstehen, wer tat das schon? Ethan hatte das Gefühl vor einer Sekunde noch genau gewusst zu haben, wo er hingehen wollte, aber jetzt war es weg. Einfach so verschwunden. Alles hatte sich geändert. Er wollte nie wieder gehen. Er wollte für immer in Paulas Armen verweilen und in der Erinnerung an früher, nie wieder wollte er in dieser neuen Zeit leben, er wollte diese alte nie wieder verlassen. Das war sein Leben gewesen, das was für ihn bestimmt war. Und dieses *hier*? Würde er je wieder ankommen, wie sie gesagt hatte? Gab es für ihn einen Ort, der wieder sein Zuhause werden konnte? Und wenn, würde er ihn finden? Es waren zu viele Fragen ohne Antworten, zu viele Lücken, die er nicht füllen konnte. Er hatte nicht gelernt zu leben, er saß zu tief in seinem Schmerz, als dass er aufstehen konnte. Er würde gehen. Und jetzt wusste er auch wieder wohin. Er konnte hier nicht bleiben, egal wie sehr er sich das wünschte. Seine Wünsche gingen nicht in Erfüllung, nach sechzehn grausamen Jahren wusste er das. Und Paula Jensen gehörte zu seiner Vergangenheit, sie würde ihn immer daran erinnern, was er verloren hatte. Er konnte hier nicht bleiben. Auch wenn sie noch Teil dieser Welt war, sich ebenfalls verändert hatte, die Erinnerungen waren stärker als ihre Veränderungen. Sie würden ihn immer festhalten und er wollte nie, nie wieder in seinem Leben festgehalten werden. Ethan löste sich aus der Umarmung. „Ich kann nicht bleiben, und du weißt warum, denke ich", sagte er wieder klar.

Sie nickte. Sie verstand nicht alles, aber instinktiv wusste sie, dass er recht hatte. „Kommst du denn wieder … irgendwann?", flüsterte sie und versuchte die aufsteigenden Tränen herunterzuschlucken.

Ethan nickte langsam. „Ich hoffe es."

Oh, sie hoffte es auch. Und wie sie es hoffte. Er lächelte und ging.

„Sag mir Bescheid, wenn du wieder einen Anhaltspunkt im Leben hast", flüsterte sie mehr zu sich selbst, als zu ihm, weil er bereits nicht mehr im Haus war. Draußen hörte sie, wie eine Autotür geöffnet wurde. Er war wieder weg. Aber nicht ganz. Nicht ganz. Er war bei Ayleen. Wie lange er dort sein würde, wusste sie nicht, aber für den Moment war es nah genug. Was für ein Zufall das doch war, dass ausgerechnet Ethan Farrell ihrer Nichte begegnet war. Wie klein die Welt doch war … Oder war es Schicksal? Nein, sie hoffte, es war die Größe der Welt. Gegen das Schicksal würde Ethan nie gewinnen können.

Sie saßen schweigend im Auto vor Paulas Haus. Ethan starrte das Handschuhfach vor sich an und Ayleen beobachtete ihn von der Seite. Schließlich legte sie langsam eine Hand auf seine Schulter.

„Ich hatte gedacht, sie hätten mich alle vergessen."

Ayleen streichelte ihn vorsichtig. Es tat ihr weh, ihn so zu sehen.

„Meine Eltern haben mich einfach so ersetzt, ich hatte mich schon fast damit abgefunden, dass die Menschen eben so sind, dass der Drang zu überleben größer ist als der Verlust. Aber Paula … Sie ist daran kaputt gegangen und hat gewartet." Er drehte den Kopf und sah ihr direkt in die Augen. „Ich hatte seit sechzehn

Jahren das erste Mal wieder das Gefühl, nach Hause gekommen zu sein." Er schüttelte verzweifelt den Kopf. „Warum kann ich nicht mehr zu meinen Eltern? Warum sind sie glücklich in ihrer neuen, beschissenen Welt, während Paula leidet?! Ich bin doch *ihr* Kind!", rief er wütend. „*Sie* sollten daran kaputt gegangen sein, aber doch nicht meine Nanny!"

Erst jetzt wurde Ayleen bewusst, dass Paula ihm leidtat. Dass er sich auch für sie etwas anderes gewünscht hätte. Nur langsam dämmerte ihr, wie sehr er ihre Tante liebte. Aber sie konnte es verstehen. Paula war ein wunderbarer Mensch. Auch, wenn die sechzehn Jahre sie verbittert gemacht hatten, hatte sie trotzdem immer wieder gelacht. Sie war die stärkste Person, die sie beide hier in diesem Auto kannten, auch wenn sie zerbrochen war. Sie war wieder aufgestanden. Ayleen hoffte, dass Ethan das auch eines Tages können würde. Aber ihr wurde mehr und mehr klar, dass das nur einer ihrer Träume war. Ethans Leid war zu groß, er selbst ertrug es nicht, und niemand sonst würde das tun. Wieso sollte sie ausgerechnet von ihm erwarten, wieder in dieser Welt Fuß zu fassen.

„Ich hasse meine Eltern dafür, dass sie nicht wenigstens einen Teil opfern konnten! Dass sie nicht wenigstens immer noch leiden. Aber sie sind zufrieden, sie haben mich nicht vergessen, aber sie haben mich auch nicht vermisst." Er sah ihr immer noch tief in die Augen und fügte traurig hinzu: „Das ist bitter." Dann wandte er sich ab. Und Ayleen fuhr los. Vielleicht würde er jetzt mit seiner Familie abschließen können. Er war nicht ganz alleine. Es gab noch Paula. Sie erinnerte sich noch an alles. Sie war geblieben trotz all der Jahre. Sie hatte jeden Tag gehofft, dass er zurückkommen würde. Auch wenn er das nicht erwartet hatte. Von niemandem. Es berührte ihn und es machte ihn irgendwo ein bisschen glücklich, wieder zu wissen, dass er nicht ganz alleine war, wenn er auch die sechzehn Jahre mit niemandem hatte teilen können. Sie erreichten Ayleens Wohnhaus.

„Es ist ein seltsamer Zufall, dass sie deine Tante ist", sagte er plötzlich. „Warum?", fragte Ayleen.

„Weil sie nicht so ist wie alle anderen, und du bist das auch nicht."

Er stieg aus. Sie folgte ihm. Aber sie freute sich über das, was er gesagt hatte. Es gab ihr das Gefühl, nicht wie Caro oder Vivi oder wer auch immer zu sein. Sie war nicht irgendwer für ihn und sie stand nicht auf der Liste. Das war noch viel besser.
Caro sah Ethan irritiert an. Sie hatte ihn noch nie verheult gesehen und seine geröteten Augen verwunderten und erschreckten sie gleichermaßen. Ayleen hatte der Anblick ebenfalls verstört, aber ihr tat es nur weh, ihn so zu sehen. Caro fand es abstoßend. Sie hatte Angst vor ihm. Und, dass jemand weinen konnte, der so Angst einflößend war, verstand sie nicht. Ayleen dagegen verstand nicht, warum Caro sich vor ihm fürchtete.
„Wir sind wieder da", bemerkte Ayleen überflüssigerweise.
Mady kam die Treppe heruntergestürmt. Sie trug das pinkfarbene Kleid. Ayleen war zu sehr in den Gedanken an Ethan und Paula versunken, als dass sie jetzt irgendetwas sagen konnte oder wollte.
Caro verzog allerdings das Gesicht. „Willst du echt so gehen? Und dazu auch noch so viel schwarzes Make-up?"
Das Telefon klingelte. Ayleen hob ab. Es war ihre Chefin. Sie waren beide schon eine Viertelstunde zu spät zu ihrer Schicht.
„Verdammt! Caro! Wir müssen los!"
Caro sprang auf und schlüpfte in ihre Schuhe.
„Und wer fährt mich später zu der Party?", protestierte Mady.
„Boah, niemand! Nimm den Bus!", schrie Ayleen. „Wieso feiert ihr auch ständig?"
„Das ging nicht anders, weil gestern hat ja Lilly gefeiert und das sind die selben Leute und ..." Die beiden älteren stöhnten genervt. Ayleen sah Ethan an. Er war ja auch noch da.
„Mady, weißt du was? Wenn du Ethan freundlich darum bittest und ein anderes Kleid anziehst, fährt er dich vielleicht", sagte Ayleen.
Madys Augen wurden groß. „Echt?"
Ethan nickte, als wäre das keine große Sache, was es für ihn auch nicht war.
„Gut dann fahren wir jetzt mit Caros Wagen zur Arbeit und Ethan fährt dich dann später, ist das echt okay für dich?", sie sah ihn unsicher an.

„Ja, klar, ist kein Problem." Am liebsten hätte sie ihn umarmt. Aber sie wusste nicht, wie er darauf reagieren würde, also ließ sie es bleiben. Im Auto fiel ihr wieder Vivi ein. Wahrscheinlich hätte er gar nichts dagegen gehabt, warum dachte sie immer, er sei ein rohes Ei?

Ethan lag auf der Couch und starrte Löcher in die Decke. So vieles war passiert. So vieles hatte sich geändert. Man konnte die Welt nicht planen. Man konnte auch sein eigenes Leben nicht planen. Vor knapp einer Woche war er noch in Russland gewesen und hatte sich diesen Plan zum x-ten Mal durch den Kopf gehen lassen. Er hatte die Liste gehabt. Und jetzt? Nichts war wirklich so verlaufen, wie er es sich erhofft hatte. Oder hatte er das wirklich *gehofft*? Konnte man dabei von *Hoffnung* sprechen? Wohl kaum. Es war eben der einzige Weg gewesen, der ihm möglich erschienen war. Jetzt gabelte sich der Weg plötzlich und er war unsicher, ob er nach links oder nach rechts gehen sollte. Oder einfach weiter geradeaus. Zurück ging nicht. Auch wenn das an manchen Stellen sehr hilfreich gewesen wäre. Aber weiter hinten gab es keine Abzweigungen. Hinter ihm hatte der Weg keine sichtbaren Kreuzungen gehabt. Auch wenn es sie gegeben hatte, er hatte sie nicht gesehen. Das würde er auch wieder nicht tun, selbst wenn er die Zeit zurückdrehte. Also blieb nur die Realität, der kurze Augenblick von *Jetzt*, was auch immer das war. Er konnte stundenlang irgendwo verharren und darauf warten, dass die Zeit verging, wenn auch die Frage war, ob das jemals geschah. Zeit konnte nie *ver*gehen. Nur alles verging in ihr. Er konnte nicht warten bis zu ihrem Ende, denn das würde er nicht überleben, er würde sterben und sie würde ihr Ende nie erreichen, weil sie keines hatte. Das machte sie relativ. Zeit hatte keinen Anfang, kein Ende, die Menschen hatten nur angefangen sie zu zählen, aber wirklich zählbar war sie nicht, sie war unendlich. Etwas, das den menschlichen Verstand überforderte. Der Mensch war nicht für die Unendlichkeit bestimmt. Er hatte nur ein Leben. Dieses Leben war kurz oder lang, aber es war nur eines und es war endlich. Was wäre auch das Leben wert, wenn es stillstehen würde, wenn man nicht älter werden würde, nicht immer wieder neue Ziele und Träume hätte, wenn man immer nur an demselben festhielte, nie weitergehen könnte, was wäre das dann für ein Leben? Ethan Farrell ging in diesem Moment zum ersten Mal in seinem Leben auf, dass dieses vielleicht noch nicht vorbei war. Dass es noch viele Wege geben könnte, die besser waren, dass er noch Dinge sehen würde, von denen er jetzt nicht einmal träumen konnte. Aber vor allem, dass er vergessen würde. Vielleicht würde er irgendwann vergessen. Und trotzdem blieb der Wunsch zu gehen stärker. Das andere schien für ihn nur eine Illusion, ein kurzer Gedanke, aber keine Realität. Es war zu schwer zu bekommen, es würde zu lange dauern. Auch wenn er gut im Warten war, so lange würde er nicht mehr warten wollen. Er *wollte* der Zeit nicht beim Weitereilen zusehen, ohne sich mit ihr zu bewegen. Sie hatte ihm sechzehn Jahre genommen, einfach so. Wie viele Jahre würde sie ihm noch nehmen, einfach so? Einfach so, weil er keinen Halt fand, weil er nicht mit den anderen lebte, sondern gegen sie. Dann wollte er lieber ausbrechen aus der Zeit und gehen, wo sie ihn nicht finden konnte. Dort, wo die Zeit stillstand, wo es keine Zeit gab. Dort, wo es keine Zugehörigkeit gab, oder er zumindest hoffte, dass dem der Fall war.

„Fährst du mich?" Er hatte nicht gemerkt, dass Mady neben ihn getreten war.

Ethan richtete sich nickend auf. Sie sah ihn verlegen an. Aber Ethan verstand nicht, warum. Vielleicht, weil sie immer noch das grausame pinkfarbenee Kleid trug.

„Solltest du nicht etwas anders anziehen?", fragte er nüchtern.

Sie sah zu Boden „Ja, aber ich find's halt total schön."

„Willst du eine ehrliche Meinung dazu?"

Sie sah ihn erstaunt an und nickte leicht. „Es ist nicht *schön*, aber es wirkt sehr vulgär."

Sie errötete und starrte an sich herab. „Tut mir leid, ich wollte dich nicht beleidigen, aber vielleicht solltest du auf deine Schwester hören", meinte er unschlüssig.

Sie grinste ihn plötzlich an „Eher auf dich, du bist der Typ, meine Schwester ist vielleicht nur eifersüchtig."

„Warum sollte sie dich beneiden? Ich dachte du wärst gerne so wie sie?"

„Ja, aber sie ist nicht so süß und unschuldig wie ich", lachte Mady und lief fröhlich von dannen.

Ethan wunderte sich darüber, dass sie ihn offensichtlich beeindrucken wollte. Es nervte ihn nicht direkt. Eine Viertelstunde später kam sie in einem schwarzen Kleid herunter, dass sie zehn Jahre älter aussehen ließ. „Das ist Ayleens, sie hat bestimmt nichts dagegen."

Da war Ethan sich nicht so sicher wie sie. Aber er ließ es bleiben, mit ihr zu diskutieren. Sie war Ayleens und nicht seine Schwester. „Es ist ziemlich früh für eine Party, oder nicht?"

„Ja", meinte Mady, „aber sie wollte halt schon früher anfangen."

Ethan sagte nichts dazu. Sie fuhren in Ayleens Auto. Es verwunderte ihn, dass sie ihm so vertraute. Aber es freute ihn auch. Da fuhr er sogar beinahe gerne Mady irgendwohin. Sogar den Hausschlüssel hatte er jetzt, da der an dem Autoschlüssel dranhing. Das war mehr Vertrauen, als er je in seinem Leben verdient hatte. Er war ein Mörder, aber vielleicht war es gut, dass Ayleen das nicht wusste. Auch wenn sie es ahnte.

„Danke fürs Fahren", rief Mady und sprang aus dem Auto. Sie sah aus wie ihre Schwester nur nicht so schön. Ihre Freundinnen begrüßten sie kreischend. Ethan fuhr los. Den ganzen Abend würde Mady erzählen, dass er der Freund ihrer Schwester war, auch wenn sie wusste, dass er das nicht war. Aber sie wusste nicht, was er war, also erzählte sie eben das.

Ethan Farrell fuhr durch die Gegend und landete in der Nähe seines alten Hauses. Oder dem Haus der Farrells. Er hatte es gar nicht gemerkt, dass er in diese Richtung gefahren war. An der Straßenecke standen ein paar abgewrackte Jugendliche um einen kleineren herum. Erst als er an ihnen vorbeifuhr, erkannte er in dem Kleinen Trevor. Er wollte vorbeifahren. Sollte er doch selbst sehen, was Schmerzen waren. Das würde seiner Arroganz guttun. Aber als einer der Großen, der eindeutig etwa so alt war wie er und nicht wie Trevor, zuschlug, stieg Ethan aus. Es war mehr instinktiv als geplant. Er machte einen Satz und riss den Mann von seinem Bruder los und knallte ihn gegen die Steinmauer des Eckgrundstücks. Der Mann schrie auf. Sie waren alle kleiner als Ethan, es war nicht schwer.

„Was willst du hier, Wichser?!", schrie ein anderer.

„Das ist mein Bruder, kapiert, Arschloch?"

Trevor stand da und konnte sein Glück nicht fassen. Ethan schlug sie zusammen. Sie hatten keine Chance. Die fremden Männer wunderten sich über die präzise Kampftechnik und darüber, dass der kleine Bruder so überhaupt nicht in der Lage war, sich zu verteidigen. Am Ende hauten sie alle mit geschundenen Körpern ab. Ethan hatte viele Kampftechniken gelernt. Kämpfen war für ihn nicht schwer. Aber es war lange her, dass er gekämpft hatte. Er drehte sich um und ging auf das Auto zu.

„Warte, Mann! Das war irre! Wo hast du so kämpfen gelernt?!" Trevor rannte ihm hinterher.

„In Gefangenschaft, schon vergessen?"

Trevor sah ihn bewundernd an. Ethan hätte ihn am Liebsten ebenfalls verprügelt. Aber dann hätten das auch die Fremden machen können.

„Was wollten die von dir?"

Trevor sah etwas geknickt aus. „Ich hab da angefangen, mit denen Deals zu machen und so, du weißt sicher, wovon ich spreche …"

Ethan zog die Augenbrauen nach oben. „Nein, weiß ich nicht, ich bin kein Dealer, falls du das meinst. Wissen deine Eltern, dass du Drogen dealst?"

Trevor schüttelte verzweifelt den Kopf und starrte ihn dann auf einmal seltsam an. „Deine … Eltern?" Ethan erwiderte den Blick steinhart. „Mann, das sind doch *unsere* …", er schluckte und hörte auf zu reden. Ethans Blick sagte alles. Es waren nicht mehr seine Eltern. Und das würden sie auch vermutlich nie wieder sein.

„Alter! Du sagst es ihnen aber nicht, oder?"

„Keine Ahnung, was würdest du für mich machen, dass ich die Klappe halte?"

„Alles, Mann, alles!", rief sein Bruder.

Ethan fing an zu lachen. Es war ein freudloses, spottendes Lachen.

Trevor sah ihn missbilligend an. „Mann, ich meins ernst!"

„Ja, ich weiß, nur sind dir die Ausmaße von alles wohl nicht bekannt und du kennst den *Ernst* der Welt nicht."

Trevor kniff wütend die Augen zusammen und knurrte: „Was weißt du denn schon von der *Welt*? Du warst sechzehn Jahre eingesperrt!" Ethans Lachen endete abrupt.

„Ja, da hast du wohl recht, aber ich war nicht so eingesperrt, wie du denkst und außerdem weiß ich, dass die Welt hart ist und alles andere als fair."

Trevor sah weg. Sein Bruder hatte so recht.

„Die hätten dich umgebracht, ist dir das eigentlich klar? Auch dein Leben ist kein verdammter Scheiß Hollywood-Blockbuster! Mann, du führst mein Leben, klar? Meins! Und was machst du? Du dealst!" Ethans Stimme schwankte ins Hysterische.

„Alter, das ist mein und nicht dein Leben!"

Ethan starrte ihn eiskalt an und sagte dann gefährlich ruhig: „Nein, Trevor, es ist mein Platz. Du hast mich ersetzt, also führst du *mein* Leben. Und du ruinierst es dir? Wie dumm bist du eigentlich? Mein Gott! Du bist frei! Du gehörst hierhin! Du kannst machen, was immer du willst! Und was tust du in deiner Teenagerweisheit!? Du DEALST!" Ethan schrie am Ende. Trevor zuckte zusammen, noch nie hatte ihn jemand so angeschrien.

„Ich versteh dich nicht Trevor, aber das ist wohl mein Problem, komm, ich fahr dich heim."

Trevor sah ihn entsetzt an. „Nein, Mann, bitte nicht, ich will nicht, dass meine ..."

„Halt die Klappe, Trevor!", unterbrach ihn Ethan. Trevor stieg zögernd ein. „Ich fahr dich nur, ich sag ihnen nichts, okay?"

Trevor nickte und bedankte sich nuschelnd.

„Ich hab dich nicht verstanden, was hast du gesagt?", fragte Ethan provokant.

„Danke", wiederholte Trevor widerwillig.

„Geht doch", Ethan konnte nicht anders, als zu grinsen. Sein Bruder war ein Snob. Ob er wohl jetzt auch so wäre? Trevor dachte, nur weil er reich war, machte ihn das schlauer als den Rest der Welt.

„Ciao, man sieht sich, ich habe bald Geburtstag, du hast sicher nichts Besseres zu tun?"

Ethan sah ihn kühl an „Nein, sicher nicht", erwiderte er zynisch. Aber Trevor blickte weiterhin arrogant nach vorne, dann stieg er aus und verschwand in dem weißen Haus. Ethan fuhr ab. Wie konnte man nur so ein Kotzbrocken sein? Er hatte ihm das Leben gerettet und Trevor hatte rumgejammert, anstatt sich einfach nur zu bedanken. Aber Ethan war trotzdem aus irgendeinem unerfindlichen Grund froh, ihn gerettet zu haben. Er fuhr zurück zu Ayleens Haus. Dort blieb er im Auto sitzen und überlegte, was er jetzt tun sollte. Er könnte Amelia oder Jo einen Besuch abstatten, aber dafür war er im Moment nicht bereit. Also fuhr er zu dem einzigen Ort, der ihm noch einfiel, wo er jetzt nicht alleine sein würde: Ayleens Kneipe. Dort parkte er neben Caros Auto.

8. Die Illusion einer heilen Welt

„Du magst ihn wirklich, oder?" Caro nervte schon die ganze Zeit mit dieser Frage.

„Ja, na und?", antworte Ayleen jedes Mal.

„Er ist gefährlich, da bin ich ganz sicher."

„Gefährlich", wiederholte Ayleen übertrieben betont.

„Er hat auf jeden Fall nicht mehr alle Tassen im Schrank."

Ayleen sah ihre Freundin böse an. „Wer hat das schon? Mal ehrlich, hör auf, ihn die ganze Zeit in den Dreck zu ziehen! Wenn dir was nicht passt, sag's ihm, aber nicht mir, okay?"

Caro sah ihre Freundin verwundert an. Sie hatte mit allem gerechnet, aber nicht mit dieser Antwort.

Plötzlich kam er rein. Im ersten Augenblick erkannten sie ihn beide nicht. Sie hatten nie im Leben damit gerechnet, dass er ausgerechnet hier vorbeikommen würde. Er lief sofort auf sie zu. Sein Gesichtsausdruck unnahbar, wie so oft.

„Hey, was machst du denn hier?", fragte Caro provokant.

„Das ist ein freies Land oder, und seitdem ich auch wieder frei bin, darf ich hier sein, denke ich."

Ayleen verkniff sich ein Grinsen. Caro war manchmal einfach zu blöd. „Willst du was trinken, es ist nach sechs?" Ayleen grinste.

Ethan erwiderte das mit einem Lächeln. Caro verstand sie nicht.

„Nein, ich hätte lieber Kaffee."

Ayleen nickte.

„Mit Milch, aber ohne Zucker", fügte er noch hinzu.

Caro bediente einen Schwall hereinkommender Gäste. Ethan setzte sich vor sie an den Tresen.

„Und? Hat sich Mady gefreut, dass du sie gefahren hast?" Ayleen sah ihn grinsend an.

Er nickte. „Ja, denk schon, keine Ahnung, auf jeden Fall hat sie dein Kleid an."

Ayleen wollte lachen, aber es behagte ihr gar nicht, dass eines ihrer Kleider entführt wurde! Entführt … Wann würde sie endlich aufhören, so zu übertreiben? Ihr Kleid hatte sich nur ihre Schwester ausgeborgt. Sie würde es heute Nacht wiederbekommen … nicht erst ein Jahrzehnt später …

„Welches?", fragte sie dennoch, weil sie die Unwissenheit darüber nervös machte.

„Es ist schwarz und lang."

Sie hätte ihn nicht fragen sollen. Ayleen besaß viele schwarze Kleider, aus ihrer Sicht war das die eleganteste Farbe, die ein Kleid haben konnte. „Und weiter?" Als sie seinen verdutzen Gesichtsausdruck sah, musste sie lachen. Er war eindeutig überfordert, mehr über dieses Kleid zu sagen. „Ist ja nicht so wichtig, ich werd's ja heute Abend wissen", meinte sie in einem nichtigen Ton und reichte ihm den Kaffee.

„Danke." Sie nickte.

Die Menschen, die in diesem Moment hereinströmten, waren alle blond, weiblich und hätten gut zu Madys pinkfarbenem Kleid gepasst.

„Cappuccino, bitte", verlangte eine der sechs fordernd. Caro bediente sie. Die anderen gesellten sich kichernd um Ethan und den restlichen Tresen. Ayleen hätte sie gerne rausgeschmissen. Sie waren so oberflächlich, interessierten sich nur für die Farbe ihres Nagellacks und nichts weiter. Ayleen hasste solche Mädchen regelrecht. Aber sie konnte nichts gegen sie tun. Manchmal wäre es doch schön, Diktator zu sein, sinnierte sie vor sich hin und bediente die Opfer ihrer Fantasie. Ethan bemerkte es kaum. Oder er ignorierte es. Ayleen war sich nie wirklich sicher, was er dachte oder wie er etwas wahrnahm. Aber jetzt müsste er eigentlich ausflippen. Er tat es nicht.

„Hi", lachte eines der Mädchen anzüglich. Ethan warf ihr einen geringschätzigen Blick zu. Sie war es nicht gewöhnt, von irgendwem abgewiesen zu werden. Ayleens Schadenfreude war groß. Irgendwann hatten sie sich wieder verzogen. Die beiden

Mädchen hinter dem Tresen atmeten erleichtert auf. Die Tür ging auf und eine Frau trat ein. Sie sah sich nicht um, sondern ging schnurstracks auf die beiden Mädchen zu.

„Caro?"

„Mum!"

Clinton lächelte stolz. Dann sah sie Ethan und ihr Lächeln gefror.

„Haben Sie ein Problem, Detective?", fragte Ethan geradeheraus.

„Nein, ich hätte nur nicht gedacht, dass Sie immer noch hier sind."

Ethan sah ihr eiskalt ins Gesicht. „Wo sollte ich denn sein?" Es war ein Angriff. Sie wussten es alle, aber Clinton ignorierte es. Versuchte es zu ignorieren. „Ich weiß nicht, bei deiner Familie?"

Ayleen zog scharf die Luft ein. Erst einen Augenblick später bemerkte sie, dass sie es gewesen war. Ethan sah Clinton kalt an. Jede Faser seines Körpers war angespannt. Er wartete auf den richtigen Moment, um zu kämpfen, wie eine Katze auf den tödlichen Sprung lauerte, um ihre Beute zu erlegen.

„Aber warst du denn nicht bei ihnen?"

„Doch", knurrte er.

Sie sah ihn erwartungsvoll an. Wie viele Hinweise sollte er ihr noch geben, um ihr zu verstehen zu geben, dass er *nicht* darüber reden *wollte*.

„Und?" Diesmal war es Caro.

„Es war *nicht schön*. Reicht das?"

„Aber ...", fing ausgerechnet Clinton an, doch jetzt fiel Ayleen ihr ins Wort: „Was willst du eigentlich von ihm hören? Du bist doch nicht für ihn verantwortlich!"

Clinton sah sie böse an, aber wider Erwarten störte sie das nicht. „Ich *bin* verantwortlich! Meinetwegen ist das passiert!" Bei *das* zeigte sie auf Ethan.

Er stand auf. „Wollen Sie mich verarschen? Es war Ihre Schuld, aber ich schulde Ihnen keine Rechenschaft über mein jetziges Handeln!" Er vermied das Wort ‚Leben', weil er Angst hatte, es nicht über die Lippen zu bekommen. Clinton sah ihn verstört an. Caro wirkte entsetzt, nur Ayleen gab ihm im Geiste recht. Warum machte Clinton das? Warum demütigte sie ihn noch mehr? Reichte es für sie nicht, dass er auf den Knien war? Wollte sie ihn ausgestreckt auf dem Boden liegen sehen, um endlich mit sich selbst ins Reine zu kommen? Brauchte sie das, um ihr Selbstmitleid zu rechtfertigen? Ayleen starrte ihr direkt in die Augen. Aber Clinton hatte längst verstanden. In dem Moment, in dem Ayleen für den jungen Mann eingesprungen war, hatte Clinton begriffen, dass sie ihm unrecht tat. Was machte sie nur hier? Warum hatte sie das gefragt? Wieso beschäftigte diese Sache sie noch so sehr, nach all diesen Jahren? Es war ein Fehler vor langer Zeit. Es wäre Zeitverschwendung, sich jetzt noch dafür schuldig zu fühlen. Aber sie tat es. Sie fühlte sich verantwortlich. Auch, wenn sie das nicht war. Ethan hasste sie auf eine Art, die ihn wild werden ließ. In ihm tobte die Wut. Er hasste sie! Sie kam her ... warum? Warum konnte sie ihn nicht einfach ignorieren, wie sie es sechzehn Jahre lang getan hatte? Warum wollte sie sich jetzt um ihn kümmern? Es war dafür schon lange zu spät. Viel zu spät. Verstand sie das nicht? Jetzt tat sie ihm nur weh. Damals hätte sie ihn retten können. Aber jetzt wühlte sie nur in alten Wunden ... oder waren es neue? Seine Familie ... Das war eine neue Wunde. Aber sie würde schnell vernarben und zu den anderen gehören. Den etlichen, die er auf der Seele trug. Vor ein paar Jahren noch hatte er tatsächlich geglaubt, die Narben auf seinem Körper würden immer die Anzahl auf seiner Seele stechen. Aber er hatte nicht recht behalten.

„Warum interessiert es Sie so sehr, was ich jetzt mache?"

Clinton schüttelte den Kopf. „Es *interessiert* mich nicht, aber ich halte es für wichtig, aus Berufsgründen, mich um deine – nun ja, ich muss es so sagen – *Resozialisierung* zu kümmern."

„Was?", rief Ethan fassungslos. „So sehen Sie mich? Als Schwerverbrecher? Der resozialisiert werden muss?!"

„Er ist kein Verbrecher!", protestierte Ayleen sofort.

Clinton schüttelte nur wieder den Kopf.

„Wissen Sie was, Detective?! Ich werde mich nicht von Ihnen *resozialisieren* lassen!" Er wandte sich ab und ging auf den Eingang zu.

Clinton lief ihm hinterher und packte ihn am Arm. Sie war ein ganzes Stück kleiner, aber sie hatte eine gute Ausbildung genossen. Und sie hatte das Recht auf ihrer Seite. Das machte sie stärker. Auch wenn Ethan überlegte, inwiefern sie überhaupt Einfluss auf ihn haben konnte, wo er seit Jahren als tot galt, beugte er sich doch dem Gesetz. Oder war es das Gewissen, das ihm befahl, stehen zu bleiben, wenn die Polizei es verlangte?

„Was?", blaffte er gereizt.

„Ethan, bitte! Lassen Sie uns für einen Moment reden. Komm, wir gehen raus." Sie zog ihn mit sich.

Ethan drehte den Kopf in Ayleens Richtung und warf ihr einen panischen Blick zu. Ayleen spürte, wie ihr Inneres zerreißen wollte. Die Verzweiflung in seinen Augen, der Schmerz. Er war wie ein gehetztes Tier, das zur Schlachtbank geführt wurde. Es wusste nicht, dass es gleich sterben würde, aber es konnte spüren, dass nichts Gutes passieren würde.

Sie ließ ihn los. Sie standen hinter der Kneipe. „Sagen Sie mir, was Sie an mir stört und lassen Sie mich gehen, bitte?"

Sie nickte ruhig. „Du erwartest sicher, dass ich mich bei dir entschuldige, nicht wahr?"

Ethan sah sie erstaunt an. Damit hatte er nicht gerechnet. Dieser selbstgerechte Tonfall in ihrer Stimme. Ethan hasste sie. Er würde sich an ihr rächen. Besonders an ihr.

„Nein, ich habe nicht damit gerechnet. Sie haben Ihren Job schlecht gemacht, damals. Das ist alles. Nur ein Fehler. Soll jedem mal passieren, hab ich gehört", sagte er provokant. Aber eine Entschuldigung hatte er nie erwartet und auch nicht gewollt. Er wollte sie auch jetzt nicht. Er wollte Rache. Das konnte man nicht miteinander verbinden. Hätte er eine Entschuldigung gewollt, hätte er niemals angefangen, sich zu rächen.

„Ethan Farrell, Ihnen ist hoffentlich bewusst, dass Sie nun wieder als lebendig gelten und sie demnach auch wieder Staatsbürger dieses Landes sind. Was ich eigentlich damit sagen will, ist, dass Sie sich an die Gesetze dieses Landes halten müssen. Haben Sie das verstanden?"

„Was habe ich getan, das gegen die Regeln verstößt?"

Sie schüttelte den Kopf. „Nichts, soweit ich weiß, aber ich möchte nur, dass Sie wissen, dass Sie nun wieder ein lebender registrierter Mensch sein werden, wenn auch in Ihrer Akte ein Todesdatum steht."

Er lachte genervt. „Dann lassen Sie das dort stehen, ich brauche keinen Status hier. Diese Stadt gibt mir rein gar nichts."

Clinton seufzte. „Dir ist viel Unrecht geschehen, ich weiß, wie es sein muss ..."

„Nein!", fiel er ihr barsch ins Wort „Sie wissen gar nichts!"

„Doch, Farrell, ich beschäftige mich mein ganzes Leben mit Menschen wie Ihnen! Ich sehe, wie die sich fühlen."

„Ja, Sie *sehen* es!", entgegnete er wütend „Aber Sie *wissen* es nicht!"

„Ja, gut, wie Sie meinen. Ich möchte nur, dass Sie mir versprechen, ein normales Leben zu führen. Beenden Sie die Schule, gehen Sie arbeiten ... irgend so etwas?"

Die Antwort kam, als hätte er sein ganzes verdammtes Leben darauf gewartet, sie zu geben: „Nein. Dieses Versprechen kann und will ich Ihnen nicht geben. Sie haben selbst gesagt, Sie seien verantwortlich. Dann seien Sie das und räumen sie hinter mir auf, denn das beweist Ihre Schuld und Ihre Verantwortung. Oder vielmehr Ihre Ablehnung der Verantwortung vor sechzehn Jahren."

Sie starrte ihn entsetzt an. „Ja, Clinton, Sie können mich nicht zu einer Ihrer Marionetten machen, nur, weil Sie mich freundlich darum bitten."

Er wandte sich ab. Sie sah ihm nach, wie er ging. Dann drehte Ethan Farrell sich noch einmal um und ihr war, als sei dies mit Sicherheit das letzte Mal, dass sie sich sehen würden. „Wissen Sie was? Sie können die Welt nicht zu dem machen, was *Sie* haben wollen. Die Menschen sind im Geiste frei, jeder entscheidet für sich selbst." Mit diesen Worten ging er und ließ sie ratlos zurück.

Sie verstand nicht alles, was er gesagt hatte. Aber sie würde es bald verstehen und sich wünschen, ihn in diesem Moment inhaftiert zu haben. Aber dann würde es zu spät sein. So wie es das im Leben so oft war. Und die Zeit würde sich weiterdrehen, ohne jemals wieder an diesem Punkt vorbeizukommen. An diesem Tag, an dem ihr ein Zwanzigjähriger gesagt hatte, dass sie nichts, aber rein gar nichts in der Hand hatte gegen ihn. Gegen die Welt. Sie hatte ihren Titel. Das Recht. Aber niemals den Willen der Menschen. Sie würde sich damit abfinden müssen, dass er recht hatte, dass die Menschen, die sie belehrte, die sie inhaftierte, dass sie niemals freiwillig folgten, weil sie wussten, dass es *richtig* war, sondern nur aus Angst vor dem Gesetz. Das Gesetz war stark, aber es würde nie den Geist der Menschen ändern, höchstens brechen. Brechen, wie es Ethans Willen gebrochen hatte. Das Gesetz, dessen Lücken an diesem schicksalhaften Tag zu groß gewesen waren, als dass es eine strenge Suche hatte fordern können. Ethan Farrell hatte zu lange gelitten. Die Welt hatte ihm gezeigt, dass sie nichts für ihn übrig hatte. Ihm war kein Engel gesandt worden. Er war versunken. Irgendwo. Irgendwo, wo ihn nie jemand gefunden hatte, von wo er selbst wieder gekommen war, wie auch immer das hatte geschehen können. Clinton wusste in diesem Moment, dass die Welt alles andere als *perfekt* war. Sie war grausam, unbarmherzig, brutal und einsam. Ethan Farrell machte das mehr als deutlich. Auch wenn die Medien versuchten, das Gegenteil zu beweisen. Ethan war real. Sie waren es nicht. Sie waren CGI-Technik und aufgesetzte Begeisterung. Ethan war ein echter Mensch, der ihr Auge in Auge gesagt hatte, dass sie keinen Einfluss auf den Kosmos hatte. Auch, wenn sie das vorher schon gewusst hatte, war es jetzt deutlicher, klarer. Es machte Sinn. Es war endgültig. Ein Beweis. Nie wieder würde sie an Märchen glauben, denn jetzt wusste sie, dass sie reine Fiktion, absolute Illusion waren. Es gab keine *heile* Welt. Langsam drehte sie sich um und ging zu ihrem Auto. Sie fuhr zurück zur Wache, wo ein Stapel Arbeit auf sie wartete.

Ethan lief die Straßen seiner sehr kurzen Kindheit entlang, ohne zu wissen, dass er vor langer Zeit schon einmal hier gewesen war. Würde Clinton nach ihm suchen? Jetzt, wo er ihr den Krieg erklärt hatte? Oder hatte sie das gar nicht verstanden? Konnte sie immer noch nur das sehen, was sie sehen wollte, was in ihr Bild passte? Hatte sie so auch nach ihm gesucht? Waren die Staatsgrenzen zu gewaltig, um darüber hinaus zu suchen? Er würde es nie begreifen. Er hatte immer geglaubt, bei *bösen* Menschen – seinen Entführern – aufzuwachsen, jetzt fragte er sich langsam, ob es überhaupt *gute* Menschen gab. Wenn, dann nur sehr wenige. Paula Anderson! Sie war gut. Davon war er überzeugt. Es linderte ein bisschen den tiefen Hass auf die menschliche Bevölkerung. Ayleen? Nein. Ayleen war *nicht* gut. Sie war auch nicht böse. Sie war irgendetwas dazwischen. Sie fand das Böse reizend, andernfalls hätte sie ihn wohl kaum mitgenommen. Selbstlose Nächstenliebe war es wohl nicht gewesen. Das war ein Wert, der in dieser Welt wie frei erfundene Fiktion betrachtet wurde. Stets von außen und stets kritisch. Ein Auto hielt neben ihm. Ethan bemerkte es nicht. Er registrierte auch nicht, dass es ein alter VW war.

„Hey! Ethan!"

Er drehte sich zu dem heruntergelassenen Fenster des Autos. Caro sah ihn verwundert, aber erwartungsvoll an. Er trat näher zu dem kleinen, alten Auto. Ayleen sah ihn ebenfalls an. Allerdings war ihr Blick besorgt.

„Steigst du ein?" Ayleens Frage klang beinahe flehend.

Ethan schüttelte den Kopf.

„Bitte." Ayleen war überrascht über sich selbst, dass sie das gesagt hatte. Er konnte nicht widersprechen, aber er wollte. Er wollte alleine sein. Aber er stieg ein. Ayleen warf ihm durch den Rückspiegel einen dankbaren Blick zu. Dann fuhren sie schweigend los.

Nach einer Weile brach Ayleen die Stille: „Was hat sie gesagt?" Es klang sehr anschuldigend und sie erntete einen anklagenden Blick von Caro.

„Sie macht sich Sorgen, dass ich etwas anstellen könnte. Im Grunde so wie du."

Ayleen erschrak über die harten Worte. Sie hatte ihn doch nie belehren wollen.

„Sorgen?", fragte sie.

„Ja, sie hat Angst, dass die ganze Geschichte – meine Geschichte – Nachwirkungen haben könnte."

Caro zuckte zusammen. „Und wird es das?", fragte sie kühl.
„Ja, ich denke schon. Nichts passiert einfach so, oder? Ich meine, alles wirkt sich irgendwie auf etwas anderes aus."
Er hätte darauf stolz sein können, wie gut er das umschrieben hatte, was er eigentlich hätte sagen müssen, wenn er eine ehrliche Antwort hätte geben wollen, nämlich, dass er ein Mörder war. Aber er hatte es nur umschrieben, weil er sie nicht einweihen wollte und weil er noch nicht fertig war. Caro würde ihn verraten. Das konnte er nicht gebrauchen. Noch nicht. Eines Tages sollte Clinton davon erfahren. Aber dann würde er nicht mehr hier sein. Es würde niemanden geben, der schuldig sein würde. Außer ihr. Das war der Plan. Und Ayleen? Würde sie es verraten? Er war sich nicht sicher. Genau deshalb sollte sie es auch nicht wissen. Auch wenn er es ihr gerne erzählt hätte. Es war sehr einsam, alles für sich zu behalten.

„Wir sind da", bemerkte Ayleen.

„Was machen wir jetzt mit meinem Auto?", fragte Caro irritiert.

„Shit, stimmt!", meinte Ayleen und bretterte den VW Golf rückwärts die Einfahrt zurück. Sie hatten die beiden Autos auf dem Parkplatz gesehen und sich dazu entschieden, zusammen mit Ayleens zu fahren. Ayleen nervte es, dass Caro darauf bestanden hatte und jetzt unbedingt ihr Auto zurückhaben wollte. Sie drehten eine extra Runde. Am Parkplatz sprang Caro aus dem Auto und rannte zu ihrem eigenen. Ayleen wendete und fuhr wieder in Richtung ihres Hauses.

„Mann, warum konnte sie das nicht gleich sagen, dass sie das verdammte Auto wiederhaben will?" Ethan sagte darauf gar nichts. Ihn störten die weiteren zehn Minuten Fahrt nicht. Zeit in diesen Maßen spielte für ihn keine Rolle. Sie erreichten kurz vor Caro die Einfahrt. Die Autos kamen knapp hintereinander zum Stehen. Sie stiegen aus. Ayleen blieb beim VW stehen. Die anderen beiden liefen in Richtung Haustür.

„Ethan?" Er drehte sich um und kam zurück. „War sie gemein?"

„Was?"

„Ich meine, ob sie irgendetwas Selbstgerechtes gesagt hat?"

„Ja, wollte sie zumindest, warum?"

„Na ja, sie kann sehr verletzend sein, findest du nicht?"

Ethan lachte auf. „Ja, das versucht sie zumindest. Aber ich bin ganz andere Gewalt gewohnt. Mich bekommt sie nicht klein, jedenfalls nicht so."

Ayleen lächelte. Sie war ein bisschen erleichtert, dass Clinton nicht noch mehr von Ethan zerstörte. Auch wenn sie das tun wollte. „Gehen wir rein", meinte Ayleen und ging auf die Haustür zu. Caro war bereits im Haus.

Ethan blieb zögernd stehen. „Caro traut mir nicht, stimmt's?" Ayleen drehte sich verwundert um. Sie fühlte sich ertappt, obwohl es hierbei um Caro ging. „Äh ... ja ... glaube schon. Ähm ja, tut sie."

„Und ihre Mutter auch." Es war eine Feststellung. Ethan nickte, als hätten sie etwas relativ Bedeutungsloses geklärt. Vielleicht hatte es für ihn auch keine große Bedeutung. Ayleen allerdings fühlte ein gewisses Unbehagen bei dem Gedanken, dass ihre beste Freundin und deren Mutter Ethan kein bisschen trauten. Lag sie am Ende doch falsch? War Ethan gefährlich? Hatten die anderen es die ganze Zeit gewusst und nur sie war reingefallen? Nein. Sicher nicht. Oder doch? Was bedeutete schon *sicher*?

Ethan löste sich aus seiner Starre und folgte ihr ins Haus. „Ich sollte aus dem Hotel auschecken", meinte er grinsend, als er an ihr vorbei in den dunklen Flur trat.

Ayleen war über sein Grinsen erfreut. Sie freute sich immer, wenn sein Gesicht einen positiven Ausdruck annahm.

„Ayleen, ich gehe, okay?" Caro stand vor ihr mit ihrer Tasche in der Hand.

„Äh, ja, klar, okay."

Caro lief an ihr vorbei. „Kein Bedauern?", witzelte sie.

Ayleen verdrehte die Augen.

„Ach, komm schon! Ich verarsch dich nur, ich bleib natürlich, hol mir nur ein paar Sachen zum Anziehen, okay?"

„Was?", erwiderte Ayleen überrascht „Wieso bleibst du?"

Caro zuckte mit den Schultern. „Damit du nicht so alleine bist, vielleicht?" Sie grinste.

„Caro", meinte Ayleen ernst „ich *bin* nicht alleine."
„Jaja, wie lange bleibt er denn noch?"
„So lange, wie er es hier erträgt oder ich."
Ethan sah belustigt den beiden zu. „Wollt ihr lieber alleine streiten?", fragte er und es war deutlich, dass er sich amüsierte.
„Ja", zischte Ayleen. „Ich fahre mit dir mit, deine Sachen holen, Caro."
„Okay", meinte Caro übertrieben nüchtern. Sie war wütend und überspielte es schlecht.
Die Tür fiel hinter den beiden ins Schloss. Gedankenverloren starrte Ethan die Tür an. Würde Ayleen irgendwann aufgeben, ihn zu verteidigen? Würde sie ihn dann auch hassen, wie die anderen? In diesem Moment fiel ihm zum ersten Mal auf, dass es eine große Erleichterung war, dass sie ihn verteidigte. Aber es war nicht nur eine Erleichterung. Es gefiel ihm. Und das lag nicht daran, dass er sich dadurch weniger allein fühlte.

Das Telefon klingelte wenige Augenblicke, nachdem das Auto vom Hof gefahren war. Ethan ließ es viermal klingeln, bevor er doch abhob. Er wusste nicht, was er sagen sollte, also beließ er es bei einem halbherzigen „Hallo?"

„Hi, Ayleen? Hier is Mady, ich wollte fragen, ob du mich abholen kannst, es ist zwar noch nicht so spät, aber …"

„Hier ist nicht Ayleen", fiel er ihr vorsichtig ins Wort.

„Hä? Wo ist sie dann?"

„Sie ist mit Caro mit, deren Sachen holen …"

„Dann bist du … Ethan?"

„Ja."

„Oh, okay, wann kommt sie denn wieder?"

„Weiß ich nicht, wie weit wohnt Caro denn entfernt?"

„Na ja", sie schien einen Augenblick zu überlegen „Die brauchen sicher ewig …" Schließlich fügte sie leise ihr eigentliches Anliegen hinzu, dass sie schon die ganze Zeit loswerden wollte: „Ich, also … hier ist es na ja, könntest du vielleicht? Also ich weiß, das ist schon ziemlich viel verlangt, aber immerhin bist du ja ihr Freund irgendwo … also könntest du mich abholen?"

Sie schien am anderen Ende der Leitung erleichtert aufzuatmen, dann sagte sie noch hastig: „Kannst ja ihr Auto nehmen, durftest du ja vorhin auch. Also?"

Ethan ließ sie eine Weile warten, bevor er antwortete: „Ist es so schlimm da?" Er lachte leise „Ja, okay, ich hol dich."

„Jap! Danke!" Ethan sah sich im Flur nach einem Zettel und einem Stift um und kritzelte eine Nachricht, wo er sei und was er machte. Dann schlich er sich mit dem Autoschlüssel aus dem Haus. Er fragte sich, ob Ayleen sauer sein würde, weil er einfach so ihre Schwester abholte oder einfach das Auto genommen hatte. Es fühlte sich falsch an. Aber andererseits war es Mady sehr wichtig gewesen, schnell von dort wegzukommen. Dieses Gefühl kannte er nur zu gut: zur falschen Zeit am falschen Ort zu sein. Nur waren die Orte, an denen er gewesen war, vermutlich weitaus schlimmer. Aber das war egal. Mady kannte nur diese Angst, die für ihn Unbehagen war, aber für sie das Schlimmste in ihrer kleinen Welt. Wieso sollte er sie leiden lassen, nur weil das Leid aus seiner Sicht keines war? Er war kein Sadist. Es gefiel ihm nicht, andere leiden zu sehen. Er fuhr die Straßen entlang, als wären es seine eigenen, als würde er hier jeden Tag langfahren und nicht zum zweiten Mal. Irgendwo war das hier auch mal seine Stadt gewesen, seine Heimat. Aber das war es schon lange nicht mehr ... Oder hatte es erst aufgehört, sein Zuhause zu sein, nachdem er wieder hier war?

Sie las den Zettel zwei Mal, bis sie verstand, dass er mit ihrem Auto ihre Schwester abholen gefahren war.

„Krass", meinte Caro zum wiederholten Mal.

„Was denn?", entgegnete Ayleen empört mit dem Zettel in der Hand.

„Krass! Er tut so, als wäre das hier sein Haus, sein Auto und seine Schwester!"

„Krass, wie du sagst, ist wohl eher, dass meine Schwester von ihm verlangt hat, sie abzuholen! Caro! Er hat sich sogar *entschuldigt*, dass er das Auto genommen hat."

Caro sah betreten weg. „Hast recht, deine Schwester war bestimmt ganz schön nervig am Telefon."

Ayleen schüttelte den Kopf. Wieso machte Mady das? Ayleen war stinksauer. Es war Eifersucht, bemerkte sie einen Augenblick später, als ihr Blick den Spiegel im Flur streifte. Pure Eifersucht. Mady trug ihr Kleid und wurde von einem Mann abgeholt, der nichts aber auch rein gar nichts für die Welt und die Menschen darin übrig hatte, weil sie ihm zu viel schuldeten. Und ausgerechnet er holte ihre Schwester ab, wenn diese darum am Telefon bat. War sie eifersüchtig? Auf ihre kleine Schwester? Caro sollte das nicht wissen. Ayleen wandte sich ab und ging nach oben.

„Ich werde mit ihr reden, wenn sie wieder da sind …"

„Alles klar?", rief Caro ihr hinterher.

„Ja-ah", rief Ayleen zurück. So sehr es auch nach einem bösen Schicksal aussah, war es nur ein dummer Zufall, dass sie seine Waffe gefunden hatten. Genauso wie Madys Anruf just nach ihrer Abfahrt nur zufällig gewesen war, aber nach einer bösen Fügung ausgesehen hatte, genauso hielten sie auch dies für ein schlechtes Omen. Dabei waren sie nur im Dunkel des Zimmers über seine Sachen gestolpert. Ayleen Jensen starrte die schwarze Pistole an, die vor ihr auf dem Boden lag. Noch nie in ihrem Leben hatte sie eine echte Waffe gesehen, eine, mit der man wirklich töten konnte. Und die Waffe sprach für sich. Es gab keinen Zweifel mehr daran, dass Ethan Farrell ein Mörder war oder auf dem Weg, einer zu werden.

„Verdammt, ich hab's dir doch gesagt", zischte Caro angsterfüllt.

Ayleen war wie betäubt, in ihrer eigenen Welt gefangen, unfähig auf ihre Freundin zu reagieren.

„Ayleen, wir sollten die Polizei rufen."

„Nein", sagte Ayleen klar und deutlich. Erst einen Moment später fiel ihr selbst auf, dass sie das gesagt hatte. „Das können wir nicht machen, Caro, wir haben keine Beweise …"

„Er. Hat. Eine. Waffe. Das ist Beweis genug!" Caro wurde langsam hysterisch. Für sie drehte sich alles immer schneller.

Für Ayleen dagegen war die Welt zum Stillstand gekommen. Sie hatte ihm vertraut. Er hatte gesagt, dass sie das lieber lassen sollte, er hatte ihr immer die Wahrheit gesagt. Aber sie war zu dumm, zu naiv, zu leichtsinnig gewesen, es zu glauben. Alles, was sie dachte, war: Du hast die Wahrheit gesagt, du hast nicht gelogen, du bist so böse, wie du versprochen hast ... Böse? War das das richtige Wort? Woher wusste sie das? Hatte die Pistole ihr das zugeflüstert, dass er sie abgedrückt hatte? Ja, hatte sie. Aus irgendeinem Grund wusste Ayleen, dass er sie verwendet hatte – zum Töten.

Die Haustür fiel ins Schloss und Caro unterdrückte ein panisches Kreischen. „Versteck dich, los! Ich ruf meine Mum an", zischte sie panisch vor Angst.

„Beruhige dich, Caro", antwortete Ayleen genervt und ging zum Treppenaufgang.

Ethan und Mady standen am Fuß der Treppe und zogen sich die Schuhe aus. Mady trug Ayleens bestes Kleid. Einen Moment lang vergaß sie die Waffe. Aber nur einen Moment lang.

„Mady, geh in dein Zimmer, wir reden später darüber, wie du meine Freunde behandelst!", sagte sei barsch.

Mady sah erschrocken auf und eilte dann an Ayleen vorbei in ihr Zimmer.

Ethan spürte, dass etwas nicht stimmte, das konnte Ayleen in seinem Gesicht sehen. „Was ist los?", fragte er, aber es war keine heuchlerische Frage.

Ayleen gab ihm durch eine vage Geste zu verstehen, ihr zu folgen. „Caro, kannst du Mady beschäftigen, das hier soll sie nicht mitbekommen?"

„Aber ...?", meinte Caro entrüstet, aber sie ging zu Mady, um dafür zu sorgen, dass sie das Gespräch im anliegenden Raum nicht mithören würde. Ayleen hatte sie nicht nur deshalb weggeschickt. Vor allem wollte sie das mit Ethan alleine klären. Im Zimmer nahm sie eines ihrer T-Shirts vom Boden und hob damit die Pistole auf. Sie hielt sie ihm vorwurfsvoll hin. Ethan starrte sie an. Was sollte er auch tun? Seine Welt war schon einmal zusammengebrochen, beim zweiten Mal wusste er immerhin schon, wie sich der Schmerz anfühlte. Außerdem war das hier nur eine halbe Welt, wenn überhaupt. Das hier waren Überreste, der Friedhof seines früheren Lebens. Hier gab es nichts, das nicht schon beinahe kaputt war. Der Schmerz war nicht groß. Ethan spürte ihn kaum. Er empfand auch kein Entsetzten oder Angst. Nur Leere. Aber dieses Gefühl kannte er. Es störte nicht mehr. Schon lange nicht mehr. „Was. Ist. Das?"

„Meine Rache", erwiderte er kalt und nahm ihr die Waffe aus der Hand.

Jetzt sah sie ihn verzweifelt an und meinte leise: „Ethan, bitte, noch ist es nicht zu spät …"

„Doch", schnitt er ihr das Wort ab, „das ist es schon lange."

„Aber du weißt, dass …"

„Ich bin nicht gekommen, um zu bleiben, schon vergessen?", meinte er etwas zu forsch.

Ayleen senkte den Kopf. Warum hatte sie sich Hoffnungen gemacht? Ihn juckte der Gedanke nicht, von der Polizei festgenommen oder erschossen zu werden … Sie schon. Sie hatte gehofft, dass er wieder Fuß fassen würde. Aber das war wohl eine Illusion gewesen.

„Wirst du Paula erschießen?" Sie musste fragen.

Ethan sah sie erstaunt an und plötzlich spürte er einen Schmerz, der ihn so unerwartet traf, dass er nach Luft rang. „Nein", flüsterte er als Antwort. Jetzt war es endlich wahr. Sein innerer Kampf hatte ein Ende. Paula Anderson würde von der Liste gestrichen werden, ohne gerichtet zu werden. Denn sie zahlte seit Langem einen hohen Preis. Und sie war der letzte Rest aus seinem alten Leben, der geblieben war. Nie hätte er ihr etwas antun können. Nachdem er sich endlich darüber im Klaren war, fühlte Ethan sich wesentlich besser. Die Waffe in seiner Hand war ihm dabei egal.

„Was steht auf dieser Liste?", verlangte Ayleen.

„Namen", erwiderte er wahrheitsgemäß.

„Wie viele?", wollte Ayleen wissen. „Wie viele stehen auf der Liste?"

„Fünf."

„Fünf!? Und … wie viele … ich meine … leben noch?"

Ethan wandte sich ab. „Willst du wegen Beihilfe zum Mord drankommen? Je weniger du weißt, desto besser." Sie nickte. Er hatte recht. Außerdem war sie sich nicht sicher, ob sie die Antwort wirklich hören wollte.

„Was soll ich jetzt machen?", fragte Ayleen verzweifelt. Sie wollte nicht zur Polizei, aber sie wusste, dass sie jetzt gehen müsste, wenn sie ein braver Staatsbürger sein wollte. Aber warum sollte sie gerade Clinton helfen? Wenn diese Frau es nicht einmal geschafft hatte, einen kleinen Jungen zu finden. Wieso sollte sie Ethan einen Stein in den Weg legen? Gerade jetzt, wo sein Weg frei, wenn auch schwer war. „Ich werd's für mich behalten. Caro darf das nie erfahren." Ayleen drehte sich zur Tür. Sie wandte sich noch einmal um: „Ethan, lass die Waffe verschwinden, so, dass sie hier niemand sieht", sagte sie leise. „Wenn meine Schwester sie findet, bring ich dich um, das verspreche ich dir."

Ayleen ging in Madys Zimmer. Ethan Farrell wusste, dass sie ihn nie umbringen würde, aber ihre Drohung hatte klargemacht, wie ernst es ihr war. Traurig betrachtete er die Glock 17 in seiner Hand. Dann steckte er sie hinten in den Hosenbund und setzte sich auf Ayleens Bett.

Ayleen wollte anfangen, Caro hinsichtlich der Waffe anzulügen, aber im letzten Moment fiel ihr wieder ein, dass ihre Schwester davon nichts wusste, und dass auch so bleiben sollte. Also belehrte sie Mady, was sie eigentlich vorgehabt hatte: „Weißt du, erstens, es ist unhöflich die Freunde seiner Schwester zu fragen, ob sie einem ständig einen Gefallen tun können. Nämlich, ob du's glaubst oder nicht, aber Ethan zum Beispiel lebt nicht dafür, dich irgendwo hinzubringen, nur weil ich es nicht kann, kapiert? Es geht nämlich hier nicht darum, *deinen* Terminkalender zu erfüllen!"

Mady sah sie verdutzt an „Das war doch nur zweimal ...?"

„Und zweimal", erwiderte Ayleen seufzend, „ist einmal zu viel."

„Weißt du was, Ayleen, ich glaube du bist einfach sauer wegen des Kleides."

Ayleen starte sie an. „Was?"

„Ja", meinte Madeline trotzig, „weil ich toll drin aussah und du nicht, und weil ich auch in deinem Kleid hier besser aussehe, als du." Caro zog hinter ihr scharf die Luft ein.

„Mady", erwiderte Ayleen mit einem spöttischen Lachen, „ich beneide dich nicht um dein Aussehen, okay?"

Mady sah sie wütend an und sprang vom Bett auf. „Was ist es dann, he?! Vielleicht Ethan? Bist du eifersüchtig, weil er mich gefahren hat?!", rief sie entrüstet.

Ayleen sah sie verletzt an und fragte sich, wann ihre Schwester so scharfsinnig geworden war. Oder war es so offensichtlich? Sie warf Caro einen Hilfe suchenden Blick zu. Aber Caro war selbst baff über Madys direkten Angriff. „Du verstehst das nicht, Mady, so simpel ist das nicht." Damit drehte sie sich um und bedeutete Caro mitzukommen. Es war nicht alles so simpel, wie Mady manchmal annahm. Aber das hier war es leider tatsächlich. Nie im Leben hätte Ayleen das zugegeben. Es war demütigend, die eigene kleine Schwester zu beneiden.

„Er hat die Waffe von früher ... es ist also nicht schlimm, und wir müssen auch nicht deine Mum verständigen."

Caro atmete erleichtert auf. „Hat, er dir gesagt, ja?"

Ayleen nickte. „Ja, hat er und ich glaube nicht, dass er mich belogen hat. Immerhin kann er mir vertrauen, ich bin schließlich diejenige, die mit lauter schrägen Typen abhängt."

Caro nickte. „Okay, gut, dann ist es ja echt nicht so wild." Zum ersten Mal an diesem Tag lächelte sie versöhnlich. Vielleicht würde sie Ethan doch eines Tages akzeptieren. Vielleicht dann, wenn er nicht mehr da sein würde. Das wäre traurig, aber es hätte zu Ethans Leben gepasst. „Sag mal, Ayleen?"

„Ja?"

Caro sträubte sich ein bisschen, das zu fragen: „Hat Mady eigentlich recht? Also, dass du ... na ja, du weißt schon ..."

„... dass ich eifersüchtig bin?", vervollständigte Ayleen den Satz ihrer Freundin.

Caro sah sie nickend an.

Ayleen erwiderte den Blick mit einem Seufzen. „Ja, irgendwie schon ... Scheiße, oder?"

Caro nickte „Ziemlich. Aber du bist viel cooler als deine Schwester und sie sagt das nur, weil sie sich eigentlich ziemlich klein neben dir vorkommt."

Ayleen schüttelte langsam den Kopf. „Danke, Caro, aber ich glaube nicht, dass sie das so sieht. Das hat sie mal, ich weiß, aber

jetzt bekommt sie viel zu oft Komplimente – vor allem von Jungs –, als dass sie immer noch glauben könnte, das hässliche Entlein neben dem Schwan zu sein." Ayleen sah Caro schräg an und ein ironisches Schnauben brach aus ihr heraus „Oh Mann! Schwan! Alter, ich bin nie ein Schwan gewesen, oder?"
Caro grinste. „Ne, nicht wirklich, höchstens ein etwas verruchter mit schwarzen Flecken", erwiderte sie grinsend.
Ayleen nickte. „Ich will ja auch keiner sein."
Caro lachte. „Alter, *welcher* Vollidiot will ein Schwan sein, wenn er ein Mensch sein könnte?!"
Ayleen grinste. „Wer weiß, vielleicht denken die Schwäne ja, *sie* seien die Krönung der Schöpfung ..."
Caro schüttelte übermütig den Kopf. „Krönung der Schöpfung?! Das sind *wir* auch nicht!! Eher der Untergang!"
Ayleen lachte. „Nicht, wenn du Mady fragst, denk ich!"
Caro bekam sich gar nicht mehr ein vor Lachen.
„Nur, in Madys Welt gehören *wir* nicht dazu, zur Krönung!", rief Ayleen.
„Wir sind der Hofstaat!", ergänzte Caro.
„Was ist mit mir?", hörten sie Mady dumpf aus ihrem Zimmer rufen.
„Ni-hichts!", antworteten die beiden Mädchen im Chor. Sie standen im Flur und lachten.

Ethan saß in Ayleens Zimmer auf dem Bett und kämpfte darum, sich ein Grinsen zu verkneifen. Er hatte das Gespräch auf dem Flur mitbekommen. Die Mädchen schienen die Glock vergessen zu haben. Es war so einfach gewesen, dass es surreal war. War das wirklich passiert? Hatten sie vor wenigen Minuten wirklich seine Waffe gefunden, das Werkzeug seiner Rache? Und Ayleen hatte es ihm gelassen, *obwohl* sie wusste, dass in dem Magazin eine Kugel fehlte. Mindestens eine. Noch sechzehn Kugeln befanden sich in der Waffe. Für jedes vergeudete Jahr eine. Seine Rache war noch lange nicht beendet. Sie fing gerade erst an. Es war kein Zufall, dass es noch sechzehn waren. Nichts passierte zufällig, wenn man dem Nichts einen Sinn gab. Langsam erhob er sich von dem Bett. Er musste gehen, er musste weg. Seine

Rache wartete auf ihn. Auf einmal hörte er sie nach sich rufen, eine klagende, verzweifelte Stimme, irgendwo aus der Ferne. Egal wie sehr er Ayleen schätzte. Sein Leben würde niemals zu einem Teil dieser Stadt werden. Er hasste sie. Diese Stadt. Die Stadt, die ihm zwanzig Jahre vorgegaukelt hatte, sein Zuhause zu sein und ihn jetzt einfach nicht mehr aufnahm. Ethan wollte nicht mehr zurück. Ein Zurück gab es nicht mehr. Er dachte an die Pistole, die ihm leicht in den Rücken stach. Sein Halt. Sein Ziel. Die Liste! Er zog vorsichtig die Liste aus seiner Jackentasche. Es war ein Stück gelbes, quadratisches Papier. Ein Zettel von einem Abreiß-Notiz-Block. Er nahm einen Stift von Ayleens Schreibtisch und strich zwei Namen durch. Es fehlten noch drei. Drei Namen. Drei Leben.

~~Laura Richards~~
Amelia Smith
Joseph Larson
~~Paula Anderson~~
Monica Clinton

Seine Eltern hätte er auch gerne dazugeschrieben, irgendwie gehörten sie jetzt auch auf die Liste. Und irgendwie auch nicht. Er hatte sie immer geliebt, sie waren schließlich seine Eltern gewesen. Dass sie ihn so verraten würden, hätte er nie erwartet. Es hatte ihn tief getroffen, aber auch das konnte keiner mehr rückgängig machen. Es war eben passiert, wie so vieles einfach geschah, ohne dass man Einfluss darauf hatte. So war das Leben. Und egal, wie sehr es ihn schmerzte, er kannte mittlerweile die einzige Regel des Lebens – dass es keine gab. Laura Richards war gestorben, weil sie ihn verraten hatte und Paula Anderson war verschont worden, weil sie gewartet hatte. Ethan faltete den Zettel zusammen und fragte sich, ob er Paula hätte etwas antun können, auch wenn sie nicht gewartet hätte. Man stellte sich das Töten immer so leicht vor, wenn man es wollte, aber es war schwerer, den Abzug zu drücken, als man dachte. Vermutlich hätte er sie nicht getötet. Aber absolut sicher war er sich nicht.

Er trat hinaus auf den Flur. Die beiden Mädchen waren unten. Er ging leise die Treppe herunter und an der Küche vorbei, in der sie beide am Herd standen. Die Haustür war neu und gab fast kein Geräusch von sich, als er sie vorsichtig öffnete und hinausschlich. Leise ließ er sie ins Schloss fallen und ging. Es war dunkel und kalt. Aber es war eine klare Nacht, es würde nicht regnen. Ethan lief die Straße hinunter.

„Das war die Haustür, oder?", sagte Ayleen beunruhigt.
„Keine Ahnung, war bestimmt nur der Wind."
„Nein, Caro, der *Wind* öffnet keine schweren Haustüren."
Caro zuckte mit den Schultern.
„Ethan!", meinte Ayleen und rannte los. Sie erreichte den Bürgersteig vor ihrem Haus und sah sich panisch nach links und rechts um. Dort lief er.
„Ethan!", brüllte sie und rannte ihm hinterher. „Warte!" Sie konnte nicht mehr darüber nachdenken, wie bescheuert das war, was sie tat. Das Einzige, was im Moment zählte, war, Ethan zurückzuholen. Sie wusste nicht mal genau, warum ihr das so wichtig war. „Ethan, bleib stehen!"
Er stand längst und sah völlig verwundert Ayleen an, die auf ihn zu gerannt kam. „Was ist?", fragte er erstaunt, als sie keuchend vor ihm stehen blieb.
Sie brauchte eine Weile, um wieder zu Atem zu kommen. „Räche dich nicht, bitte", sie sah ihn flehend an.
„Was?", erwiderte er verdattert.
„Bitte, Ethan, bitte", flehte sie, „es ist noch nicht zu spät, bitte! Du musst das nicht tun! Es wird dir nicht helfen! Du wirst dich danach nicht besser fühlen!"
Ethan sah ihr fest in die Augen „Es *ist* zu spät."
Er wollte sich abwenden, aber sie hielt ihn fest. „Ethan! Bitte!", rief sie wütend.
„Ich kann nicht", meinte er monoton.
„Doch! Komm schon! Du lebst nur einmal! Du kannst dir doch nicht dein ganzes Leben kaputt machen, nur wegen sechzehn Jahren!" Sie schnappte nach Luft, bevor sie weiterschrie: „Ja,

sechzehn Jahre sind verdammt lange und kein Mensch hier will mit dir tauschen, aber du wirst danach weg sein! Tot! Verstehst du das nicht?!" Sie krallte ihre Fäuste in seine Jacke und zwang ihn damit, sich ein Stück zu ihr hinunterzubeugen.

„Nein!", antwortete er kalt und hielt ihrem starren Blick stand.

„Du. Lebst. Nur. Einmal. Willst du wirklich, dass dieses einzige – dein einziges – Leben so endet? So?! Dass das alles ist? Deine grausame Rache! Du bist 20 Jahre jung, Ethan nicht 80! Dein Leben liegt noch vor dir! Du kannst es dir doch nicht einfach kaputt machen."

„Doch, kann ich. Ich will hier nicht leben." Seine Stimme klang ruhig und gefasst. Er war nicht bockig, er meinte es wirklich so.

Ayleen gab nach, auch wenn es ihr wehtat. Sie ließ ihm wieder den Raum, sich aufzurichten.

„Was soll ich denn machen?", fragte er plötzlich ganz leise.

„Du könntest woanders hingehen, die Schule beenden und studieren. Du bist intelligent, das würde dir nicht schwerfallen", sagte sie leise und ernüchtert.

Er schüttelte den Kopf. „Ich habe sechzehn beschissen lange Jahre gewartet, Ayleen, gewartet! Ich habe keine Lust mehr zu warten." Sein Blick war ernst. Er würde sich nicht überzeugen lassen.

„Worauf?", flüsterte sie.

Sein Gesicht verzog sich leicht zu einem Ausdruck von Wut und Verzweiflung. „Darauf, dass mich jemand aus dem Dreckloch rausholt!" Er sah ihr direkt in die Augen. „Aber weißt du was? Es ist nie jemand gekommen! Es ist nichts passiert!", seine Stimme war kalt. „Nichts", fügte er etwas sanfter hinzu. „Ich habe aufgegeben, Ayleen. Wir sind nicht alle Sieger, verstehst du."

„Ja."

Er lächelte. „Manchmal", fing er leise an, „wünsche ich mir, wieder dort zu sein, einfach nur, damit es noch mal die Chance für mich gibt, gerettet zu werden."

Ayleen schluckte. „Aber es wird nie passieren", wisperte sie leise.

Er schüttelte langsam den Kopf. „Wird es nicht."

„Trotzdem musst du das hier nicht tun", bat sie flehend.

„Sie haben mich verraten, Ayleen." Wieder sah er ihr fest in die Augen „Vielleicht lebe ich nur dafür, sie zu finden und zu richten. Dann ist es trotzdem ein Leben, wenn auch ein kurzes. Es ist egal, *wie lange* man lebt, es geht darum, *wie glücklich* man lebt."
„Glücklich?", Ayleen entfuhr ein schwaches, verächtliches Lachen, das eher mitleidig als spöttisch klang. „Sag mir, Ethan Farrell, was an deiner Rache ist *glücklich?"*
Er starrte sie fassungslos an. „Nichts", gab er nüchtern zu.
Ayleen schüttelte den Kopf. „Du wirst ein sehr kurzes, grausames Leben geführt haben. Und wenn ich es mitbekomme, ... wie du ...", ihre Stimme brach, „... stirbst, dann werde ich dafür sorgen, dass das auf deinem Grabstein steht!" Sie grinste gequält.
Ethan erwiderte ihr ironisches Lächeln. „Wirst du nicht", meinte er ein wenig belustigt.
„Doch", sagte sie gespielt ernst.
Ethan lachte. „Okay, ist mir egal, kannst auch draufschreiben, dass ich von meiner Familie enttäuscht bin und dass Trevor ein verdammter Schisser ist."
Ayleen musste ein Lachen unterdrücken, ihr fiel langsam auf, wie absurd ihr Gespräch war. Ethan wandte sich erneut zum Gehen.
„Warte ..." Er sah sie verdutzt an „Kommst du wieder?"
Er lächelte traurig „Ich hoff's mal."
Ayleen schlang ihre Arme um ihn und hielt ihn fest. Ethan erwiderte die Umarmung. Es berührte etwas in seinem Inneren, von dem er lange geglaubt hatte, dass es tot war. Nicht einmal Paula hatte wieder echte Emotionen in ihm wecken können, sie hatte nur den Schmerz verstärkt. Das Chaos der Widersprüchlichkeit war wieder da. Der Wunsch zu bleiben, der Hass auf diese Stadt, auf Amelia, auf Joseph. Nur der Hass und die Rache, waren stärker, sie dominierten das Chaos. Aber sie waren nicht mehr so stark wie noch vor einer Weile. Er veränderte sich. Ayleen veränderte ihn. Aber er hatte sich geschworen, nur noch für die Rache zu bleiben. Sechzehn Jahre lang. Jeden Tag. Es war ein tausendfach gegebenes Versprechen, er würde es nicht brechen.
„Tu's nicht!", flehte sie ein letztes Mal.
„Ich muss", sagte er leise.

Sie löste sich von ihm, um ihm ein letztes Mal in die Augen zu sehen. „Dann pass auf dich auf, okay? Pass auf, dass du dich nicht in dir selbst verlierst."

Ethan nickte. Dann wandte er sich ab und ging die dunkle Straße weiter. Ayleen sah ihm einen Moment nach, dann rief sie ihm hinterher: „Was auch immer sie getan haben, Ethan, es ist nicht dein Leben wert!"

Er drehte sich nicht noch mal um, aber sie wusste, dass er es gehört hatte. Ayleen lief zurück zum Haus. Tränen liefen ihr übers Gesicht. Sie würden sich wiedersehen. Bald. Warum weinte sie also? Aber Ayleen dämmerte langsam warum: Irgendwann würde es das letzte Mal sein, dass sie ihn sah. Davor hatte sie bereits jetzt Angst.

Ethan Farrell wünschte sich, dass einmal in seinem Leben, etwas einfach war. Aber dieser Wunsch würde sich wohl genauso in Luft auflösen wie all die anderen davor. Es wäre alles einfacher, wäre er Ayleen nie begegnet. Aber er bereute es nicht, sie zu kennen. Vielmehr kam es ihm mehr und mehr so vor, als könnte alles, was sie sagte, tatsächlich irgendwann einmal einen Sinn ergeben. Er kämpfte mit sich, die Rache sein zu lassen. Aber was war er dann noch? Er konnte das nicht. Und Joseph und Amelia mussten bezahlen. Für damals. Für den Tag am Spielplatz. An dem auch sie da gewesen waren.

9. Abrechnung

Es war Tag, als sie Kinder waren. Es war Nacht, als er sich rächte.

Es war dunkel. Wie immer, wenn er auf seinem Rachefeldzug war. Er kannte die Dunkelheit. Er wusste, dass sich darin nichts verbarg. Nichts, was ihm hätte gefährlich werden können. Er befand sich wieder in der Gegend, die er vor nicht allzu langer Zeit besucht hatte. Er drückte auf die Klingel, ohne darüber nachzudenken. Es war einfach. Beinahe *zu* einfach. Vielleicht würde es noch schwierig werden, denn nichts in seinem Leben war je *einfach* gewesen. Es war spät. Wieder hatten sie die Chance. Sie hatten die Wahl, zu öffnen oder es bleiben zu lassen. Wieder entschied sich Amelia Smith für die Tür.

„Was? Ethan? Was machst du hier?" Amelia sah ihn verwundert und müde an.

„Einen Ausflug, kommst du mit? Joseph soll auch mitkommen, ich möchte mit euch reden ..."

Sie kniff skeptisch die Augen zu. „Wieso kommst du mitten in der Nacht? Können wir uns nicht auch morgen Nachmittag treffen, ich bin ziemlich müde."

Er senkte den Kopf. „Ich kann tagsüber nicht hier sein."

Amelia wirkte erstaunt. „Warum nicht?"

„Darum, und glaub mir, du willst das nicht wissen."

Das Mädchen zuckte mit den Schultern. Es interessierte sie nicht sonderlich, was Ethan damit andeuten wollte. Schließlich gab sie nach und zog sich um.

Ethan wartete solange draußen vor der Tür. Sie hatte ihn reingebeten, aber er hatte abgelehnt. Er hatte das Gefühl, innen nicht atmen zu können. Er fühlte sich eingeengt und nur die Luft der

Nacht vermochte es, dieses Gefühl zu lindern. Amelia trat aus der Tür. Dass sie sich geschminkt hatte, quittierte Ethan mit einem leisen Schnauben. Sie würde sich noch wundern. Sie liefen das Stück zu Josephs Haus. Nebeneinander. Schweigend. Er hatte ihr nichts zu sagen. Er hatte nur eine einzige Frage. Und diese Frage würde er ihr stellen, wenn die Zeit dafür gekommen war.

„Alter, seid ihr irre, oder was?!", Joseph stand im Schlafanzug in der Tür – auch er hatte sich ein zweites Mal für die Tür entschieden – und starrte sie fassungslos an.

„Ach, Joseph", ergriff zu Ethans Verwunderung Amelia das Wort. „Jo, is doch keine große Sache, du gehst doch sonst auch nicht so früh ins Bett …?"

Verdutzt sah Ethan seine ehemalige Sandkastenfreundin an. Warum in aller Welt half sie ihm? Was hatte sie vor? Er musste auf der Hut sein, so viel stand fest.

Joseph sah immer noch irritiert ins Dunkel. „Ich muss warten, bis mein Bruder da ist, er hat keinen Schlüssel mitgenommen."

Wie gut für dich, dachte Ethan.

„Aber ich könnte nachkommen, ich will schließlich auch mal wieder was mit euch machen … Sag mal, warum muss es eigentlich so spät sein?"

„Das geht für mich nicht anders", meinte Ethan kühl.

Joseph nickte, obwohl er rein gar nichts verstand. „Okay, wo geht ihr hin?"

„Zum Zoo."

„Was?", Joseph lachte auf. „Wieso denn zum Zoo?"

Ethan zuckte gelassen mit den Schultern und antwortete: „Weil das ein Teil meiner kurzen Zeit hier war. Erinnerst du dich nicht mehr daran?"

„Kaum", meinte Joseph. „Ich komme nach, klar, wenn mein Bruder kommt."

Ethan nickte. Es fing nicht gut an. Und er hatte tatsächlich für einen Moment gewagt zu glauben, dass es einfach werden würde. Von wegen! Es würde das schwierigste Spiel seines Lebens werden. Aber er würde es durchziehen. Er war schon zu weit gegangen. Es gab kein Zurück mehr. Und Ethan Farrell wollte auch nicht zurück.

„Gut, dann sehen wir uns dort." Joseph schloss die Tür und die beiden andern liefen los.

„Bist du irre?", zischte Amelia.

„Weil ich in den Zoo einbrechen möchte? Ja, vielleicht. Stört dich das?"

Sie starrte ihn an. „Geht so. Es ist nur ... Es ist komisch, so etwas mit dir zu machen ..."

Er drehte den Kopf, um ihr beim Gehen ins Gesicht sehen zu können. „Weil wir uns nicht kennen?"

„Weil wir uns kannten und jetzt nicht mehr kennen", verbesserte sie ihn.

Ethan zuckte mit den Schultern. „Ich kenne hier niemanden", log er, „wieso sollte ich nicht zu meinen alten Freunden zurück."

Amelia erkannte die lauernde Gefahr in seinen Worten nicht. Sie lächelte ihn fröhlich an und fragte sich, ob sie ihn auch attraktiv fände, wenn sie mit ihm aufgewachsen wäre. „Glaubst du, wir werden wieder Freunde?"

Ihre Frage traf ihn unerwartet, aber sie schockierte ihn nicht. Sie löste nichts als Abscheu in ihm aus. „Wer weiß, vielleicht." Es war die Nacht der Lügen. Er hatte noch nie so viel gelogen. Als Kleinkind war ihm beigebracht worden, dass das eine Sünde sei. Paula hatte ihm das erklärt. Aber sie würde ihn jetzt verstehen, es war notwendig. Hätte er den beiden die Wahrheit erzählt, sie wären sofort zur Polizei gerannt.

„Ich hab schon länger keinen Scheiß, wie das hier, mehr gebaut."

„Tja, ist es schlimm, dass wir das jetzt machen?"

Sie schüttelte den Kopf. „Ein bisschen Abenteuer schadet nie!", meinte sie und lachte ihn übermütig an.

Wie schade, dass es ihr letztes sein sollte, dachte Ethan. „Dein Leben ist ziemlich glatt gelaufen, oder?"

Sie sah ihn irritiert an, bis ihr wieder einfiel, wer er war, und wo er gewesen war, wobei sie nicht wirklich den Ort kannte. „Ja ... ich meine schon, also im Vergleich ..."

„Zu meinem Leben", schloss er. „Dein Leben ist auch im Verhältnis zu vielen anderen *sehr glatt* verlaufen."

Sie schluckte und nickte dann einsichtig. „Ja, kann schon sein, aber ich habe mich auch sehr angestrengt, dass es so läuft." Amelia bemerkte den wütenden Blick in Ethans Augen nicht. Viel zu sehr war sie im Augenblick mit sich selbst beschäftigt.

„Ich habe mich auch *angestrengt*, um rauszukommen, aber glaub mir, da war nichts zu machen", meinte er gefährlich leise.

„Aber du bist doch raus?"

Ethan schüttelte genervt den Kopf „Aber nicht so, wie du denkst. Sie haben mich gehen lassen."

Sie nickte. Sie hörte nicht zu. Vermutlich hatte sie in ihrem ganzen Leben noch nie zugehört. Ihre kleine Welt drehte sich um sie wie die Erde um die Sonne. Schon damals, vor langer Zeit, als auch Ethan Farrell noch Teil dieser Welt gewesen war, hatten sich ihre Eltern stets darum bemüht, ihr den Weg zu ebnen. Allein dafür wollte er sie umbringen. Aber sie hatte noch etwas ganz anderes getan und nie hatte sie es irgendwem erzählt. Nie hatte sie mit Joseph darüber gesprochen, was sie getan hatten. Amelia Smith hatte es vergessen, in diesem Augenblick, in dem sie neben Ethan herlief und sich nur fragte, warum sie liefen und nicht das Auto nahmen. Ohne, dass sie je auf die Idee gekommen wäre, dass er gar kein Auto hatte.

„Bist du sicher, dass wir das hinkriegen, ich meine wegen der Alarmanlagen und so was?"

Ethan sah zu ihr runter. „Ist mir egal, weißt du?", rief er leise und schwang sich über den hohen Zaun, der das Gelände umfasste. Amelia gab einen genervten Laut von sich, dann folgte sie ihm. Ethan fing sie auf, als sie halb über den Zaun fiel.

Sie lachte auf und meinte: „Tja, ich bin eben nicht so gut in kriminellen Machenschaften!"

„Sei leise", zischte er genervt und bahnte sich einen Weg durch das Gestrüpp. Sie standen auf dem Gehweg, der durch die Gehege hindurchführte.

„Du bist irre, weißt du das?", flüsterte Amelia begeistert. „Gibt's hier keine Nachtwache?"

Ethan zuckt mit den Schultern. „Ich denke, wenn wir leise sind, wird nichts passieren. Außerdem ist das hier eh schon ziemlich nah am Bankrott."

Sie nickte etwas beruhigter und folgte ihm. Plötzlich raschelte es direkt hinter ihnen. „Shit, da ist wer!", zischte Amelia. Ethan ging hinter einem Busch in Deckung und wies Amelia durch Handzeichen darauf hin, sich ebenfalls zu verstecken. Die Gestalt brach aus dem Geäst und kam auf sie zu. Ethan stand wieder auf und ging zu ihr.

„Wie bist du so schnell nachgekommen?"

„Wir haben das Auto genommen", antwortete Joseph.

„Wir?", erwiderte Ethan angespannt.

Eine zweite Person trat hinter Joseph aus dem Geäst. „Dein Bruder?!" Ethan starrte ihn fassungslos an.

„Ja, Mann, der wollte unbedingt mit."

Ethan schüttelte den Kopf. Das wollte er nicht. Josephs kleiner Bruder war kein Name auf seiner Liste. Er sollte nicht sterben. Warum war er hier? Er war höchstens sechzehn.

„Warum hast du ihn mitgebracht?", zischte er seinen ehemaligen Freund an.

„Mann, chill mal! Hallo? Ist doch keine große Sache, Will ist sechzehn, der weiß, wo seine Grenzen liegen."

Ethan wandte sich ab, um sich gleich im nächsten Moment wieder wütend umzudrehen. „Mein Bruder ist fünfzehn und hat keine, aber auch wirklich keine Ahnung, was das Wort *Grenze* überhaupt bedeutet!"

Joseph und sein Bruder Will starrten ihn fassungslos an. „Alter, darf ich fragen, warum du so 'n Aufstand machst?"

Ethan erstarrte. Er hatte tatsächlich für einen Moment vergessen, dass bis auf ihn keiner wusste, wie diese Nacht enden sollte. Er schüttelte nachgiebig den Kopf und sagte leise: „Es ist nichts, schon okay, hab überreagiert."

„Das meine ich aber auch", antwortete Joseph immer noch leicht irritiert. Sie kannten sich nicht mehr, aber ihr Fehler war, die ganze Zeit das Gegenteil davon anzunehmen.

„Kommt mit, da drüben ist es."

„Ist was?", fragte Amelia neugierig. Die Auseinandersetzung der Jungs hatte sie zu Ethans Verwunderung immer noch nicht stutzig gemacht. Langsam fragte er sich, ob ihr Leben so leicht verlaufen war, weil sie so wenig begriff. Vielleicht kam ihr ja alles nur so ‚einfach' vor.

„Die Krokodile", antworte Ethan ihr mit einem fröhlichen, aufgesetzten Lächeln.

Amelias Augen glänzten in der Dunkelheit vor Begeisterung. „Die gibt's hier immer noch?" Ethan nickte.

„Das Boot!", rief Joseph., „Alter, ich glaub's nicht, das ist immer noch da. Ich hätte gewettet, dass das längst verrottet ist."

Ethan grinste. Sie hatten das Becken erreicht. Am Ufer des Sees lag ein kleines Holzboot im Wasser, das nur zur Zierde dort ausgestellt war. Sie befanden sich noch immer hinter Gittern und Glas.

„Ich will rein", meinte Ethan schlicht.

„Was?", zischte Amelia entsetzt.

„Du hast schon richtig verstanden." Ethan lief los. Sie suchten eine Weile, bis sie vor einer stählernen Tür standen.

„Hier geht's rein", sagte Joseph.

„Abgeschlossen", meinte Amelia enttäuscht.

„Was hast du denn gedacht?", zischte Ethan „Dass sie extra für uns heute einen Tag der offenen Tür veranstalten?"

„Oder besser 'ne Nacht", spottete Joseph. Will lachte leise. Ethan beugte sich vor und knackte die Tür. Die anderen sahen beeindruckt zu.

„Wow", flüsterte Will bewundernd.

„Tja, hatte viel Zeit, so was zu lernen." Wieder eine Falle, in die sie einfach hineintappten, ohne die Gefahr, die in diesem Satz lauerte, zu wittern.

Sie waren drinnen, standen in gebührendem Abstand zum Wasser und starrten auf die dunkle Oberfläche.

„Komm, fahren wir zur Mitte des Sees." Ethan lief los und stieß das Boot an. Nach einer Weile ließ es sich lockern. Es war noch relativ intakt. Die Idee war ihm gerade erst gekommen.

Eigentlich hatte er sie hier drinnen einsperren wollen. Aber das Boot war eine viel bessere Idee.

Amelia sprang ins Boot. In die Falle.

„Und wenn uns die Krokodile was tun?", fragte Will grinsend.

„Du haust ihnen einfach vorher auf die Nase und sagst, dass du nicht ihr Abendessen bist!", zischte Joseph.

Will folgte zögernd. Ethan wünschte, er wäre standhafter gewesen und hätte sich gegen die anderen und das Boot entschieden. Aber als kleiner Bruder wollte er nicht zeigen, dass er Angst hatte. Ethan stieß das Boot ab und sie fuhren mithilfe eines großen Astes, den sie als Ruder verwendeten, zur kleinen Insel inmitten des Geheges.

„So, alles aussteigen", meinte Joseph grinsend.

„Oh Mann!", rief Amelia entzückt, „ich hätte nie gedacht, dass wir mal hier stehen würden, überhaupt, dass wir mal so was machen würden!" Sie lachten alle begeistert.

Außer Ethan. Ethan stand neben ihnen und starrte still auf das Wasser. Ab und zu konnte er dort Bewegungen wahrnehmen. Dann stieß er das Boot eineinhalb Meter zurück ins Wasser. Die beiden Larson-Brüder rannten sofort hinter her. Bei Amelia Smith dagegen war endlich der Groschen gefallen.

„Hast du wirklich geglaubt, ich mach mit euch einen schönen Ausflug in den Zoo? Zu den Krokodilen …, weil sie meine Lieblingstiere sind?"

Amelia schnappte hörbar nach Luft. Sie machte ein paar Schritte rückwärts, bis ihr Rücken den Mast berührte, der mitten auf der Insel emporragte. Warum er dort war, hatte keinen für Ethan ersichtlichen Grund, bis jetzt. Er packte sie unsanft und drückte sie dagegen.

„Du wirst auch bezahlen, Amelia."

„Was? Aber … Ethan … ich hab nichts gemacht, es tut mir leid, aber du …"

„Du was? He? Ihr. Habt. Mich. Verraten." Er knurrte es in ihr Gesicht. „Ihr werdet büßen."

„Aber Rache ist der falsche Weg …"

Ethan griff nach ihren Handgelenken und drückte sie hinter dem Mast zusammen. „Der falsche Weg wohin? Ich werde bald nicht mehr hier sein. Und mein Leben ist vorbei, es gibt keinen falschen Weg. Es gibt nur den einen."

Sie starrte ihn fassungslos an. Voller Angst. Er hatte schon wieder gelogen. Er wusste, dass es andere Wege gab. Es gab Gabelungen. Aber er wollte keinen anderen Weg.

„Das ist ein Scherz oder? Gib's zu, bitte! Du hast mich erwischt, ich hab Angst, also bitte hör auf!"

Ethan schüttelte den Kopf. „Du verstehst gar nichts."

„Dann erklär's mir. Ich hör dir zu." Sie sah ihm in die Augen.

Ethan zog ruckartig mit einer Hand die Waffe, die er die ganze Zeit dabeigehabt hatte. Gut verborgen zwischen Jeans und Jacke.

„Mach die Schnürsenkel aus deinen Schuhen!"

Amelia keuchte bei dem Anblick der Waffe und bückte sich schließlich steif nach unten. Ihre Finger zitterten. Es dauerte lange. Irgendwann reichte sie ihm mit bebenden Händen die beiden schwarzen Bänder. Ethan steckte die Waffe zurück in seinen Hosenbund und drückte sie wieder gegen den Mast. Amelia wimmerte verzweifelt.

„Halt die Klappe!", herrschte er sie an. Dann band er ihre Hände fest hinter dem Mast zusammen. Als sie begriff, was er machte, weiteten sich ihre Augen vor Angst. Panik. Sie spürte, wie die Schnürsenkel ihr beinahe das Blut abschnürten. Aber sie wehrte sich nicht mehr. Die Angst lähmte sie. Sie saß in der Falle.

„Weißt du, wie es sich anfühlt, ganz alleine zu sein?"

Sie schüttelte heftig den Kopf. „Nein, Ethan, bitte, das tust du nicht, so bist du nicht ..."

Er drückte sich wütend gegen sie. „Ach ja? Wie bin ich denn?"

Sie schluckte und bekam keinen Ton mehr heraus. Sein Körpergewicht presste ihr die Luft aus den Lungen.

„Du kennst mich nicht. Also urteile nicht über mich."

Sie sah ihm verzweifelt in die Augen, versuchte, einen Funken Verstand darin zu entdecken. Aber sie fand nur Wahnsinn.

„Weißt du, wie es ist, verraten zu werden?"

Ihr Mund öffnete sich leicht, sie wollte etwas sagen, aber ihr entwich nur ein qualvolles Seufzen.

„Nein?", er starrte ihr eindringlich in die Augen. „Warum? Warum. Habt. Ihr. Das. Damals. Gemacht?"

Einen Moment lang sah sie ihn nur verstört an, dann erkannte sie auf einmal, was er meinte. Ihre Augen weiteten sich vor Entsetzen. „Wir ... ich ... Es war doch nur ein Spiel ... Also wir wussten doch nicht, dass es so ernst war ..."
„Doch", fuhr er ihr scharf ins Wort, „wusstet ihr. Also warum?" Amelia schüttelte verzweifelt den Kopf. „Ich weiß nicht, wir waren doch noch Kinder ..."
Ethan packte sie fester. „Kinder?! Ihr wart rücksichtslose, verwöhnte *Kinder*, die keine Ahnung hatten? Willst du das sagen?"
Sie nickte unter Tränen. „Das ist nicht wahr, Amelia. Ihr wusstet es, ich habe es gesehen, in euren Gesichtern, ihr habt gelacht, ihr wusstet es. Nur wart ihr zu verwöhnt, zu verzogen, als dass ihr überhaupt irgendwelche Konsequenzen gekannt hättet." Er sah ihr eindringlich ins Gesicht, musterte sie kurz, bevor er kalt sagte: „Ihr habt mein Leben zerstört, weil euch danach war, weil ihr Spaß an meiner Angst hattet. Ihr habt mich ausgelacht." Amelia wollte etwas erwidern, aber er ließ ihr keine Chance: „Und ich *weiß*, dass ihr das längst vergessen habt, dass es nur ein dummer Streich eurer vergangenen Kindheit war. Aber es war *mein* Leben! Ihr. Habt. Mein. Leben. Zerstört. Und das kann ich euch nicht vergeben, selbst, wenn ihr darum flehen würdet."

Sie wusste, dass er seine Meinung nicht ändern würde. Sie wusste auf einmal, dass er das seit Jahren geplant hatte, dass er nie aus einem anderen Grund als diesem zurückgekehrt war. Er war hier, um sie zu töten. Seine Rache. Nie hatte sie über ihr Leben nachgedacht, sie hatte einfach gelebt, und jetzt? Hätte sie mehr denken sollen? Hätte sie mehr bereuen sollen? Mehr genießen? Was würde sie jetzt gerne tun? Woran sollte sie in ihrem letzten Augenblick denken? An wen? Würde es wehtun? Was sollten ihre letzten Worte sein? Würde sie überhaupt welche finden können? Und wenn, wer würde sie hören, außer den Reptilien? Die tiefe Verzweiflung wurde wieder zur Panik. Jetzt wo sie wusste, dass zum ersten und *letzten* Mal jede Sekunde ihres Leben zählte. Wie lange würde es dauern, bis sie wirklich tot sein würde? Würde der Schmerz sie ohnmächtig machen? Ethan gab ihr einen letzten

Schubs, dann wandte er sich ruckartig ab und lief zurück zum Wasser. Dort hatten die beiden anderen das Boot wieder an Land bekommen.

„Einsteigen!", befahl er ihnen. Sie standen wie zur Salzsäule erstarrt da und sahen zu Amelia, die schrie und heulte.

„Bist du irre …!", Joseph machte einen Schritt auf Ethan zu, aber der hielt ihm die Glock ins Gesicht. „Woher hast du die, Mann?", krächzte er erschrocken.

„Das ist nicht dein Problem, ab ins Boot."

Will gehorchte ängstlich. „Wir können sie doch nicht dort lassen, was wenn die Viecher sie wittern und auf sie losgehen …"

Ethan sah ihn mit einem schadenfrohen Grinsen an. „Das ist der Plan."

„Plan?", fragte Jo tonlos. Er ließ sich ins Boot dirigieren und setzte sich neben seinen Bruder auf den klammen Holzboden. Ethan nahm den Ast auf und beförderte sie zurück zur anderen Seite. Links und rechts tauchten die Reptilien im Wasser auf und schwammen neugierig um das Boot herum. Will fing leise an zu wimmern. Wäre er doch bloß zu Hause vorm Fernseher geblieben, dachte Ethan sauer.

„Jo, warum? Kannst du diese Frage beantworten? Amelia konnte es nicht."

Joseph sah ihn verblüfft an. „Wie *warum?*"

„Warum habt ihr das getan? Vor sechzehn Jahren? Warum habt ihr mir nicht geholfen? Fandet ihr es so lustig zu sehen, was mit mir passiert ist? Wie ich Angst hatte?"

Josephs Augen weiteten sich wie Amelias nur Minuten vorher. „Das …?"

Ethan nickte gereizt. „Ja, das."

Joseph warf seinem Bruder einen flüchtigen Blick zu. „Ich, also wir … ich weiß nicht, kann mich nicht mehr so gut dran erinnern, also, warum wir das gemacht haben …"

„Glaubst du, das hilft dir?", fragte Ethan barsch. „Mir ist es im Grunde egal, was der Grund war, Mann. Ich will ihn nur wissen."

Jo nickte hastig. Aber auch voller Angst. Ihm wurde wie Amelia auf einmal klar, dass das hier sein Ende sein würde. Er konnte nicht verhandeln. Mit Ethan Farrell konnte man nicht mehr diskutieren, seine Meinung stand seit einer Ewigkeit fest.

„Wir waren Kinder, ich denke, wir haben damals nicht begriffen, dass der Typ dich entführen wollte ..."

„Aber du gibst zu, dass ihr ihn gesehen habt, dass ihr *mitbekommen* habt, dass er mich mitgeschleppt hat. Also habt ihr auch mitbekommen, dass ich geschrien habe ... so wie Amelia jetzt?", fuhr Ethan ihm unsanft ins Wort.

Jo sah zu Boden. „Wir haben vielleicht, gedacht, ..."

„Ich will nicht wissen, was *ihr vielleicht* gedacht habt, ich will hören, was du gedacht hast!", rief Ethan wütend.

Jo starrte ihn an und nickte wieder hastig. Er war ein Mitläufer. Im Grunde war er das schon sein ganzes Leben gewesen. Er passte sich der Meinung anderer an, weil er dann nie für sich selbst kämpfen musste. Ethan dagegen hatte sein ganzes Leben für sich alleine kämpfen müssen. Er konnte es beinahe nicht begreifen, wie man keine eigene Meinung vertreten wollte. Und dann doch wieder konnte er es verstehen, es war einfacher, bequemer.

„Ich habe geglaubt, dass der Typ zu dir gehört ..."

„Jo, ich habe um mein Leben gebrüllt und ihr habt gesehen, dass er mich betäubt hat! Man betäubt seine Familienmitglieder nicht! Ihr habt gelacht!"

„Mann! Wir haben's eben nicht kapiert damals, was sollen wir jetzt noch dran ändern?!"

„Zum Beispiel könntest du mal anfangen von *dir* und nicht immer *euch* zu reden."

Joseph sah zu seinem Bruder. Beinahe verlegen. Aber der starrte nur gebannt und voller Angst auf das Wasser. Das dunkle Schwarz, in dem sein Leben enden würde.

„Okay, Ethan, ich habe gelacht, weil ich den Ernst der Situation nicht verstanden habe."

Ethan lehnte sich mit einem kalten Lächeln zurück. „Geht doch."

„Was ist mit Will? Er hat nichts getan, Ethan, er hat da noch nicht mal gelebt, du kannst unmöglich auch was gegen ihn haben ...!"

„Hab ich nicht. Aber er ist leider hier. Wärest du so schlau gewesen und hättest gecheckt, dass der Ausflug in den Zoo keine Alte-Freunde-Reunion ist, hättest du die Cops geholt und deinen Bruder auf keinen Fall mitgenommen", erklärte Ethan ihm trocken. „Aber Verstehen ist scheinbar ja noch nie deine Stärke gewesen", fügte er abfällig hinzu.

Will stieß ein leises Wimmern aus. Ethan starrte ihn kalt an. Sollte er ihn raus lassen? Nein, auf keinen Fall. Im Boot sammelte sich sehr langsam Wasser. Es war nicht mehr ganz dicht. Auf Dauer würde es nicht halten.

„Werden wir sterben?", äußerte sich Will zum ersten Mal in Todesangst.

„Ja", antwortete Ethan.

Danach erwiderte Will nichts mehr, auch sein Bruder starrte nur noch vor sich hin. Es war zu Ende. Beide wussten es. Will fing wieder an zu wimmern. Aber Ethan beeindruckte ihr Schmerz nicht. Zu groß war sein eigener gewesen. Sie erreichten nach einer scheinbaren Ewigkeit wieder die Nähe zum Ufer. Ethan war zu schnell für die Larsons, er sprang an Land, drehte sich um und stieß mit aller Kraft das Boot mithilfe des Astes so weit zurück wie möglich. Will schrie auf. Joseph sah ihn panisch an. Aber ihre Angst erreichte Ethan nicht. Jetzt würden sie spüren, wie es sich anfühlte, absichtlich alleine gelassen zu werden, seinem Schicksal überlassen. So hatte Ethan Farrell sich vor sechzehn Jahren gefühlt. Immerhin lachte er jetzt nicht, wie seine Freunde es damals getan hatten. Ehe sie sich versahen, befanden sie sich wieder auf der Mitte des Teichs. Ethan schmiss den Ast weit weg. Dann rannte er los. Wieder auf dem Weg hinter dem Gehege, inspizierte er ein letztes Mal das Infoschild der Reptilien. Irgendwo am Himmel ging bereits langsam die Sonne auf. Er warf einen letzten Blick zu seinen ehemaligen Freunden. Die Reptilien kamen näher und näher. Noch nie in ihrem Leben hatte Amelia Smith Todesangst gehabt. Noch nie hatte sie so geschrien. Aber sie schrie nicht mehr. Auch die Larson-Brüder schrien nicht. Es gab keine Hilfe. Es gab kein Entrinnen. Amelia hatte keine Wahl. Die Brüder schon. Ihre Wahl war der Weg durchs Wasser oder die Zeit abzuwarten, bis das Boot von alleine kentern würde. Jetzt war es so weit. Ihr Ende hatte Ethan wohl durchdacht. Er rannte zurück. Ayleen hatte recht gehabt. Die ganze Zeit. Es gab andere Wege, er musste nicht zum Mörder werden, er konnte das Morden anderen überlassen. Ethan wusste, dass Ayleen etwas anderes gemeint hatte. Aber er wollte nicht, dass es ihn zu sehr berührte. Es war verlockend gewesen, die Rache sein zu lassen. Bei Ayleen zu bleiben. Aber er konnte dort nicht bleiben. Ayleen würde bald nicht mehr alleine sein. Ihre Eltern würden zurückkommen und damit ihr altes Leben. Er wäre dann Geschichte. Als er durch die Straßen rannte, erinnerte er sich an ihre letzten Worte. Sie waren seinen Schmerz nicht wert. Sie hatten gelacht. Nie würde er über den Schmerz anderer lachen. Nie. Nie hatte er es jemals getan. In seinem alten Leben nicht und auch nicht in seinem neuen. Die Liste war fast fertig. Es fehlte nur noch ein einziger Name.

~~Laura Richards~~
~~Amelia Smith~~
~~Joseph Larson~~
~~Paula Anderson~~
Monica Clinton

10. Vergebung

Es war 6 Uhr morgens. Es klingelte an der Haustür. Katelyn schälte sich müde aus dem Bett. War ihr Mann wirklich jetzt erst nach Hause gekommen und hatte den Schlüssel vergessen? Ein ungutes Gefühl sagte ihr, dass es nicht ihr Mann war. Ein Blick auf die andere Seite des Bettes bestätigte dieses Gefühl.
„Es hat geklingelt, Schatz, soll ich öffnen?"
Austin drehte sich stöhnend auf die andere Seite. Katelyn seufzte. Ihr Mann kam immer so spät von der Arbeit, dass es manchmal den Anschein hatte, sein Leben würde an ihm vorbeilaufen, ohne dass er es registrierte. Die Arbeit war alles, was für ihn zählte. Seine Familie war immer zweitrangig gewesen. Dafür hasste sie ihn manchmal. Aber sie würde ihn nie verlassen. Sie schlich den großen Flur entlang mit den großen, geschwungenen Fenstern. Die Treppe aus teurem Stein fühlte sich kalt unter ihren Füßen an. Das Scheinwerferlicht eines vorbeifahrenden Autos erhellte kurz die Eingangshalle und ließ den spiegelnden, weißen Boden gespenstisch erstrahlen. Eine Gestalt stand vor der Tür. Sie hob sich gegen das Licht schwarz ab. Eine leise Angst beschlich sie. Katelyn wünschte sich, ihr Mann oder zumindest ihr Sohn würden neben ihr stehen. Sie hatte keine Ahnung, wie sehr sich dieser Wunsch im nächsten Augenblick erfüllen würde ... nur nicht genauso, wie sie sich das vorgestellt hatte. Aber Träume, und wenn sie auch noch so klein oder nichtig waren, erfüllten sich im Normalfall nicht genauso, wie man sie sich erträumt hatte. Sie öffnete die Tür. Sie zog scharf die Luft ein, ihr Herz setze einen Schlag lang aus. Mit jedem Menschen hatte sie gerechnet. Nur nicht mit ihm.
„Darf ich reinkommen?", fragte Ethan Farrell leise.

Katelyn stand wie gelähmt da und schaffte es gerade noch, ihm die Tür leicht aufzuhalten.

„Danke, ... Mrs. Farrell."

‚Sei nicht so gemein', wollte sie rufen, aber sie brachte keinen Ton heraus. „Hallo", hauchte sie verstört. „Was machst du hier? So früh am Morgen?"

Ethan grinste müde. „Ich erinnere mich daran, dass es mal eine Zeit gegeben hat, in der du mich das nie gefragt hättest. Das hier war mein Zuhause, oder nicht?"

Katelyn sah ihn traurig an. So vieles war zwischen ihnen zerrissen. Sie hatte ihn nicht wiedererkannt beim ersten Mal. Und sie würde wohl nie wieder seine Mutter sein.

„Wie geht's Trevor?"

Katelyn nickte nur benommen.

Ethan erwiderte das Nicken. „Soll ich wieder gehen, wenn du dich in meiner Gegenwart so unwohl fühlst, ... Mum?"

Sie schüttelte den Kopf und brachte mühsam hervor: „Nein, bitte nicht."

„Okay", erwiderte Ethan mit einem gedankenverlorenen Lächeln.

„Willst du was trinken?", fragte sie ihn vorsichtig.

Ethan lachte leise und heiser auf. „Ich war mal dein Sohn, Katelyn, willst du mich wirklich nach was zu trinken fragen, wie die Geschäftspartner meines Vaters?"

Katelyn spürte den Schmerz in ihrem Inneren explodieren, als er das sagte. „Du ... du *bist* noch mein Sohn", flüsterte sie flehend, ihre Stimme wurde zittrig. „Oder nicht?", fügte sie mit einem Anflug von Panik hinzu.

Ethan nickte. „Wie du willst."

Katelyn schluchzte auf. Ethan drehte sich erschrocken zu ihr um. Seine Mutter war seinetwegen nur einmal zum Weinen gebracht worden, und dieses eine Mal hatte er nicht miterlebt.

„Mum!", rief er flüsternd. Katelyn sah ihm verzweifelt in die Augen. „Tut mir leid", wisperte er, „ich wollte nicht gemein sein." Plötzlich wurde ihm bewusst, dass er tatsächlich Mitleid für sie empfand, dass es ihm tatsächlich *leid*tat, das gesagt zu haben. Der Hass war verschwunden. War es vielleicht Zeit, zu *vergeben*?

Seine Mutter fing an zu weinen, laut und klagend. Auf einmal spielte es keine Rolle mehr, dass ihr Sohn und ihr Mann schliefen.
„Mum!", sagte Ethan, unschlüssig, was er tun sollte.
„Es tut mir leid!", rief sie verzweifelt, „Ethan, es tut mir leid!"
„Schon okay, Mum, du weckst noch alle auf." Beim letzten Teil musste er gegen ein Grinsen ankämpfen.
„Ist mir egal, Austin arbeitet nur noch, seit du verschwunden bist, und Trevor kennt er kaum!"
„Mum", Ethan legte ihr sanft eine Hand auf die Schulter.
Ethans Mutter sah ihm einen Moment lang voller Schmerz in die Augen, dann machte sie vorsichtig einen Schritt auf ihn zu. Ethan ließ sie gewähren. Katelyn umarmte ihren Sohn fest. Sie fing noch stärker an zu weinen, als sie spürte, dass er die Umarmung erwiderte. Diesmal war es der Schmerz der Rührung. Er war wieder da, ihr verlorener Sohn. Ihr war klar, dass diese sechzehn Jahre immer zwischen ihnen stehen würden. Aber in diesem Moment war er noch einmal ihr Kind.
„Ich habe dich vermisst", flüsterte Ethan plötzlich leise, bemüht seine Stimme fest klingen zu lassen.
„Ich habe dich so lieb, Ethan."
„Wirklich?", fragte er unter Tränen.
„Ja, natürlich, du bist mein Sohn, ich werde dich immer lieben."
Ethan drückte sie noch ein bissen fester. Sie wusste, nicht, dass es das letzte Mal sein würde. Sie hatte keine Ahnung, dass er hergekommen war, um sich zu verabschieden.
„Was ist denn hier ...?", fragte Austin auf der Treppe stehend. Er hielt inne, als er Ethan sah. „Ich glaub's nicht, ..."
Ethan löste sich aus den Armen seiner Mutter und sah ungläubig zu seinem Vater hoch. Sein Vater erwiderte den Blick, als würde er ein Gespenst sehen. „Ethan, vor ein paar Tagen, als du hier warst, da habe ich gearbeitet ..." Der Schmerz darüber brach seine Stimme. Er hatte vor sechzehn Jahren angefangen, nur noch zu arbeiten, um den Schmerz zu verdrängen. Und genau an dem Tag, an dem sein Sohn wieder nach Hause gekommen war, hatte er im Büro gesessen. Ethan war verwundert und schmerzhaft berührt, seinen Vater weinen zu sehen. Denn

soweit er sich erinnern konnte, hatte sein Dad nie, aber auch wirklich nie geweint. Aber vielleicht gab es ja wirklich für alles ein erstes Mal. Austin Farrell kam die Treppe hinunter. Langsam und gleichmäßig, wie in einem Traum. Den Farrells kam diese Nacht so unwirklich vor, wie nichts, dass sie jemals in der Realität erlebt hatten.

„Dad", meinte Ethan unsicher.

„Mann! Bist du groß geworden!", rief er wehmütig und biss sich auf die Lippe. Er wusste nicht, was er sagen sollte.

„Ja", erwiderte Ethan unschlüssig. Sein Vater kam zu ihm und musterte ihn traurig, aber voller Hoffnung. Eine Hoffnung, die Ethan ihnen bald wieder nehmen würde, denn er war nicht hier, um zu bleiben. Dann umarmte er seinen Vater. So standen sie eine Weile da und weinten. Es sollte ihre letzte Umarmung sein. Ein Abschied. Vergebung. Ethan wollte plötzlich nicht mehr mit der Schmach gehen, seinen Eltern nicht verziehen zu haben.

„Es ist okay …", flüsterte er und löste sich aus der Umarmung.

„Nichts ist okay", wisperte Katelyn traurig.

„Doch", sagte Ethan bestimmt, „ihr habt euer Leben weitergelebt und ich war so wütend, dass ihr mich nicht wiedererkannt habt, aber es ist okay, ich verzeihe euch", er grinste plötzlich fröhlich. „Egal, wie irre das jetzt klingt."

Seine Eltern zwangen sich zu einem Lächeln, aber eigentlich wollten sie sich nur in den Arm nehmen und weinen.

„Wir waren doch mal an der Küste, oder?", fragte er leise. Der Grund, warum er eigentlich gekommen war.

„Ja", meinte seine Mutter lächelnd, das war wunderschön dort." Sie lächelte. „In unserem eigenen kleinen Haus, am Wasser …", sinnierte sie weiter.

Ethan grinste schief. Es war nicht *gut,* wieder hier zu sein. Es tat *weh.* Aber es war schön, ihnen vergeben zu haben. Er wollte trotzdem nicht bleiben. Das hier war einmal sein Zuhause gewesen, aber das war es schon seit einer Weile nicht mehr. Wäre er hier mit offenen Armen empfangen worden, wäre dann alles anders gekommen?, fragte er sich. Aber dafür hätten seine Eltern kaputt gehen müssen, wie Paula. Er war zum ersten Mal froh, dass sie lebten, dass sie ein neues Leben führten. Er war sogar dankbar, dass sie Trevor hatten. Oh, ja, er war dankbar dafür, denn sie würden nicht so alleine sein, wenn er sie jetzt für immer verlassen würde.

„Wie kommst du auf das Haus, Ethan?", fragte sein Vater sanft.

„Ich kann mich daran erinnern, das ist alles."

Sein Vater musterte ihn unsicher.

„Und ich kann mich nicht an vieles aus meinem ersten Leben erinnern", fügte er hinzu und zu seiner Überraschung klang es nicht wie ein Vorwurf. Nur wie eine Tatsache, an der schon lange nichts mehr zu ändern war.

„Wir haben das Haus noch, wenn du das wissen willst", sagte Austin freundlich. Er wusste nicht, wie er mit der Situation umgehen sollte. Er hatte Ethan vermisst. Aber es tat weh, keinen Bezug mehr zu ihm zu haben. Er war ein erwachsener Mann und am Tag seiner Entführung, vor all diesen Jahren, war er ein Kind gewesen. Plötzlich fiel sein Blick auf Katelyn und er fragte sich, ob er seine eigene Frau eigentlich kannte und ob er somit seinen Sohn je gekannt hatte. In diesem Moment bereute er sein ganzes Leben. Er war nie da gewesen für sie. Sie hatten sich beide hinter ihrer Arbeit versteckt. Aber auch davor war er nicht viel anders gewesen. Er hatte so viele Chancen vertan. Es kam Austin Farrell auf einmal so vor, als hätte er sein ganzes Leben vertan. In einem Job, der ihren Reichtum mehrte, aber nicht ihre Herzen füllte. Geld machte nicht glücklich. Es war eine Tatsache, die real war. Und in diesem Moment erfüllte sie seine ganze Welt. Du hast versagt. Mehr war da nicht mehr. Er schwor sich, anders zu werden. Aber es war fraglich, inwiefern er das noch schaffen würde. Zu hoch waren die Mauern, die er um sich herum errichtet hatte. Zu fest. Er sah seinen geliebten Sohn an und war ihm dankbar für diese Gedanken, dankbar dafür, dass er ihm die Augen geöffnet hatte.

„Ich werde gehen. Ganz weit weg." Ethan vermied es, den Kopf Richtung Decke zu heben, als er das sagte.

Katelyn sah ihn verzweifelt an. Sie hatte ihn erst seit ein paar Minuten wiedergefunden und musste ihn schon wieder verlieren? „Kommst du denn wieder?", fragte sie voller Furcht vor der Antwort.

Ethan sah ihr sanft in die Augen. „Nein, vermutlich nicht, aber ich werde immer an euch denken."

Es versetzte ihm einen höllischen Stich, das zu sagen. Aber er genoss den Schmerz, er bedeutete, lebendig zu sein, er bedeutete, menschlich zu sein. Er beweist die Liebe, die er immer noch – oder wieder – für seine Eltern empfand.

Seine Mutter schluckte hart, bevor sie mit gebrochener Stimme flüsterte: „Wir werden dich nie vergessen, und du wirst hier immer einen Platz haben, versprochen. Wir ... lieben dich, Ethan."

Sein Vater blinzelte ein paar Tränen weg. Ethan machte einen Schritt auf sie zu und umarmte seinen Vater vermutlich zum letzten Mal. Er löste sich wieder von ihm, dabei musste er beinahe gegen ihn kämpfen. Dann schloss er ein letztes Mal seine Mutter in die Arme. „Mum, nicht weinen, ich werde nie ganz weg sein, so lange ihr mich nicht vergesst." Katelyn schluchzte auf. Sie wollte, dass er sie nie wieder losließ, weil sie wusste, dass sie ihn nie wieder umarmen würde. Es war das letzte Mal. Dieser Abschied fiel ihr so unendlich schwer. Er tat ihr weh, wie nichts in ihrem Leben zuvor. Nicht einmal Ethans Entführung kam ihr so schmerzhaft vor wie diese Trennung.

„Mum, Dad, hier in dieser Stadt ist kein Platz mehr für mich, ich komme hier nicht zurecht. Ich muss gehen. Ich gehöre hier nicht mehr hin und ich möchte das auch nicht mehr. Ihr habt es sechzehn Jahre ohne mich geschafft, ihr werdet es auch weitere Jahre schaffen." Es fiel ihm leichter, das zusagen, ohne seinen Eltern dabei ins Gesicht sehen zu müssen.

„Aber wir hatten die Hoffnung!", rief Katelyn gequält, während sie ihren Sohn an sich drückte.

„Ich weiß, Mum, ich weiß. Ich hatte auch Hoffnungen. Ich habe gehofft, dass ich gerettet werde, aber das ist nie passiert." Ethan löste sich aus ihren Armen.

Katelyn spürte, wie der Schock sie lähmte. Sie hatte das Gefühl, ihr Sohn würde sterben.

„Ich habe euch lieb, und richtet Trevor aus, dass er sich immer bewusst sein soll, wie schnell das Leben kippen, wie schnell man es verlieren kann. Sagt ihm, dass auch sein Leben keine James-Bond-Verfilmung ist", sagte Ethan mit einem belustigten Lächeln. Seine Eltern sahen ihn verwirrt an. Sie verstanden nicht. Ethan grinste. „Sagt es ihm einfach, er wird wissen, was ich meine, ganz bestimmt." Ethan wandte sich zur Tür.

Katelyn reagierte wie in Trance und hielt ihn am Arm fest.

„Werden wir dich wiedersehen, … irgendwann?"

Ethan sah ihr tief in die Augen und wandte dann seinen Blick seinem Vater zu und wieder zurück. „Nein, eher nicht."

Katelyn ließ ihn in verzweifelter Resignation los. Der Schock nahm wieder seine lähmende Wirkung an.

„Auf Wiedersehen … oder eher nicht … also lebt wohl, das sagt man doch, oder?", er stieß ein kleines Lachen aus. Es war voller Wehmut. Aber auch freudig. „Lebt wohl", flüsterte er ein letztes Mal.

Sein Vater stand da wie erstarrt. Seine Mutter rief: „Bitte, Ethan! Komm wieder!" Auf einmal voller Panik, voller Angst. Aber Ethan wandte sich ab und ging aus der Tür. Zum letzten Mal. Das Haus seiner Kindheit, dass er Tausende Male betreten hatte. Und jetzt war es das letzte Mal, dass er hinaustrat und er würde wohl nie wieder eintreten. Sollten sich ihre Wege zufällig noch einmal kreuzen, dann sollte es so sein. Ethan würde nicht so tun, als erkenne er sie nicht. Aber er würde nie wieder hierher zurückkehren. Entschlossen übertrat er die Schwelle und nahm die Treppen nach unten. Noch nie war er so bewusst die fünf Treppen nach unten gelaufen. Noch nie war ihm aufgefallen, dass es fünf waren. Wie die Bedeutung eines jeden Augenblicks die Wahrnehmung desselben änderte. Seine Eltern sahen ihm nach. Er spürte ihre verzweifelten Blicke in seinem Rücken. Aber so sehr ihm ihr Schmerz wehtat, er fühlte sich dadurch weniger alleine. Beinahe hatte er das Gefühl, sie gäben ihm Rückendeckung, während er ein letztes Mal die Straße entlanglief, in der er vier Jahre gelebt hatte.

An der Ecke blieb er stehen und blickte zurück auf sein altes Elternhaus. Die stattliche, weiße Villa thronte im Licht der Straßenlaternen und im dämmerigen Schein der aufgehenden Sonne. Es wurde von einem sanften, rosa Licht beschienen, das sich wie die Hoffnung eines neuen Tages über die Welt legte. Er schloss kurz die Augen und öffnete sie dann wieder. Er versuchte sich das Haus gut einzuprägen. Er wollte es nicht vergessen. Ethan sah es ein letztes Mal genau an. Ein Anflug von Schwermut überkam ihn. Dann wandte er sich ab und verschwand in der Dämmerung.

Die Farrells standen in der Tür und starrten nach draußen in den beginnenden Tag. Keiner von ihnen wagte es, das Schweigen dieses magischen, wenn auch furchtbaren Augenblickes zu brechen. Auf einmal fiel Katelyn auf, dass sie kein aktuelles Foto von ihm hatten. Der Schmerz, der in ihrem Inneren auflöderte, schien ihr das Bewusstsein rauben zu wollen. Sie hatte auf einmal wirklich das Gefühl, ihn für immer verloren zu haben. Mit dieser Erkenntnis wurde ihr zum ersten Mal bewusst, dass sie immer die Hoffnung gehabt hatte, die sie vor dem grausamen Schmerz des absoluten Verlustes bewahrt hatte. Jetzt war die Hoffnung verschwunden. Aber eine seltsame Erleichterung sorgte diesmal dafür, dass sie nicht in Ohnmacht fiel: Er hatte ihnen vergeben. Sie waren frei. Und eines Tages würden sie wieder anfangen können, zu leben. Und fröhlich zu sein. Diesmal ohne Schuldgefühle. Mit einer neuen Hoffnung, die sie irgendwann finden würden. Austin sah seiner Frau tief in die Augen und wartete, bis sie ihm zunickte, dann schloss er ein allerletztes Mal hinter Ethan die Tür.

11. Echter Schmerz

Es war 7 Uhr abends. Ethan Farrell stand am Haus der Jensens und klingelte. Er hatte beschlossen, seine Sachen abzuholen. Den restlichen Tag hatte er im Hotel verbracht. Sein Leben konnte er hier nicht fortführen. Die Tür sprang auf. Ethan hatte in seinem Leben nach der Entführung gelernt, sich seine Überraschung nie anmerken zu lassen. Genauso wenig erstaunt wirkend wie damals, als er auf einmal gehen durfte, sah er jetzt Mark ins Gesicht. Dessen Gesicht versetzte ihm einen Stich. Er hatte gehofft, wenn auch nicht gewollt, hier wieder willkommen zu sein. In diesem Moment fiel ihm auf, dass er gestern Nacht nicht an seinen eigenen Tod gedacht hatte. Jetzt wollte er nur noch gehen. Weit weg. Sterben. Er war fast fertig und er brauchte nicht mehr viel Einfluss oder Einmischung. Es fehlte nur noch eine einzige Sache. Die würde sich beinahe von selbst regeln. Es gab nur noch einen Namen. Nur noch eine Rache.

„Ich wusste, dass du wiederkommst, du brutales Arschloch!", schleuderte Mark ihm entgegen. Er hatte mit seiner Anschuldigung nicht ganz unrecht. Ethan wusste das.

„Er ist wieder da, dieser Ethan! Ayleen, dein Typ ist wieder da!", brüllte Mark nach hinten ins Haus.

Irgendwo dort drinnen ließ Ayleen alles stehen und liegen und rannte zur Tür. Voller Freude, dass er wieder da war. Ohne Angst oder Verstand, ohne die Erkenntnis darüber zuzulassen, was er letzte Nacht getan hatte.

„Ethan!", meinte sie fröhlich.

Aber Mark hielt sie von der Tür ab. Er baute sich vor Ethan auf. Sie waren ungefähr gleich groß. Mark besuchte viermal die Woche ein Fitnessstudio, was man deutlich sehen konnte. Aber er hatte keine Ahnung, was Schmerzen waren. Er kannte sie nur aus dem Fernsehen, wo sie brutal und unbarmherzig, aber niemals real waren. Ethan Farrell dagegen kannte nichts so gut wie Schmerzen.

„Na, was hast du letzte Nacht gemacht, Psycho? Caro hat mir gesagt, dass du nicht ganz dicht bist."

Ethan starrte ihn mit einem kalten Blick an. „Das ist, denk ich, nicht dein Problem. Pass lieber auf, dass du nicht eines Tages erfährst, was ich nachts so treibe. Es könnte das Letzte sein, was du erlebst."

Mark zog überrascht die Augenbrauen hoch. „Willst du mir drohen, he?"

„Nein", meinte Ethan gelassen, „hör einfach auf, mich zu provozieren."

„Das hättest du wohl gerne, hast du etwa Angst, ich könnte doch dahinterkommen?"

Ethan grinste böse. „Nein, habe ich nicht, aber ich bezweifle, dass dein Grips dafür reicht."

Mark wurde langsam wütend. Ethan hatte eigentlich nicht vorgehabt, ihn zu provozieren. Aber Mark lieferte einfach zu viele Vorlagen.

„Was traust du dich eigentlich hierher zurück, he?"

„Noch bin ich wieder frei, also darf ich frei herumlaufen. Warum habt ihr alle ein Problem damit. Ich war sechzehn Jahre eingesperrt, Idiot, ich denke, ich habe ein bisschen Auslauf verdient."

Mark verzog das Gesicht, als Ethan ihn einen Idioten nannte. „Und? Was denkst du? He? Dass du hier willkommen bist?"

„Ja, ist er", mischte sich Ayleen energisch ein. „Lass mich durch, Mark, das hier ist mein Grundstück, du hast hier nicht den Richter zu spielen."

Mark drehte sich bedauernd um. „Ayleen, Mann, du machst den größten Fehler deines Lebens."

„Dann ist das immer noch mein Problem, oder? Und nicht deins, also lass mich!"

Mark dachte gar nicht daran, Ayleen durchzulassen.

„Hey, Arschloch, wie hast du das angestellt, he, dass sie dich so mag?"

Ethan warf einen erschrockenen Blick zu Ayleen und dann wieder zu Mark. „Ich habe gar nichts gemacht, aber vielleicht bin ich nicht so gestört, wie du denkst!" Genau das war er. Ethan wusste das. Aber sollte Mark doch bloß denken, er sei normal.

„Nee, wahrscheinlich bist du voll der Psychopath, die sollen ja angeblich auf andere wie ganz normale Menschen wirken."

„Ja, wahrscheinlich. Wieso verpisst du dich dann nicht lieber, bevor ich vielleicht ausraste? Du könntest es ja eventuell nicht überleben. Schließlich habe ich den Psycho-Bonus?"

Mark knurrte wütend. „Ich mache dich vorher kalt, glaub mir, Psycho!"

Ethan sah ihn unbeeindruckt an. Aber er sagte nichts dazu. Ihm fiel keine passende Macho-Antwort ein.

„Alter, hau ab! Sonst bring ich dich dazu!"

Ethan lachte bitter auf. „Ach, echt, das will ich sehen!"

„Kannst du auch!", rief Mark. Er machte einen Schritt auf Ethan zu. Dass Mark auf ihn losgehen würde, wusste er schon einen Augenblick vorher. Aber er ließ sich zu Boden schlagen. Er fragte sich ehrlich, ob Mark das nur aus Prinzip machte oder ob er wirklich so leicht reizbar war. Immerhin hatte Ethan ihn nicht einmal beleidigt, aber aus irgendeinem Grund, hatte er geradezu darauf gelauert, sich auf ihn zu stürzen. Mark schlug ein einziges weiteres Mal auf ihn ein, bis Ethan kapierte, dass er ihn töten wollte. Dann schlug er zurück. Mit einer Gewalt, die Mark fremd war. Sie lagen auf dem Hof und schlugen sich wie kleine Jungs. Nur waren ihre Schläge härter. Brutaler. Treffsicherer. Sie bemerkten die Schreie der Mädchen nicht, die sie versuchten auseinanderzubringen. Sie bemerkten nicht den Schmerz in ihren Körpern, der sich langsam überall ausbreitete. Das Adrenalin raste durch ihre Adern. Instinktiv dachte Ethan Farrell, dass Mark ihn umbringen wollte. Mark wusste instinktiv, dass Ethan ihn umbringen würde. Mark brachte Ethan einige Male allein durch sein Körpergewicht zu Fall, aber Ethans Schläge trafen geschickter ihr Ziel. Ihre Gesichter waren bald blutüberströmt. Ethan zerschlug mit einem gezielten Tritt Marks linken Arm, als er ihm die Faust ins Gesicht rammen wollte. Mark brüllte auf, diesmal war der Schmerz zu stark. Jaulend hielt er sich den gebrochenen Arm. Er wollte noch einmal auf Ethan losgehen, aber der parierte seine Schläge geschickt. Caro rannte auf Mark zu. Ayleen blieb unschlüssig an der Tür stehen. Sie erwiderte Ethans gequälten Blick. So standen sie eine Weile da. Es tat ihr unheimlich leid ihn so zu sehen. Er hatte Schmerzen. Nur taten sie ihr mehr weh als ihm. Caro umsorgte ihren Freund, der lautstark wimmerte und jammerte. Eine ungekannte Sanftheit lag in Ethans Blick. Als hätte er es geschafft. War sein Rachefeldzug jetzt beendet? Er wirkte erleichtert. Ayleen verkniff sich ein Lachen darüber. Er stand dort vor ihr auf der Einfahrt und war gerade brutal verprügelt worden, aber er wirkte erleichtert. Erleichtert. Noch nie hatte sie Erleichterung in seinem Gesicht gesehen. War er froh, diesen Kampf gewonnen zu haben? Nein. Ayleen war sich nicht sicher, was er gerade empfand. Ethan wusste es. Er war erleichtert, diesen Kampf überlebt zu haben. Zu schnell konnte das Leben enden. Zu schnell konnte es einem genommen werden. Aber er hatte überlebt. Wenigstens dieses eine Mal hatte er nicht verloren. Mark war brutal und stark. Er hätte ihn schwer verletzen können. Aber er hatte es nicht geschafft. Darüber war er erleichtert. Und darüber, dass Ayleen an der Tür stand und ihn mitleidig ansah. Aber ein kleines Funkeln in ihren Augen verriet ihm, dass es auch Stolz war. Sie freute sich allen Anschein nach, dass Mark so erbärmlich ausgeschieden war. Ethan hatte ihm nicht wirklich wehtun wollen. Aber im Vergleich zu Mark kannte er nicht nur die Gewalt aus dem Fernsehen. Für ihn war jeder Schlag eine Möglichkeit zu sterben. Er war trainiert, abgerichtet darauf, zu kämpfen. Mark hatte keine Chance gehabt. Er wusste nicht, wo er jetzt hin sollte. Aber im Moment zählte nur der Augenblick. Ayleen kam zu ihm. Direkt vor ihm blieb sie stehen. Er beobachtete sie vorsichtig. Er konnte dagegen nichts tun. Einen Augenblick vorher hatte er noch um sein Leben gekämpft. So schnell konnte er nicht auf ‚normal' umschalten. Er war immer noch angriffsbereit. Lauernd, wartend, angespannt. Bereit zu töten. Jede falsche Bewegung könnte ihn dazu bringen. Das Adrenalin war noch lange nicht abgebaut. Seine instinktive

Wahrnehmung wartete geradezu nur auf den richtigen Reiz, um zuzuschlagen. Ayleen bedachte ihn mit einem seltsamen Blick.

„Komm mit rein, deine Schläfe blutet schon wieder. Deine Nase auch." Sie lächelte gequält. „Warum müssen Jungs sich immer prügeln?" Sie seufzte und berührte ihn vorsichtig am Arm. Ethan zuckte zusammen. Sie sah ihn überrascht an. „Alles okay?" Besorgt sah sie zu ihm hoch. Ethan nickte kaum merklich. Sanft zog sie ihn Richtung Haus. Er folgte willig. Sie brachte ihn bis in die Küche.

„Setz dich erst mal, ich hole den Verbandskasten."

„Oha! Was ist denn mit ihm passiert!?", platze Mady plötzlich rein.

Ethan riss alarmiert den Kopf in ihre Richtung und starrte sie wahnsinnig an. Mady machte sofort einen Schritt zurück.

„Lass, Mady, ich erzähl's dir später."

Mady lief wieder rauf in ihr Zimmer. Ayleen holte das Verbandszeug.

„Okay, ich muss das säubern, das wird jetzt echt wehtun." Sie sah ihn zerknirscht an.

Er nickte. Sie reinigte die Wunde. Ethan verzog keine Miene. Ayleen klebte ein Pflaster drauf. Sie war sich nicht sicher, ob sie ihn ins Krankenhaus bringen sollte. Es war die alte Verletzung. Sie war tief. Vielleicht musste sie genäht werden.

„Soll ich dich nicht lieber ins …"

„Nein, schon okay."

Sie nickte. Es gefiel ihr gar nicht, ihn nicht ordentlich verarztet zu wissen. Aber es war seine Entscheidung. Und immerhin konnte er das wohl am besten einschätzen. Es war mit Sicherheit nicht seine erste schwere Verletzung. Sicher hatte er schon schlimmere gehabt. Sie wischte Ethan den Rest Blut aus dem Gesicht. Sein Auge würde sicher morgen blau sein. Aber immerhin hatte er sich nichts gebrochen. Auf einmal kamen Caro und Mark ins Zimmer. Mark ging auf Ethan los, der sofort aufsprang. Ayleen stellte sich zwischen beide.

„Du verdammtes Arschloch!", brüllte Mark, „du hast mir den Arm gebrochen!"

„Ach, nee", erwiderte Ethan müde.

Mark schien langsam rasend zu werden. Caro hielt ihn fest.

„Bring ihn raus", zischte sie Ayleen zu. Ayleen nickte.

„Komm, Ethan, wir gehen." Ethan ließ sich aus der Küche führen, allerdings nicht, ohne Mark keinen Augenblick lang aus den Augen zu lassen.

„Er wird mich umbringen", sagte er nüchtern, als sie die Treppe hochgingen.

„Nein, wird er nicht", antwortete Ayleen sanft.

„Ich habe ihm doch bloß den Arm gebrochen ..."

Ayleen entfuhr ein Lachen. Sie drehte sich zu ihm um. „Ethan, in unserer Welt ist das schon ganz schön heftig, wenn dir jemand den Arm bricht."

Ethan sah ihr direkt in die Augen. Er wusste nicht, wie er das verstehen sollte. War er eben nicht mehr für hier geeignet? Nein, das war er nicht, aber das war nichts Neues. Meinte sie, dass Mark verweichlicht war, weil ihn der gebrochene Arm so fertig machte, obwohl er so gerne den starken Mann markierte? Ethan Farrell konnte nicht wissen, dass sie ebenfalls nicht sicher war, was sie davon halten sollte.

„Schau mal", fing sie zynisch an, „wie soll er denn jetzt jeden Tag seinen linken Arm trainieren? Am Ende ist sein rechter Arm fetter als sein linker, das könnte er doch niemals ertragen!" Sie lachte wieder. „Mensch, Ethan", meinte sie ironisch, „hättest du ihm nicht den kleinen Zeh brechen können?!"

Lachend setzte sie ihren Weg die Treppe nach oben fort. Ethan folgte ihr immer noch leicht irritiert. Dass sie offenkundig auf seiner Seite war, überforderte seinen Verstand. Noch nie in seinem Leben hatte jemand bedingungslos zu ihm gehalten. In ihrem Zimmer bedeutete sie ihm, sich auf ihr Bett zu setzen. Dort setzte sie die Behandlung fort. Nach einer Weile sah er wieder recht normal aus, fand sie.

„Ich bring mal schnell den Kasten weg, okay? Willst du Tee?" Sie drehte sich um und ging zur Tür.

Plötzlich machte er einen Satz und packte sie am Handgelenk. Erstaunt drehte sie sich zu ihm um. Ethan sah ihr direkt in die

Augen. „Danke, ich weiß zwar nicht genau, warum du mir hilfst, aber danke dafür." Er rang sich ein Lächeln ab, dann ließ er sie los.

Ayleen verließ das Zimmer mit einem seltsamen Gefühl. Sie konnte es schwer einordnen. Sie war verwirrt. Gleichzeitig freute sie sich darüber, dass er sich bedankt hatte. Sie räumte den Kasten weg und ging in die Küche. Caro verband gerade Marks Arm. Dieser protestierte, dass er ins Krankenhaus müsste. Caro versicherte ihm die ganze Zeit, dass sie ihn gleich fahren würde. Ayleen kochte Tee.

„Du bist so was von crazy! Mann! Dass du den einfach hier leben lässt!", beschwerte sich Mark. Caro sah sie wütend an.

„Caro, du brauchst nicht so zu schauen! Und du brauchst dich nicht zu beklagen, Mark, keiner zwingt euch hier zu sein. Und das hier ist mein Haus, solange meine Eltern nicht da sind, also mach ich die Regeln, kapiert. Ihr könnt beide gehen. Dort ist die Tür", sie deutete zum Ausgang.

Caro und Mark schwiegen beide betreten. „Deine Eltern werden das sicher nicht gutheißen ...", brach Caro schließlich das Schweigen.

„Ja, aber sie müssen nichts davon erfahren."

„Wir könnten's ihnen stecken", erwiderte Mark.

Ayleen grinste teuflisch und sagte mit einem gehässigen Unterton: „Willst du dich echt noch mal mit Ethan prügeln?"

Mark starrte sie feindselig an. Ayleen kochte weiter ihren Tee. „Caro, mal ehrlich, wie lange willst du noch bleiben, ich meine ..." Sie musste den Rest nicht aussprechen.

Caro wusste, was sie meinte. „Keine Ahnung, aber du hast ja gesehen, dass er total irre ..."

„Ist er nicht!", fuhr Ayleen ihre beste Freundin an. Langsam fragte sie sich, ob sie das überhaupt noch war. Eine beste Freundin oder überhaupt eine Freundin. Immerhin hielt sie nicht in einem einzigen Punkt zu ihr. Ayleen wollte, dass sie ging. „Und du, Mark? Du musst eigentlich hier auch nicht den Babysitter spielen."

Mark warf ihr einen überraschten Blick zu. „Aber, wenn er noch mal ausrastet, dann ..."

„Du hast ihn provoziert!", rief Ayleen verärgert. „Und du hast zuerst angegriffen!", fügte sie noch energisch hinzu.

Mark sah weg. „Wir bleiben noch eine Nacht, wenn's okay ist?"

Ayleen seufzte. „Na, schön."

„Wir wollen dich halt nicht im Stich lassen ...", meinte Caro vorsichtig.

Dass sie sich offenkundig ehrlich Sorgen machten, irritierte Ayleen. War sie hinsichtlich Ethan wirklich so blind? Konnten die anderen wirklich die ganze Zeit etwas an ihm beobachten, das sie überhaupt nicht sah? Sie schüttelte den Gedanken schnell ab. Aus irgendeinem Grund *wollte* sie nicht, dass Ethan der Böse war.

„Gut, dann müsst ihr die Couch nehmen, die kann man nicht ausklappen, aber damit habt ihr hoffentlich kein Problem." Caro und Mark schüttelten den Kopf, ohne auch nur eine Sekunde wirklich darüber nachzudenken, dass die Couch viel zu schmal für zwei Personen war. Typisch, fand Ayleen. Ihre Freunde wollten ihr wirklich nur helfen. Im Gegensatz zu ihr machten sie sich tatsächlich große Sorgen, denn *sie* dachten darüber nach, was Ethan wohl den letzten Tag getan hatte.

Ayleen ging wieder nach oben. Die anderen beiden waren ins Krankenhaus gefahren. Oben am Treppenabsatz stand Mady. „Du wolltest mir doch noch was sagen?"

Ayleen runzelte die Stirn. „Ach ja, was denn?"

Mady stöhnte genervt „Na, was mit Ethan passiert ist", zischte sie. „Mark und er haben sich geprügelt, auf dem Hof."

„Was?"

„Ja, ich weiß auch gar nicht, warum Mark auch noch hier einziehen will!", erwiderte Ayleen genervt.

Mady seufzte. „Sag mal, stimmt das, dass du was mit ihm hattest?"

Ayleen blickte ihre kleine Schwester verwundert an „Von wem hast du denn das?"

„Von Caro."

„Oh Mann! Nein, also nicht direkt. Auf jeden Fall nicht so wie Caro und er jetzt."

„Also warst du nie mit ihm zusammen?"

„Nein, und jetzt weißt du auch warum. Er ist ein Schläger. Und das war er auch letztes Jahr schon. Er kann's einfach nicht lassen, jeden, den er nicht leiden kann, so lange künstlich zu provozieren, bis er einen Grund hat, sich mit demjenigen zu prügeln." Wahrscheinlich war er das schon, seit er klein war. ‚Nein' hatte so gut wie nie jemand zu ihm gesagt, deshalb kannte er das auch nicht. Und dass jemand besser, stärker oder schöner war, war für ihn genauso undenkbar wie für Bibelgläubige die Entdeckung der Evolution.

Ayleen ging an ihrer kleinen Schwester vorbei in ihr Zimmer. Die Sonne ging sehr langsam unter. Es würde noch bis zehn Uhr hell sein. Ethan lag auf ihrem Bett. Er schlief. Ayleen verwunderte das nicht. Sie war sich ziemlich sicher, dass er aufgrund seiner Vergangenheit starke Schlafstörungen hatte und deshalb nur einschlief, wenn er kurz vorm Umkippen war. Wie richtig sie damit lag, ahnte sie nicht einmal. Sie schloss leise hinter sich die Tür. Sie trat näher zu ihrem Bett. Ethan lag auf der Seite. Seine Füße ruhten auf dem Boden. Ayleen bückte sich und hob langsam seine Beine hoch und legte sie aufs Bett, damit sein Rücken halbwegs gerade war. Vorsichtig zog sie ihm die dunklen Springerstiefel aus und stellte sie neben das Bett. Als Letztes zog sie ihre Decke unter ihm durch und deckte ihn zu. Zufrieden betrachtete sie ihr Werk einen Moment lang. Ob er träumte? Und wenn, was? Wo war er wohl gerade? Was sah er? Träumte er von früher? Von seinem vergangenen ersten Leben? Dessen Spuren er versuchte abzustreifen? Ayleen verließ das Zimmer.

Eine halbe Stunde später kamen die anderen beiden aus der Ambulanz zurück. Mark präsentierte voller Leid seinen eingegipsten Arm. Ayleen fiel dazu nur ein, dass Ethan viel größeres Leid ertragen musste. Aber sie sagte es nicht. Sie aßen gemeinsam zu Abend. Dann richteten sich Caro und Mark auf der Couch ein. Keiner erwähnte Ethan. Ayleen war dankbar dafür. Sie ging nach oben.

Schließlich stand sie in ihrem Schlafanzug vor ihrem Bett. Ayleen zögerte nur wenige Sekunden, bis sie sich dazu durchrang, ihn ein Stück zur Wand zu schieben und sich neben ihn zu legen. Er schlief, wieso sollte er ein Problem damit haben, wenn er es nicht bemerkte? Außerdem hatte er sicher schon zu ganz anderen Bedingungen geschlafen. Es war eng, was daran lag, dass Ethan mehr oder weniger in der Mitte des Betts lag. Ayleen war sich nicht sicher, ob sie sich mit ihrem ganzen Körpergewicht gegen ihn stemmen sollte, damit sie mehr Platz hatte. Sie drückte ihre Hände in seinen Rücken. Er gab einen jaulenden Laut von sich. Sie zuckte zurück. Aber er machte ihr Platz, in dem er sich auf die andere Seite drehte. Ayleen betrachtete unschlüssig sein Gesicht. Sie war sich nicht sicher, ob er wach war oder nicht. Aber sie war sich auf einmal sicher, dass er sich nicht beklagen würde. Er beschwerte sich nie. Er hatte so viele schlimme Dinge durchlebt, das hier war dagegen sicher das reinste Paradies. Sie kuschelte sich unter die Decke und legte ihren Kopf mit auf das Kissen. So nah war sie ihm noch nie gewesen. Zum ersten Mal fiel ihr eine Narbe auf seiner Stirn auf, knapp oberhalb der linken Augenbraue. Wahrscheinlich ein Überbleibsel seiner Entführung. Vielleicht – wer wusste das schon – entstammte sie auch seinem vorherigen Leben. Ethan öffnete halb die Augen und sah sie müde an. Ayleen musste lächeln.

„Ich hoffe, du hast nichts dagegen, aber die Couch ist leider momentan an Vollidioten vermietet."

Er schüttelte den Kopf und seine Lippen verzogen sich zu einem schiefen Grinsen.

Ayleen schnaubte „Ich hab sie überreden wollen zu gehen, aber da war nichts zu machen, sie haben sich irgendwann zu meiner persönlichen Heimpolizei berufen, leider weiß ich nicht, wann das genau passiert ist, sonst hätte ich's verhindert", meinte sie grinsend.

„Vielleicht haben sie gar nicht so unrecht ...", nuschelte Ethan halb schlafend.

„Ach Quatsch!", erwiderte Ayleen. „Mark ist ein Schläger, der sich nicht unter Kontrolle hat und außerdem davon ausgeht, der nächste ‚sexiest Man alive' zu werden und Caro ist 'ne arrogante Zicke, die in ihrem Leben, wenn du sie fragst, noch nie was falsch gemacht hat. Alles in allem also ein brutaler Macho und eine Klugscheißerin mit selektiver Selbstwahrnehmung. Ganz sicher die idealsten Leute für eine objektive Hilfspolizei."

Ethan lachte leise. „Sicher", murmelte er ironisch.

Ayleen nickte. „Hast du geschlafen? Vorhin?" Ethan sah ihr verwundert ins Gesicht, bevor er leise antwortete: „Nee, ich lag im Koma, aber dank deines an die Wand drückens bin ich wieder aufgewacht."

„Na so ein Glück!", meinte Ayleen ironisch und fügte dann ein leises „Tschuldigung" hinzu.

Ethan schüttelte den Kopf. „Schon okay. Ist ja dein Bett."

„Ja, aber ich hätte auch meine Schwester fragen können, ob ich bei ihr pennen darf …"

Ethan antwortete darauf mit einem freundlichen, beinahe sanften Lächeln. Ayleen erwiderte das.

„Gute Nacht, und noch mal sorry, dass ich dir wehgetan hab."

„Wehgetan?", fragte Ethan und eine leise Wehmut klang in seinen Worten mit. „Du hast mir nicht ‚wehgetan', Ayleen. Gute Nacht", sagte er sanft und drehte sich wieder zurück auf die linke Seite. Diesmal so, dass hinter ihm genug Platz für sie blieb. Nach einer Weile sagte Ethan leise: „Weißt du was? Es ist schön, nicht alleine zu sein."

Ayleen lächelte daraufhin. Sie wünschte sich in diesem Augenblick, dass er nie wieder alleine sein musste. Auch wenn sie wusste, dass sie kaum einen Einfluss darauf haben würde. Sie wollte, dass er sich auf sie verlassen konnte, zumindest die kurze Zeit, die er noch hierbleiben würde. Ayleen kuschelte sich an ihn. Langsam und leise rollte ihr eine Träne über die Wange bei dem Gedanken, dass es für ihn keinen anderen Weg mehr gab als den Tod. Keine Perspektiven. Keine Hoffnung. Kein Leben. Wann hatte er aufgehört zu kämpfen? Vor Tagen? Vor Monaten, vor Jahren? Am Tag seiner Entführung? Denn das hatte er, aufgegeben. Er suchte keinen Ausweg, er suchte nicht nach Glück, nach Erfüllung, nach einem Anfang, denn den hätte er hier gefunden. Er wollte seine Rache und nur seine Rache. Danach wollte er gehen. Nichts hielt ihn mehr hier. Warum konnte sie nichts dagegen tun? Warum konnte sie ihn nicht daran hindern? Der Schmerz drohte sie zu überwältigen. Er war tief und zerreißend. Sie wollte laut schreien. Aber sie blieb leise, während ihr die Tränen über das Gesicht liefen. Sie wollte nicht, dass er ging. Nie wieder. Jetzt, wo sie hier neben ihm lag, wurde ihr das zum ersten Mal so bewusst, dass sie es nicht mehr leugnen konnte. Langsam legte sie ihren Arm um ihn. Ayleen spürte, wie er sich kurz verkrampfte bei der ungewohnten Berührung, dann entspannte sich sein Körper wieder. Sie drückte sich dicht an ihn und schloss die Augen. Die letzten Tränen flossen ins Kissen, dann schlief sie langsam ein. Sie wusste nicht, dass er erst Minuten nach ihr einschlief. Sie ahnte nicht, wie sehr ihn diese Umarmung erfüllte. Er hatte sich in seinem ganzen Leben nicht umarmen lassen, er hatte kein Vertrauen gehabt, in niemanden. Er war auch nicht umarmt worden. Ihm hatte man kein Vertrauen geschenkt. Er war einsam gewesen, so einsam, dass ihn diese Nähe beinahe schmerzte. Auch die Umarmung seiner Eltern hatte ihm wehgetan, aber es war ein bitterer Schmerz gewesen, erfüllt von Wehmut und verlorener Zeit. Es kam ihm gleichzeitig auch komisch vor, so viel Nähe zu Menschen zu haben, weil sie ihm so unbekannt und neu vorkam. Immer klarer wurde ihm, was für ein Krüppel er in seinem Inneren war, dass er keine sanften Berührungen kannte, nur Gewalt, auch wenn sie nicht immer Schmerz bedeutet hatte. Sein Leben hatte aus Gewalt bestanden. Und das würde er nie wieder vergessen. Auch er hatte Menschen wehgetan. Er war vom Opfer mit Schlägen zum Täter mutiert. Eines Tages wollte er Ayleen das wissen lassen. Sie hatte es verdient, die Wahrheit über ihn zu kennen. Die ganze Wahrheit. Auch, wenn sie ihn dann hassen musste. Ethan Farrell hatte in seinem Leben auch schreckliche Dinge getan. Er war nicht so eingesperrt gewesen, wie Ayleen noch annahm. Er hatte getötet. Er war ein Mörder. Er würde nicht bleiben. Sie durfte das wissen. Deshalb sollte sie es wissen. Sie würde die Wahrheit kennen. Vielleicht würde sie mit ihr sterben. Aber es hätte sie gegeben. Einen einzigen Menschen, der alles gewusst hatte, der jedes Detail gekannt hatte, der als Einziger einen Grund haben würde, ihn wirklich, wirklich zu hassen. Ethan Farrell konnte nicht wissen, was sie empfand. Sein Empfinden war diesbezüglich nahezu taub. Würde er es wissen, er hätte angefangen zu hoffen, dass Ayleen Jensen ihn niemals hassen würde. In diesem Moment ließ er diese Gedanken zum ersten Mal los. Auch wenn er nicht wusste, was sie dachte, wusste er dafür umso besser, was er selbst empfand. Seit Tagen spürte er zum ersten Mal nicht das Chaos in seinem Inneren. Zum ersten Mal schien alles klar zu sein. Sie war ihm wichtig geworden, wichtiger als er je geglaubt hätte, umso mehr genoss er ihre Berührung. Er war willkommen. Aber es war nicht nur dieses Gefühl, vielmehr wurde ihm schlagartig bewusst, wie wichtig es war, dass es Ayleen war, die ihn umarmte. Die Welt ließ ihn kalt. Sogar seine Eltern erzeugten nur Schmerz. Aber sie war anders. Sie hatte alles verändert. In ihrer Nähe spürte er den Schmerz so dumpf, dass er manchmal ganz verschwand. Ayleen nahm ihm das Gefühl verloren zu haben. Sie verkörperte den einzigen Gewinn dieser neuen, alten Welt. Vor wenigen Tagen noch hätte er jeden verspottet, der ihm diese Zukunft gedeutet hätte. Vor ein paar Wochen hatte seine Rache immer mehr an Realität angenommen. Vor ein paar Monaten hatte er begriffen, dass seine Hoffnungen tot waren. Vor Jahren hatte er aufgehört zu glauben, je wieder Zuneigung zu irgendwem zu empfinden. Und jetzt war er hier. Wider all seiner Erwartungen. Das Leben war nicht immer schlecht. Selbst wenn Ayleens Vertrauen das Unerwartetste und Schönste sein sollte, das ihm im Leben je passieren würde, hatte es in diesem Moment genug Wert, um für ein Leben zu reichen. Er wünschte sich, dass die Zeit niemals weitergehen würde, dass er zumindest nicht müde war, sodass er noch eine Weile länger die Ruhe empfinden konnte, die von einer ihm vor einigen Tagen noch völlig fremden Freude getragen wurde.

12. Reue

Ethan wachte auf. Orientierungslos. Sein Körper schmerzte. Er war allein. Es war dunkel. Er richtete sich auf. Er konnte spüren, dass jemand hinter ihm stand, aber er wagte nicht, sich umzudrehen. Instinktiv wusste er, wer es war. So wie er wusste, dass er er war. Die Waffe in seiner Hand war silbern, vielleicht eine Magnum. Er konnte es in der Dunkelheit nicht sagen.

„Schieß!", der Befehl kam von hinten.

Alles in ihm wollte ‚Nein!' schreien. Aber sein Verstand drückte ab. Der Knall hallte gespenstisch lange durch den Raum. Wen hatte er getroffen? *Hatte* er getroffen?

„Noch mal!"

Automatisch, wie von selbst, hob er wieder den rechten Arm.

„Schieß!"

Er schaute in die Dunkelheit und drückte wieder ab. Hinter ihm erklang ein grausames Lachen. Vor ihm ertönte ein furchtbarer Schrei. Und in der Mitte stand er. Eingesperrt. Hin- und hergerissen zwischen Stolz und Schmerz. Zwischen Gleichgültigkeit und Grauen. Dann war es wieder leise.

Eine Hand legte sich auf seine rechte Schulter. „Das hast du gut gemacht", sagte die bekannte Stimme hinter ihm.

Auf seine andere Schulter legte sich eine zweite Hand. Wesentlich sanfter und leichter. „Das musst du nicht tun, Ethan. Du musst nicht in die Dunkelheit schießen, dort wirst du nie etwas finden, und du wirst nie sehen, ob du getroffen hast. Ethan … du musst das Licht finden. Erst dann kannst du sehen …"

Er brauchte keine Sekunde, bis er Ayleens Stimme erkannte. Was machte sie hier? Der Mann hinter ihm durfte sie nicht sehen. Sie würde sterben.

„Lauf!", zischte er ihr zu.

Er spürte, wie sie den Kopf schüttelte. „Ich werde nicht gehen." Auf einmal sah er sie vor sich. Sie hatte Paulas Gesicht, aber es war trotzdem Ayleen. So konnte der Mann sie nicht sehen. Sie lächelte.

„Es gibt mehr als die Dunkelheit", flüsterte sie.

„Schieß!"

„Nein!", rief Ayleen.

„Schieß!"

Ethan starrte hilflos ins Dunkel. Dann spürte er den Schmerz in seinem Rücken und fiel. War er erschossen worden? Es wurde schwarz. Er fiel immer weiter, dann landete er mit einem Ruck. Seine Muskeln reagierten. Er zuckte zusammen. Er war wach. Blinzelnd öffnete er die Augen. Er lag auf dem Rücken. Sein Rücken schmerzte. Neben ihm lag Ayleen. Dann begriff er, dass er auf ihrem Arm lag. Sein Rücken hatte einen harten Schlag von Mark abbekommen. Er war nicht erschossen worden. Ethan richtete sich auf. Er stieg aus dem Bett und zog die Decke wieder bis zu ihrem Kinn hoch. Dann starrte er aus ihrem Fenster. Draußen war nichts, das ihn interessierte. Diese Welt war ruhig. Manchmal war sie auch grässlich langweilig. Gerade hier. Er wollte nicht nach draußen starren. In eine Gegend, die er einmal gekannt hatte. Es hörte einfach nicht auf, wehzutun. Das hier war mal sein Zuhause gewesen. Und irgendwo würde es das auch immer sein. Ein Zeichen für seinen Verlust. Ein Mal, das ihn daran erinnerte, was passiert war. Niemals würde er das ertragen können. Diese Wunde konnte die Zeit nicht heilen. Sonst hätte sie das längst getan. Ethan wandte sich ab und legte sich wieder aufs Bett. Er blieb auf der Decke liegen und beobachtete Ayleens ruhige Gesichtszüge. Er hätte das eine Ewigkeit machen können, aber in diesem Moment schlug sie die Augen auf. Zum ersten Mal fiel ihm auf, dass sie blau waren.

„Wie lange bist du schon wach?", fragte sie müde.

„Nicht lange."

„Ich glaube, wir sollten nach den anderen sehen."

Ethan richtete sich auf. Ayleen sprang aus dem Bett und kippte beinahe um.

Ethan hielt sie erschrocken fest. „Alles okay?"

„Ja, bin nur zu schnell aufgestanden, da wird mir immer schwarz vor Augen", sie lächelte und ging aus dem Zimmer. Ethan folgte ihr.

Unten schafften sie es beide nicht, ihren Schreck zu verbergen, als sie Marks Gesicht sahen. Sein linkes Auge war zugeschwollen und seine rechte Wange war blau.

„Morgen …, wie geht's dir?", fragte Ayleen zögerlich.

„Gut", erwiderte Mark zynisch und warf Ethan einen hasserfüllten Blick zu. „Wenn mich dieser Arsch nicht zusammengeschlagen hätte, ging's mir besser!"

„Beruhig dich mal wieder, ich hab dir nur den Arm gebrochen, das heilt wieder."

Mark sprang beinahe von der Couch. „Du … du …!"

„Du, was?", fragte Ethan kalt. „Lass es sein, Mark, sonst bist du beim nächsten Mal hin."

„Das werden wir ja sehen! Beim nächsten Mal bring ich dich um, kapiert?!"

Ayleen schauderte. Marks Worte lösten bei ihr ein sehr ungutes Gefühl aus. Sie waren so ernst. So voller Hass. Es war doch nur ein Arm. Oder nicht? Hatte Mark vergessen, wen er da bedrohte? War er wirklich so dumm? Ayleen schüttelte den Gedanken ab. Aber er wollte nicht ganz verschwinden. Irgendetwas sagte ihr, dass sie sich noch einmal gegenüberstehen würden. In diesem Moment wusste sie nicht, wie tsie hatte. Caro wachte ebenfalls auf. Sie bedauerte eine schiere Ewigkeit die oberflächlichen Verletzungen ihres Freundes. Ethan verdrehte die Augen.

Mady kam die Treppe herunter. „Oha, wie siehst du denn aus!", rief sie, als sie Mark sah.

„Hab ich eurem Psycho zu verdanken!"

Mady grinste fröhlich. Ihr schien es regelrecht zu gefallen, dass Ethan ihn verprügelt hatte. „Fährt mich wer zur Schule?"

„Nimm den Bus!", erwiderte Ayleen sofort.

Mady seufzte theatralisch und marschierte in die Küche.

„Ethan, mal ernsthaft, das gestern, war das echt notwendig?", fragte Caro eine Spur zu herablassend.

„Ich habe mich nur verteidigt. Ich denke, da du dabei warst, weißt du das auch." Ethan lehnte sich gegen die Wand. Er zuckte kurz zusammen, weil sein Rücken bei der Berührung wehtat.

„Ich denke vielmehr, dass es ganz natürlich war, dass Mark sich verteidigt hat, nachdem du ihn provoziert hast!"

„Ja, na klar!", giftete Ayleen. „Mark ist ein Schläger, Caro, sieh das doch endlich mal ein!"

„Und was ist mit Ethan? Läuft hier mit 'ner Waffe rum und knallt Leute ab! Aber klar, natürlich ist mein Freund schuld!"

Mark machte alarmiert einen Schritt auf Ethan zu. Ethan stellte sich aufrecht hin.

„Caro! Er läuft nicht rum und knallt Leute ab!", rief Ayleen und wusste, dass es eine Lüge war. Aber bis auf Ethan war sie die Einzige, die das wusste.

„Ist mir egal! Er ist gefährlich, Ayleen, und du fällst die ganze Zeit auf ihn rein! Jetzt schläfst du schon neben ihm im Bett! Willst du ihn auch noch heiraten, vielleicht hast du ja Glück und er bringt dich vorher um!"

Ayleen starrte Caro unverwandt an. „Caro, hör auf! Ethan ist kein böser Mensch und auch kein Psychopath, könnt ihr endlich mal aufhören, so verletzend zu sein?"

Ethan kniff die Augen zusammen und musterte die beiden Menschen vor sich. So anders waren sie. Anders als Ayleen. Anders als er. Wieso waren sie noch hier? Wären sie ein Teil seiner kurzen Kindheit gewesen, ihre Namen stünden heute auch auf der Liste.

„Mark, du kannst gehen."

Mark rührte sich nicht vom Fleck.

„Jetzt!", befahl Ayleen. „Und du auch, Caro. Ich komm gut ohne euch klar. Und wenn ihr noch mal versucht, Polizei zu spielen, schaut lieber mal in den Spiegel und zählt eure eigenen Fehler. Und wenn ihr die dann behoben habt, dann könnt ihr wiederkommen und eure Meinung kundtun, kapiert?!"

„Ayleen, ich hab's echt nicht so gemeint …", lenkte Caro ein.

„Ach, nein? Wie hast du's denn gemeint?"

„Na, ich will nur nicht, dass du einen großen Fehler machst …"

„Sagst gerade du? Deine Familie kennt sich ja schließlich aus mit Fehlern", kommentierte Ethan eisig. „Und vergiss nie", fügte er bitter hinzu, „egal was für ein Fehler ich auch sein mag, schuld daran ist deine Mutter."

„Ethan!", rief Ayleen gereizt. „Jetzt hört doch bitte alle mal auf!"

„Wenn du noch einmal meine Mutter beleidigst ...", rief Caro empört.

„Ja? Was ist dann? Rufst du sie, damit sie mich wieder einsperren kann? Glaubst du, dass mich das juckt? Ich kenne nichts so gut, wie gefangen zu sein, das stört mich nach mehr als einem Jahrzehnt nicht mehr. Vor allem, da in dieser Welt nichts zu holen ist."

Caro Clinton wurde deutlicher denn je bewusst, dass sie keine Chance gegen ihn hatten. Er hatte nichts zu verlieren. Das machte ihn so gefährlich und gleichzeitig unberechenbar. Hatte ihre Mutter wirklich einen Fehler gemacht, damals vor diesen vielen Jahren? Oder war es Pech, dass es so ausgegangen war? Dass sie jetzt hier waren. An diesem Ort, mit diesen Menschen. In diesem Streit.

„Schon gut", murmelte Caro und ließ sich auf die Couch fallen.

„Schon gut?", rief Mark wütend, „gar nichts ist *gut*! Er", er zeigte auf Ethan, „ist ein totaler Spinner!"

„Danke, warum hältst du mich eigentlich dafür?", fragte Ethan spöttisch, „weil ich nicht in dieser kranken Welt lebe? Oder besser, weil ich nicht hineinpasse? Komm schon, ehrlich, was macht mich denn so irre?"

Mark sah ihm fassungslos ins Gesicht. Er wusste es nicht.

„Die Tatsache, dass ich sechzehn Jahre lang eingesperrt war, beängstigt die dich echt so sehr, dass du mich als etwas Böses sehen musst, damit dein Verstand damit klarkommt?", fragte Ethan gereizt.

Es interessierte ihn nicht. Er brauchte auch nicht unbedingt eine Antwort. Mark wollte etwas sagen, ließ es aber dann doch sein und setzte sich neben Caro.

Ayleen seufzte genervt. „Ich geh jetzt frühstücken. Wenn ihr bleiben wollt, Caro, Mark, dann fahrt ihr jetzt Mady zur Schule."

Die beiden sprangen sofort auf. Sie trauten Ethan nicht. Es war ihnen wirklich wichtig, auf ihre Freundin aufzupassen. Mady wartete bereits im Flur. Sie verließen zu dritt das Haus. Den beiden fiel es schwer, das Grundstück zu verlassen. Der Gedanke daran, dass ihre Freundin jetzt mit einem möglichen Psychopathen alleine war, beängstigte sie zutiefst. Aber ein Teil dieser *Angst* war nur geheuchelt. Ihr größtes Unbehagen wurde ihnen durch die Vorstellung bereitet, nicht da zu sein, wenn Ethan einmal wirklich über die Stränge schlug, um ihn dann anzuklagen, um einen Beweis zu haben. Einen Beweis dafür, dass er gestört war. Sie versuchten sich einzureden, nur gute Freunde sein zu wollen. Aber sie wussten – es war zu deutlich –, dass es längst nicht mehr bloß darum ging. Freundschaft spielte hier keine Rolle mehr. Es ging um Prinzipien. Irgendwo konnte man sogar sagen, es ging um Werte. Um Illusionen. Die Realität, was auch immer das war.

Ayleen seufzte genervt und verließ das Wohnzimmer. Ethan folgte ihr. Im Flur drehte sie sich auf einmal ruckartig zu ihm um, packte ihn und drückte ihn gegen die Wand. Es kam einem Schubsen gleich. Ethan war so erstaunt über ihre schnelle Reaktion, dass er den Schmerz in seinem Rücken kaum spürte.

„Du auch! Ethan! Hör auf, dich mit ihnen anzulegen!", rief sie. Er starrte sie völlig baff an. „Ethan, hör mir zu, okay? Ich versteh dich, ich würde dich einfach machen lassen, irgendwo hast du deine Gründe, und auch wenn's mir schwerfällt, ich versuch nicht dran zu denken, was du so tust, wenn du durch diese Tür gehst und das Haus verlässt", sie deutet auf die Haustür. „Aber Mark und besonders Caro haben null Verständnis. Sie leben das Standardleben aus einem Bilderbuch und sie denken, dass sei die Realität."

Ethan sah sie immer noch verdattert an. Er hatte wirklich keine Ahnung, worauf sie hinauswollte. Aber er ahnte, dass es nichts Gutes war. Wie schon seit Langem, konnte er spüren, wenn Gefahr in Verzug war.

„Ich weiß, dass sie dich irre provozieren, die ganze Zeit. Und ich kann mir vorstellen wie hart das ist und", sie sah ihn eindringlich an „*ich* weiß, dass sie dich verletzen, wo sie nur können. Das ist wahnsinnig asozial von ihnen, aber du machst es nicht gerade besser. Versuch bitte, sie einfach zu ignorieren, auch wenn's schwerfällt."

Ethan starrte sie fassungslos an. Wollte sie ihm gerade klarmachen, dass sie nicht mehr auf seiner Seite war. Die Angst war wieder da, ergriff Besitz von ihm. Es war schön gewesen, nicht alleine zu sein. Aber es war nur so kurz gewesen. Er wollte nicht, dass es jetzt schon vorbei war.

„Also bitte, fang nicht auch noch an, sie anzugreifen, wann immer du dazu eine Gelegenheit findest, okay?"

Er nickte. Taub.

„Und sei nicht so verletzend, du machst ihnen Angst." Ayleen grinste schief. „Und außerdem bestätigst du sie damit nur in ihrer Annahme, dass du nicht hierhergehörst."

Ayleen seufzte und sah kurz zu Boden, ehe sie ihren Blick wieder in seine Augen richtete. „Ethan, sie kennen nichts als *ihr* Leben! *Nichts*. Caro meint, einschätzen zu können, wer gut und wer böse ist. Und glaub mir, das kann sie nicht. Jedenfalls kann sie das nicht für alle. Ich denke, dass wir uns selbst entscheiden, wen wir gut und wen wir böse finden, auch wenn wir dabei ethischen Normen folgen ... also im Normalfall." Sie fing an zu lachen. „Ich rede totalen Bullshit, oder?"

Ethan grinste traurig. „Nein, finde ich nicht."

„Gut, denn was ich eigentlich sagen will, ist, dass sie dich für einen wirklich, wirklich bösen Menschen halten. Aber ich tue das nicht, verstehst du?" Sie sah ihm beinahe flehend in die Augen.

Ethan nickte langsam. „Danke dafür", flüsterte er irritiert.

„Ich vertraue dir, auch wenn ich manchmal das Gefühl habe, dass das falsch sein könnte."

Ihre Worte verletzten ihn, auch wenn sie das nicht gewollt hatte. Er sah ihr tief in die Augen, bevor er leise, beinahe tonlos, sagte: „Wenn du weißt, dass es falsch ist, heißt das, dass du mir nicht vertraust."

Ayleen sah ihn erschrocken an. „Ethan ... es ist nicht so ... leicht."

„Leicht?", meinte er beinahe hysterisch, aber immer noch mit gesenkter Stimme. „Was in diesem verdammten Leben ist bitte *leicht*?!"

„Nichts", gab sie niedergeschlagen zu. „Also nicht für dich, jedenfalls." Es tat ihr leid. Sie hatte ihm wehgetan. Dabei hatte sie das nie gewollt. Ihr war klar, dass jeder Stich ihn mehr zerstörte. Es ging schon lange nicht mehr um die Art der Verletzung, es ging nur noch um ihre Existenz. Entschuldigend sah sie ihn an. Ethan blickte traurig zurück. „Soll ich gehen?"

„Nein!", rief sie sofort und schüttelte den Kopf. „Ethan, ich will doch nur, dass du dich aus ihrem Streit raushältst, zu deinem eigenen Schutz ... und weil's nervt." Sie seufzte wieder. „Ehrlich, ihr nervt, und zwar alle drei. Ich kann deine Seite noch am ehesten verstehen, obwohl ich ehrlich gesagt keine Ahnung habe, warum. Aber es ist trotzdem einfach anstrengend." Ayleen sah ihm fest in die Augen, dann sagte sie leise: „Ich habe Angst, dass ihr euch irgendwann wirklich gegenseitig umbringt."

Ethan sah sie verblüfft an. „Aber, wir würden nie ... also ..."
Ayleen schüttelte den Kopf. „Vielleicht doch."
„Ja, wahrscheinlich hast du recht." Er sagte das so trocken, dass ihr ein kalter Schauer über den Rücken lief.
„Findest du das etwa ... *lustig*?", hauchte sie verstört.
„Ein bisschen", erwiderte er mit einem kalten Grinsen.
„Weil du auf jeden Fall gewinnen wirst?", fragte sie ängstlich.
Ethan lachte auf und antwortete grimmig: „Nein, weil's mich nicht juckt, ob ich verliere."
Ayleen schnappte nach Luft. War das sein Ernst? „Bist du sicher, dass Mark dein Ende sein soll?"
Ethan grinste. „Warum nicht? Besser, als wenn du das wärst."
Ayleen starrte ihn immer noch verwundert an. „Ich würde dich nie ..."
Ethans Augen nahmen wieder den sanften Ausdruck an, den sie vor einem Tag auf dem Hof gehabt hatten. Es war Erleichterung. In diesem Fall war es sogar Freude. Niemals hätte Ethan Farrell in diesem Moment nach dem Grund für ihre Bestimmtheit diesbezüglich gefragt. Das war gut so, denn Ayleen Jensen hätte auf diese Frage keine Antwort gewusst. Sie war sich sicher. Aber sie hätte dieses Gefühl nie in Worte fassen können. Nicht so, dass

er es verstanden hätte. Also war es gut, dass sie nur im Flur an der Wand standen und sich ansahen.

„Ich vertraue dir", sagte sie nach einer Weile vorsichtig. „Ich vertraue dir, dass du niemals grundlos, irrational handeln würdest." Ayleen sah ihn mit einem Lächeln an. „Für jetzt reicht das", fügte sie sanft hinzu.

Ethan lächelte völlig überrascht. Nie in seinem Leben hätte er mit einer solchen Aussage gerechnet. Er war nicht allein. Noch nicht. Wie lange, wusste er nicht. Aber Zeit spielte keine Rolle, wenn die Erinnerungen intensiv genug blieben. Ayleen würde – sollte er jetzt sterben – der einzige Mensch in seinem Leben gewesen sein, der gezählt hätte, der ihm die Einsamkeit abgenommen hätte. Würde er jetzt gehen, er würde das nicht ganz alleine tun. Dabei wurde nur Ayleen in diesem Moment bewusst, dass er nicht nur metaphorisch nicht ohne sie gehen würde. Ein Teil von ihr würde fortgehen, ihm folgen, ohne jemals wieder zurück zu ihr zu kommen. Der Ausdruck ‚Jemanden mit in den Tod nehmen' bekam für sie auf einmal eine ganz andere Bedeutung.

„Ich war gestern Nacht im Zoo."

Ayleen unterdrückte ein Lachen „Im Zoo?"

„Ja, ich habe sie dort eingesperrt."

„Wen?", fragte sie plötzlich wie gelähmt vor Angst. Sie ahnte bereits, was er getan hatte, bevor er es tatsächlich aussprach.

„Amelia und Joseph ... du weißt schon, die Namen auf meiner Liste", erwiderte er monoton.

„Ja, aber, was hast du ... mit ihnen ...?"

„Ich ...", weiter kam er nicht, seine Stimme brach. Es waren keine Tränen, die ihm die Kehle zuschnürten. Es war Angst. Angst und Grauen. Vor sich selbst.

Ayleen starrte ihn fassungslos an. „Was. Hast. Du. Getan?", verlangte sie voller Unbehagen.

„Ich ... ich habe sie dort drinnen gelassen, ... bei den Reptilien ..."

„Was?", flüsterte Ayleen erschrocken. „Du hast *was* getan?"

Ethan schüttelte den Kopf. „Sie haben recht, Ayleen. Ich *bin* so, wie sie sagen. Du darfst mir nicht vertrauen, deine Freunde haben recht."

Ayleen stand da und konnte sich nicht bewegen. Sie vertraute ihm. Sie hatte ihm vertraut. Warum in aller Welt konnte sie ihn trotzdem nicht hassen? Warum empfand sie in diesem Moment nur den Schmerz eines Verlustes. Warum trauerte sie nur darum, dass er sich immer weiter in seiner Rache verlor? Es waren Menschen gestorben. Was sollte sie tun? Andererseits, warum sollte sie *irgendetwas* tun? Gab es nicht genug Menschen, die sich immer und überall einmischten, die meinten für Gerechtigkeit sorgen zu müssen, die meinten immer recht zu haben, die dachten, ihr Wort sei mächtiger als das der Justiz? Warum sollte gerade sie – Ayleen Jensen – etwas tun, was wieder nur Schmerz verursachen würde? Warum sollte sie zur Polizei gehen? Weil er ein Verbrecher war? Waren sie das nicht alle? War Clinton nicht mit daran schuld? War es nicht langsam egal? Ayleen wollte, dass es egal war. Aber wie sie gestorben waren ... Sie empfand ein tiefes Grauen vor seiner Brutalität. Wieso hatte er sie nicht erschossen? Aber hatten sie nicht alle in ihrem Leben schon Verbrechen begangen? Oder zumindest vertuscht? Aber Mord? Ein derartiger Mord? Was war daran denn so anders! Es war falsch! Aber *falsch* waren auch so unendlich viele andere Dinge, die nie eine Rolle spielten. Die Welt war falsch. Es war falsch, den einzigen Lebensraum zu vernichten, den die Menschheit hatte. Es war falsch, Menschen hungern zu lassen, um in den reichen Teilen der Welt einen Luxus zu garantieren, der den Perfektionsdrang ankurbelte, und der war auch falsch. Vielleicht sogar der Inbegriff von *falsch*: künstliche, falsche Körper, künstliche, falsche Welten, Illusionen, falsche Werte. In dieser kranken Welt, die kaum noch gesunde Köpfe hatte, die nicht von der Werbung manipuliert und aufgefressen wurden, um einem System zu gehorchen, welches wiederum nur die Reichen reicher und die Armen ärmer machte? Absoluter, totalitärer Kapitalismus. Es gab so viel Elend auf der Welt. Und Ethan Farrell war ein Teil davon. Er gehörte zu den Menschen, die eindeutig falsch handelten. Und? Was war schon dabei? Sie gehörte zu dem Rest der Menschen hier, die uneindeutig falsch handelten. Was war schon Gerechtigkeit in einem korrupten Staat? Was war schon gut? Wenn ‚gut' nur noch materiell aufgefasst wurde? Wann würden sie alle untergehen? Wann würde alles vorbei sein? Niemand wusste das. Niemand konnte das wirklich wissen. Alles, was zählte, war das Hier und Jetzt. Und genau in diesem Augenblick entschied Ayleen Jensen, Ethan Farrell laufen zu lassen, weil sein Leben grausam gewesen war, weil seine Rache falsch, aber sein Ausgleich war. Es war seine Rechnung mit diesem Leben und er beglich sie. Er würde gehen. Er würde sich selbst genug strafen. Wieso sollte sie eingreifen? Wenn die Justiz nicht genauso handeln würde, wie der Lauf der Dinge es sowieso tat? Ayleen ließ von ihm ab und machte einen Schritt nach hinten.

„Die Welt ist ungerecht. Niemand wird das je ändern. Ethan? Egal wie grausam deine Rache ist … Die Welt da draußen", sie zeigte wieder Richtung Haustür, „ist wesentlich grausamer. Vielleicht hat sie es ja auch irgendwie verdient?" Sie biss sich auf die Unterlippe. Sie war zu weit gegangen. Sie wollte es nicht schönreden. Aber genau das tat sie gerade. „Ich sage nicht, dass ich es okay finde, was du tust …", wieder sah sie ihm in die Augen „Aber ich werde dich nicht hindern."

Ethan sah sie überrascht an.

„Im Endeffekt fügst du dir selbst den größten Schaden zu."

Ethan hielt Ayleens Blick eine Weile stand. Ayleen wandte sich schließlich ab.

„Will war da, mit Joseph …"

„Was?", fragte sie verwundert, aber voller dunkler Vorahnung.

„Sein kleiner Bruder, ich wusste nicht, was ich machen sollte, aber was hätte ich denn auch machen sollen?"

Ayleen starrte ihn entsetzt an. „Verdammt! Warum, hast du nicht auf mich gehört?", schrie sie ihn plötzlich an. „Warum machst du dich selbst noch mehr kaputt? He?"

Ethan zuckte zusammen, als sie ihm mit der Faust auf die Brust schlug. „Warum, bist du so dumm!" Ethan starrte sie immer noch nur fasziniert an. „Warum hörst du nicht auf? Oder besser! Warum *hast* du nicht aufgehört, als du noch konntest?"

„Ich weiß nicht …"

„Was ich meine?!", schrie sie.

„Nein, ich weiß, was du meinst, ich weiß nicht, warum ich es getan habe … ich …" Er lehnte sich niedergeschlagen gegen die

Wand. Ethan stieß ein qualvolles Stöhnen aus, als sein Rücken die Wand berührte. Ayleen sah ihn beinahe wieder mitleidig an, aber sie war so wütend. So wütend, dass er nicht einfach aufgegeben hatte. Sie war wütend, dass er nicht hierbleiben wollte, dass es ihm egal war, was hier passierte, was er hier zurücklassen würde. Und sie war wütend, weil er das getan hatte, weil er gemordet hatte, nicht nur die seiner Meinung nach Schuldigen, sondern auch einen Unschuldigen. Wann würde er aufhören mit dieser Rache? Wann würde sie vorbei sein? Würde sie jemals vorbei sein?
„Es tut mir leid ...", jammerte er plötzlich. „Ich habe so viele furchtbare Dinge getan ..." Ethan fing tatsächlich an zu weinen. Es war nicht mit seinem Besuch bei Paula zu vergleichen. „Ich habe so viele getötet, ich habe so schlimme Dinge getan ... Und es gibt kein Zurück mehr, das weiß ich auch." Er sank ein Stück an der Wand herunter. Der Schmerz in seinem Rücken quälte ihn. Alles quälte ihn. Alles. Er wollte schreien. Ayleen stand hilflos vor ihm und wunderte sich über seinen Stimmungswandel. „Ich, Ayleen, ich habe getötet. Mehrfach. Ich habe schießen gelernt und kämpfen, ... sie ...", er holte Luft „haben mich abgerichtet wie ihren Kampfhund."

Ayleens Welt schien still zu stehen. Und gleichzeitig brach ein Teil in ihr entzwei. Das Grauen packte sie, Entsetzen. „Du hast gesagt, du hättest nie herausgefunden, wofür sie dich wollten ...", brachte sie tonlos hervor. Ihre Stimme war nur noch ein Krächzen.

Ethan schüttelte unter Tränen den Kopf. „Ich wusste nicht, wie ich dir das sagen sollte ..."

Ayleen spürte, wie ihr Tränen in die Augen schossen. Ihre Wut war verschwunden. Ihr Hass auf die Welt war wieder da.

„Das alles, weißt du ... alles ..." Er wich ihrem Blick aus, weil er befürchtete, sonst nicht weitersprechen zu können „Das alles hätte nicht passieren müssen ..."

Ayleen sah zu Boden und Tränen lösten sich aus ihren Augen, als sie blinzelte. „Was hätte nicht ... passieren müssen?"

Ethan sah sie wieder an. Direkt in die Augen. Dass sie weinte, irritierte ihn, aber seltsamerweise tröstete es ihn auch irgendwie. Er war alleine in seinem Schmerz, mit seinen Erinnerungen, aber er musste nicht alleine trauern. „Das alles", flüsterte er. „Die Entführung, dass ich jetzt hier bin, Marks gebrochener Arm ... Ich hätte einfach nicht ..."

„... überleben dürfen?", platze Ayleen ihm hysterisch ins Wort. Ethan schüttelte den Kopf. „Mann, sosehr bin ich auch noch nicht im Selbstmitleid ertrunken. Ich wollte sagen, dass ich einfach nicht hätte dort sein sollen, am Spielplatz, und dass ich mit anderen Menschen hätte befreundet sein müssen, ... dann wäre das alles niemals passiert."

Seine Reue überwältigte Ayleen. Er wandte ihr wieder sein Gesicht zu. Sie sah ihm eine Weile schweigend in die Augen. Sein Blick war verschleiert. Sie wollte irgendetwas Aufmunterndes sagen, also sagte sie das Einzige, was ihr in diesem Moment einfiel. Das Einzige, was für sie Bedeutung hatte: „Aber dann wären wir uns auch nie begegnet ..."

Ethans Augen weiteten sich einen Moment lang. Voller Hoffnung, etwas Positives an dieser Welt gefunden zu haben, etwas Gutes, das das Grauen milderte, das dem Verlauf seines Lebens einen Sinn gab, wenn er auch noch so klein sein mochte. Dann wurde sein Blick wieder hart. „Nein, wären wir doch, über Paula hätten wir uns sicher getroffen."

Ayleen sah ihm tief in die Augen. „Glaubst du, dass es genauso gewesen wäre ...?"

Ethan antwortete, ohne den Blick abzuwenden: „Nein, sicher nicht, ich wäre kein Psychopath gewesen."

Ayleen senkte den Blick. „Du willst nicht leben, oder?", fragte sie ganz leise, den Blick hielt sie dabei gesenkt.

Ethan schweig eine Weile, bis er ebenso leise antwortete: „Ich weiß es nicht."

Sie nickte.

„Frag mich das nicht immer, bitte", flehte er auf einmal, „davon wird sich meine Antwort auch nicht ändern."

Ayleen nickte erneut. Sie wollte ihm nichts ins Gesicht sehen. Sie wollte nicht, dass er sah, dass sie weinte.

Ethan richtete sich wieder auf. „Ayleen?", fragte er plötzlich irritiert. Sie drehte ihren Kopf weg. „Ayleen, bitte", meinte er nachdrücklich. Sie betrachtete weiter den Boden zu ihren Füßen. Ethan packte sie an der Schulter und drehte sie zu sich um. „Was ist?" Sie antwortete ihm nicht. Ethan legte langsam eine Hand an ihren Kopf und zwang sie somit, ihm wieder ins Gesicht zu sehen. Als er ihre tränennassen Augen sah, erschrak er. Damit hatte er nicht gerechnet.

„Was ist?", meinte sie trotzig.

„Ayleen, bitte, versteh doch, dass ..."

Sie wollte den Kopf schütteln, aber das war ihr nicht möglich, da immer noch seine Hand auf ihrem Gesicht lag. „Ich werde es nie verstehen! Warum du dich so unbedingt selbst zerstören willst!" Ayleen riss sich wütend von ihm los und schrie ihm ins Gesicht: „Ich versteh's nicht! Aber bitte! Mach dich doch kaputt! Bring dich doch um!"

Sie wandte sich wütend ab und ging in die Küche. Die Tür schmetterte sie lautstark hinter sich zu.

Ethan lehnte sich wieder gegen die Wand. Der Schmerz in seinem Inneren überdeckte die Prellungen an seinem Rücken. Das war's. Für immer. Wie betäubt holte er seine Sachen runter und ging zur Haustür.

Gerade als er die Tür öffnete, stand Ayleen plötzlich wieder hinter ihm im Flur. „Wo gehst du hin?", fragte sie vorsichtig.

Ethan starrte nach draußen ins Licht. „Ans Meer", meinte er leise. Er drehte sich zu ihr um. „Ich möchte noch einmal das Meer sehen, bevor ich gehe." Er ließ den Satz auf sich wirken. Er hatte gehofft, dass er anfangen müsste zu weinen. Aber der Schmerz blieb dumpf. Er weinte nicht. Seine Stimme blieb fest. Aber Ayleens Gesichtsausdruck verzog sich schmerzhaft. „Meine Rache ist so gut wie vorbei, der Rest macht keinen Sinn mehr, mitzuerleben." Er wandte sich wieder zum Ausgang. „Ich kann nicht von dir erwarten, dass du das verstehst, denn das tu ich eigentlich auch nicht. Es ist eben passiert." Mit diesen Worten trat er nach draußen auf den sonnenbeschienenen Hof. Ethan Farrell ging, ohne sich noch einmal umzudrehen.

13. Entscheidung

Ayleen blieb zurück. Sah ihm nach, wie er verschwand. War er für immer weg? Würde er nie wiederkommen? War es das? Sie sah noch durch die Tür, als er längst nicht mehr zu sehen war, als sie längst ins Leere starrte. Verzweifelt. Irritiert. Irgendwann zwang ihr Verstand sie, die Tür zu schließen. Als sie ins Schloss einrastete, kamen Ayleen die letzten Tage vor wie ein Traum. Surreal, unwirklich, fremd. Gleichzeitig war sie auf einmal einsam. Eine fremde, nie da gewesene Leere füllte sie aus. Mit diesem Gefühl des Vakuums lehnte sie sich gegen die geschlossene Haustür. Die Tür war wie das Tor zwischen ihnen. Davor war es Ethans Welt. Hinter der Tür war es ihre. Er war fort. Jetzt war es wieder die alte Realität, in der sie gelebt hatte, bevor sie sich begegnet waren. Aber die Spuren würden bleiben. Sie erinnerte sich an ihre Bitte, er sollte, wenn er ginge, nicht zu viel mitnehmen. Aber er hatte sie zerrissen. Sie wollte sich auflösen. Die Dumpfheit, die sie umfing, war zeitlos, endlos.

Er, Ethan Farrell, war ein Mörder.

Warum waren sie sich begegnet? Warum fehlte er ihr trotzdem? Warum war er grausam geworden? Warum hatte er nicht auf sie gehört? Warum hatte all das passieren müssen? Die Krokodile. Sie schauderte. Der Schmerz musste atemberaubend gewesen sein ... Und der Schock überwältigend, für denjenigen, der sie gefunden hatte. „Warum, Ethan, warum, hast du das getan?", flüsterte sie. Es gab kein Zurück mehr. Ayleen hatte jegliche Lust verlassen. Als es an der Tür klingelte, blieb sie einfach dagegen gelehnt stehen. Es klingelte ein weiteres Mal. Dann schrie irgendwer ihren Namen. Mark. Ayleen spürte auf einmal den Schmerz in ihr emporsteigen. Ihr wurde schlecht. Sie hatten recht gehabt von Anfang an. Aber sie hatte es nicht verstanden. Warum konnte sie Ethan nicht hassen, so wie Caro es tat. Warum konnte er ihr nicht egal sein? Warum? Warum hatte sie sich in ihn verliebt …?

Ayleen öffnete die Tür. Ihr Blick ging ins Leere.

„Alles okay?", fragte Caro besorgt. „Er ist weg", flüsterte Ayleen tonlos. Sie schluckte hart, wandte sich ab und drehte sich um. Caro und Mark folgten ihr ins Innere. „Wie das, ich dachte ihr wärt … so …"

„So was?", erwiderte Ayleen kraftlos.

Mark zierte sich ein wenig: „So vertraut?"

Ayleen schüttelte ratlos den Kopf. „Ich weiß nicht."

Caro runzelte skeptisch die Stirn. Ayleen zuckte mit den Schultern und tat, als wäre alles in Ordnung. Aber in ihrem Inneren regierte immer noch das Vakuum.

Caro fing an, über irgendetwas zu plaudern, bis ihr Mark auf einmal scharf ins Wort fiel: „Caro, ich glaub, jetzt ist nicht der richtige Zeitpunkt für Rumgelaber." Caro sah ihn wütend an, verstand aber und hörte auf. Ihre Welt war so einfach. Sie tat, was er sagte, was im Gesetz stand, oder was sie aus der Erfahrung ihrer Mutter für richtig hielt. Ayleen hatte niemals auf andere gehört, sich niemals nach ihrem Freund gerichtet und versuchte nicht, das Leben ihrer Mutter zu kopieren. Deshalb konnte sie überhaupt etwas für Ethan empfinden. Mark tippte unentwegt auf seinem Smartphone herum. Ayleen saß in der Küche vor ihnen und starrte Löcher in die Luft.

„Was hat er dir gesagt?"

„Ach, Caro", fing Ayleen emotionslos an, ohne den Blick zu fixieren, „er hat gestern Nacht drei Menschen ermordet."

„Was?", rief Caro erschrocken.

„Ja, er hat sie den Krokodilen zum Fraß vorgeworfen …"Caro erschauderte. „Oh mein Gott", entfuhr es ihr. Mark sah mit Grauen in den Augen auf. „Kein Scheiß jetzt?"

„Nein", sagte Ayleen hart.

Mark starrte sie an. „Alter! Sei froh, dass das nicht wir waren!"

„Mark, er wollte sich nicht an uns rächen, also hätte er das niemals getan."

„Ayleen! Wie kannst du dir da noch so sicher sein? Außerdem, wie kannst du ihn nach all dem immer noch verteidigen? Er ist ein Mörder! Ayleen, ein Mörder!" Caro war außer sich.

Ayleen nickte nur bedächtig.

„Wir müssen es meiner Mom sagen", sagte Caro schließlich entschlossen.

„Nein", erwiderte Ayleen trocken.

„Aber Ayleen, das ist ein Verbrechen ..."

„Sind wir nicht alle Verbrecher, auf die eine oder andere Art natürlich", sagte Ayleen immer noch ins Leere starrend.

„Ich glaube, sie steht unter Schock", vermutete Mark. Caro schnaubte genervt. Mark steckte das Handy weg. „Ayleen, bitte, wir sind deine Freunde, wir wollen doch nur helfen ..."

Ayleen sah sie zum ersten Mal, seit sie wieder da waren, an. „Ihr wollt helfen?", fragte sie forschend und sah ihrer Freundin direkt in die Augen. „Dann versprecht, dass es unser Geheimnis bleibt."

Caro zuckte ein wenig. „Aber wir, warum?"

„Weil er das verdient hat ..."

„ER ist ein MÖRDER!", schrie Caro sie an.

Ayleen blinzelte irritiert. „Er hat alles verloren, Caro, und dass er ein Mörder ist, weiß ich auch, genauso wie ich weiß, dass es furchtbar war, was er getan hat ..." Sie sah beide kalt an, bevor sie sagte: „Die Gesellschaft hat ihn dazu gemacht. Wir sind *alle* ein bisschen schuld. Wie wir uns verhalten, was wir sagen ..."

Mark und Caro sahen ihre Freundin an, als könnten sie nicht glauben, dass sie das gerade wirklich gesagt hatte. Sie wechselten einen schnellen Blick, dann sagte Caro sanft: „Das ist kein Film, Ayleen, wo jeder sich die Regeln selbst aussuchen kann, nach denen er lebt ... Er hat gegen das Gesetz verstoßen und sollte so bestraft werden, wie das Gesetz es vorsieht."

Ayleen sah ihre ehemals beste Freundin an und fragte sie mit einem geringschätzigen Lächeln: „Wurdest du, Caroline Clinton, für alles, was du je getan hast, nach Gesetzbuch bestraft? Bist du nie davongekommen? Echt?" Das Letzte fügte sie abfällig hinzu. Mark grinste kurz, weil er es nicht unterdrücken konnte.

„Ja, du hast recht, Ayleen, aber das waren alles kleine Sachen. Dein Ethan hat Menschen umgebracht, das ist echt was anderes!"

Ayleen lächelte besonnen. „Mein Ethan hatte das furchtbarste Leben, das ich mir vorstellen kann."

„Hör dir mal zu!", brüllte Caro fast, „Mein armer, kleiner Ethan! Blabla! Er ist ein Mörder und ich werde das meiner Mutter erzählen und ich werde ihr auch sagen, dass du weißt, wo er ist!"

„Ich weiß nicht, wo er ist", verteidigte sich Ayleen schwermütig.

„Aber du hast als Letztes mit ihm geredet …"

„Caro", meinte Ayleen plötzlich flehend, „bitte, verrate ihn nicht."

„Warum nicht?"

Ayleen sah aus dem Fenster, weil sie verhindern wollte, dass ihre Freundin die aufsteigenden Tränen in ihren Augen sehen könnte. „Weil er nicht mehr lange leben wird … Aber in seinen letzten Tagen sollte er nicht wieder eingesperrt sein, findest du nicht auch? Nachdem er sechzehn Jahre eingeschlossen war?"

Caro holte hörbar Luft. „Weißt du, wie egoistisch das ist?", fragte sie betont langsam.

Ayleen sah sie mit einem unverhohlenen Lächeln an. „Jap, weiß ich, aber ich würde ihm das gönnen."

Caro schüttelte den Kopf. „Tu das nicht, Ayleen, bitte, mach einmal, was im Gesetz steht, okay?"

„Warum sollten wir das machen?", fragte sie kraftlos, aber ehrlich.

„Weil es richtig ist."

Ayleen lachte leise auf. „Weil es richtig ist? Wohl eher, weil's in der Scheiß Staatsbibel von Gesetzbuch steht!"

Caro stieß ihren Freund wütend an, als der sich mal wieder kein Lachen verkneifen konnte. Für ihn war die ganze Situation relativ absurd. Er konnte Ethan nicht leiden und hätte ihn ebenfalls gern hinter Gittern oder tot gewusst. Aber er würde deshalb sich nicht gleich mit seiner besten Freundin anlegen. Wäre er Caro, er hätte längst Clinton in Kenntnis gesetzt. Aber er war nun mal nicht Caro. Und Caro vergeudete lieber endlos Zeit, um zu diskutieren, als etwas zu tun.

„Ayleen, es ist richtig, einen Menschen vor Gericht zu bringen, der Unschuldige ermordet hat, und da stimmst du mir doch zu, oder, dass sie unschuldig waren?"

„Ja."

„Siehst du, und deshalb ist es besser, wenn wir ihn dem Staat übergeben. Dann kann er dafür bestraft werden und außerdem würde er weiterleben."

„Er will doch gar nicht leben, Caro!"

„Ist es dann nicht egal, ob er verurteilt wird, wenn er sich sowieso danach umbringen wird? So können die Angehörigen der Opfer wenigstens Gerechtigkeit walten sehen, verstehst du?"

Ayleen war zusammengezuckt, als sie von seinem Suizid sprach. Das, was Caro sagte, machte Sinn. Viel zu sehr. Es war *richtig,* den trauernden Menschen ein bisschen das Gefühl von Gerechtigkeit zu geben, auch wenn es nie eine absolute Gerechtigkeit geben würde. Denn dann wäre das alles nie passiert. Aber in dieser Welt dachten die Menschen, dass Perfektion tatsächlich ein käufliches Gut wäre. Der Wohlstand machte sie krank. Die Werte verschwanden, nur die äußeren Hüllen blieben, wurden gepflegt und so weit getrieben, bis sie sich der Perfektion annäherten. Es ging immer nur noch um die Fassade. Ethan Farrell war ein böser Mensch, der nicht verdient hatte zu leben, wenn man das betrachtete, was er getan hatte. Sah man hinter die Fassade, hinter sein Äußeres, hätte man einen zutiefst verzweifelten und irregeleiteten Menschen gesehen, getrieben von einer irrationalen Rache, einem Abschluss seines grausamen Lebens. Würde man sich das Innere ansehen, man würde nicht die Meinung ändern, dass er ein Verbrechen begangen hätte, aber man würde auf die Menschen schauen, die in der Kette der Ereignisse standen, der Ereignisse, der Wendungen, die er erlebt hatte, seinen Schmerz, seinen Wahnsinn, seine Einsamkeit. Man würde nicht milder urteilen, aber man würde es nachvollziehen können. Aber Caro sah grundsätzlich nur die äußere Fassade, sonst hätte sie aus Ayleens Sicht auch keinen Freund, der ihr in jeglicher Hinsicht unterlegen war, aber sehr gut aussah. Verliebt wirkte sie jedenfalls nicht. Aber es machte sich gut, mit Mark zusammen gesehen zu werden. Zwar weniger, sobald er den Mund aufmachte. Aber für den äußeren Schein reichte es. Und das reichte. Hauptsache, die Oberfläche glänzte, ob sich darunter ein Haufen Mist verbarg, war nicht von Bedeutung. Er musste nur in Goldfolie eingewickelt sein, schon war er in den Augen der anderen pures Gold.

Und trotzdem hatte Caro diesmal recht. Es war richtig, Ethan vor Gericht zu bringen. Aus ethischer Sicht. Ayleen hatte es die ganze Zeit gewusst, aber sie wollte es nicht wahrhaben. Sie konnte das Bild nicht ertragen, wie er in einer Zelle saß und sich fragte, warum er sein ganzes Leben hinter Gitter verbringen musste. Warum gerade er niemals frei sein durfte. Er hatte mit sechzehn Jahren im Voraus gezahlt. Mehr bekam man in einem gewöhnlichen Staatsgefängnis auch nicht.

„Er hat schon gezahlt!", sprach Ayleen ihre bitteren Gedanken aus.

„Ja, aber das gilt nach Gesetzbuch nicht, Ayleen." Caro sah sie arrogant an.

Ayleen starrte kalt zurück: „Ich dachte, es geht um die verzweifelten Angehörigen? Und die hätten auch so ein bisschen ihre Gerechtigkeit bekommen, dann hat er die sechzehn Jahre halt im Voraus abgesessen, was spielt das für eine Rolle? Er hatte kein Leben und hat noch ein paar andere genommen, sollen die sich eben nicht so über die Frage aufregen, wer sie ermordet hat, sondern lieber darüber, dass sie tot sind."

„Ayleen, es ist falsch und ich werde es meiner Mutter sagen, und wenn du nicht mitmachst, bist du eben wegen Beihilfe zum Mord dran."

„So, so", flüsterte Ayleen spöttisch, „Erpressung ... wie ethisch korrekt."

Caro schnaubte wütend. „Ich will doch nur, dass du den Scheiß lässt und bei uns mitziehst und nicht auf der Seite dieses Psychopathen bleibst. Wenn er tot ist, bringt dir das nämlich nichts mehr."

Ayleen würde ein schlechtes Gewissen haben, ihn verraten zu haben. Sie würde sich nie verzeihen, ihn gerade an Clinton, die Person, die er in seinem Leben am meisten gehasst hatte, auszuliefern. Auch wenn es *richtig* war. So einfach funktionierten die Menschen eben nicht. Es gab nicht immer ein Richtig oder Falsch. Und selbst wenn es wie in diesem Fall klar war, musste das nicht für jeden so eindeutig sein. Vielleicht gab es immer eine einfache Lösung. Aber diese hatte die Rechnung ohne menschliche Emotionen gemacht. Es mochte etwas noch so eindeutig falsch sein, es musste deshalb nicht von jedem so eindeutig wahrgenommen werden. Ayleen wusste, dass es das Richtige wäre, Ethan an die Polizei auszuliefern, aber sie empfand es als den größten Verrat. Sie empfand es, im Gegensatz zu allen anderen, als ungerecht.

Sie sah ihre Freundin traurig an, bevor sie leise sagte: „Du hast recht, Caro, wahrscheinlich ist es das Beste." Sie hatte sich entschieden, ihrer Freundin nachzugeben. Sie lag richtig. Und das, was Ayleen am meisten schmerzte, war sowieso nie gewesen, dass Ethan verhaftet werden könnte, sondern, dass er bald sterben würde. Er würde weg sein. Und sie hatte Angst, dass er ihr für immer fehlen könnte. Vielleicht würde er für immer ein Teil von ihrem Leben sein. Vielleicht würde sie ihn nie vergessen. Sosehr sie Paulas Treue auch bewunderte, sie wollte auf keinen Fall so werden wie sie.

„Okay, ich ruf Mom an", meinte Caro beinahe beiläufig und wandte sich ab.

Ayleen sprang auf und hielt sie fest. „Bitte, nicht, Caro ..."

„Aber?"

„Ja, wir geben ihn deiner Mom, aber bitte lass mich ihn finden und es ihm wenigstens erklären ..." Ayleen senkte den Blick und fügte leise hinzu: „Ich will nicht, dass er denkt, dass ich ihn einfach so verraten habe, ich will, dass er versteht, warum ... wir das gemacht haben."

Caro starrte ihre Freundin an. Langsam begriff sie. Ihre Augen weiteten sich erstaunt. In diesem Moment begriff Caro, dass Ethan ihrer Freundin tatsächlich etwas bedeutete, und nicht nur ein Teil ihrer Anti-Staat-Haltung war.

„Okay, weil du's bist." Es war nicht nur eine Erlaubnis, es war gleichzeitig auch der Versuch, sich ihrer Freundin wieder anzunähern. Denn auch Caro war mittlerweile klar, dass Ethan sie auf eine Art entzweit hatte, die endgültig sein konnte.

„Und wo ist er?", fragte Mark wenig interessiert.

„Keine Ahnung …", meinte Ayleen ratlos.

„Okay, aber was hat er als Letztes zu dir gesagt?", wollte Caro wissen.

Ayleen sah weg „Dass er zum Meer will …"

„Also ist er irgendwo an der Küste!", meinte Caro triumphierend.

„Bloß an welcher?", erwiderte Ayleen resigniert.

„Weißt du, wo seine Familie wohnt?"

„Ja, hier irgendwo in der Nähe, keine Ahnung, wieso?"

„Keine Ahnung", meinte Caro.

Ayleen sah ihre Freundin einen Moment lang ruhig an. „Du könntest das rausfinden, indem du in den Unterlagen deiner Mom seine frühere Adresse heraussuchst. Ich glaube, er hat mal gesagt, dass seine Familie da immer noch wohnt." Caro dachte nach.

Ayleen hätte auch Paula anrufen können. Aber dann würde sie ihr erklären müssen, was passiert war. Und Paula würde wissen, dass er sich umbringen wollte. Sie sollten es auf einem anderen Weg versuchen. Paula hatte sechzehn Jahre unter der Vorstellung gelitten, dass er tot war. Ayleen hatte Angst, dass diese Information ihre Tante innerlich dem Tod näher bringen würde. Sie wollte sie nicht leiden lassen. Sie wollte nicht, dass Paula das wusste. Sie wollte nicht, dass Paula wusste, dass Ethan sterben wollte. Sie wollte Paula Ethan nicht wieder wegnehmen. Ayleen würde ihre Tante Caro gegenüber nicht erwähnen. Zumindest noch nicht. Erst sollten sie versuchen, etwas aus Clinton herauszubekommen.

„Und wie soll ich das bitte machen? Meine Mutter hat alle Unterlagen immer entweder dabei, auf dem Präsidium oder in ihrem Schreibtisch eingeschlossen."

„Da Ethan ja wieder ein aktuelles Thema ist, könnte sie die Sachen in ihrem Schreibtisch haben, dann bräuchtest du nur den Schlüssel."

„Aber könnte reicht nicht, Ayleen. Außerdem will ich ehrlich gesagt meine Mutter nicht so anlügen müssen."

Ayleen nickte. Sie verstand, dass ihre Freundin in einem enormen Gewissenskonflikt war. Wäre sie die Tochter einer

Polizistin, vielleicht würde es ihr jetzt auch so gehen? Rausfinden würde sie das wohl nie. „Und wenn du sie einfach fragst, ganz beiläufig, immerhin geht es nur um seine ehemalige Adresse, nicht um seinen jetzigen Aufenthaltsort."

Caro überlegte, ob es tatsächlich möglich wäre, von ihrer Mutter auf so eine Frage eine Antwort zu bekommen, und nicht nur eine skeptische Gegenfrage. „Vielleicht sollten wir sie heute in der Arbeit fragen?", schlug sie schließlich vor.

„Klingt gut, schauen wir einfach, was wir rausfinden können und dass wir schneller bei Ethan sind als die Polizei.

Die restlichen Stunden bis vier Uhr verbrachten sie damit, sich Strategien zu überlegen, wie sie Clinton zu einer Aussage bewegen könnten. Zwischendurch holten sie Mady von der Schule ab, aßen zu Mittag und fuhren schließlich zur Kneipe.

„Viel Glück", meinte Caro und schloss symbolisch ihre Hand zur Faust.

Sie stiegen aus. Diesmal fühlte es sich anders an. Sie waren wieder ein Team. Sie hatten einen Plan. Diesmal waren sie zum ersten Mal in erster Linie nicht zum Arbeiten gekommen.

„Schaffen wir das?", fragte Caro etwas unsicher, als Ayleen die schwere Hintertür aufzog.

„Ja, schaffen wir", erwiderte Ayleen entschlossen. Für sie musste es einfach klappen. Es würde noch andere Möglichkeiten geben. Da war sie sich sicher. Eine davon war sicher ihre Tante. Aber sie hatten nicht mehr so viel Zeit. Es musste einfach klappen. Es musste. Sie wurden kurz von Mrs. Brooks ermahnt, dass sie eine Viertelstunde zu spät waren. Diesmal ließen die beiden Mädchen Brooks' Ärger einfach an sich ablaufen.

Sie stellten sich hinter den Tresen. Das Radio war an. Wie immer. Aber sie waren zu spät.

Nur an diesem einen Tag hätten sie pünktlich sein müssen. Es hätte alles verändert. Aber in der Realität war man nun mal selten im richtigen Moment am richtigen Ort.

Sie arbeiteten lustlos und angespannt. Die Zeit schleppte sich langsam vorwärts. Ayleen musste die ganze Zeit an Ethan denken, an die Dinge, die er gesagt und an die Art, wie er die Welt gesehen hatte. Es war so anders gewesen, aber gleichzeitig irgendwie bewusster, als hätte er die Menschen objektiv gesehen, als wäre er kein Teil dieser Welt mehr. War er das wirklich nicht mehr? Vielleicht war das hier tatsächlich eine fremde Welt für ihn. In diesem Moment, in dem sie über all die Momente mit ihm nachdachte, fing sie an, nicht mehr zu bereuen, ihn kennengelernt zu haben. Sie sah die Welt nun auch etwas anders, das verdankte sie ihm. Sollten sie sich nie wiedersehen, sollte das Leben diesen Weg gehen, dann würde sie etwas von ihm gelernt haben, und das würde den Schmerz wert sein – das Gefühl, dass er etwas von ihr mit sich genommen hatte. Sie würde von ihm gelernt haben, dass das Leben unberechenbar war, dass man die richtigen Werte haben und Prioritäten setzten sollte, dass das Leben jeden Moment zu einer Qual werden könnte, dass man das Leben genießen sollte, solange man frei war, frei von allem. Auch wenn er das alles nie so gesagt, wenn er ihr nie Ratschläge gegeben oder sie verbessert hatte, das alles wurde durch ihn für sie klar. Nie im Leben hatte sie über das Leben als zerbrechliches Gut nachgedacht. Nie hatte sie geglaubt, dass auch die sichersten Wahrscheinlichkeiten nicht eintreffen mussten. Die Welt war immer im Fluss. Man konnte nicht wirklich planen. Man sollte es vielleicht auch nicht. Man sollte im Jetzt leben, was auch immer das bedeuten mochte. Vielleicht hieß das einfach, man sollte sich nicht von den Kleinigkeiten durcheinanderbringen lassen, sondern in jedem Tag eine neue Chance sehen, zu leben, glücklich zu werden. Glücklich werden, indem man sich selbst losließ. Ayleen hatte das Gefühl, ein neuer Mensch zu sein. Ohne Ethan Farrell wäre sie das vielleicht nie geworden.

„Weißt du, was du beruflich mal machen willst?", fragte sie Caro beiläufig, als sie einem Mädchen einen Cappuccino reichte.

„Nee, so richtig weiß ich noch nicht. Was ist mit dir? Weißt du's?

Ayleen lächelte besonnen „Ich glaube, ich möchte etwas über Philosophie lernen, … verstehst du? Oder Psychologie, ich möchte was über Menschen studieren."

Caro starrte sie an. Sie würde es nie aussprechen, aber Ayleen hatte sich verändert. Unwillkürlich musste auch Caro an Ethan denken. Hatte er ihre Freundin verändert? Und wenn? War es dann negativ gewesen? Immerhin war Ayleen nie der Typ gewesen, der sich wirklich um Ethik geschert hatte. Sie hatte immer Verständnis für Regelwidrigkeiten gehabt, weil sie selbst Regeln nicht mochte, aber sie hatte das nie infrage gestellt. Für sie waren Menschen eben alle anders, aber sie verdienten alle die gleichen Chancen. Caro fand, dass Ayleen sich der Psychologie widmen sollte, dann könnte sie die Liebe zu Gebrochenen aufrecht erhalten, ohne verrückt zu werden.

„Ich glaube, das könnte echt zu dir passen, musst nur schauen, dass du wo genommen wirst." Caro grinste breit.

Ayleen lachte auf. „Ja, das ist wohl der schwierige Teil." Es war wieder wie vorher. Sie waren wieder die Vertrauten, die sie immer gewesen waren, bevor Ethan Farrell in ihre Welt getreten war.

Ständig linste Ayleen zu der großen Uhr an der Wand hinter ihnen. Ein Schwall Gäste hinderte sie eine Weile, zur Wand zu schielen.

Nachdem alle bedient waren, sagte Caro auf einmal: „Es ist sechs!"

Ayleen starrte zur Uhr, um sich zu vergewissern. Es war sechs. Gleich würde Clinton kommen. Und dann kam sie. Wie immer um sechs. Die beiden Mädchen strafften gleichzeitig die Schultern und bereiteten sich auf das wohl komplizierteste Gespräch ihres bisherigen Lebens vor.

„Ah, hallo ihr beiden, na wie war euer Tag?"

„Gut, Mom."

Ayleen nickte nur und schluckte. „Und hattest du viel Arbeit?", fragte Ayleen gespielt unschuldig.

Clinton seufzte. „Ja, war viel los heute. Ich arbeite zurzeit an ziemlich seltsamen Fällen ..."

„Ach, an welchen denn?", wollte Caro wissen.

Clinton schüttelte lachend den Kopf. „Meine Schweigepflicht nehme ich durchaus ernst, Caro."

Caro zuckte wie beiläufig mit den Schultern. Ayleen trat nervös von einem Bein auf das andere.

„Und was gibt's Neues von ... na ja ... diesem Entführten ...?", fragte Caro.

Clinton schien tatsächlich einen Moment nachdenken zu müssen, bis sie auf Ethan kam, was Ayleen auf einmal ziemlich wütend machte. „Wieso interessiert dich das? Du kennst ihn doch nicht mal?", erwiderte Clinton skeptisch.

Caro sah ihre Mutter panisch an und wechselte einen schnellen Blick mit Ayleen. Wie sehr sie sich doch irrte. Caro *kannte* Ethan nicht *gut*. Aber sie kannte ihn. Und im Gegensatz zu allem, was Clinton in diesem Moment von dem Gespräch annahm, wollte ihre Tochter wissen, wo er gewohnt hatte.

„Na ja", druckste sie herum „nur so, ist doch furchtbar und immerhin betrifft es dich ja persönlich, wie man unschwer an eurer letzten Begegnung hier in der Kneipe feststellen konnte."

Ayleen warf Caro einen anerkennenden Blick zu. Dafür, dass sie anfangs so absolut gegen diese Idee gewesen war, schlug sie sich jetzt ungemein gut.

Es gab zwei Gründe dafür, dass Caroline Clinton auf einmal so unerbittlich Ayleen helfen wollte: Der erste war einfach, sie wollte ihre beste Freundin auf keinen Fall verlieren und ihr war klar geworden, dass das unweigerlich passieren würde, wenn sie ihr nicht half. Der zweite Anlass war erst durch das Gespräch, das sie gerade führte, entstanden: Aus irgendeinem Grund war ihr die Art ihrer Mutter auf einmal sehr zuwider. Sie wusste nicht viel über die Arbeitsweise von Clinton, aber sie kannte ihren Perfektionismus. Und sie hatte tatsächlich einige Sekunden gebraucht, auf Ethan zu kommen, als sie ‚Entführter' gesagt hatte? Dabei war das, was ihn allgemein mit einem Wort beschreiben würde, dass er über ein Jahrzehnt entführt gewesen war. Auch wenn ihr insgeheim klar war, dass das Zögern ihrer Mutter Show gewesen war, gefiel es ihr trotzdem, in diesem Moment auf sie sauer zu sein. Es war nur ein kleiner Fehltritt, aber Caro hatte es gestört, dass ihre Mutter so tat, als hätte sie vergessen. Als wäre es *einfach*, Ethans Schicksal zu *vergessen*. Dabei *war* sie mit daran beteiligt, was aus ihm geworden war. Aber sie stellte es so hin, als könnte sie mal eben so tun, als hätte sie es verdrängt, als würde es sie nicht berühren. Hätte ihre Mutter auch nur einen Funken Mitgefühl für diesen jungen Mann, sie hätte nicht so getan, als sei sein Schicksal so nichtig.

„Es betrifft dich doch persönlich, oder?", fragte sie ihre Mutter lauernd.

Ayleen wusste nicht, wann sie ihrer Freundin einmal so dankbar gewesen war.

„Ja, na klar, aber ... Warum interessierst du dich eigentlich so sehr für diesen Fall? Er ist eigentlich so gut wie abgeschlossen." *Fall ...*

„Ich wollte nur wissen, was jetzt aus ihm geworden ist. Ich meine, ist doch hart nach so vielen Jahren?"

Clinton sah ihre Tochter verdattert an. Dann wandte sie sich Ayleen zu. Das Mädchen sah sie mit klaren ruhigen Augen an. Als würde sie warten. Clinton hatte plötzlich ein sehr ungutes Gefühl, was dieses Gespräch betraf.

„Ayleen gibt es etwas, das ich wissen sollte?", fragte sie zögerlich, immerhin hatte sie nicht vergessen, wie vehement Ayleen Ethan Farrell das letzte Mal verteidigt hatte.

„Wieso, Caro will halt auch irgendwann zur Polizei, und übt schon mal", sie grinste erst Clinton und dann ihre Freundin an.

Caro lachte. „Mum, ist doch keine große Sache, wir haben uns, also ich habe mir Gedanken gemacht darüber, was jetzt wohl aus ihm wird, und wollte dich doch nur fragen, ob du das weißt."

Clinton nickte. „Ich weiß gar nichts. Aber ich bin mir sicher, dass er psychologische Betreuung braucht, aber wo er jetzt ist, weiß ich nicht. Vielleicht zu Hause?"

Ayleen starrte sie feindselig an. Sie hatte keine Ahnung. Psychologische Betreuung! Ja, das würde er tatsächlich brauchen, um jemals hier wieder Fuß zu fassen, aber was Clinton nicht einmal ahnte, war, dass er gar nicht vorhatte hierzubleiben. Und zu Hause war er wohl auf keinen Fall. Diesen Ort hatte er für immer hinter sich gelassen. Dieser Ort würde nie wieder sein Zuhause sein.

„Und? Hast du noch Kontakt zur Familie?"

„Caro! Was soll das? Nein, habe ich natürlich nicht. Wieso horchst du mich so aus?"

Caro schluckte und sah Hilfe suchend zu Ayleen, die nur mit den Schultern zuckte.

„Wisst ihr was, ihr verhaltet euch sehr merkwürdig. Heute Abend hätte ich gerne eine Erklärung dafür, Caro."

Caro sah sie entrüstet an und sagte empört: „Da ist gar nichts! Okay? Du sagst doch immer, man soll mit anderen mitfühlen, und das tun wir, es hat uns eben interessiert, so wie man Geschehnisse in den Nachrichten verfolgt!"

„So redest du nicht mit mir, Caroline!", zischte sie gereizt. „Und mitfühlen, ja! Für deine Mitmenschen! Nicht für irgendeinen Klatsch und Tratsch, der dir so zu Ohren kommt!"

Ayleen machte einen Schritt auf Clinton zu und stemmte die Arme auf die Theke. „Er war hier! Ich habe mit ihm gesprochen! Ethan ist für uns nicht irgendein Gerücht!"

Clinton starrte sie an.

„Es hat uns bloß interessiert, ob du vielleicht weißt, was aus ihm geworden ist, weil wir ihn seit eurem gemeinsamen Gespräch hier nicht mehr gesehen haben, und immerhin tut er uns leid, weil er so viel durchgemacht hat. Also haben wir das nicht sofort abgehakt, als du mit ihm raus bist!"

„Ayleen, es tut mir leid, dass euch diese Geschichte so berührt, aber ich kann euch da nicht helfen, ich weiß nicht, was aus ihm geworden ist." Sie seufzte und sah von einer zur andern.

Caro starrte ihre Mutter mit gemischten Gefühlen an. Ayleen sah ins Leere. Sie hatten verloren. Irgendwann würden sie es Clinton doch sagen müssen. Dann würde es vorbei sein.

„Ich verabschiede mich jetzt. Ach ja, und Caro? Wäre ganz nett, wenn du mal wieder zu Hause schlafen könntest." Damit wandte sie sich ab und verschwand aus der Kneipe.

„Fuck!", zischte Ayleen ihr wütend hinterher.

Caro lehnte sich gegen das Flaschenregal hinter ihr. „Das ist ja mal maximal beschissen gelaufen", meinte sie resigniert. Ayleen seufzte traurig und betrachtete die feine Maserung der lackierten Holztheke.

„Wieso ist sie so stur gewesen!", knurrte Ayleen ohne den Blick zu heben.

„Ich hab mir echt so viel Mühe gegeben, nicht voll offensichtlich zu sein, aber entweder sie hat's sofort gecheckt oder sie dachte, wir wollten auf was anderes hinaus …"

„Oder sie hat echt überhaupt keine Ahnung!", fügte Ayleen bitter hinzu.

Caro nickte, während sie versuchte, sich ein schadenfreudiges Grinsen zu verkneifen. „Wahrscheinlich echt Letzteres! Würde ja auch erklären, warum sie das vor sechzehn Jahren nicht gepackt hat."

Ayleen starrte ihre Freundin erstaunt an. Ihr Gesinnungswandel tröstete sie immerhin etwas. „Danke."

„Wofür?", fragte Caro.

„Für deine Hilfe, es ist gut zu wissen, dass man nicht ganz alleine dasteht." Ayleen ging zum Radio und schaltete auf einen Musiksender. „Ich will jetzt nicht so viel dummes Gelaber hören."

Caro nickte zustimmend. Eine Entscheidung, die alles veränderte.

Sie beendeten ihre Schicht um halb zwei und fuhren genervt und ernüchtert nach Hause.

Caro blieb bei Ayleen. Mark war gegangen, als sie zu ihrer Schicht aufgebrochen waren.

„Tja", meinte Caro schwer, „war 'ne echte ‚Mission impossible'." Ayleen nickte zustimmend. „War echt ‚impossible'", antwortete sie bitter. Sie schliefen gemeinsam in Ayleens Bett. Und eine tiefe Trauer umfing sie, als sie sich daran erinnerte, dass Ethan letzte Nacht noch hier gewesen war ... bei ihr.

14. Zweiter Versuch

Für Caro war es einfach: Ethan war fort, war so unauffällig und spurlos gegangen, wie er gekommen war. Für Ayleen war die Welt zu einer grausamen Leere geworden. Als ihre Eltern anriefen, um zu fragen, wie sie sich zu zweit machten, antwortete sie so einsilbig, dass Mady später eine lange Lügengeschichte erfinden musste, um ihren Eltern die Sorgen zu nehmen. Mady forderte dafür nicht mal einen Gefallen, weil sie einsah, dass ihre Schwester jetzt nicht für Verhandlungen zu haben war.

„Ich wusste nicht, dass er dir *so* viel bedeutet …", sagte Caro sanft.

Ayleen saß am Küchentisch und starrte aus dem Fenster. „Ja, du weißt so einiges nicht."

Caro seufzte. „Ja, dann erzähl's mir eben, dann muss ich nicht dumm sterben."

Ayleen sah sie gereizt an. „Was willst du wissen?"

„Na, ob du was mit ihm hattest, natürlich!", rief Mady hellauf begeistert, platzend vor Neugierde.

„Mady!", rief Ayleen genervt, „warum bist du nicht in der Schule? Und sag jetzt nicht, weil dich keiner hingefahren hat. Du hast zwei Beine …"

„Weil ich eh schon ein Schreiben an unsere Eltern und 'ne Verwarnung habe, weil ich die letzte Woche einen Tag geschwänzt habe, da dachte ich mir, du brauchst mich jetzt hier …", erklärte Mady zerknirscht.

„Jaha!", meinte Ayleen spöttisch, „na klar, Mady! Ich brauch dich jetzt ganz besonders hier, damit du dumme Fragen stellen kannst! Stimmt, was würde ich nur ohne dich machen? Mensch, Mady natürlich sollst du trotzdem zur Schule gehen, auch wenn du keinen Bock hast!"

Mady zuckte mit den Schultern. Ayleen stöhnte genervt auf. Mady grinste mitleidig und setzte sich mit an den Tisch. Caro warf ihr einen sehr skeptischen Blick von der Seite zu. Ayleen runzelte nur bestätigend die Stirn. Beiden gefiel Madys Verhalten nicht, aber es war ihnen wiederum auch nicht so zuwider, als dass sie wirklich etwas daran geändert hätten. Eher bedachten sie ihre Handlungen mit Zynismus.

„Antwortest du trotzdem auf meine Frage?", fragte Mady vorsichtig und lehnte sich zu Ayleen vor.

„Ja. Wir hatten nichts."

Mady zog enttäuscht einen Schmollmund.

„Tja, wenn du jetzt auf 'ne tragische Liebesgeschichte gehofft hast, solltest du lieber in die Schule gehen und ‚Romeo und Julia' lesen."

Mady grinste. Caro schnaubte ironisch. „Aber du vermisst ihn doch trotzdem total …?" Mady sah ihre Schwester traurig an.

„Oh Mann, Mady, du verstehst das nicht. Ich vermisse ihn, ja, aber nicht so, wie du denkst." Zumindest hoffte sie das. Sie hoffte, dass es ihr nur leidtat, wie alles gekommen war, wie sich ihre Wege getrennt hatten. Sie hoffte, dass sie nur bedauerte, was sie vorhatten. Mit ihm. Mit allem. Aber sie wusste längst, dass sie sich selbst belog. „Es ist nur, wie werden ihn verraten, weil er etwas Furchtbares getan hat, und er tut mir trotzdem leid. Und ich finde es furchtbar, dass er nicht aufgehört hat, als er es noch konnte."

Mady starrte sie mit offenem Mund an und hauchte ängstlich: „Was hat er denn getan?"

„Willst du nicht wissen!", fuhr Ayleen ihre kleine Schwester an und stand auf.

„Wo gehst du hin?", erkundigte Caro sich irritiert.

„Nach oben … Ach, keine Ahnung!", erwiderte Ayleen aufgewühlt. „Ich weiß überhaupt nichts mehr."

Caro seufzte. „Mann, du wirst über ihn hinwegkommen, wie jeder Mensch …"

„Nein, Caro! So einfach ist das nicht. Er ist nicht nur irgendeine Beziehung, die nicht gehalten hat. Ich weiß nicht, was ich für ihn empfinde, aber es fühlt sich furchtbar an." Ayleen hatte

die Tür erreicht und ließ sich resigniert am Rahmen herunter.
„Ich hab das Gefühl, dass ich ihn immer vermissen werde ...",
meinte Ayleen leise und sah ihre Freundin verzweifelt an. Es war
das erste Mal, dass sie es ehrlich aussprach.
Caro ging vor ihr in die Hocke. „Ayleen, es ist nur ..."
„*Nur* was?!"
Caro senkte den Blick „Liebeskummer?"
Ayleen starrte ihre Freundin wütend an. „Es ist nicht *nur*
Liebeskummer!*", zischte sie aggressiv.
„Doch, Ayleen, genau das ist es", versuchte Caro sie zu besänftigen.
„Nein! Ich hatte schon Liebeskummer, das hier ist schlimmer.
Es geht darum, wer er war, verstehst du? Es ist so, er hat niemanden
und er wird sterben, Caro. Ich will nicht, dass er sich umbringt!
Ich hab so gehofft, dass er hier wieder ein Zuhause findet. Aber
es ist nicht nur, dass er nicht mehr hier ist, dass *ich* ihn nicht
mehr sehe ... *niemand* wird ihn je wiedersehen. Er wird vergessen werden, wie jemand, der nie existiert hat!", rief sie voller
Schmerz. „Weißt du, was er mir mal erzählt hat?", fing sie leise
an und Tränen stiegen in ihre Augen. Caro schüttelte mitfühlend
den Kopf. „Er hat gesagt, sein Name würde im Deutschen ein geruch- und farbloses Gas bezeichnen. Er meinte dazu, dass er ein
Geist sei, dass er ...", ihre Stimme brach, der Schmerz in ihrem
Inneren lähmte sie, „... niemals ... existiert ... haben wird, dass
ihn alle vergessen würden ...", brachte sie stockend hervor.
Caro setzte sich auf den Boden. Resigniert. So saßen sie eine
Weile da. Ayleen kämpfte gegen die Tränen und Caro saß vor ihr.
Regungslos. Gefangen in ihren Gedanken. Warum war Ethan in
ihr Leben getreten? Warum hatte er alles so kompliziert gemacht?
Und wie hatte er es geschafft, Ayleens Herz zu stehlen. Aber man
suchte sich eben nicht aus, wenn man liebte und wen nicht. Caro
wusste das. Aber sie wünschte dennoch, Ayleen wäre ihm nie
begegnet. Denn dann wäre jetzt vieles einfacher. Für sie beide.
„Caro, verstehst du nicht?", fing Ayleen irgendwann mit
schwerer Stimme an. „Wir werden zu den wenigen gehören, die
ihn kannten, die wussten, dass es ihn gab und wir werden diejenigen sein, die ihn verraten haben ..."

Ein Versuch zu leben. Weiterzumachen. Obwohl das Ende so nah war. Obwohl die Erlösung in naher Zukunft stehen könnte. Sollte er es wagen? Die Sonne stand tief und erstrahlte in ihrer satten roten Farbe. Sie verlieh der Welt etwas Stimmungsvolles. Untergang. Untergang, dem Auferstehung folgen konnte. Aber nicht musste. Die Farben, die den Himmel verbrennen ließen. Das Wasser spiegelte das Glühen des schwindenden Tages. Verschwinden, das würde er auch. Eines Tages. Vielleicht morgen. Es war alles getan. Er war noch einmal hier gewesen. An einem der wenigen Orte, an denen er je bewusst glücklich gewesen war. Die Steine fühlten sich warm unter seinen bloßen Füßen an. Er stand auf einer Klippe und starrte raus aufs Meer. Endlos. Weit. Warum nicht jetzt? Jetzt … Warum nicht jetzt? Besser würde ‚jetzt' wohl nicht werden …

Warum war das Leben so unfair?
Warum waren sie sich begegnet? Ayleen stand vor ihrem Fenster und sah ins Leere. Draußen ging die Sonne unter. Es war viel zu schön in ihren Augen. Sie wünschte, der Himmel wäre schwarz. Sie wünschte, es würde stürmen. Um sie abzulenken, um die Leere in ihrem Inneren zu füllen. „Warum hast du so viel mitgenommen, Ethan?", wisperte sie zu sich selbst. „Warum hast du das alles getan?" Sie verstand es nicht, und je mehr sie darüber nachdachte, was in aller Welt ihn zu dieser Tat getrieben haben konnte, desto verzweifelter wurde sie, weil sie keine Antwort fand. Langsam wandte sie sich ab. Das Lichtspektakel vor ihrem Fenster erinnerte sie zu sehr daran, dass die Welt sich weiterdrehte, dass es niemanden interessierte, was zwischen ihnen gewesen war. Es war nicht mehr. Und damit hatte es offiziell aufgehört, zu existieren. Aber so einfach funktionierten die Menschen nicht. Man vergaß die Dinge, die einem wichtig waren, nicht in dem Moment, in dem man eine Tür hinter ihnen schloss. Auch wenn es niemanden sonst mehr kümmerte, Ayleen würde es vielleicht nie wieder loslassen. Sie hatte keine Lust mehr. Auf ihr Leben. Nichts machte ihr mehr Spaß und der Gedanke, jeden Tag zu arbeiten, war eine Qual. Aber sie würde es tun, weil es richtig

war. Und weil sie keine Wahl hatte. Sie musste weiterleben. Sie war nicht so fertig wie er. Sie würde hierbleiben. Egal wie sehr sie es hasste. Sie hatte noch nicht aufgegeben. Sie hatte auch nicht sein Leben gelebt. Sie hatte nicht so viel zu tragen, zu ertragen, gehabt wie er. Sie war den Weg hierher geschwebt, und jetzt musste sie zum ersten Mal gehen. Es war hart, aber nicht unmöglich. Es war nicht das, was er erlebt hatte. Es war nicht das, was er getan hatte, es war nicht der Weg, den er für sich gewählt hatte. Es war leichter. Es war nicht so fest, es konnte noch verändert werden. Es war ein freier Weg. Auch wenn er im Moment schmerzte, sie war frei. Frei. Er war es nicht. Aber er würde es wieder sein. Bald. Sehr bald.

Panik breitete sich in ihr aus. Ayleen rannte nach unten zum Telefon, rannte wieder nach oben und wählte Paulas Nummer. Sie vertippte sich zweimal und musste jedes Mal wieder von vorne anfangen. Schließlich piepte es in der Leitung. Das war alles. Es klingelte. Niemand hob ab. Ayleen flehte ihre Tante an, zum Telefon zu gehen. Aber wo auch immer sie gerade war, sie ging nicht ran. Der Anrufbeantworter war allen Anschein nach abgeschaltet. Wütend warf Ayleen das Telefon aufs Bett. Genau an diesem Tag hätte Paula zu Hause sein müssen. Nur an diesem einen Tag. Um diese Zeit. Dann hätte sie es gewusst. Sie hätte gewusst, wo Ethan gewohnt hatte. Ayleen versuchte es am Handy. Das Ergebnis war dasselbe. So lebte man nun mal. Niemals im Einklang mit anderen. Immer in einem anderen Rhythmus. Auch ihre Herzen schlugen nicht im selben Takt. Genauso wenig wie ihre Handlungen. Vielleicht sollte es einfach nicht sein. Vielleicht sollte sie Ethan nie wiedersehen.

Ayleen brach weinend auf ihrem Bett zusammen. Aber Weinen half. In diesem Moment hatte sie plötzlich das Gefühl, Ethan wäre gestorben. Genau in diesem Moment. Schon tot. Frei. Und ganz, ganz weit weg. Nicht mehr zu erreichen. Sie fühlte, ihn verloren zu haben – für immer. War er … wirklich … schon gegangen? Sie schrie auf. War er wirklich verschwunden, ohne sich von ihr zu verabschieden?

Ayleen erwachte aus wirren Träumen. Sie war Ethan begegnet. Es war verrückt und surreal gewesen. Aber aus irgendeinem Grund fühlte sie sich jetzt besser. Das graue Vakuum war noch da, aber irgendwie war es nicht mehr so dunkel. Es war Morgen. Nicht Abend. Vielleicht lag es daran. Warum kamen einem die schmerzhaftesten Zweifel nachts? Warum quälten einen dann die Sorgen? Warum sah morgens wirklich alles leichter aus? Ayleen schälte sich aus dem Bett. Ihre Augen fühlten sich immer noch wund an, vom vielen Weinen. Caro hatte ausnahmsweise mal wieder zu Hause geschlafen. Sie hatte allerdings versprochen, wieder vorbeizukommen.

Mady saß bereits in der Küche. Ayleen ließ sich müde neben ihr auf der Bank nieder.

„Und? Geht's dir jetzt besser?", fragte Madeline unsicher.

„Ja, geht schon."

„Mann, er sah aber auch wirklich gut aus ..."

„Mady", knurrte Ayleen „Ich will jetzt nicht an ihn denken, okay?"

Mady zuckte schuldbewusst mit den Schultern.

„Ich fahr dich zur Schule, damit du mal wieder hingehst." Ayleen rannte nach oben, duschte und stand eine halbe Stunde später fertig an der Haustür.

Mady bedachte sie mit einem anerkennenden Blick. Erst im Auto fiel Ayleen auf, dass sie nichts gefrühstückt hatte.

„Morgen kommen Mum und Dad nach Hause, sagst du's ihnen dann?"

„Weiß nicht, die würden doch nur denken, dass ich spinne."

Mady nickte zustimmend. Es war keine gute Idee, ihren Eltern von Ethan Farrell zu erzählen. Sie würden es nicht verstehen. Sie kannten ihn nicht. Sie würden nicht verstehen.

Mady wurde von ihren Freundinnen abgeholt. Sie lachten und machten sich auf zum Haupteingang. Ayleen wurde wieder schlagartig bewusst, dass das Leben weiterging, dass sie nicht für immer trauern konnte, dass sie nicht auf der Stelle treten durfte, dass sie sonst ihr Leben in einer Schleife verbringen würde. Jetzt war sie ein bisschen wie er, so wie Paula. Sie wartete auf Ereignisse, die niemals eintreten mussten. Sie lebte in der Vergangenheit. Sie verlor den Bezug zur Realität, zum Jetzt. Zum ersten Mal fing sie wirklich an, nachzuvollziehen, wie schrecklich sein Leben gewesen sein musste, auch wenn ihr Schmerz seinem nicht annähernd an Grausamkeit glich. Für ihn hatte die Zeit aufgehört zu existieren, als er Monate und schließlich Jahre eingesperrt gewesen war. Als seine einzige Hoffnung nur noch die niedrige Wahrscheinlichkeit einer Rettung gewesen war. Ein Ereignis, das nie eingetreten war. Das war das, was er wirklich gewollt hatte. Rettung. Erlösung. Aber er hatte sie nie bekommen. Also musste er sie jetzt auf einem anderen Weg finden. Ayleen fuhr nach Hause. Ethan wollte sterben, um gerettet zu werden, um endlich abschließen zu können, um sich endlich sicher zu fühlen, weil er nie gerettet worden war, weil er nie mit all den Jahren abschließen konnte. Aber seine Rache? Wozu war die dann noch gut? Aus Hass, als Zeichen seiner Wut. Als Hinweis darauf, dass er niemals wirklich wieder zu Hause angekommen war, dass er *geprägt* wurde von seinen Entführern ... Wer wusste schon, warum er das wirklich getan hatte?

Ayleen setzte sich vor ihren Laptop und bearbeitete ihre Mails, die wie immer aus Werbung bestanden. Dann rief sie ein weiteres Mal ihre Tante an. Aber niemand ging ran. Sie versuchte es wieder am Handy. Gleichzeitig ärgerte sie sich, dass Paula immer erreichbar war, nur jetzt nicht, wenn Ayleen sie einmal brauchte. Die Zufälle des Lebens waren grausam. Oder war es in diesem Fall Gnade? Für Paula? Dass Ayleen sie nicht erreichte? Vielleicht arbeitete sie gerade? Vielleicht war es gerade ihr Glück, nicht abzunehmen, um wieder Schmerzen zu haben. Vielleicht war das Schicksal auf ihrer Seite. Wenn es denn eines gab. Ayleen beschloss in diesem Moment, ihre Tante nicht mehr anzurufen. Es wäre nicht fair, nach alldem, was sie die letzten Jahre durchgemacht hatte. Sie sollte das nicht noch einmal erleben. Vor allem, da Ayleen nicht wusste, ob es diesmal ein Happy End geben würde. Hatte es das überhaupt letztes Mal? Für Paula schon, weil sie nie abgeschlossen hatte. Aber für Ethan hatte die Qual erst richtig begonnen. Sechzehn lange Jahre hatte er aufgrund der Hoffnung überlebt, dass er wieder nach Hause kommen, dass er gerettet werden würde. Aber weder das eine noch das andere war jemals Realität geworden. Hier zu sein, musste für ihn schlimmer gewesen sein als dort. Wo immer das wirklich gewesen war. Sollte es noch einen anderen Weg geben, noch ein einziges Mal mit ihm zu reden, vielleicht würde Ayleen ihn finden. Und wenn nicht, musste sie anfangen abzuschließen, sonst würde sie für immer unglücklich werden. So wie Paula.

Wenige Minuten später kam Caro. Sie redeten wenig. Es gab nichts zu sagen. Sie hatten verloren.

„Vielleicht ist er schon tot …", flüsterte Ayleen, als sie in der Küche Nudeln kochten.

Caro erstarrte. „Ich hoffe nicht", antwortete sie schwer. Sie hoffte es wirklich.

Ayleen fühlte sich durch ihre Antwort weniger allein. „Morgen kommen meine Eltern …"

Caro lachte gequält auf. „Na, das wird ja ein Spaß werden, du solltest Madys Geschichte noch mal genau durchgehen, die, die sie ihnen gestern erzählt hat."

Ayleen seufzte genervt. „Das war so albern …" Caro konnte sich das Lachen nicht verkneifen. „Ja, lach du nur! Du musst ja morgen nicht dabei sein, wenn ich ihnen das noch mal erzähle."

Caro lachte. „Tja, dann hättest du dich halt am Telefon besser verstellen sollen!"

Ayleen grinste. „Ach fuck!", stöhnte sie lachend.

Caro bewachte das Essen, während Ayleen ihre Schwester von der Schule abholte. „Ab morgen nimmst du wieder den Bus, klar?", ermahnte sie Mady seufzend.

„Oh Mann", meinte sie genervt, „na gut."

Ayleen warf ihr einen Blick von der Seite zu. Würde ihre Schwester jemals verstehen, was so furchtbar daran war, Ethan Farrell zu kennen. Zwischen ihren ganzen Lügen hatte sie vergessen, was ihre Schwester wusste und was nicht. Aber irgendwann würde sie ihr die Wahrheit erzählen. Sie musste. Vielleicht nur deswegen, um nicht so alleine damit zu sein. Mit der Wahrheit. Ethan hatte ihr versprochen, ihr einmal alles zu erzählen. Aber das hatte er nie getan.

Mady kam gerade aus der Schule zurück, als ihre Eltern wieder zu Hause ankamen. Sie begrüßten sich stürmisch. Ayleen saß in ihrem Zimmer auf dem Bett und wünschte sich, unsichtbar zu sein. Wünschte sich, dass sie nicht nach oben kommen würden, dass sie nicht runterkommen musste. Aber Ethan hatte ihr verdeutlicht, dass Wünsche keine Naturgewalt besaßen. Sie waren nur Ideen, Illusionen. Träume. Sie konnten einen ein Leben lang quälen, ohne je wahr zu werden.

Sie lief nach unten. Ein bisschen zu schnell. Als würde sie fliehen.

„Ah, Ayleen!", ihre Mutter umarmte sie fröhlich. „Wie geht's dir denn jetzt? Hab gehört du seist krank?"

Jetzt kam ihr Auftritt. „Ja, ich war zu lange mit Caro unterwegs und hab mich wohl erkältet ..."

„Aber draußen ist es doch warm?", erwiderte ihre Mutter irritiert.

„Ja, hm, weiß auch nicht, mir geht's ja auch schon viel besser."

Mrs. Jensen bedachte ihre Tochter mit einem sehr skeptischen Blick. Ayleen ärgerte sich maßlos über ihre Schwester. Warum hatte sie ihnen nicht einfach die Wahrheit erzählt, natürlich ohne Ethans Mörder- und Entführungsvergangenheit?

„Und habt ihr uns was mitgebracht?", wollte Mady neugierig von ihrem Vater wissen, der die Koffer in den Flur stellte.

„Ach Mady, Schatz, wir haben echt geschaut, aber da war nichts, was euch gefallen hätte."

„Schade", meinte Mady enttäuscht.

Ayleen verzog ihr Gesicht zu einem schiefen Grinsen. Es war ihr egal, ob ihre Eltern ihr etwas mitgebracht hatten oder nicht, aber Mady bedauerte es. Sie musste noch viel lernen. Über das Leben. Über Gerechtigkeit.

„Und hat alles geklappt, ohne uns?", fragte ihre Mutter besorgt.

„Ja, Mum, alles gut." Ayleen schluckte. *Gut* war gar nichts. Jedenfalls nicht für sie.

„So bestellen wir was zum Essen, Schatz?", schlug ihr Dad vor und griff bereits zum Telefon.

„Na gut, dann lass uns Pizzen bestellen, oder hat jemand einen besseren Vorschlag?", erwiderte ihre Mutter fröhlich.

Mady stellte sich sofort neben ihren Vater und diskutierte über die Bestellung. Ihre Mutter lachte und fing an, die Koffer auszupacken. Ayleen saß auf der Treppe und fühlte sich so allein wie noch nie. Sie hatte das Gefühl, nicht mehr zu Hause zu sein. Ein fremder Schmerz stieg in ihr auf. Hatte sich so Ethan gefühlt? Sie betrachtete ihre Familie. Sie würde wieder zurückfinden, wenn das hier alles vorbei sein würde. Es war nicht wie bei Ethan. Aber ähnlich. In diesem kurzen Augenblick fühlte sie sich tatsächlich wie Ethan. Betrachtete ihre Familie von außen. Und Mady war sein kleiner Bruder. Zu Hause, unbesorgt. Trevor hieß er.

Trevor! Ayleens Herz setzte für einen Schlag lang aus. Der nächste Herzschlag füllte sie mit einer hoffnungsvollen Aufregung. Trevor Farrell! Er war bestimmt im Internet zu finden! Und damit würde sie vielleicht die Adresse herausfinden. Ethans ehemaliges Zuhause. Es garantierte nichts. Aber es war eine Hoffnung. Es könnte funktionieren. Und Ayleen würde erst aufgeben, wenn sie wusste, wo Ethan hingegangen war. Sie sprang auf und rannte die Treppe nach oben. In ihrem Zimmer schmiss sie die Tür hinter sich zu und fuhr ihren Laptop hoch. Vielleicht war das Internet ja endlich mal wirklich zu etwas gut. Mit zitternden Fingern tippte sie ‚Trevor Farrell' in den Browser. Sie fand ihn. Er hatte auf mehreren Chatforen Profile. Sie sah sich alles von ihm durch, das öffentlich sichtbar war. Er hatte von Datenschutz wohl noch nie etwas gehört. Aber für Ayleen war das natürlich nicht schlecht. Schließlich stieß sie auf ein Bild von einer weißen Villa. Er stand im Anzug davor. Mit seinen Eltern. Man konnte die Hausnummer sehen. 12. Außerdem wusste Ayleen, wo das war. Das Villenviertel. Es war eine kleine Gegend am Stadtrand, in der nur riesige Villen standen. Ayleen war vor wenigen Jahren dort nachts einmal durchgelaufen, als sie betrunken mit ihren Freunden durch die Stadt geirrt war. Sie schloss den Laptop und lief nach unten. Sie rief auf dem Weg zum Auto Caro an.

„Ayleen! Wo willst du hin?", rief ihre Mutter hinterher.

„Zu Caro! Ist wichtig!", antwortete Ayleen aufgeregt und sprang ins Auto.

„Hey, was ist denn? Wir essen gerade?"
„Deine Mum ist da?"
„Ja, ausnahmsweise. Um was geht's denn?"
„Ich hab die Adresse!", hauchte Ayleen begeistert.
„Die ... die Adresse?", fragte Caro aufgebracht.
„Ja! Komm! Ich hol dich ab!"
Ayleen legte auf und fuhr los. Noch nie war ihr die Fahrt zu Caro so lang vorgekommen. Dort angekommen parkte sie schnell an der Straße. Caro hatte bereits auf sie gewartet und stieg erwartungsvoll ein. „Wie bist du drauf gekommen?", fragte sie neugierig.Ayleens Augen leuchteten, als sie erzählte: „Ich hab seinen Bruder gegoogelt, Trevor!"
„Ha! Nicht dein Ernst!", rief Caro entzückt.
„Doch! Da war ein Bild von ihm und seiner Familie vor ihrem Haus. Ich hoffe, dass es ihr Haus ist."
Caro lachte. „Finden wir's raus."
Ayleen startete den Motor. Sie wusste, dass es eine Sackgasse sein konnte. Aber sie wollte im Moment nur hoffen, dass es ein Weg sein würde. Sie wollte glücklich sein im Augenblick. Sie wollte nur an die Hoffnung glauben, an die Möglichkeiten. Nicht an ihr Versagen.
Sie fuhren in die Straße ein. „Alter!", kommentierte Caro die riesigen, teuren Hauser, die links und rechts von der Straße emporragten. Ayleen suchte nach dem weißen Haus. Und da war es plötzlich. Auf der Mitte der Straße, rechts. Schneeweiß thronte es zwischen seinen Nachbarn. So stand es da, als wäre es ein Palast. Nicht der Inbegriff für Schmerz. Für Verlust. Ayleen fragte sich, was Ethan Farrell wohl empfand, wenn er es ansah? Trauer? Schmerz? Wut? Sie stiegen aus.
„Krass, Mann!", meinte Caro bewundernd. „Sicher, dass es die 12 ist?"
„Ja, absolut, lass uns gehen."
Caro nickte. Ayleen ging voran. Sie zögerte einen winzigen Moment, ehe sie die Klinke des Gartentors nach unten drückte und eintrat. In sein altes Zuhause, sein erstes Leben. Vielleicht bildete sie es sich nur ein, aber das Haus hatte etwas Melancholisches an

sich. Vielleicht lag das an den vielen Jahren, in denen in diesem Haus getrauert wurde. Vielleicht wollte Ayleen nur, dass es so war. So wie Ethan über seine Familie gesprochen hatte, schien er sie mehr zu hassen als zu lieben. Sie stieg die Treppen hoch und betätigte mit bebendem Finger die Klingel. Irgendwo erklangen hallende Schritte. Dann wurde die Tür aufgerissen. Vor ihr stand ein Junge, ungefähr ein, zwei Jahre älter als Mady.

„Hey, kennen wir uns?", fragte er grinsend.

Ayleen erwiderte das Grinsen böse. „Nein, aber ich kenne deinen Bruder."

Das Grinsen erstarb auf seinem Gesicht zu einer grotesken Grimasse. „Der ist nicht mehr hier", sagte Trevor leise.

Ayleen sah ihn aufrichtig an „Ich weiß, er wollte zum Meer. Darf ich, äh dürfen wir reinkommen?" Trevor nickte betreten und hielt die Tür weiter auf. Er trat einen Schritt zur Seite. Die beiden Mädchen zogen scharf die Luft ein, als sie das Haus betraten. Die spiegelnden weißen Steine. Die riesige Treppe mit dem geschwungenen Jugendstil-Geländer. Die vielen Bilder im Flur. Ayleen suchte nach Ethan. Konnte ihn allerdings auf keinem der Fotos entdecken.

„Meine Mum ist da, wollt ihr vielleicht mit ihr reden, oder warum seid ihr eigentlich da?", fragte Trevor unsicher.

Caro war sprachlos und viel zu sehr damit beschäftigt, das Haus zu bewundern, als dass sie hätte antworten können.

„Wir wollten nur fragen, ob du oder deine Mutter wissen, wo Ethan hingegangen ist", sagte Ayleen.

„Warum juckt dich das?", erwiderte Trevor gereizt. Aber er schien auch irgendwie traurig zu sein.

„Ich mag deinen Bruder sehr gerne, Trevor."

Als sie seinen Namen sagte, zuckte er erstaunt zusammen. „Mein Bruder hat dir von mir erzählt?"

„Ja", antwortete Ayleen mit einem gequälten Lächeln.

„Wer ist da, Trevor?", rief eine sanfte Frauenstimme.

„So zwei Mädchen, die wissen wollen, wo Ethan ist."

Stille. Dann waren auf einmal hastige Schritte Richtung Eingang zu hören. Ethans Mutter war ganz anders und irgendwie auch genauso, wie Ayleen sie sich vorgestellt hatte: Sie war wunderschön und groß, sie hatte etwas Anmutiges an sich. Aber sie war viel trauriger, als Ethan sie beschrieben hatte. Sie sah viel gequälter, viel wehmütiger aus.

„Guten Tag, Mrs. Farrell", fing Ayleen höflich an und reichte ihr ihre Hand. Katelyn nahm sie und lächelte müde. „Ich wollte Sie fragen, ob sie zufällig wissen, wo Ihr Sohn ist?"

Katelyns Gesicht wurde hart. „Warum interessiert dich das?"

Ayleen schluckte. „Er ist mir ... sehr wichtig."

„Woher kennst du ihn?"

„Ich habe ihn in der Kneipe kennengelernt, in der ich arbeite."

Katelyn warf ihr einen undurchdringlichen Blick zu. „Ich weiß es nicht ...", flüsterte sie voller Reue.

Ayleen starrte sie an und begriff zum ersten Mal, dass Ethan der Grund für ihren Zustand war. Er hatte es vielleicht nicht kapiert, aber seine Mutter liebte ihn. Ayleen lächelte mitleidig. „Hat er nicht mal irgendwas erwähnt ...?"

„Er war vor ein paar Tagen hier, um sich ...", ihre Stimme brach „... zu verabschieden, für immer." Sie wischte sich die Tränen aus dem Gesicht. Trevor legte sanft eine Hand auf ihren Arm. Katelyn nickte ihrem Sohn dankbar zu. „Er hat gesagt, dass er uns vergibt, für alles ...", sie machte eine ausladende Geste. „Unser Leben, dieses Haus ..." Ayleen und Caro wechselten einen erstaunten Blick. „Er hat gefragt, ob wir noch das kleine Ferienhaus haben ...", erwähnte Mrs. Farrell beiläufig. Während Ayleen noch darüber nachdachte, was die Farrells wohl unter einem *kleinen* Ferienhaus verstanden, begriff sie. Ferienhaus.

„Steht das irgendwo an der Küste?", fragte sie etwas zu erwartungsvoll.

Katelyn bedachte sie mit einem irritierten Blick. „Ja, tut es, warum?"

Auf Ayleens Gesicht breitete sich ein glückliches Grinsen aus, das die Farrells nur noch mehr verstörte. „Können Sie mir sagen, wo das ist?"

„Nein, warum willst du das wissen? Das ist Privateigentum." Ihre Stimme war hart und ungnädig geworden. Ayleen wollte etwas ansetzen, aber Katelyn beschloss kalt: „Ich denke, es ist besser, wenn ihr jetzt geht."

„Nein! Bitte, Mrs. Farrell, sagen Sie uns nur die Adresse! Ihr Sohn ist vielleicht dort und er wird nicht für immer dort sein! Es ist sehr wichtig, bitte!", rief Ayleen verzweifelt. Aber Katelyn schloss vor ihnen die Tür.

„Fuck!", schrie Ayleen wütend. „Wir waren so nah dran! So nah!"

Caro ließ ebenfalls die Schultern hängen. Aber sie sagte nichts. Sie liefen wieder zum Auto.

„Wartet!" Irritiert drehten die Mädchen sich um. Trevor stand vor ihnen auf den Treppen vorm Haus. Er lief eilig hinunter und zu ihnen auf die Straße. „Warum ist es so wichtig?", fragte er drängend.

Ayleen sah ihn unsicher an „Dein Bruder will sterben. Wir wollen ihn daran hindern, außerdem hat er etwas Schreckliches getan und soll dafür bestraft werden." Caro starrte sie erstaunt an. Sie hatte nicht damit gerechnet, dass Ayleen ihm die Wahrheit sagen würde.

„Oh Mann, ich sag euch, wo das Haus steht", meinte er leise. „Aber nur, wenn ihr ihm sagt, dass ihr's von mir habt", fügte er schmerzhaft lächelnd hinzu. „Und wenn ihr ihm ein Dankeschön ausrichtet, das schulde ich ihm noch", meinte er tonlos.

Ayleen sah ihn dankbar an. Noch nie in ihrem Leben war sie so erleichtert, so glücklich gewesen. „Danke", sagte sie überschwänglich und ungläubig. Sie hatte aufgegeben gehabt. Verzweifelt, traurig. Am Ende. Und jetzt würde er ihnen helfen. Das würde sie ihm nie vergessen. Egal, wie sehr Ethan ihn hasste.

Trevor Farrell diktierte ihnen die genaue Adresse. Und gab Ayleen zur Sicherheit seine Nummer. „Meine Mutter darf das nie erfahren", sagte er tonlos. Ayleen nickte. „Viel Glück, hoffentlich geht's ihm gut." Trevor nickte ihnen zum Abschied zu und verschwand in der weißen Villa. Ayleen hoffte, egal wie es ihm ging, dass Ethan lebte. Alles andere war ihr im Moment egal. Auch wenn er gehen würde. Sie wollte ihn noch einmal sehen, um ihm zu sagen, dass sie ihn immer vermissen würde, um ihn zu bitten, dazubleiben. Auch, wenn sie wusste, dass sie das nicht von ihm verlangen konnte. Sie stiegen ins Auto. Ayleen war so beschwingt, dass sie am liebsten auf der Straße herumgerannt und gesprungen wäre.

Caro erwiderte ihr glückliches Grinsen und sagte lachend: „Jetzt brauchen wir nur noch einen verdammt guten Grund, um mal eben die nächsten Tage blauzumachen."

15. Ziel

Ayleen hatte ihre Eltern ihr Leben lang um vieles bitten können. Nicht alles war ihr gewährt worden. Aber wenn sie einen guten Grund genannt hatte, hatten ihre Eltern ihr selten im Weg gestanden. Jetzt hatte sie keinen Grund. Keine Erklärung. Sie musste lügen. Nie im Leben hätte sie ihren Eltern die Wahrheit sagen können, wo sie hinwollte ... zu wem ...

Also hatte sie einfach nur darum gebeten, ein paar Tage mit Caro wegfahren zu dürfen. Ohne Grund. Ohne Erklärung. Es war ihr Leben. Sie war volljährig, aber Ayleen wollte dennoch, dass ihre Eltern Bescheid wussten, was sie tat, zumindest solange sie noch bei ihnen wohnte. Vielleicht erhoffte sie sich auch ihren Segen, ein bisschen Glück, denn das würden sie brauchen, sollten sie die Adresse erst einmal gefunden haben.

Aber ihre Eltern hatten nur irritiert den Kopf geschüttelt. Sie hatten es ihr nicht verboten, weil das nicht mehr ihre Aufgabe war. Aber sie freuten sich selbstverständlich nicht darüber.

Das zweite Problem war Mrs. Brooks. Ihre Chefin. Ayleen wandte sich resigniert von ihrem Zimmerfenster ab. Das würden sie nie hinbekommen, diese Frau dazu zu bewegen, gleich zwei ihrer Angestellten spontanen Urlaub zu genehmigen. Also würden sie kündigen müssen. Ayleen seufzte schwer. Der Job war nicht der beste gewesen, aber bei Weitem nicht der schlechteste. Caro würde sich ärgern, da war Ayleen sich sicher, immerhin hatte sie den Job erst vor einer Woche erhalten und würde ihn jetzt gleich wieder aufgeben müssen. Einen kurzen Moment lang glaubte Ayleen, ihre Freundin würde aus diesem Grund hierbleiben.

Sie standen gemeinsam in dem kleinen stickigen Büro von Mrs. Brooks. Sie sah sie ungläubig an und meinte verärgert: „Was wollt ihr?"

Ayleen sah ihr fest in die Augen „Kündigen."

„Aber das könnt ihr nicht machen ... So schnell kriege ich euch nicht ersetzt!"

Caro schluckte hart. Sie war dankbar, Ayleen bei sich zu haben. Gleichzeitig war es aber auch ihre Schuld, dass sie überhaupt hier waren.

„Mrs. Brooks, es ist sehr wichtig für uns, wir haben keine Zeit mehr in den nächsten Tagen, es geht einfach nicht mehr. Wir fahren morgen von hier weg und ..."

„Und was?", fragte ihre Chefin erbost. „Was können zwei junge Frauen wie ihr schon Wichtiges im Leben zu tun haben, das euch zu einem solchen Schritt drängt? Ist der Ruf der Freiheit immer noch so groß? Ich möchte euch ja nicht alle Illusionen rauben, aber das Leben läuft so nicht. Im echten Leben läuft es so, dass man irgendeinen Job hat und jeden Tag arbeitet, um Geld zu verdienen. Mensch, ihr seid doch keine 15 mehr!"

Ayleen funkelte sie böse an. „Es ist wichtig, verdammt wichtig und hier geht's nicht um Freiheit. Es geht um unser Leben, und wir wollen eben nicht für immer hierbleiben. Ich hätte hier sowieso nicht mehr lange gearbeitet."

Mrs. Brooks zog erstaunt die Augenbrauen hoch. Aber sie sagte nichts. So war das Leben nun mal. Man konnte nicht erwarten, überall auf Verständnis zu stoßen. Und selten zogen die Menschen am selben Strang. Jeder lebte sein eigenes Leben, verfolgte seine eigenen Träume, handelte nach seinen eigenen Prioritäten. Jeder stellte sich das Leben und seinen Sinn anders vor. Auch ohne Ethan hätten sie eines Tages hier gestanden und gekündigt, um weiterzukommen, ein Studium zu beginnen oder woanders hinzuziehen. Dieses Gespräch war unvermeidlich gewesen. Schon immer. Eigentlich war das allen Beteiligten auch bewusst. Trotzdem schmerzte der Verlust. Wie er es immer tat.

Als die beiden Mädchen die Kneipe verließen, wurde ihnen auf einmal bewusst, dass sie vielleicht das letzte Mal in ihrem

Leben in diesem Gebäude gewesen waren. Aber mit Sicherheit war es das letzte Mal, dass sie hinter dem Tresen und nicht davor gestanden hatten. Dieser Gedanke erfüllte Ayleen mit Schwermut. Aber sie musste nach vorne schauen. Denn egal, wie schön es sein konnte, zurückzuschauen, man kam nie wieder zurück, also zählte nur die Zukunft, der Weg, der noch vor ihr lag, die Gabelungen, die sie wählen würde, niemals aber der Weg, den sie gekommen war, denn dort würde sie niemals wieder entlanggehen. Nie wieder würde sie auf diesem Weg hinter dem Jetzt stehen. Jetzt war hier, gerade und im nächsten Moment auch schon wieder Vergangenheit. Deshalb war es so wichtig, sich auf den Augenblick, die Gegenwart zu konzentrieren. Sie war alles, das es zu kontrollieren, zu verändern gab, das Einzige, auf das man als Sterblicher Einfluss hatte. Ayleen sah ein letztes Mal die Kneipe an, dann wandte sie sich ab. Der Schmerz war weg. Es gab im Moment Wichtigeres.

Alles, was zählte war die Adresse, die sie erhalten hatten, alles andere sollte Ayleen nicht mehr kümmern. Sie stiegen in ihren kleinen VW. Caro sah sie mit einem seltsamen Blick an, als sie einstiegen.

„Was ist?"

„Nix, aber du schuldest mir was, ich hatte den Job genau eine Woche, und immerhin ist Ethan dein Freund und nicht meiner."

Ayleen lachte gequält auf. „Caro, bitte, ich dachte, es wäre okay für dich? Außerdem, vergiss nicht, warum wir Ethan suchen, *damit* wir ihn deiner Mutter aushändigen, weil *du* nicht mit seinem Geheimnis leben kannst."

„Ich könnte schon mit seinem ...", empörte sich Caro aber Ayleen fiel ihr scharf ins Wort: „Nein, könntest du nicht! Andernfalls würden wir ihn deiner Mutter nicht geben! Du warst nie ein Ethikapostel, wieso solltest du's jetzt sein?"

Caro sah sie wütend an und starrte dann geradeaus durch die Windschutzscheibe. Ayleen bewertete das innerlich als Sieg und startete den Motor. Sie rasten vom Parkplatz. Einen Moment lang empfand sie eine unbeschwerte Erleichterung darüber, nie wieder hierherkommen zu müssen. Ein Stück Freiheit. Stimmte es wirklich, dass man die Freiheit nur vermisste, wenn sie einem genommen worden war? Sie hatte diesen Job verflucht, hatte sich oft eingeschränkt gefühlt und abends nie Zeit gehabt. Was sie davor empfunden hatte, konnte sie kaum noch einschätzen, aber sie hatte ihre Freiheit nicht gesehen. Ethan Farrell war als Kleinkind entführt worden. Vermisste er vielleicht eine Freiheit, die es gar nicht gab? Ihm war jegliche Freiheit genommen worden, er hatte begriffen, was ihm genommen worden war, aber auch erst, als es längst zu spät gewesen war, hatte sein Verstand ihm mitgeteilt, dass er vorher frei gewesen war. Aber jetzt war er wieder hier. Aber das reichte ihm nicht. Konnte es sein, dass er noch immer einen Teil von damals vermisste, den er nie wieder zurückbekommen würde, auch wenn er jetzt frei war? Die einzige Freiheit, an die er sich erinnern konnte, war die Unbeschwertheit eines Kindes gewesen, und die würde er nie wieder zurückbekommen, weil er längst kein Kind mehr war. Niemand würde diese Freiheit behalten. Manchen Menschen fiel nicht einmal auf, dass sie etwas Unwiederbringliches verloren hatten. Manche nehmen es gelassen hin, so wie das Erwachsenwerden, das Altwerden, das Sterben. Andere quälte es. Machte das ihn so verzweifelt? Dass er dieses Gefühl nie wieder rekonstruieren konnte? Ayleen wusste es nicht. Aber sie bekam immer mehr Zweifel, dass Ethan Farrell nur sechzehn Jahre seines Lebens und sein Zuhause verloren hatte. Hatte er sich selbst verloren in diesen grausamen Jahren? War er deshalb so fixiert auf seine Rache? Versuchte er deshalb verzweifelt, sich neu zu erschaffen? Wollte er deshalb so unerbittlich sterben? Weil er sich selbst nicht mehr wiederfand? Nicht hier in seiner ehemaligen Heimat und auch nirgendwo sonst? Warum wollte er dann ans Meer? War das der beste Ort, um zu sterben? Oder wollte er dorthin, weil er sich daran erinnern konnte, dass es dort schön gewesen war? Alles, was Ayleen zu ihm gesagt hatte, war das sinnlos gewesen? Sie starrte geradeaus auf die Straße. Aber sie sah ins Leere. In eine andere Dimension. Warum war das Leben so, wie es war?

Und warum gab es genau auf diese Frage keine Antwort?

Caros Handy klingelte. „Hey, Mark, ja wir sind auf dem Weg ... Ja, zu mir ... ja, wir sind gleich da ... Ja, hatte was vergessen ... Ja, bis gleich."

Das Gespräch riss Ayleen aus ihren Gedanken. „Du hast es ihm gesagt?", rief sie empört, mit einer Spur Verzweiflung. Was, wenn Mark sie jetzt umstimmen wollte? Was, wenn er alles kaputt machte? Warum, verdammt noch mal, hatte sie ihn eingeweiht? Am liebsten wäre Ayleen nicht mehr bei Caro vorbeigefahren, sondern direkt in Richtung Küste aufgebrochen. Aber das hier war die Realität, in der man keine Manöver durchführen konnte, sondern sich strikt an einen vorher abgesprochenen Plan hielt. Auch wenn man den Plan hasste. Andernfalls gäbe es Konsequenzen, die Ayleen nicht erleben wollte. Sie würde Caro verlieren. Und wie sehr sie sie auch in letzter Zeit gehasst hatte, sie wollte sie nicht verlieren. Nicht, wo sie wusste, dass sie schon Ethan verlieren würde, verloren hatte?

Sie rollten auf den Hof. Schon von Weitem hatten sie Mark mit einer Reisetasche vor Caros Haus sehen können. Ayleen hatte ein gequältes Stöhnen unterdrücken müssen. Caro sprang aus dem Auto und warf sich Mark in die Arme. Ayleen blieb resigniert im Auto sitzen. Das Leben *konnte* so schön sein. Nur war es das niemals für alle. Niemals gleichzeitig. Niemals für immer. In diesem Moment beneidete sie ihre Freundin, wie noch nie in ihrem Leben. In diesem Augenblick konnte sie Mark nicht einmal hassen. Er machte Caro glücklich. Und sie konnten nichts für ihr Glück, es war Zufall gewesen, oder Schicksal, wie man es eben sah. Ayleen wollte nicht an ein Schicksal glauben, das machte jede Handlung relativ. Was war noch so besonders daran, jemandem das Leben zu retten, wenn sein Schicksal es seit seiner Geburt vorsah? Gäbe es ein Schicksal, es gäbe keine freien Entscheidungen mehr, keine falschen, aber auch keine richtigen. Es gäbe keine Opfer, die jemand aus Güte oder aus Großmut, aus Vernunft gebracht hätte, alles wäre vorherbestimmt, nichts wandelbar, nichts flexibel, nichts könnte sich ändern. Alles würde vorgeschrieben sein. Ein ganzes Leben, wie lange und schön es sein und empfunden würde. Jede noch so kleine Handlung wäre demnach nur ein kleiner Satz in einem Drehbuch, das niemals enden und von unsichtbarer, aber allmächtiger Hand geschrieben würde. Ein Schicksal war eine grausame Vorstellung. Es war das Gegenteil von Willensfreiheit. Das Gegenteil von Freiheit überhaupt. Ayleen stieg aus. Wenn Caro dachte, sie würde Mark einfach so mitnehmen, hatte sie sich geirrt.

„Hallo Mark, wie schön dich zu sehen." Mark starrte sie verwundert an. Was hatte er erwartet? Ayleen runzelte genervt die Stirn. „Du kommst mit uns?"

Mark sah sie etwas unsicher an. „Ja, Caro meinte, das sei okay, immerhin seid ihr dann nicht ganz allein …"

„Mark", fing Ayleen betont langsam und eindringlich an „Wir sind erwachsen und haben unser bisheriges Leben auch ohne dich gemeistert, das hier werden wir auch alleine schaffen, versprochen. Und ich bringe dir Caro auch wieder heile nach Hause."

Mark musterte sie von oben bis unten. Ayleen war das sehr unangenehm und sie konnte nicht einmal genau sagen, warum. Vielleicht lag es daran, dass sie nie sicher war, woran sie bei Mark war.

„Mark, wir sind nicht *alleine*. Wir sind zu zweit." Ayleen warf ihm einen energischen Blick zu.

Caro verzog das Gesicht. „Wieso? Ayleen! Er kann doch mit, dann sind wir nicht nur als zwei Frauen alleine unterwegs … Und wenn wir Ethan treffen und er ausra…"

„Er ist nicht gefährlich! Klar?", schnitt Ayleen ihrer Freundin das Wort ab.

Caro sah sie verdattert an. „Okay, okay, wollte ja nur sagen."

„Okay, hast du", erwiderte Ayleen kühl. „Kannst du dann mal deine Sachen holen, damit wir losfahren können", fügte sie ungeduldig hinzu.

Caro schlurfte langsam ins Haus. Ayleen wandte sich mit funkelnden Augen Mark zu. „Mark, wenn du mir das versaust, werde ich dich mein Leben lang hassen, klar?"

Mark zog erstaunt die Augenbrauen hoch und nickte hastig. „Klar, Boss, also darf ich mit?"

Ayleen zuckte mit den Achseln. „Kann ich dich daran hindern?"

Mark grinste. „Na ja, immerhin dein Auto, ne? Aber sonst? Eher nicht."

Ayleen musste unwillkürlich grinsen. „Okay, komm mit, aber ich meine es ernst, wenn du auch nur ein einziges Mal versuchst, mich umzustimmen, oder wenn du anfängst, Ethan zu beleidigen, dann schmeiß ich dich, egal wo wir gerade sind, am Straßenrand raus, klar?"

Mark grinste breit und meinte vergnügt: „Alles klar, Boss." Er packte seine Tasche ins Auto und lehnte sich dann neben Ayleen gegen die Karosserie. Nach einer Weile kam Caro zurück. Ayleen spürte eine nervöse Freude in sich aufsteigen. Endlich ging es los. Endlich würden sie Ethan finden. Endlich würde sie ihn wiedersehen. Hoffentlich würde sie ihn wiedersehen ... Hoffentlich würde er noch am Leben sein, wenn sie kommen würden ...

Sie rollten vom Hof. Es dämmerte bereits. Caro programmierte das Navi. Sie würden mehrere Stunden brauchen. Ayleen versuchte, positiv zu denken, aber sie waren trotzdem nur zwei Fahrer, weil Mark mit gebrochenem Arm nicht fahren konnte. Aber sie konnte nicht an Ethan denken, sonst wurde ihr schlecht vor Angst. Denn die Chance, dass sie zu spät kommen könnten, existierte. Und das Leben war kein Märchen, es gab keine bösen Hexen, keine magische Drei, keine perfekten Zufälle, kein absolut stimmiges Timing.

Es war immer noch warm. Der Wind wehte leicht. Er stand an der Klippe, wie jeden Abend. Es ging weit hinunter. Zu weit. Unter ihm schlug das Wasser gegen den Stein. Langsam breitete er die Arme aus. Fliegen. Fliegen wäre schön. Warum konnten das die Menschen nicht? Wo sie doch sonst alles unterjocht hatten? Nur der Himmel war immer noch nicht frei begehbar. Ethan Farrell hob den Kopf und sah in den dunklen Himmel. Die Unendlichkeit des dunklen Blaus verstörte ihn und ließ gleichzeitig seine Augen tränen. Trotzdem wandte er den Blick nicht ab. Ganz leicht beugte er sich nach vorne. Fallen. Fallen wäre wie fliegen. Nicht so frei, nicht so lange. Ohne heile Landung. Aber das Gefühl wäre vielleicht das gleiche? Er würde es sowieso nie wissen. Er würde nie fliegen können.

Er riss die Arme weit auseinander. Schloss die Augen und ließ sich langsam nach vorne fallen. Ein letztes Mal riss er die Augen auf. Dunkelheit. Ebenmäßig. Unendlich. Dann ließ er sich fallen. Es war wie fliegen. Oder war fliegen langsamer? Er würde es niemals wissen.

Es wurde dunkler und dunkler. Mittlerweile fuhr wieder Ayleen. Mark saß neben ihr und war ebenfalls kurz vorm Einschlafen. Auch er rieb sich immer wieder die Augen. Caro lag auf der Rückbank und schlief. Ayleen war müde, aber sie konnte nicht schlafen. Zu sehr war sie in ihren Gedanken gefangen. Sie starrte nach draußen ins Schwarz, in dem die Lichter der Autos wie in einer anderen Dimension vorbeizogen. Es war schön, fand sie, wenn man die Geduld hatte, die Zeit, wenn man nur im Auto saß, um *irgendwann* anzukommen, nicht aber, wenn man Angst hatte, die Zeit würde einem davonlaufen. Waren sie zu spät? War Ethan Farrell noch auf dieser Welt? Noch in diesem Leben, ob es nun ein nächstes gab oder nicht? Was sollte sie machen, wenn er tot war? Mit seinen Geheimnissen sterben? Nein, sie würde sie weitererzählen. Jeder sollte seine Geschichte kennen oder zumindest den kleinen Teil, den sie kannte. Die Menschen sollten in ihm nicht nur einen Mörder sehen, der er sicher war, aber nicht nur. Er war ein Mensch gewesen (?), der furchtbare Dinge gesehen, erlebt und schließlich getan hatte. Als würde er damit der Welt zeigen, was aus ihm geworden war, was aus Menschen wird, die so lebten, wie er es hatte tun müssen. Es schmerzte sie. Aber sie konnte es nicht mehr ändern. Er war ihr zu wichtig geworden, aber sie würde damit leben müssen. Und eines Tages würde sie das hinbekommen. Eines Tages würde der Schmerz nur noch eine traurige Erinnerung sein, aber nicht mehr der Auslöser eines kalten Vakuums in ihrem Inneren. Sie sah diesem Tag mit Erleichterung entgegen. Dieser Tag würde wieder vieles vereinfachen. Und auch wenn sie keinen Einfluss darauf hatten, ob sie Ethan noch einmal sehen sollten oder nicht, sich selbst konnte sie beeinflussen. Alles würde besser werden. *Irgendwann* würde alles besser werden. Ethan Farrell hatte ihr für vieles die Augen geöffnet. Sollte das das Einzige bleiben, das sie von ihm behalten würde, dann wäre es nicht umsonst, es wäre den Schmerz wert.

„Caro hat gemeint, ihr übergebt ihn der Polizei?"

Ayleen brauchte einige Sekunden, um zu verstehen, dass er sie angesprochen hatte. „Ja, ... werden wir wohl, auch wenn's mir leidtut, das, was er getan hat, war furchtbar."

Mark nickte zufrieden. Es war die Antwort, die er erhofft hatte. Warum bekam er so oft, was er hoffte? Warum galt das nicht für alle Menschen? Nur für wenige glückliche?

„Wenn er noch lebt?", fiel ihr plötzlich ein. „Hä?", Mark drehte sich irritiert zu ihr.

Ayleen erwiderte seinen Blick nur kurz und sah dann wieder nach vorne. „Er will sterben, Mark, schon die ganze Zeit. Und er meint das ernst, glaube ich. Er hat hier auch nichts mehr, was ihn hält."

Mark schnaubte beinahe wütend. „Der Kerl ist doch echt bescheuert." Ayleen wollte ihm gerade ins Wort fallen, als er hinzufügte: „Er hat dich, Mann, wie viele können das von sich behaupten, und wenn er nicht checkt, wie viel Glück er da hat, ist er echt selbst schuld."

Ayleen sah Mark mit großen Augen an. So hatte sie das noch nie gesehen. War es besonders, gar bedeutend, ja lebenswert *sie* an seiner Seite zu haben? Oder wollte Mark ihr nur Mut machen? Ayleen drehte den Kopf wieder weg. Das alles ergab keinen Sinn. Ethan war nicht wie alle anderen Menschen, die sie kannte, er war nicht wie Mark. Sie wusste nicht, was er dachte, was er fühlte, und wie er wirklich das Leben sah. Es würde wohl ein ganzes Leben dauern, um Ethan wirklich kennenzulernen, alles über ihn zu wissen. Diese Zeit hatte sie nicht. Sie würde vermutlich nicht mal mehr die Wahl haben, sich dafür oder dagegen zu entscheiden. Geschweige denn, dass sie überhaupt jemals vor diese Wahl gestellt worden wäre.

Es dämmerte bereits, als Caro erwachte. Langsam richtete sie sich auf der Rückbank des kleinen Wagens auf. Ayleen fuhr immer noch. Sie bewunderte sie für ihre unglaubliche Ausdauer. Aber so war Ayleen schon immer gewesen: Wenn sie etwas unbedingt wollte, war sie unfassbar stur. Mark war auch immer noch wach. Sie war ihm dankbar, dass er mitgekommen war, auch wenn das ihrer Freundin gar nicht gefiel. Sie betrachtete ihn von der Seite. Es war ein ganz schönes Opfer für ihn gewesen, mitzukommen und trotzdem hatte er es getan, für sie. Caro brauchte ihn wegen seiner Hilfsbereitschaft, wegen seiner Fürsorglichkeit und nicht zuletzt wegen seiner Liebe.

Sie grinste ihn verschlafen an, als er sich umdrehte. „Na, wach?"

„Ja", murmelte sie.

Mark lächelte freundlich. Aber auch ihm war die Müdigkeit langsam anzusehen. Caro musste lächeln. Manchmal nervte er sie so sehr, dass sie sich überlegte, wie lange ihre Beziehung wohl noch halten würde, aber manchmal, so wie in diesem Moment, empfand sie nur noch Liebe für ihn. Sie war dankbar, dass er dabei war, dass er mit ihnen kam, obwohl das alles nichts mit ihm zu tun hatte. „Danke", flüsterte sie sanft, „dass du mitkommst."

Mark zwinkerte ihr zu. „Ich lass doch nicht meine Freundin mit einer Fanatikerin alleine zu einem Psychopathen fahren", wisperte er grinsend.

„Das habe ich gehört, Mark", meldete Ayleen sich von der Fahrerseite. „Wir können gleich hier anhalten und ich schmeiß dich raus!", aber ihrer Stimme war anzuhören, dass sie es nicht ernst meinte.

Caro und Mark fielen in ein verhaltenes Lachen. „In fünf Minuten müssten wir laut Navi da sein", kommentierte Mark erleichtert. Die lange Fahrt machte allen zu schaffen. Sie fuhren weiter. Ayleen konnte kaum noch die Augen offen halten, aber die Nachricht, dass sie bald ankommen würden, erfüllte sie mit neuer Kraft. Auf der Straße waren nur wenige Autos, weswegen sie schnell vorankamen.

„Da ist das Meer!", rief Caro auf einmal begeistert. Sie wandten alle die Köpfe zur Seite. Da lag es, das Wasser. In einem hellen Grau vom Himmel bewegte es sich in seichten Wellen. Der Anblick veränderte die Stimmung in dem kleinen Auto, er veränderte sie. Auf einmal fühlten sie sich wieder wach. Das Meer war das Symbol ihres Ziels. Sie waren da. Sie hatten es geschafft.

Ayleen bog in eine kleine Seitenstraße und fuhr ganz bis ans Ende. Auch hier säumten teure Ferienhäuser die Straßen. Sie ließen die Fenster herunter. Kein Laut war zu vernehmen, bis auf das Rauschen des Meeres und das verhaltene Zwitschern der Vögel. Es roch nach Küste. Ayleen bemerkte, wie sehr sie sich nach dem Meer gesehnt hatte. Seit Jahren war sie nicht mehr an der Küste gewesen. Es war wundervoll, wieder hier zu sein. „Sie haben das Ziel auf der linken Seite erreicht", erklang die mechanische Stimme des Navis.

„Wir sind da!", rief Caro begeistert und sprang aus dem Auto. Ayleen konnte es nicht fassen. Sie blieb einen Moment sitzen und starrte nur geradeaus. Sie waren da. Sie waren wirklich da. Jetzt mussten sie ihn nur noch finden. Sie würde ihn wiedersehen. Ethan, bitte lebe noch, bitte, bitte lebe noch. Was auch immer du für einen Grund hattest, bitte sei noch nicht fort. Ihr Herz wollte zerspringen vor Freude und gleichzeitig bereitete es sich auf den grausamsten Schock ihres Lebens vor.

Ayleen stieg aus.

„Das muss es sein", meinte Mark. Er wirkte kein bisschen müde. Vielmehr starrte er voller Bewunderung die herrschaftliche weiße Villa am Ende der Straße an.

„Ja", erwiderte Ayleen angespannt. Voller Bange ging sie auf die dunkelgrüne Haustür zu. Sie klopfte. Eine Klingel sah sie nicht. Keine Reaktion. Keine Schritte. Nichts. Ayleen merkte, wie ihr übel wurde. Ihr Inneres krampfte sich zu einem sauren Klumpen zusammen. Waren sie wirklich zu spät? War es vorbei? Wo war er dann? Wo war Ethan?

„Warum gehen wir nicht mal hinten rum?", schlug Caro vorsichtig vor.

„Durch den Garten?", fragte Mark.

„Jap, warum nicht?"

Sie liefen los. Ayleen folgte ihnen. Die Welt war taub. Sie konnte nichts mehr sehen. Nichts mehr hören. Die Tränen verschleierten ihren Blick und in ihren Ohren rauschte panische Angst. Der Garten war leicht verwildert, aber wunderschön, ein echtes Paradies.

„Unglaublich!", platzte es aus Caro heraus, als sie im Garten standen. Der Garten hatte einen kleinen Zaun, dahinter erstreckte sich ein kurzer Weg und dann kam das Meer. Tief. Endlos. Die Klippen machten rechts von ihnen in 200 Metern eine Rechtskurve, sodass sie eine kleine Bucht bildeten, in die man allerdings vom Garten aus keine Sicht hatte. Ein wahres Paradies. „Reich sein muss echt schön sein", schwärmte Caro und Ayleen warf ihr einen bösen Blick zu, weil sie offenbar vergessen hatte, warum sie hier waren.

„Gehen wir runter?", fragte Mark erwartungsvoll.

„Und was ist mit Ethan?", presste Ayleen zwischen zusammengebissenen Zähnen hervor.

„Was weiß ich? Vielleicht ist er gerade einkaufen oder … keine Ahnung."

Oder tot. Ayleen lief ihnen dennoch hinterher. Noch hatte sie die Hoffnung nicht aufgegeben, aber dieses Gefühl der Unsicherheit zerriss sie innerlich. Es musste bald aufhören, sonst würde es sie zerstören. Wenn er tot war, dann konnte das niemand mehr ändern, aber sie wollte es jetzt trotzdem wissen. Sie liefen durch den Garten, durch die kleine schmiedeeiserne Tür. Der Wind wehte in einer milden Brise. Es wäre wunderschön hier, wenn der Grund ihrer Anwesenheit ein anderer gewesen wäre. Aber man konnte sich so etwas eben nie aussuchen. Das Leben war eine chaotische Abfolge von Ereignissen, die selten stimmungsvoll zueinanderpassten. Aber manchmal war genau das der Grund, der das Leben so schön machte: Es war niemals einfach nur schön, aber es war auch niemals einfach nur furchtbar. Ayleen lief an ihren Freunden vorbei, die das Wasser bewunderten. Der Weg neigte sich steil nach unten zu dem kleinen Sandstrand.

Sie hatte keine Augen für das Wasser, für die Welt drum herum. Gehüllt in ein Vakuum stolperte Ayleen weiter, ohne zu fühlen, ohne wahrzunehmen, wer sie war oder wo. Wie in Trance setzte sie einen Fuß vor den anderen durch eine surreale Welt. Der Weg, dem sie folgte, war ihr unbekannt, sie wusste nicht, was sie am Ende erwarten würde. Dieser Weg symbolisierte auf einmal mit einer solchen Macht das Leben, wie nie ein Weg es vorher getan hatte. Denn das Ende dieses Pfades hatte eine Bedeutung, andere Enden hatten das nie gehabt. Sie wollte, dass Ethan lebte, aber sie wusste nicht, ob sie das wollen sollte. Durfte. Sie richtete ihren Blick auf den kleinen Strand in der Bucht. Ihr Herz setzte aus. Ihr Verstand überschlug sich. Das Chaos übernahm die Führung. Dort lag jemand.

Und dann erkannte sie ihn. Er lag im Sand. Regungslos. Endlos. Für immer. Ayleen wollte schreien. Aber ihr Hals war zu trocken, ihr Inneres zu sehr am Zerreißen. Er hatte zum Meer gewollt und hier war er gegangen. Für immer. Und sie würde ihm nicht folgen können. Er war weg. Für immer. Sie spürte nicht, wie sich ihre Schritte beschleunigten, wie sie anfing zu rennen. Verzweiflung. Panik. Aber sie rannte umsonst. Zeit spielte keine Rolle mehr, Zeit existierte nicht mehr. Es war vorbei. Sie hatte verloren, was auch immer sie gewonnen hätte ... Fünfzig Meter vor seinem Körper wurde sie langsamer. Es war zu steinig, um zu rennen. Und es war zu sinnlos. Sie konnte nicht mehr.

Aber warum hier? Warum so? Warum sah er nicht tot aus? Ayleen starrte nach unten. Und dann bewegte er sich plötzlich. Seine Bewegung kam aus dem Nichts. Ganz langsam hob er wenige Zentimeter den Kopf. In seinem ganzen Leben hatte keine seiner Bewegungen eine derart große Rolle gespielt. Sie hatten ihm das Leben gerettet, ihn vor Schmerzen bewahrt, Schmerzen zugeführt, Leben genommen. Es war nur eine bedeutungslos scheinende Geste des Aufstehens. Aber für Ayleen veränderte sie alles. Ihre Welt erstarrte, explodierte und setzte sich neu zusammen. Das Chaos beruhigte sich, um wieder im Durcheinander zu enden. Der Schmerz verschwand. Freude stieg in ihr auf. Erleichterung. Er lebte! Sie waren nicht zu spät! Sie würde ihn noch einmal wiedersehen. Im Moment zählte nur das Jetzt, das er lebte. Ayleen vergaß, dass er gehen wollte, dass er gehen würde, dass er eines Tages nicht mehr aufstehen sollte. Ethan Farrell erhob sich und sah fassungslos in ihre Richtung. Einen Moment lang blieb er einfach nur so stehen und sah sie an, wie einen Geist, eine Halluzination aus längst vergangenen Tagen. Dann begann er zu laufen. Unvermittelt, unwillkürlich, automatisch, als würde sie das unbewusste Ziel seines Leben sein, sein Pol. Ayleen rannte auch wieder los. Ihr Gesicht zeigte ein überglückliches Grinsen, das es nie zuvor getragen hatte. Sein Gesichtsausdruck war verwirrt, aber erfreut. Er sah aus, als wäre gerade etwas passiert, dass er für so unmöglich gehalten hatte, dass er nicht glauben konnte, dass es tatsächlich passierte. Ayleen warf sich ihm in die Arme, als wäre er der Überlebende eines Krieges. Ethan schlang seine Arme um sie und hielt sie fest. Nie wieder wollte sie ihn gehen lassen. Sie spürte nicht, wie ihr die Tränen der Freude übers Gesicht liefen. Er lebte noch! Er war noch hier. Wie sehr sie ihn wirklich vermisst hatte, wurde ihr erst jetzt dadurch bewusst, wie übermäßig sie sich freute, ihn wiederzusehen. In ihrem ganzen Leben war sie noch nie so glücklich gewesen. Nach einer Weile löste sie sich von ihm, um ihm ins Gesicht sehen zu können. Er ließ seine Hände um ihre Taille liegen. Ayleen berührte ihn sanft am Arm.

„Du bist noch hier", flüsterte sie leise.

Ethan starrte sie immer noch fassungslos an. „Ja", brachte er tonlos hervor.

„Ich dachte, wir wären zu spät ..." Sie wandte den Blick ab von ihm hin zum Meer. „Ich habe dich vermisst, Ethan", sagte sie mit wieder etwas festerer Stimme und sah ihm ins Gesicht.

Ethan lächelte auf eine seltsam fremde Art. Sie hatte nie einen Menschen so lächeln sehen. Und sie würde dieses Bild nie vergessen können, auch wenn sie nie in der Lage sein würde, seinen Ausdruck in Worte zu fassen. Wehmut und Freude, Verwunderung, Schmerz, Trauer, Erleichterung, das alles mischte sich in seinem Lächeln. „Wie habt ihr mich gefunden?", fragte er völlig irritiert.

Ayleen grinste. „Trevor hat uns diese Adresse gegeben. Er wollte übrigens, dass du das weißt. Ach ja, und er möchte sich bei dir bedanken, du wüsstest schon wofür?"

Ethan starrte sie verblüfft an. „Ja", meinte er leise und nachdenklich, „ich weiß, was er meint." Ethans Blick wurde fester und eindringlicher. „Warum bist du hier?", fragte er leise, aber bestimmt.

Sie wusste einen Moment lang nicht, was sie sagen sollte. Was wollte er hören? Sollte sie ihm die Wahrheit sagen? Aber wenn die Wahrheit etwas war, das diesen Moment zerstören würde? Würde er sie dafür hassen? Wäre es ihm egal? Das Leben besaß keinen Reset-Button. Es ließ sich nicht noch einmal wiederholen. Nichts ließ sich wiederholen. Man hatte nur eine Chance und musste mit den Konsequenzen leben. Wie einfach wäre es mit solch einem Knopf, man würde viel mehr riskieren, viel mehr ausprobieren, viel unbedachter leben, man hätte weniger Angst. Aber wer konnte schon sagen, ob man am Ende tatsächlich mehr erreichen würde, ob es einen glücklicher werden ließe. Es spielte keine Rolle, die Chance, im Leben den Reset-Knopf zu betätigen, würde man niemals erhalten, also sollte man auch nicht darauf warten. Stattdessen sollte man seine Handlungen hinnehmen, bereuen, sich freuen und niemals vergessen. Denn nur aus den schmerzhaften Fehlern des Lebens lernte man. Ayleen beschloss in diesem Moment, Ethan nur einen Teil der Wahrheit zu erzählen. Sie würde nie erfahren, ob das die richtige Entscheidung war, oder ob es bessere Alternativen gegeben hätte. Sie hatte sich in diesem Moment dazu entschieden. Das Leben würde sich nicht wiederholen. Sie würden nie wieder an diesem Tag um diese Zeit aus denselben Gründen hier stehen.

„Ich wollte noch mal mit dir reden ... Ich wollte dich noch mal sehen ..." Letzteres sagte sie so leise, dass sie befürchtete, er hätte es nicht verstanden.

Aber Ethan hatte gehört, was sie gesagt hatte. „Du hast mich vermisst?", fragte er ungläubig.

Ayleen nickte. Ethan verzog leicht das Gesicht, um gegen die aufsteigenden Tränen zu kämpfen. „Ich hätte nicht gedacht, dass wir uns noch mal sehen würden, nach all dem, was passiert ist ..."

„Du hast mal gesagt, du würdest mir irgendwann einmal alles erzählen, ... deine ganze Geschichte? Tust du das noch?"

Ethan wirkte überrascht. „Wirklich? Du willst das wissen? Alles?"

Ayleen nickte langsam. „Alles."

Ethan lächelte bitter. „Wie du willst." Seine Stimme klang allerdings sanft und ohne jeglichen Vorwurf. „Wie ich sehe, hast du deine Freunde mitgebracht."

Ayleen senkte den Kopf. „Ja, aber ich habe ihnen klargemacht, dass sie dich in Ruhe lassen sollen."

Ethan nickte langsam. Dann sah er sie wieder an. „Ich hätte nie gedacht, dass du kommst." Ayleen wusste nicht, was sie daraufhin antworten sollte, also blieb sie ihm die Antwort schuldig.

„Ich habe dich auch vermisst", meinte er traurig und zog sie auf einmal wieder in eine Umarmung. „Mein Gott", presste er zwischen Tränen hervor, „ich hätte nie im Leben auch nur gewagt zu hoffen, dass ich dich wiedersehen würde, und du kommst einfach her … ich dachte immer, allein sein wäre kein Problem für mich, aber die letzte Woche hat so viel verändert."

„Ich dachte, du wärest tot!", rief sie gedämpft. „Ich dachte du hättest dich umgebracht, als du da gerade gelegen hast …!"

„Ich wollte", gab er verbittert zu. „Aber ich konnte nicht."

Ayleen schmiegte sich noch enger an ihn. In diesem Moment, in dem er das gesagt hatte, keimte zum ersten Mal in ihr die Hoffnung auf, er könnte am Leben bleiben. Aber sie hatte gleichzeitig Angst, dieser Hoffnung zu viel Bedeutung beizumessen, zu sehr darauf zu warten.

„Du willst alles wissen?", fragte er unvermittelt. Sie nickte. „Okay, ich werde dir alles erzählen, aber versprich mir, dass du mich danach nicht hassen wirst?" Seine Stimme klang, als könnte er das nicht erwarten.

„Ich verspreche es." Ayleen sagte das nicht nur so. Sie meinte es auch so. Nach alldem, was sie über ihn wusste, konnte sie ihn nicht hassen, sie würde das auch nicht tun, egal was auch immer er ihr noch erzählen würde.

Ethans Welt war gebrochen worden, vor Jahren. Sie war nie wieder geheilt, nie wieder zusammengewachsen. Sie war als Krater stehen geblieben, wie ein Riss in der Erde, erzeugt durch tektonische Plattenverschiebung, unmöglich sich jemals wieder zu schließen, determiniert weiterzureißen. Seine Welt war schwarz gewesen, farblos, dunkel, verzweifelt. Und dann hatte er angefangen zu verbittern, die einzige Akzeptanz, die er aufbringen konnte. Seine Welt hatte sich von Schwarz in Grau gewandelt. Und so war sie geblieben. Grau. Schmerzhaft, bitter, trostlos, ohne Hoffnung. Grausam. Doch dann war er Ayleen begegnet. Sie war zu dem einzigen Licht in seinem Leben geworden. Aber er hatte nicht erwartet, dass sie ihm folgen würde, dass sie ihn vermissen würde, dass sie zurückkäme. Aber jetzt war sie hier. In dem Moment, in dem er sie gesehen hatte, war seine Welt ein bisschen heller geworden. Seit sechzehn Jahren war er zum ersten Mal richtig glücklich gewesen, hatte sich gefreut über einen reellen Zustand, hatte im Jetzt Freude gefunden, nicht in der Vergangenheit, nicht in surrealen Träumen. Es fühlte sich an wie etwas, dass er seit einer Ewigkeit nicht mehr empfunden hatte, das er gedacht hatte, niemals wiederzufinden, das so weit verloren gewesen war, dass selbst die Erinnerung daran immer weiter verblasste. Zu Hause. Ayleen wiederzusehen, fühlte sich an, wie nach Hause zu kommen.

Sie folgten dem Weg wieder nach oben. Mark und Caro standen da und starrten sie ungläubig an. Ethan spürte die unangenehme Spannung zwischen den beiden und ihm. Er wünschte, sie wären nicht hier. Mark musterte ihn vorsichtig. Ethan erwiderte seinen Blick eiskalt. Niemals würde er sich von ihm einschüchtern lassen, egal wie unterlegen er sich auch fühlte. Niemals würde er Ayleen wieder an sie beide aushändigen. Sie bildeten einen Keil zwischen Ayleen und ihm. Einen gefährlich scharfen Keil. Aber diesmal würde er nicht so einfach nachgeben, diesmal würde er nicht aufgeben.
„Du bist noch da, Mann", kommentierte Mark sein Auftreten.
Ethan erwiderte seinen Blick ruhig und gefasst. Mark würde niemals begreifen, niemals verstehen, wer er war, warum er hier war, warum die Dinge so gelaufen waren und nicht anders. Er würde sich nicht mit Mark anlegen, ihn nicht provozieren. Das hatte das letzte Mal zu nichts als einem gebrochenen Arm geführt, es würde auch diesmal zu nichts führen. Ethan schwieg. Mark erwartete nicht wirklich eine Antwort. Caro sah ihn fasziniert an. Musterte ihn von oben bis unten. Ihr abschätziger Blick war Verblüffung gewichen, aber in diesem Fall war es wieder Ethan, der nicht verstand, warum. Aber es interessierte ihn auch nicht. Ihre Welt und seine, sie hatten nur einen einzigen Berührungs-

punkt, und das war Ayleen. Nichts, aber auch rein gar nichts aus Caros Welt wollte Ethan sehen, außer ihrer Mutter. Er wollte Clinton leiden sehen, weil sie auf seiner Liste stand, weil die Liste vorbei, aber niemals egal sein würde, weil er nicht begriffen hatte, dass Monica Clinton längst gelitten hatte. Und er wollte gehen, was wiederum Caro niemals verstehen würde. Ethan hatte ewig gedacht, dass es die Welt sei, die Menschen, seine alte Heimat, die ihn drängten, diesen Planeten, diese Welt für immer zu verlassen, aber ihm war langsam klar geworden, dass er es selbst war, dass es das war, was aus ihm geworden war, was er getan hatte. Er konnte nicht mehr davor weglaufen, davor fliehen. Er ekelte sich vor sich selbst, vor dem Monster, zu dem er mutiert war. Er war gefangen in seinem eigenen Körper, mit diesem grausamen – seinem – Leben, und er würde nie die Chance auf ein anderes bekommen. Es war vorbei. Manche Dinge endeten einfach und fingen nie wieder an. So wie das Leben, war man erst einmal tot, würde man nie wieder leben.

Diese sechzehn Jahre hatten ihn zerstört. Er verkraftete sie nicht. Sie würden immer sein Leben sein. Er würde sie nie endgültig vergessen. Sie waren seine Kindheit, seine Jugend. Sie waren sein Ursprung, denn er würde immer mehr vergessen, was er vor seiner Entführung gesehen, wie er damals die Welt betrachtet hatte. Aber die sechzehn Jahre würden bleiben, mit allem, was sie bewirkt hatten, mit all ihren Prägungen, all ihren Grausamkeiten. Ethan Farrell konnte in keinen Spiegel mehr sehen, ohne dass ihm übel wurde, er hasste es, sich selbst zu sehen. Er sah nicht aus, wie er sich fühlte. Sein Gesicht zeigte nicht den Schmerz und das Chaos in seinem Inneren. Sein Gesicht zeigte nicht, wer er geworden war. Es war nur ein Gesicht. So wie das von jedem anderen. Nur verbarg sich hinter seinem eine Welt aus Brutalität aus dreckigen Geheimnissen, aus Vergeltung und Rachegeist. Wie sollte jemals die Hoffnung, die Ayleen in ihm keimen lies, genug fruchtbaren Boden finden, um über alles andere emporzuwachsen? Er würde ein Krüppel bleiben in seinem Inneren, egal was mit seiner Welt noch passieren würde. In diesem Moment, in dem Caro irgendetwas sagte, was er nicht verstand, weil er ihr nicht zuhörte, wünschte Ethan sich einen Unfall, eine Amnesie. Die einzige Chance von vorne anzufangen, ohne die graue Vergangenheit, die er auf sein Gewissen geladen hatte. Caro warf ihm einen erwartungsvollen Blick zu. Was auch immer sie gesagt hatte, es bezog sich anscheinend auf ihn. Ethan sah sie kalt an.

„Ethan?", fragte Ayleen plötzlich mit sanfter Stimme.

Er wandte seinen Kopf nach links, um ihr ins Gesicht sehen zu können. Sie sah ihn gespannt an. „Was ist?", fragte er leise, um sie darauf hinzuweisen, dass er nicht aufgepasst hatte.

Ayleen grinste. „Caro, hat gefragt, ob wir ein paar Tage hierbleiben dürfen, … also, wenn *du* hierbleibst?"

Ethan warf Caro und Mark einen schnellen Blick zu. „Kann ich sie daran hindern?", fragte er Ayleen ernst.

Ayleen erwiderte seinen Blick mit einer Spur Enttäuschung. „Nein, eher nicht, außer ich gehe auch."

Ethan schüttelte kaum merklich den Kopf. „Nein, dann sollen sie bleiben." Er drehte langsam den Kopf wieder in Caros Richtung. „Ihr könnt bleiben." Caro wirkte erleichtert.

„Ist das wirklich okay für dich, Ethan?", fragte Ayleen besorgt.

Er drehte den Kopf zu ihr und sah ihr erstaunt in die Augen. „Ja", meinte er etwas irritiert. „Warum nicht?"

„Vielleicht, weil du wieder zurückwillst?"

„Zurück wohin?", erwiderte er verwundert.

Ayleen starrte ihn an. Dann verstand sie. Er war frei. Er hatte kein Zuhause mehr. Er war dort, wo er war. Es gab kein *Zurück* irgendwohin. Sie nickte. „Du willst hierbleiben, Ethan?"

„Ja, im Moment schon. Hier ist es doch schön?", antwortete er sanft. In seiner Stimme klang eine fremde Wehmut mit. Ein bisschen wie Fernweh. Er wandte den Kopf nach rechts, wo nur ein paar Fuß neben ihm die Klippen steinig nach unten ins Wasser führten.

„Ja, hier ist es schön", gab Ayleen zu. Auch sie sah nach draußen aufs Meer. Die scheinbare Endlosigkeit fesselte sie. Sie vergaßen Mark und Caro, die direkt vor ihnen standen. Auch die Realität konnte in manchen wenigen, wunderbaren Augenblicken die Irrealität von Träumen imitieren.

16. Das letzte Licht

Ethan stand am Fenster des großen Wohnzimmers. Draußen färbte sich der Himmel in glühenden Tönen. Der Tag endete. Aber zum ersten Mal empfand er keinen Schmerz dabei, den Untergang zu betrachten. Zum ersten Mal sah er nur die wunderschönen, tiefen Farben, die wie Tusche auf Papier den Himmel tränkten, ihm eine neue Dimension zu geben schienen, ein stärkeres Leuchten. Zum ersten Mal hatte er das Gefühl, diese wenigen Stunden vor der Dunkelheit waren kein schmerzhafter Abschied, sondern die Zeit des Himmels. So wie alles seine Zeit hatte, so waren die Stunden des Sonnenuntergangs die Stunden des Himmels, seine ganz besondere Zeit, zu zeigen, wie wunderschön die Welt sein konnte, wenn man nur die Augen öffnete. Er hatte Mark und Caro erlaubt, die Küche zu benutzen. Sie waren immerhin extra einkaufen gefahren. Ethan machte ihre Anwesenheit nervös, aber nur wenn er direkt bei ihnen war. Sobald ein paar Wände sie trennten, fühlte er sich wieder wohl. Ayleen stellte sich hinter ihn. Vielleicht dachte sie, er hätte es nicht bemerkt, aber Ethan war zu lange darauf abgerichtet worden, alles, jedes Detail, jede noch so kleine Bewegung um sich herum wahrzunehmen, als dass er es hätte *nicht* bemerken können. „Wunderschön, oder nicht?"

Ethan wandte nicht den Kopf vom Himmel ab, obwohl er ihr gerne ins Gesicht gesehen hätte. „Ja", antwortete er leise. „Aber ich glaube, was du als schön empfindest, hängt immer davon ab, wo du gerade bist, und wer bei dir ist." Er drehte sich mit einem schiefen Grinsen zu ihr um. Sie erwiderte seinen Blick mit einem irritierten Lächeln. „Gestern fand ich das noch ganz furchtbar." Ethan deutete nach draußen.

Ayleens Lächeln wurde breiter. „Du fandest den Sonnenuntergang *furchtbar?*"

Ethan nickte. Ayleen lachte auf. Er starrte sie grinsend an. Ihm wurde plötzlich klar, wie sehr er ihr Lachen vermisst hatte. „Was ist daran so lustig?", fragte er, aber seiner Stimme war anzuhören, dass er die Absurdität längst verstanden hatte.

Ayleen deutete anklagend auf ihn und dann auf den Himmel „Weil ein Sonnenuntergang mit das Schönste ist, was es gibt!" Ethan sah nach draußen. Sie hatte recht. Es *war* wunderschön. Aber aus irgendeinem Grund hatte er das vorher nicht so wahrgenommen.

„Wollen wir essen?", fragte Caro aus sicherer Entfernung im Rahmen der Küchentür.

Ayleen drehte sich um. Ethan nicht. „Ja", antwortete sie zögerlich. Dann warf sie Ethan von der Seite einen Blick zu. Er hatte sich verändert. War ruhiger als vor ein paar Tagen noch. Er wirkte, als hätte er seine Ziele klarer vor Augen. Was auch immer er vorhatte, es machte Ayleen Angst, ihn so zu sehen. So zielsicher, denn egal, was er anstrebte, nach allem, was er getan hatte, nach allem, was sie über ihn wusste, konnte es nichts Gutes sein. „Ethan?", fragte sie leise, „willst du nicht mit uns essen?"

Ethan wandte sich ihr zu und folgte wortlos zum Esstisch, wo er sich auf einen beliebigen Platz setzte. Ayleen stellte sich auf einmal die Frage, ob sie diesen Tisch auch schon gehabt hatten, als Ethan noch klein gewesen war, ob der Platz tatsächlich beliebig war oder ob er immer dort gesessen hatte, oder ob er das vielleicht nicht mehr wusste, weswegen es ihm egal war. Mit einem seltsamen Gefühl der Trauer setzte sie sich neben ihn. Die Frage, wer wohl immer auf ihrem Platz gesessen hatte, blieb. Unbeantwortet. Vor vielen Jahren hatte hier, vielleicht an genau diesem Tisch, eine glückliche kleine Familie gesessen. Und dann hatte die Grausamkeit des Lebens sie zerrissen, die kleine Familie, ihr Glück. Und jetzt saßen andere Leute hier. Aus anderen Gründen. Aber die Familie würde nie wieder hier an diesem Tisch zusammenkommen, auch wenn das Haus immer noch ihres war. Die Zeit war grausam. Und nur selten heilte sie etwas. So oft brachte sie nur den Schmerz schöner Erinnerungen, die Wehmut, die Sehnsucht nach längst vergangenen Tagen. Und nichts würde jemals wieder so sein, wie es einmal gewesen war. Damit mussten sie leben, jeder musste es. Aber manchen fiel es leichter als anderen. Manche mussten nicht mit so viel Schmerz in die Vergangenheit blicken. Manche sahen ihr größtes Glück in ihrer Zukunft, nicht in ihrer Vergangenheit, sie waren die Einzigen, die mit einem Lächeln zurücksahen, die sich auf kommende Tage freuten und nicht nur den einzigen Wunsch hatten, zurückzugehen, von wo sie gekommen waren. Sie würden nicht verzweifeln, sie würden ihr Glück finden, oder auch nicht, aber sie hatten die Chance dazu, denn diejenigen, die nur in ihren Erinnerungen zu Hause waren, würden nie wieder nach Hause kommen.

Sie aßen schweigend. Ethan beobachtete sie alle argwöhnisch. Caro zuckte jedes Mal zusammen, wenn sich ihre Blicke kreuzten. Mark dagegen beobachtete Ethan angespannt, als erwartete er von ihm einen Wutausbruch, ein Ausrasten, ein Zeichen von Wahnsinn. Aber Ethan erfüllte ihm diesen Wunsch nicht. Ayleen versuchte gar nicht erst irgendwie ein Gespräch anzufangen, es hätte keinen Sinn gehabt. Als sie fertig waren, sprang Caro auf und räumte so schnell den Tisch ab, wie in ihrem ganzen Leben noch nicht. Ethan verfolgte jede ihrer Bewegungen angespannt, während Mark versuchte, seiner Freundin zu helfen. Ayleen ging in die Küche und räumte auf. Am Ende waren sie alle in der Küche. Auch wenn Ethan nur in der Tür stand und fassungslos zusah, wie sie gehetzt ihre Arbeit verrichteten. Einige Male versuchte er sich zu beteiligen, aber sie nahmen ihm sofort alles wieder aus der Hand, besonders die Messer. Ethan wusste nicht, was er davon halten sollte, aber es irritierte ihn.

Ayleen stand plötzlich direkt vor ihm, packte ihn am Arm und zog ihn aus der Küche. „Komm, den Rest machen die anderen."

Ethan folgte fassungslos. Er verstand nicht, was gerade um ihn herum geschah. Waren sie alle verrückt geworden, oder war er es, weshalb er ihre Handlungen nicht nachvollziehen konnte? Er wollte etwas sagen, aber Ayleen schüttelte hastig den Kopf. Dann zog sie ihn nach draußen. Sie standen im dunklen Garten.

„Was ist los mit euch?", zischte Ethan angespannt.

„Sie haben Angst. Vor dir." Ethan starrte sie an. Sie hielt seinem Blick nicht stand und sah weg.

„Aber warum?"

„Du warst nicht sehr nett, und du hast furchtbare Dinge getan, wieso sollten sie keine Angst haben?"

Ethans Blick ging ins Leere. Ja, wieso sollten sie keine Angst haben? Was war nur aus ihm geworden? Warum war das alles passiert? Warum war er so unmenschlich? „Hast du auch Angst, ... vor mir?", fragte er plötzlich vorsichtig.

Ayleen sah ihm in die Augen. „Ich weiß es nicht ... Sollte ich?"

Ethans Augen weiteten sich erschrocken. „Nein!", flüsterte er energisch. „Ich würde dir nie etwas antun!"

Ayleen sah ihn einfach nur an. „Aber ihnen schon?" Sie deutete ins Innere des Hauses.

Ethan folgte ihrem Blick. „Ja, sie würde ich töten, wenn ich dürfte."

Ayleen erstarrte. Sie sah ihm voller Grauen ins Gesicht. Er grinste fies. Ayleen begriff, dass er es nicht ernst gemeint hatte. „Mann! Ethan, das ist nicht komisch, wenn du so was sagst!"

Ethan lachte. „Tut mir leid."

„Sollte es auch", erwiderte sie gespielt böse. Ethan lächelte zufrieden.

Ayleen betrachtete ihn eine Weile von der Seite, während er hinaus aufs Meer sah. Warum hatte sie in diesem Moment nur das Gefühl, dass sie ihn regelrecht liebte, anstatt ihn zu hassen, für die Grausamkeiten, die er begangen hatte? Aber er machte es ihr auch so schwer. Er wirkte ihr gegenüber nie wie der Psychopath, der er so offensichtlich war. Er wirkte niemals so auf sie, als könnte er irgendetwas von diesen Taten, die er ihr gebeichtet hatte, wirklich begangen haben. Aber er war kein Schwert, keine Münze, er hatte nicht wirklich *zwei* Seiten, von denen eine einfach nur gut und die andere einfach nur böse war. Er war ein Mensch. Menschen waren niemals entweder das eine oder das andere. Sie waren niemals nur eine Seite. Aber sie waren auch nicht zweigeteilt. Sie waren beides gut und böse gleichzeitig. Worin sie sich unterschieden waren nur ihre Entscheidungen. Ihre Wahl, sich jeden Tag aufs Neue für eine Seite zu entscheiden. Und Ethan entschied sich jeden Tag abwechselnd für eine andere Seite. Er war abwechselnd gut und böse, weil er eigentlich gar nicht mehr wusste, was er wirklich sein wollte. Getrieben von seiner Vergangenheit, konfrontiert von der Gegenwart, irrte er zwischen den einzelnen Emotionen hin und her, ohne jemals einem geraden Weg zu folgen. Trotzdem wünschte Ayleen sich, dass er eines Tages ankommen würde, wo auch immer das wäre ... Zumindest wollte sie sich das wünschen. Aber die Realität war weniger romantisch, weniger schön. In Wahrheit wollte sie ihn lieber im Gefängnis sehen, als ihn tot zu wissen. In ihren Augen würde er dann weniger *weg* sein. Auch wenn ihr klar war, dass ihn das womöglich noch mehr zerstören würde.

„Ethan?"

„Ja", antwortete er leise und sah sie an.

„Erzählst du mir, was passiert ist?"

Er nickte. „Aber nicht jetzt, okay?"

„Morgen?", fragte Ayleen unsicher.

„Ja, morgen ist okay. Nur nicht jetzt, ich will nicht, dass das diesen Abend kaputt macht", erwiderte er mit einem traurigen Grinsen.

„Vielleicht macht es ja gar nichts kaputt?", schlug sie ihm sanft vor.

Ethan sah ihr tief in die Augen. „Und wenn?", flüsterte er.

„Dann ist es besser, wenn es erst morgen ist."

Ayleen schluckte. Sein Blick war auf eine unheimliche Weise intensiv. Sie fühlte etwas, was sie lieber nicht fühlen wollte. Er war ein Psychopath, aber in diesem Moment spielte das für sie auf einmal keine Rolle mehr. Sie verlor sich in seinem Blick. Und dann küsste sie ihn. Einfach so. Ein Impuls, dem sie in diesem Augenblick nachgab. Sie liebte ihn, egal was er getan hatte. Nichts konnte das ändern. Es war unerwartet, aber so war das Leben, niemals konnte man für die Zukunft planen, niemals sollte man es tun. Ethan wirkte einen Moment lang völlig verwirrt, dann erwiderte er ihren Kuss. Anfangs vorsichtig, als müsste er sich daran erinnern, dass auch er ein Mensch war, dann leidenschaftlich, als hätte er sein Leben lang darauf gewartet.

Es war der erste Moment zwischen ihnen, in dem sie ihre Geschichte hinter sich ließen, in dem ihre Vergangenheit nicht mehr zählte, in dem nur noch das Jetzt zählte.

Nach einer Weile löste sie sich sanft von ihm und sah ihm vorsichtig in die Augen. Niemals vorher hatte er sie so angeschaut, niemals hatte er überhaupt so geschaut. Einen winzigen Augenblick später begriff sie, dass er glücklich aussah. Sie wollte ihm sagen, dass sie ihn liebte, aber ihre Angst, sie könnte diesen Moment zerstören, war zu groß. Es veränderte etwas zwischen ihnen. Sie wussten auf einmal mehr übereinander als jemals zuvor. Sie wussten das eine, das in diesem Moment wirklich zählte.

„Bleib!", flehte Ayleen plötzlich leise.

Ethans Gesicht ergraute wieder vor Sorge. „Warte, bis du meine Geschichte kennst", antwortete er genauso leise. Traurig.

„Ethan, das wird nichts ändern ..."

„Das weißt du nicht ...", sagte er beinahe beschämt, „Es ist ziemlich schrecklich ..." Er sah weg.

Ayleen machte einen kleinen Schritt auf ihn zu und umarmte ihn. Ethan drückte sie fest an sich, als wäre sie das Einzige, was ihn vor dem Ertrinken an der Wasseroberfläche hielt. Sie *war* das Einzige, dass ihn am Leben hielt. Er spürte, wie Tränen in seine Augen stiegen. Wieder fühlte er sich auf eine wunderbare Weise angekommen. Vielleicht würde sie ihm verzeihen, vielleicht würde sie ihm wirklich alle seine Taten vergeben?

Musste er dann trotzdem gehen? Endeten alle seine Wege, alle seine Möglichkeiten, endeten sie wirklich alle vor der Klippe? Ethan wünschte sich in diesem Moment, sich anders entschieden zu haben, als er es noch gekonnt hatte. Aber er hätte niemals erwartet, dass das passieren würde ... Also war er bei seiner Rache geblieben. Aber er hatte auf sie gehört, wenigstens ein einziges Mal. Auch wenn es fast zu spät gewesen war, er hatte auf Ayleen gehört. Ethan verspürte eine große Abneigung gegenüber sich selbst. Ihm wurde einmal wieder bewusst, warum er wirklich gehen wollte, warum er es musste: *Er* konnte nicht mit dem leben, was aus ihm geworden war. Er hatte hier kein Zuhause mehr, keine Familie, keine Anhaltspunkte, das alles quälte ihn, aber die Wahrheit, warum er nicht weitergehen konnte, war, dass er nicht damit klarkam, was *er* getan hatte, dass er sich selbst nicht mehr sehen konnte, nicht mehr wollte. Ayleen änderte das nicht. Sie gab ihm das Gefühl, eine Chance gehabt zu haben, vor einer Weile noch, eine Chance woanders abzubiegen, einen anderen Weg zu nehmen. Aber er war auf dem einen geblieben. Jetzt war es längst zu spät. Er hatte sich falsch entschieden, aber wie sehr ihn diese Entscheidung auch schmerzte, es gab ihm das Gefühl von Selbstbestimmtheit, von Freiheit. *Er* hatte sich falsch entschieden, es war nicht ein dummer Zufall, eine sadistische Fantasie eines grausamen Menschen oder gar jemand anders gewesen.

Ayleen fuhr sanft mit zwei Fingern über die Narbe an seiner rechten Schläfe, die vor einer Woche noch eine tiefe Verletzung gewesen war. Sie verschärfte das Gefühl, dass vor einer Woche noch alles anders gewesen war. Aber so war das Leben. Sein Leben war so. Er bereute zu viel und er hatte keine leuchtende Zukunft mehr. Das hatten andere auch nicht, aber sie wussten nicht, dass die bunten Bilder der Werbung kein Orakel waren, sondern eine Lüge, eine Illusion, Manipulation. Aber sie glaubten es. Ethan glaubte nicht. Er wusste, dass er verloren hatte. Ayleen wäre der größte Gewinn seines Lebens gewesen, aber er würde ihn nicht bekommen, weil er nicht gewinnen würde. Er wusste nicht einmal, was ein Sieg wirklich war. Zu lange hatte er im Schatten gelebt, zu oft verloren, zu sehr gelitten.

„Woher hast du die?"

Ethan sah sie überrascht an. „Das habe ich dir glaube ich schon einmal gesagt ... Sie ist von meinen Entführern, sozusagen als Abschiedsgeschenk." Er grinste, aber es erreichte nicht seine Augen. Es war ein bitterer Ausdruck von Schmerz.

Ayleen nahm ihre Hand herunter. „Wie haben sie das gemacht?"

Ethan sah sie verwundert an. „Ich weiß es nicht. Aber als ich wieder aufgewacht bin, hatte ich diese Verletzung ..." Er wandte traurig den Blick von ihr ab zum Wasser. Es erfüllte ihn nur noch mehr mit Wehmut. Aber gleichzeitig gab es ihm das Gefühl, nicht alleine leiden zu müssen. Das Wasser litt auch auf seine Weise, sonst würde es wohl kaum so viel Trauer in ihm auslösen. Vielleicht, weil es so endlos war, so unberechenbar, so tödlich, getrieben, den Gezeiten zu folgen, ohne Ausnahme, ohne Entkommen. Gefangen in sich selbst. Für immer. In mancher Weise waren sie sich ähnlich. Auch wenn Ethan freigekommen war, würde er sich niemals aus sich selbst befreien. Er würde niemals jemand anderes sein. In dieser Hinsicht war er wie das Meer. Verdammt, für immer gegen sich selbst zu kämpfen und doch im Grunde nur anderen Gewalten zu gehorchen.

„Wir sollten schlafen gehen", flüsterte Ayleen, um ihn nicht aus seiner seltsamen Trance zu wecken.

Er wandte den Blick vom Meer ab zu ihr. „Sollten wir?", erwiderte er leise.

Ayleen sah ihn irritiert an. Sie wusste nicht, was er ihr damit sagen wollte.

„Willst du unbedingt, dass *morgen* so schnell kommt?"

Ayleen schluckte. Er hatte ihr versprochen, alles zu erzählen, seine ganze Geschichte, sein ganzes Leben. Ethan ließ die Schultern hängen, als er sich vom Meer wegdrehte, hin zum Haus. Ayleen folgte ihm, unsicher, ob sie wirklich das Richtige getan hatte. Aber sie würde darauf nie eine Antwort erhalten. Solche Dinge musste man mit sich selbst klären, mit seinem Gewissen. Niemand konnte das für einen machen. Niemand würde ihr je sagen können, ob es richtig gewesen war.

Sie liefen schweigend nebeneinander her. Das, was draußen passiert war, blieb draußen. Im Inneren des Hauses brannte kein Licht mehr. Caro und Mark hatten sich wohl in ihr Zimmer verzogen. „Gute Nacht", meinte Ethan leise, als er vor seiner Zimmertür stand. Er hatte ihr sein ehemaliges Zimmer gegeben und schlief selbst im Zimmer seiner Eltern. Er hatte Mark und Caro dort nicht reinlassen wollen, zu viele Erinnerungen verband er noch mit diesem Ort. Niemand sollte sie ihm nehmen, auch wenn sie längst nur noch schemenhaft waren. Vielleicht waren sie niemals mehr als Schatten gewesen. „Gute Nacht", flüsterte Ayleen sanft. Er verschwand hinter der Tür. Sie fühlte einen seltsamen Stich. Eines Tages würde er gehen ... durch eine Tür, die eine, durch die sie alle einmal schreiten würden, in Würde oder Schuld. Oder mit beidem, denn niemand lebte nur schuldig oder nur würdevoll. Edle Einfalt, stille Größe, Ideale einer längst vergangenen Zeit, Werte, die in einer wertelosen Gesellschaft keinen Platz mehr hatten. Diese Welt war wertelos. Ayleen vermisste ihn bereits jetzt, wo er seit kaum mehr als zehn Sekunden nicht mehr bei ihr war. Mit einem leisen Seufzen wandte sie sich von seiner Tür ab, lief über den Flur und in sein altes Zimmer. Es war ein merkwürdiges Gefühl, zu wissen, dass Ethan Farrell hier einmal gewesen war, als er noch nicht der Mensch gewesen war, den sie kannte. Vor langer Zeit, vor so vielen Jahren und Ereignissen, dass es wie ein vorheriges Leben schien. Als hätten die beiden nichts miteinander zu tun. Als wäre der kleine Ethan, der hier einmal gelebt hatte, ein ganz anderer Mensch gewesen, als der Ethan, der jetzt wieder hier war. Im Grunde waren sie das auch. Nur einige wenige schemenhafte Bilder aus dieser Zeit verbanden sie. Dieses Haus bildete einen Knotenpunkt, es verband zwei verschiedene Abschnitte eines Lebens, die hier auf eine wundersame Weise wieder aufeinander trafen, obwohl sie sich nie wieder wirklich begegnen würden. Es waren verschiedene Leben, verschiedene Dimensionen. Wäre er nicht entführt worden, er wäre immer noch der Junge von damals, älter, aber irgendwo noch genauso. Aber das Leben war anders verlaufen. In dieser Dimension –, wer wusste schon, ob es nur die eine gab – war er jemand anders geworden, war wieder zurückgekommen, ohne jemals wieder derjenige zu sein, als der er gegangen war. Ayleen legte sich auf das Bett. Sein Bett. Sie war sich sicher, dass das Haus vermietet wurde. Immerhin machte das Gästezimmer, in dem Caro und Mark übernachteten, ansonsten wenig Sinn. Es erleichterte sie zumindest ein bisschen, dass sie nicht die Einzige sein würde, die seit Ethan in diesem Zimmer geschlafen hatte.

Irgendwann fiel sie in einen tiefen Schlaf.

Ethan nicht. Er stand am Fenster und sah hinaus. Wie anders die Welt aussah, wenn die Dunkelheit ihr die Farben geraubt hatte. Aber Ethan gefiel die Nacht, die Schatten. Er fühlte sich als ein Teil davon. Die Dunkelheit verbarg das Grauen in ihrer Schwärze, sie machte alles nur schemenhaft sichtbar. Ethan fühlte sich hier sicher. Sicherer als am Tag, wenn auf alles ein helles Licht schien, wenn sich nichts verbergen konnte. Alles ans Licht kam. Zu lange war er im Dunkeln gewesen, er würde das Licht nie wieder leiden können. Auch wenn es mehr Hoffnung versprach, wenn es warm war. Die Dunkelheit war traurig wie er, sie umfing ihn sanft. Er fühlte sich aufgefangen in den Armen der langen Schatten. Er fürchtete die Schwärze der Dunkelheit schon lange nicht mehr. Er sehnte sich nach ihr, wenn die Sonne schien, wenn er auf offener Straße stand. Es war das Bedürfnis, sich zu verstecken. Es war die Zeit der Ungeheuer. Es war seine Zeit. Die Zeit für seine Rache. Für Grausamkeit.

Es war eine Illusion, dass die schrecklichsten Dinge nachts geschahen. Es war nicht wahr. Aber die Menschen wollten es so sehen, damit sie schliefen, wenn es passierte. Wer auf offener Straße mitten am Tag an einer grausamen Szene vorüberging war schuldig. Wer nachts zu Hause schlief, während es passierte, war es nicht. Schreckliche Dinge ereigneten sich immer. In jeder Minute, um jede Tageszeit. Ethan Farrell wusste das. Er war am helllichten Tag mitten unter Menschen entführt worden. Ihm war klar, dass die dunklen Gassen bei Nacht nur unheimlicher, aber nicht zwingend gefährlicher waren. Er wusste, dass die Leute dachten, nur nachts würden solche Ereignisse stattfinden, weil sie sie tagsüber nicht sahen. Aber sie sahen sie nicht deshalb nicht, weil sie nicht da waren, sondern weil sie die Augen davor verschlossen.

Er stand eine gefühlte Ewigkeit vorm Fenster. Draußen schlugen die Wellen gegen die Felsen. Ethan wollte sich hinlegen, aber er konnte sich nicht von diesem Bild losreißen. Wie katatonisch schizophren starrte er geradeaus, unfähig sich durchzureißen, etwas anderes zu tun, unfähig sich zu entscheiden was. Eine Welle prallte hart gegen den Stein. Er zuckte kurz zusammen. Das Meer war so gewaltig. Es erfüllte ihn mit Emotionen. Auf einmal ging ein Ruck durch seinen Verstand. Er wandte sich vom Fenster ab und ging. Aber nicht ins Bett. Sondern aus dem Zimmer. Nach rechts, den Flur hinunter, wie in Trance. Am Ende öffnete er leicht die Tür zu seiner Rechten. Ayleen schlief bereits. Leise trat er ein. Ruhig lag sie im Bett. Langsam lief er auf sie zu. Hier, in ihrer Nähe, hatte die Dunkelheit nicht nur etwas Schützendes, sie strahlte eine sanfte Geborgenheit aus. Diesmal freute er sich nur darüber und versuchte dieses Gefühl so bewusst wie möglich in sich aufzunehmen, um es nie wieder zu vergessen. So hatte er sich noch nie gefühlt. Auch nicht in seinem alten Leben. Es erfüllte ihn nur mit Freude, nicht mit Wehmut. Er hatte sich noch nirgendwo so zu Hause gefühlt wie bei ihr. Vorsichtig ließ er sich neben dem Kopfende des Bettes an der Wand hinunter und blieb daran gelehnt sitzen. Eine friedliche Ruhe umgab sie. Völlige Schwerelosigkeit, Frieden. Freiheit. In diesem Moment war er angekommen. Das hier schien das Ziel zu sein, nach dem er sein Leben lang gesucht hatte. Ethan starrte die Tür an. Irgendwann fielen seine Augen zu. Langsam legte er den Kopf zur Seite, auf die Kante der Matratze. Ruhig. Zufrieden. Angekommen.

Zu Hause.

17. Sechzehn Jahre

Die Fenster hatten keine Rollläden. Der Raum wurde mehr und mehr mit Licht durchflutet, je weiter der Morgen voranschritt. Ayleen erwachte. Sie erschrak nicht, als sie Ethan an ihrer Bettkante lehnen sah. Es wunderte sie nur. Sie hatte nicht bemerkt, wann und dass er gekommen war. Es war ein Gefühl von Erinnerungsverlust, als hätte man ein Fenster offen gelassen, obwohl man sich sicher gewesen war, dass man es geschlossen hatte. Sie fragte sich nicht, was er hier machte oder warum er hier war. Sie freute sich darüber, dass er es war. Ethan schien zu schlafen. Manchmal hatte Ayleen das Gefühl, Ethan könnte überall schlafen, wenn er denn schlafen konnte. Und manchmal glaubte sie sogar, er würde lieber woanders schlafen, als auf die herkömmliche Art in einem Bett. Vielleicht gab ihm dieses Befremdliche nicht so sehr das Gefühl, kein Teil dieser Welt mehr zu sein. Jedenfalls kein Teil dieser scheinbar perfekten Menschen. Andererseits bewunderte sie sein Durchhaltevermögen, als sie die Haltung betrachtete, in der er wohl die ganze Nacht verharrt hatte. Was auch immer sie mit ihm gemacht hatten, er würde es wohl nie wieder loswerden. Sein Kopf lag nur wenige Zentimeter neben der Stelle, auf der ihr Kopf gelegen hatte. Trotzdem hatte sie ihn nicht bemerkt. Seine Schulter lehnte gegen den Bettkasten, sein Hals war in einer schmerzhaft aussehenden Haltung verrenkt. Trotzdem strahlte er in diesem Augenblick mehr Ruhe aus, als jemals zuvor. Ayleen richtete sich weiter auf. Langsam streckte sie die Hand aus. Sanft berührte sie seine Schläfe und fuhr leicht darüber. Einen Moment lang suchte sie dort die Narbe, bis ihr wieder einfiel, dass sie auf der rechten Seite war. Vorsichtig strich sie durch seine dunklen Haare. Irgendwann bemerkte Ayleen, dass sie lächelte. Ethan lächelte nicht. Er schlief. Aber er wirkte entspannt. Fast so – aber das konnte Ayleen nicht glauben –, als hätte er zumindest in diesem Augenblick seinen Frieden gefunden. Sie wünschte sich, dass er, egal wo er gerade sein mochte, schöne Bilder vor Augen hatte, keine grausamen. Aber ihr war klar, dass Wünsche immer nur Wünsche waren und die meisten immer nur Wünsche bleiben würden. Ihr war klar, dass besonders das, was sie sich für Ethan wünschte, wohl immer nur eine Hoffnung bleiben würde. Ein Wunsch. Ein Traum. Surreal. Wunderschön. Unerreichbar. So war das Leben gegliedert: Es gab die Realität, grau und hart und es gab die Wunschwelt, bunt und voller Inspiration, voller Träume. Manchmal mischten sich die beiden Welten, gingen ineinander über, um sich im nächsten Moment wieder zu trennen, auf unbestimmbar lange Zeit. Ethan dachte kaum noch an die Träume, die er einmal gehabt hatte. Er wagte es nicht mehr, zu träumen. Es war aus seiner Sicht Masochismus. Ayleen wusste das. Dennoch würde sie niemals aufhören zu wünschen oder von schöneren Welten zu träumen. Ihr Leben war reibungslos verlaufen, sie hatte nie verloren. Nicht so. Wie er. Sie hatte Träume in Erfüllung gehen sehen, wieso sollte sie auch nicht an sie glauben? Ethan hatte das nicht. Er glaubte nicht. Nicht an Träume, aber er hoffte noch, dass der Tod ein sanfter Ort war. Den Tod hatte er nur in den Augen anderer gesehen. Vielleicht war es gut dort. Er wusste es nicht, aber das würde er bald. Vielleicht sah man sich dort tatsächlich wieder? Allerdings hoffte Ethan eher auf das Gegenteil. Er wollte den Menschen, die er hatte sterben sehen – aus welchen Gründen auch immer – nie wieder begegnen. Was könnten sie ihm schon Gutes erzählen? Wie könnten sie seinen Schmerz lindern? Sie waren genauso Opfer wie er eines war. Sie hatten verloren. Ihr Leben. Im größten und bedeutendsten Spiel überhaupt.

Ethan wachte langsam auf. Er spürte das Fallen. Ein Ruck ging durch seinen Verstand, das plötzliche Gefühl, ins Leere zu treten, weckte ihn auf. Er trat mit dem rechten Bein aus und zuckte zusammen. Ethan war wach. Auch wenn sie erschrocken ihre Hand wegzog, spürte er noch die Berührung. Dankbar dafür, aber verwundert sah er sie an. Er brauchte eine Weile, sich zu orientieren. Dann kam der Schmerz. Er war unangenehm. Zog sich von seinem Kiefer bis ins Schlüsselbein. Seinen Rücken hinunter bis zum Steißbein. Seine Hüfte schmerzte ebenfalls. Er stöhnte auf, als er sich mühevoll gerade an die Wand lehnte. Sein Hals fühlte sich verdreht und steif an und seine Schultern reagierten mit einem lauten Knacken. Ayleen verzog das Gesicht bei dem hässlichen Ton.

„Warum hast du dich auch nicht ganz ins Bett gelegt?", fragte sie vorsichtig, besorgt über seinen jetzigen Zustand.

Ethan zuckte mit den Schultern und verzog dabei wieder gequält das Gesicht. „Ich wollte nicht alleine sein." Eine Sekunde später begriff er erst, dass sie das gar nicht gemeint hatte. Er grinste schief und ärgerte sich sichtlich über sich selbst.

Ayleen fing an zu lachen. „Oh Mann! Manchmal könnte man echt glauben, du seist masochistisch veranlagt!"

Ethan lachte genervt auf. Dann richtete er sich an der Wand auf. Seine Knie wollten erst nicht reagieren. Ein kurzer lahmer Schmerz fuhr von seinem Steißbein seinen Rücken hinauf und seine Knie knackten, als er sie durchdrückte. Es fühlte sich an, als hätte er überall Druckstellen. „Oh Mann! So alt bin ich nun auch wieder nicht!", beklagte er sich grinsend. Er kannte viel, viel schlimmere Schmerzen. Als er sich streckte, knackte sein ganzer Rücken. Diesmal war es ein angenehmes Gefühl, als würde sich sein Rücken wieder aufrichten.

Ayleen stand auf. „Ich hoffe, du hast trotzdem gut geschlafen?", fragte sie lächelnd. Ethan nickte, verblüfft darüber, dass es so war. Ayleen grinste. „Aber nächstes Mal solltest du dir eine bessere Position suchen. Das Leben ist scheiße genug, da sollte man sich's nicht noch extra schwer machen", sie lächelte.

Ethan fragte sich, ob sie damit recht hatte oder nicht. Aber es gab niemanden, der ihm das hätte beantworten können. Sollte man es sich leicht machen? Wo immer man konnte? Oder war es gut, manchmal den steinigen Weg zu gehen ...?

„Ayleen?", sie war schon auf der halben Treppe, während er einfach im Flur stehen geblieben war. Sie drehte sich um. „Ist es wirklich *immer* besser, den einfachen Weg zu gehen?"

Erstaunt sah sie ihm einen Moment in die Augen. Sie hatte darauf nicht wirklich eine Antwort. Außerdem wusste sie wieder einmal nicht, worauf er tatsächlich hinauswollte. Ethan half ihr auf die Sprünge. „Ich meine, der einfache Weg wäre für mich, zu sterben. Ist das dann *richtig*?"

Nie in ihrem ganzen Leben war ihr so eine Frage mit solcher Ernsthaftigkeit gestellt worden, nie hatte jemand wie er sie so etwas gefragt. Niemals vorher hatte Ethan Farrell überhaupt etwas gefragt, worauf er die Antwort nicht schon kannte, oder eine spezielle Antwort hören wollte. Sie starrte ihn einfach nur an. Er erwiderte ihren Blick, ruhig, gelassen, als hätte er alle Zeit der Welt, um auf ihre Antwort zu warten. Aber er würde warten, so lange, bis sie antworten würde. Ayleen wurde das schlagartig bewusst. Sie musste ihm etwas sagen. Es wäre leicht, auf diese Frage einfach mit Nein zu antworten, aber sie durfte ihm nicht die einfachste Antwort geben, sie musste ihm die Wahrheit sagen, auch wenn das schwieriger war.

„Ethan", fing sie langsam an. Er stützte sich auf dem Geländer ab. „Du solltest das tun, was du für richtig hältst und es ist nicht falsch, bei manchen Dingen den steinigen Weg zu gehen und zu kämpfen ... eigentlich ist das nie falsch. Nur sollte man sich immer Gedanken darüber machen, ob es das wert ist oder nicht, denke ich. Und ich hatte das eher auf simple Situationen bezogen vorhin, ich meine, wenn es leicht geht, sollte man es sich nicht unnötig schwer machen. Aber natürlich gilt das nur, wenn das Ziel dasselbe ist." Ethan sah sie einfach an. Leise fügte sie hinzu: „Zu sterben oder weiterzukämpfen führt jeweils zu einem anderen Ergebnis. Aber wenn du nicht mehr kämpfen kannst ..." Sie brach ab. Ihre letzten Worte waren nur noch ein Flüstern gewesen. Ayleen senkte den Kopf und lief die Treppe hinunter.

Ethan beugte sich weiter hinunter und sah ihr nach. Er verstand langsam. Er begriff, was sie sagte, aber er wusste nicht sicher, wie lange er noch würde kämpfen können. Würde sie verstehen, wenn er ging? Jetzt, wo alles einmal gut war? Für einen Moment. Warum sollte er nicht gehen, in einem schönen Augenblick, bevor wieder alles ins Unglück stürzen konnte? Bevor seine kaputte Welt komplett verbrennen würde, sollte sie lieber in einem Moment der Ruhe zu Staub zerfallen. Ethan raffte sich auf und lief ihr hinterher. Er würde ihr noch seine Geschichte erzählen. Sein Leben.

„Ayleen?" Sie stand draußen auf der Terrasse. Ihre Haare wehten im Wind, der von der Küste kam. Ethan wollte sie nie vergessen. Er wollte sich immer an sie erinnern. Sie sollte das Letzte sein, was er sah, bevor er diesen Ort verlassen würde. Plötzlich wurde ihm klar, dass er sich das *wünschte*. Aus einem unbestimmten Grund erfüllte ihn das mit Freude. Sie drehte sich langsam um. „Ich erzähle dir alles, okay?" Ihre Augen weiteten sich. „Jetzt?", fragte sie überrascht. Ethan stellte sich neben sie. Der Wind riss an ihren Kleidern und Haaren. „Wann, wenn nicht jetzt?" Sie sah ihm fest in die Augen. Dann nickte sie. Ethan Farrell sah einmal kurz aufs Meer und atmete tief durch. Dann fing er an zu erzählen. Seine Geschichte. Sein Leben. Die letzten sechzehn Jahre.

Er sah ihr ins Gesicht. Ihre Augen fokussierten seine. „Die ersten vier Jahre kannst du dir sicher vorstellen: Ich kann mich kaum dran erinnern, aber meine Eltern hatten beide sehr wenig Zeit für mich. Aber wie du weißt, hatte ich ja deine Tante – Paula", er wandte den Blick kurz ab, hin zum Wasser. „Ich hoffe es geht ihr gut ..." Dann sah er wieder Ayleen an. „Wir waren einige Male hier, in diesem Haus ... Ich weiß nicht, warum ich mich gerade daran erinnern kann. Das ist alles Vergangenheit, es ist irrelevant. Alles, was zählt, ist dieser eine verdammte Tag, an dem wieder einmal meine Eltern keine Zeit und oder keine Lust hatten, sich um ihren einzigen Sohn zu kümmern. Paula ist mit mir rausgegangen, wie ich dir erzählt habe, zum Spielplatz." Ayleen nickte erwartungsvoll. „Ich habe dir nicht die ganze Wahrheit erzählt", er sah weg. „Es war nicht so, wie ich dir das das letzte Mal erzählt habe ..." Ethan sah ihr vorsichtig in die Augen, als würde er auf Verständnis hoffen.

Ayleen lächelte sanft. „Es ist dein Leben, ich erzähle auch nicht jedem alles."

Ethan schüttelte kurz und energisch den Kopf. „Jetzt werde ich dir alles erzählen, versprochen, ich sage nichts als die Wahrheit."
„Warum willst du mir das unbedingt erzählen? Ich dachte, du würdest das nur machen, weil ich dich die ganze Zeit danach frage. Warum ist dir das doch so wichtig?"
„Weil ich weiß, dass du mich verstehst, und es ist gut, wenn es wenigstens einen einzigen Menschen gibt, der alles weiß, alles über mich. Ich vertraue dir, Ayleen, dass du es nur so aufnehmen und weitergeben wirst, wie ich es dir jetzt erzählen werde, weil du mich nicht hasst, verstehst du?", seine Stimme wurde immer leiser Weil du mich nicht hasst. Sie nickte traurig. Sie wusste, was das bedeutete. Er würde gehen.

„Wenn ich sterbe, dann soll wenigstens jemand gewusst haben, was wirklich passiert ist, warum alles passiert ist. Es ist keine schöne Geschichte, aber ich will nicht abhauen, ehe ich sie nicht doch jemandem erzählt habe. Ich will nicht mit ihr untergehen, verstehst du? Ich will sie loswerden. Aber nicht an irgendjemanden, sondern an jemanden, der mir wichtig ist, vielleicht sogar an den einzigen Menschen auf diesem verfluchten Planeten, der mir wichtig ist." Er sah Ayleen freundlich an. Freundlichkeit war ein Ausdruck, den seine Augen viel zu selten zeigten. Eine Mischung aus Ruhe und Sympathie. Ayleen lächelte traurig. Auch wenn es sie glücklich machte, was er sagte, war es auch wieder so schmerzhaft, dass es nicht gut war.

„Auf dem Spielplatz waren auch die anderen ... Die Namen auf der Liste." Er sah sie angespannt an, wartete auf eine Reaktion. Ayleens Augen weiteten sich ein Stück, sie ahnte, dass das, was kommen würde, grauenvoll war. „Alle bis auf einen, wäre Clinton da gewesen, wäre das alles nicht passiert. Aber natürlich war sie nicht da. Die anderen, ... das waren meine Freunde, wir haben zusammen gespielt. Verstecken. Paula beobachtete uns. Du erinnerst dich sicher an den Mann, von dem ich dir erzählt habe?" Ayleen nickte, aber Ethan wartete gar nicht wirklich auf ihre Antwort. „Es waren zwei. Einer der beiden setzte sich neben Paula auf die Bank, sie muss gedacht haben, er sei einer der Väter. Der andere kam auf uns zu. Um genau zu sein, auf mich. Er fand mich in meinem Versteck in einem Gebüsch hinter dem Klettergerüst, was dort stand. Ich hatte Angst vor ihm, instinktiv, denn er sagte nichts Böses, aber es war seine Art, die mir Angst machte." Ethan sah wieder raus auf das Meer, als würde er dort seine Vergangenheit sehen. „Ich bin gerannt, so schnell ich konnte. Zu meinen Freunden. Sie haben mich ausgelacht, aber das war mir egal. Ich bin einfach weitergerannt und habe mich versteckt in den Büschen neben den beiden Schaukeln …"

„Du hast gesagt, du hättest geschaukelt?", meinte Ayleen nachdenklich.

„Ja, tut mir leid", er sah sie kurz entschuldigend an.

Überrascht, dass in ihren Augen nur Angst, aber keine Spur von Vorwurf lag. „Du weißt immer noch wie sie aussahen, die Schaukeln …"

Ethan wandte den Blick wieder ab und sah erneut in die Ferne, diesmal verlor sich sein Blick im Unendlichen des Himmels. „Es war nicht das Letzte, was ich gesehen habe, aber es war so einprägsam. Laura Richards, der erste Name auf meiner Liste, sie sprang damals auf die Schaukel, sie hat die ganze Zeit gelacht. Noch heute höre ich manchmal dieses Lachen. Es macht mich wahnsinnig!", seine Stimme nahm einen eiskalten, wütenden Unterton an.

Ayleen beobachtete ihn von der Seite. Es graute ihr vor dem, was er noch erzählen würde, aber sie war ihm dankbar, dass er es tat.

„Die anderen hörte ich auch von meinem Versteck aus. Amelia Smith und Joseph Larson, sie rannten umher. Und irgendwann verstand ich dann, was sie riefen." Ethan sah Ayleen direkt in die Augen. „Dieser Kerl fragte sie, wo ich bin und erklärte ihnen, er sei mein Onkel und ich würde mich immer so dämlich anstellen. Und sie haben es ihm gesagt. Einfach so und dann haben sie nach mir gesucht. Sie haben meinen Namen gerufen. Ich hatte Angst und war panisch, weil meine dummen Freunde offensichtlich nichts kapierten. Und dann fanden sie mich, Ayleen, und mir ist klar geworden, dass es purer Sadismus war. Amelia fand mich als Erste, kurz darauf Joseph. Sie sagten mir, mein Onkel suche mich. Und sie haben so gelacht die ganze Zeit. Mich ausgelacht, aber das

war nicht so schlimm. Ich habe ihnen dann geschworen, dass der Kerl nicht mein Onkel sei und sie ihn bitte ablenken sollten. Und sie haben sich damals voll irritiert angeschaut. Ich werde diesen Blick nie vergessen. Pures Vergnügen, Aufregung ... Sadismus! Ich habe geheult und sie angefleht, zu gehen. Und ja, ich weiß, sie waren Kinder, aber sie waren welche von den Kindern, die Regenwürmer zerschneiden und Spinnen tottreten. Sie wollten einfach sehen, was passiert."
Ayleen holte zitternd Luft. Sie starrte ihn gebannt an. „Und dann?", hauchte sie, obwohl sie sich nicht mehr so sicher war, ob sie das wirklich alles wissen wollte.

„Dann kam der Kerl um die Ecke. Amelia und Jo waren losgerannt, um ihn zu suchen, waren aber falschherum gegangen, wodurch sie ihn erst einmal verpasst hatten. Laura schaukelte immer noch. Er stellte ihr die gleiche Frage, wie den anderen. Und sie kicherte. Und dann deutete sie auf das Gebüsch, in dem ich hockte. Ich weiß noch, wie ich erschrocken bin, als sie auf einmal von der Schaukel sprang und direkt vor mir landete. Dann hat sie ihren Arm ausgestreckt, auf mich gedeutet und gerufen ‚DA!' Der Mann kam her und riss mich aus den blöden Sträuchern. Ich war gelähmt vor Angst, ehrlich, ich konnte nicht einmal Laura etwas sagen. Dann kamen die anderen beiden wieder. Mittlerweile habe ich nur noch um mich geschlagen und geschrien. Und sie? Sie haben gelacht! Meine eigenen Freunde! Und egal, wie alt sie waren, egal wie naiv, instinktiv wusste ich, dass er böse war, also hätten sie das genauso spüren müssen. Ayleen, auch wenn sie Kleinkinder waren. Sie haben mich verraten! Sie haben mich diesem Arschloch ausgehändigt, weil sie dachten, alles aber auch wirklich ALLES wäre ein Spiel. Aber mit dem Leben spielt man nicht! Schon gar nicht mit dem anderer. Wieso haben ihre Eltern ihnen das nicht beigebracht?! Weil sie ihren Kindern nur gepredigt haben, dass man alles kaufen kann? Dass egal, was sie zerstören, ihr Anwalt der bessere sein wird?! Es ist egal, wie alt man ist! Und sie haben nie wirklich bereut, ich habe sie gefragt! Sie dachten, es sei ein Spiel gewesen, damit haben sie sich sogar jetzt, nachdem ich dafür sechzehn Jahre bezahlt habe, gerecht-

fertigt. Das mit dem Chloroform war auch wahr. Altmodisch, aber so waren die Kerle alle. Ich weiß bis heute nicht, was Paula alles mitbekommen hat und was nicht. Aber ich habe ihr verziehen. Sie hat versagt, aber sie hatte auch kaum eine Chance, das nicht zu tun, an diesem Tag. Das mit dem Keller ist auch wahr. Ich bin erst Stunden später darin wieder aufgewacht. Damals war ich noch nicht gebrochen, nicht so wie jetzt. Damals hatte ich ernsthaft die Hoffnung, man würde mich finden und retten. Die haben mit mir gesprochen, immer nur kurz und sie konnten unsere Sprache kaum. Hatten einen russischen Akzent. Einer von ihnen hatte einen deutschen. Sie haben mir im Laufe der Zeit versucht, ihre Sprachen beizubringen, aber ich habe nicht sehr viel davon behalten. Der Deutsche war ziemlich intelligent, ein wahrer Sadist, er brachte mir vieles bei, unter anderem Chemie. Sie haben mir in ihrer Riesenanlage Autofahren beigebracht …"
Ethan stockte abrupt und sah weg. Ayleen atmete aus. Ihr war gar nicht aufgefallen, dass sie das vergessen hatte. Aber es erleichterte sie nicht. „Und töten", fügte er kalt hinzu. Ayleen erstarrte. Es erklärte so vieles. Die fehlende Hemmschwelle, seine Fähigkeiten. „Alle möglichen Kampftechniken, die sie selbst beherrschten. Sie haben mich abgerichtet, Ayleen. Und irgendwann ist mir klar geworden, wozu. Ich weiß, ich habe dir gesagt, dass ich das nicht wüsste, und dass es keine Rolle spielte. Tut es auch nicht. Oder sagen wir, kaum. Sie wollten mich als einen von ihnen. Sie brauchten einfach neue Leute. Kinder, die man nach eigenem Vorbild brechen und neu zusammenschrauben kann. Sie wollten mich zu einem ihrer Killer machen. Das haben sie versucht, ganze sechzehn Jahre lang. Das Einzige, was ich dir schon erzählt habe, was wirklich stimmt, ist, ich weiß bis heute nicht, wo ich war, weil ich diese Festung nie verlassen habe. Aber getötet habe ich dort. Nicht so oft, wie du jetzt vielleicht denkst. Aber wenn du *wirklich* tötest, nicht wie im Fernsehen, dann ist *ein* verdammtes Mal schon zu viel. Aber sie haben mich nie so klein bekommen, wie sie sich das vorgestellt hatten und dann sind sie aufgeflogen, ich weiß nicht wie und ich weiß auch nicht wodurch, aber deshalb haben sie mich gehen lassen. Kurz bevor

der deutsche Kerl mir die hier verpasst hat", Ethan deutete auf seine rechte Schläfe, „hat er mir noch gesagt, ‚die werden dafür bezahlen, dass sie uns gefunden haben, deshalb bringen wir dich in die Gesellschaft zurück, dahin wo du hergekommen bist, das ist Rache genug, sonst würden wir dich jetzt einfach umbringen.' Ich habe erst viel später gecheckt, dass sie damit genau das meinten, was ich getan habe. Ich habe meine Rache ausgeführt. Aber sie haben mich nicht reingelegt. Sie haben das nur mit Genugtuung festgestellt, dass es, egal wie rum man es dreht oder wendet, kein Happy End mehr geben kann. Mir war und ist das egal. Ich wollte mich trotzdem rächen. Das hatte ich jahrelang geplant. Und auf einmal war ich wieder in meiner alten Stadt. Und dann sind wir uns begegnet. Tja", er grinste plötzlich traurig, „das hat einiges verändert. Du weißt, dass Laura tot ist. Ich habe sie aufgesucht, sie alle, und zwar alle über das Internet. Und dann habe ich sie erschossen. Ich habe ihr eine Chance gegeben, aber eigentlich wollte ich sie nur töten. Ich werde auch nie sagen, dass das fair ist, was ich getan habe ... Aber ich habe es getan, das kann ich nicht mehr ändern." Sein Blick war schwermütig.

Ayleen erwiderte ihn traurig. Es war die erste grausame Entscheidung gewesen. Sie hatte ihn hierhergebracht. Er hätte anders entscheiden können, denn aus Ayleens Sicht war es fraglich, ob die Rache in ihm auch nur irgendetwas befriedigt hatte. Er war immer noch getrieben. Oder hatte es ihm wirklich geholfen? Aber wohin? Ein schlechterer Mensch zu werden, als er ohnehin schon geworden war?

„Ich bin meiner Familie wiederbegegnet, sie haben jetzt Trevor, ich war so wütend, du erinnerst dich sicher noch daran."

Ayleen nickte besorgt und dachte an den Wodka und an die Nacht, in der sie ihn zu sich nach Hause und damit wortwörtlich in ihr Leben gebracht hatte. Plötzlich fiel ihr wieder etwas ein, dass ihr schon die ganze Zeit auf der Seele gebrannt hatte: „Warum war deine Wunde offen, an dem Morgen, nachdem ich dich zu mir genommen hatte?" Ayleen spürte die plötzliche Anspannung sich in ihr ausbreiten wie Übelkeit. Sie wusste nicht, ob sie die Antwort hören wollte.

Ethan lächelte irritiert. „Weiß ich nicht, ich habe mich gekratzt oder so, denke ich. Aber ich habe nichts verbrochen in dieser Nacht, keine Angst." Sie sah ihn immer noch verwirrt an. „Ich habe geträumt gehabt, dass ich Amelia töte, keine Ahnung, vielleicht bin ich irgendwie dran gekommen, oder die in der Ambulanz haben es schlampig genäht."

Ayleen erleichterte die Antwort. „Du warst in der Ambulanz? Ich bin davon ausgegangen, dass du das selbst gemacht hast." Sie grinste breit.

Ethan schnaubte ironisch. „Na klar, ich nähe mir selber den Kopf zu ... So abgestumpft bin ich dann auch wieder nicht." Ayleen nickte lächelnd. Ethan sah wieder ernst auf das Meer, verfolgte mit seinen Blicken das Wasser, wie es in schweren Wellen gegen die Felsen prallte, als würde es ausbrechen wollen, aber niemals durchkommen. Der Stein war zu fest, würde standhalten. Vielleicht für immer. „Du hast mich verändert, Ayleen, ich wollte noch weitere schlimme Dinge tun." Ayleen wollte ihm ins Wort fallen, sie wollte ihn an die Krokodile erinnern, aber sie wollte ihn nicht unterbrechen. Sie hatte sich gewünscht, dass er ihr seine Geschichte erzählte, jetzt wollte sie ihn nicht daran hindern. „... Aber ich musste durch dich immer wieder daran denken, dass es dadurch nicht besser wird, dass nichts jemals diese Jahre aufheben, dass nichts sie mir je wiedergeben würde. Dass es vorbei ist, dass meine einzige Wahl nur noch ist, zu gehen oder mit allem zu bleiben. Es gibt für mich keine Zukunft mehrv. Auch die Rache macht diese sechzehn Jahre nicht ungeschehen. Indem ich meine Verräter auslösche, verändere ich nicht die Vergangenheit, nur die Zukunft, und die hat damit nichts zu tun." Ethan wandte sich wieder ihr zu. „Ich habe Trevor vor ein paar Arschlöchern gerettet, ich kann eigentlich immer noch nicht glauben, dass ich das wirklich getan habe, na ja."

„Dafür sollte ich das Dankeschön an dich ausrichten, oder?" Ethan nickte. „Ich denke mal." Er grinste breit.

„Und dann? Wenn du doch wusstest, dass es nichts bringt, warum hast du dich dennoch weiter gerächt?"

Ethan starrte geradeaus. „Ich war trotz allem so wütend und es gab einfach nichts anderes, ich wollte es hinter mich bringen, ich wollte ihnen einfach zeigen, dass das passiert, wenn man aufgibt und dabei meine ich Clinton. Hauptsächlich wollte ich mich an ihr rächen. Sie hat mich zu einem Geist gemacht, offiziell tot und damit unangreifbar. Alle Leichen, die ich hinterlasse, gehen auf ihr Konto und sie weiß das. Und damit muss sie meine Schuld jetzt auf sich laden, so wie ich ihre auf mich geladen habe. Und dabei ist sie relativ gut weggekommen. Und dann habe ich mir Amelia und Joseph geholt." Ethan hielt inne. „Es war nicht so, wie du denkst."

Ayleen starrte nach draußen in die Ferne. Tränen stiegen in ihr auf, ihr wurde schlecht. Sie wollte das nicht hören. „Warum hast du sie nicht einfach erschossen, Ethan?", flüsterte sie verzweifelt.

Ethan sah sie an. „Weil ich sie nicht mehr töten konnte. Laura war genug. Ich bin sowieso zu weit gegangen ..."

„Ethan!", fuhr Ayleen ihn an „Du hast sie dort grausam verenden lassen! Das ist trotzdem deine Schuld! Trotzdem hast *du* und niemand anders ihren Tod verursacht!"

Ethan schüttelte den Kopf.

Ayleen starrte ihn fassungslos und wütend an.

„Sie sind nicht tot."

„Was?", hauchte Ayleen verdattert und völlig fassungslos. Ihr ganzes Bild von ihm zerbrach in ihrem Kopf und setzte sich neu zusammen. Er hatte sie nicht getötet? Hatte deshalb Clinton sich nicht gemeldet? Weil es gar nichts zu melden gab? Hatte sie deshalb so genervt reagiert? Alles ergab plötzlich einen Sinn, nur die Frage, warum er sie verschont hatte, nicht. „Aber wieso? Und wie?", fragte sie verwirrt.

„Ich wollte sie einfach erschießen, aber du hast gesagt, sie seien es nicht wert, erinnerst du dich noch daran?" Ayleens Augen weiteten sich. „Ja", flüsterte sie. „Mir ist so vieles klar geworden in den letzten Tagen. Ich wollte nicht, dass du mich hasst, ich wollte nicht immer mehr zu dem werden, was meine Entführer aus mir gemacht hatten. Also habe ich mich dagegen entschieden, sie umzubringen." Ethan sah sie wehmütig an. „Ich habe so viel kaputt gemacht und auf einmal hatte ich Angst, dass ich mich selbst darin verlieren würde. Hatte ich eigentlich sowieso schon. Mir ist in diesem Moment klar geworden, dass ich nie wieder in einen Spiegel würde schauen können, ohne mich vor mir selbst zu ekeln. Wie ich bin, so bin ich eben, das bin ich gewohnt, daran ist nicht mehr viel zu ändern. Aber weiter zu morden … Ich wusste einfach, dass ich das nicht ertragen könnte, dass ich", er brach ab und sah ihr eindringlich in die Augen, während er nachdrücklich sagte: „dir nie wieder in die Augen sehen könnte, ohne mich zu schämen, dass ich freiwillig weiter zum Monster geworden bin. Aber ich wollte trotzdem einmal die Angst in ihren Augen sehen, die sie damals in meinen gesehen haben müssen. Ich wusste, dass dort mittlerweile keine Krokodile mehr, sondern Alligatoren sind. Das Einbrechen war kein Thema, mitgekommen sind sie auch, als hätten sie wirklich keine Ahnung, was aus mir geworden ist. Und dann habe ich sie fertiggemacht. Recht simpel: Ich habe Amelia an einen Pfahl auf der kleinen Insel in der Mitte des Geheges angebunden. Die anderen beiden habe ich in dem langsam sinkenden Boot gelassen. Nur war es nicht fair, dass Will dabei war. Das habe ich nicht gewollt."

Ayleen hörte mit Grauen zu, aber auch mit Erleichterung. Will lebte noch, er war nicht einer Rache zum Opfer gefallen, die ihn gar nicht betraf. „Aber er lebt noch …"

„Ja", meinte Ethan. „Aber es wird ihn trotzdem verändert haben. Eine ganze Nacht voller Angst verändert dich, glaub mir." Er sah ihr tief in die Augen. Ayleen rührte sich nicht. Er hatte mit Sicherheit recht. Sie konnte das, was er sagte, nicht beurteilen, alles, was sie darüber sagen konnte, war, dass sie glücklich war, dass ihr nie so etwas passiert war. Und sie hoffte, dass ihr auch nie so etwas passieren würde. Sie hoffte darauf, verschont zu bleiben. „Aber er wird sicher irgendwann vergessen …", versuchte Ayleen ihn zu trösten.

„Ja, den Schmerz und die Kälte", erwiderte Ethan bitter, „aber er wird niemals vergessen, dass es passiert ist, nur wird er vermutlich auch den Grund nie erfahren."

Wieder wandte er den Blick ab. Ayleen tat es ihm gleich. Die Wellen tosten gegen die Felsen wie Feinde gegen eine feindliche Festung. Trotz der Grausamkeit, die man in diesem Spiel sehen konnte, war es auf eine bizarre Art einfach wunderschön. Die weiße Gischt, die, hochgeschleudert, weit emporstieg, das dunkle, sich aufbäumende Wasser. Die schiere Unendlichkeit des Meeres, die nur vom Horizont abgeschnitten wurde. Es war ein Bild wie aus einem Traum. Surreal. Denn die Unendlichkeit hatte immer etwas Unwirkliches, weil sie in der Welt der Sterblichen nicht wirklich existierte. Auch das Meer war nicht wirklich unendlich, es schien nur so. Man sagte, Erinnerungen seien für immer, aber das traf auch nur so lange zu, wie Menschen lebten, die diese Erinnerungen in sich trugen. Vielleicht erzählte Ethan ihr deshalb seine Geschichte, damit er nicht ganz verschwinden würde, damit er nicht tatsächlich nur noch ein Geist gewesen war, damit wenigstens sie wusste, was er erlebt hatte, damit das Wissen darum noch eine Weile länger in dieser Welt verweilen würde. Somit würde er noch eine Weile zumindest in ihrer Erinnerung weiterleben, als genau der, der er gewesen war, und dafür musste er ihr das alles erzählen. Es machte für sie Sinn, auch wenn sie der Gedanke an seinen Tod schmerzte. Die Seele wurde für unendlich, unsterblich gehalten, aber niemand hatte das je bewiesen. Und es war fraglich, ob das jemals jemand tun würde.

„Hast du das wirklich nicht gewusst? Es stand in der Zeitung und im Radio kam es auch, dass die Polizei drei Jugendliche aus einem Zoo befreit hat."

Sie drehte den Kopf. Er sah sie fragend an. „Nein, wusste ich nicht. Habe die letzte Woche weder Radio gehört noch Zeitung gelesen." Sie lächelte etwas unsicher. Ethan nickte. Dabei hätte sie Radio hören können, als sie gearbeitet hatten. Normalerweise hörten sie dann immer Radio. Sie hätte auch genug Zeit gehabt, Zeitung zu lesen. Aber das war alles egal. Sie hatte es nicht getan. Ayleen versuchte zu spüren, ob sie stolz oder glücklich war, dass er ihretwegen die drei nicht getötet hatte. Aber sie empfand keinen Stolz für sich selbst, nur pure Erleichterung, regelrecht Freude, dass er noch nicht so weit gegangen war, dass er sich noch einmal umentschieden hatte, für die Zukunft und nicht für die Vergangenheit. Wenn sie auf irgendwen stolz war, dann auf ihn.

Auf seinen Verstand, seine Güte, die er doch immer noch hatte. Zwar war sie geschunden und verkrüppelt, aber sie existierte noch. Und dennoch waren seine Taten irrational gewesen. Er hatte sich an Gleichaltrigen gerächt, die Kleinkinder gewesen waren, als das alles passiert war. Sie waren nach dem Gesetz nicht strafmündig. Aber für ihn waren sie es. Für Ayleen war es nur ein Beispiel, wie unkontrollierbar die Welt war. Wie subjektiv. Niemals würde alles einen rationalen Grund haben. Niemals würde man für jede Handlung einen Schuldigen finden. Es würde nie eine Einigkeit darüber geben, wie schuld die Kinder auf seiner Liste waren. Er hatte Laura Richards getötet. Vielleicht sollte er doch bleiben, würde er sich irgendwann erholen, aber Laura Richards würde nie wieder leben. Er war ein Mörder, aber er bereute es. Und er hatte sich gebessert, im Gegenteil zu dem, was sie alle angenommen hatten. Seine scheinbar grausamste Tat war der größte Akt von Gnade gewesen, zu dem er noch fähig war. Das war nicht mehr viel, aber es war etwas. Etwas war mehr als nichts.

„Du bereust das alles", es war mehr eine Feststellung, als eine Frage.

„Ich bereue alles, alles, was passiert ist, was ich getan habe."

„Glaubst du, Gott würde dir vergeben? Sicher, das ist nicht das Gesetz, nicht die Justiz, aber es würde deiner Seele helfen", sagte sie sanft, obwohl sie seine Antwort bereits kannte, bevor er antwortete: „Ich glaube nicht. Und es wurde nie bewiesen, dass wir wirklich so etwas wie eine Seele haben." Und dann starrte er sie plötzlich unverwandt an. „Ayleen, warum seid ihr hier?" Seine Frage war eindringlich und kalt. „Halte mich nicht für dumm, ich glaube, ich habe gerade eins und eins zusammengezählt und bin auf zwei gekommen." Ethan musste über seine eigene Metapher fast grinsen.

Ayleen schluckte und sah zu Boden. Sie konnte ihm das nicht ins Gesicht sagen. „Wir hatten den Deal, Caro hilft mir dabei, dich zu suchen und dafür ..." Ihre Stimme wurde immer leiser. Ethan beugte sich immer weiter zu ihr herunter, während er angestrengt versuchte zu verstehen, was sie sagte. „... händigen wir dich dann Clinton aus ... oder eben der Polizei." Sie verharrten in ihrer Position.

„Wieso warst du dir so sicher, dass ich überhaupt noch hier sein würde?"

„War ich nicht!" Ayleen riss den Kopf wieder nach oben, er reagierte auf die Bewegung, indem er sie ihr nachtat. „Aber du *bist* doch noch hier, oder?"

Ethan schluckte. „Ich habe mir ja auch furchtbare Sorgen gemacht." Ethan senkte den Blick. „Ayleen, der Tod wäre ein schöneres Ende als der Knast. Ich will nie wieder gefangen sein …"

Ayleen sah ihn mitfühlend an. „Ich dachte nur, wenn du im Gefängnis säßest, wärest du weniger *weg*." Ihre Stimme fing an zu zittern. Ethan betrachtete sie besorgt. „Aber ich weiß, dass das grausam für dich wäre, es tut mir leid."

„Schon okay", meinte Ethan unsicher.

„Nein, das ist nicht okay. Und dass du Amelia und Joseph nicht ermordet hast, ändert alles!"

Ethan sah sie verblüfft an. „Echt?"

„Ja! Ich werde mit Caro reden, den Deal ändern." Sie grinste frech. „Eigentlich kann sie sowieso nichts machen, selbst wenn sie die Polizei riefe, du bist kein gesuchter Straftäter, sie würden gar nicht kommen, und bis Clinton hier wäre, würdest du längst weg sein." Wo immer ‚weg' auch sein mochte. Ayleen schluckte die aufsteigenden Tränen hinunter. Noch war er hier. Noch war nichts zu spät.

Die Sonne kam heraus und ließ alles in einem warmen Licht erstrahlen.

Ethan wandte sich von Ayleen ab und lief aus dem Garten. Ayleen rannte ins Haus. Sie musste Caro alles erzählen. Nicht die Details, nicht wer er wirklich war, nicht was er alles getan hatte, aber was er *nicht* getan hatte. Sie riss die Terrassentür auf. „Caro!"

Caro kam aus der Küche. Beinahe hätte sie die Teller fallen gelassen, die sie auf den Tisch stellen wollte. Entgeistert starrte sie ihre Freundin an.

„Ich muss dir was sagen!", rief Ayleen begeistert.

Caro hob irritiert die Augenbrauen. „Was ist denn los mit dir? Woher der Enthusiasmus?" Sie sahen sich unverwandt an.

Die eine mit strahlendem Grinsen, die andere mit ausdrucksloser Mine.

„Ich weiß, wir hatten den Deal, ihn deiner Mum zu geben, aber …"

„Aber was?", fragte Caro misstrauisch.

„Er hat es nicht getan! Das mit den Krokodilen!" Caros Augen weiteten sich. Sie verstand langsam. „Es waren Alligatoren, deshalb ist auch Monica noch nicht aufgetaucht und wollte uns auch deshalb nichts sagen. Die leben noch, Caro!"

Caro war erleichtert, aber sie zuckte nur mit den Schultern. Für sie würde Ethan auf immer ein Mörder sein. Sie hatte es einmal so angenommen. Jetzt sah sie das in ihm. Auch wenn sie jetzt wusste, dass er das gar nicht war. Den Instinkt hatte sie von ihrer Mutter. Und auch wenn sie nie erfahren hatte, was Ethan sonst getan hatte und auch nie erfahren würde, so sagte dennoch ihre innere Stimme, dass er ein Täter und nicht nur ein Opfer war.

„Ach, Caro! Das heißt, wir lassen ihn gehen, oder?", fügte Ayleen zögerlich hinzu.

„Ich weiß nicht, ich denke, er ist auch so nicht unschuldig."

Ayleen starrte sie böse an. „Aber er hat doch sonst nichts getan! Willst du ihn etwa für seine Entführung noch mal wegsperren?", log Ayleen. Um Ethans Willen.

Sie starrten sich feindselig an. Sie wussten beide, dass er ins Gefängnis gehörte, nur wollte Ayleen ihm die Freiheit schenken, und Caro hatte keine Beweise, keine Gründe außer ihrem Gewissen.

„Bitte, Caro, bitte!", flehte sie ihre ehemals beste Freundin an. Sie waren kaum noch Freunde. Vielleicht lag es daran, dass sie sich schon so lange kannten, dass sie aus reiner Gewohnheit zusammengeblieben waren. Auch wenn sie längst nicht mehr an einem Strang zogen, wie früher. Alles war anders geworden. So war das Leben. Meistens. Ethans Welt hatte sich nicht verändert. Sechzehn Jahre lang war sie stagniert. Die Geschichte, die er erzählen konnte, war so grausam, dass er es besser für immer lassen sollte. Und dann war seine Welt ins Chaos gestürzt und jetzt … stagnierte sie wieder. Ethan erwartete nicht mehr viel, deshalb störte ihn das nicht. Ayleen hätte das gestört. Sie war der

Meinung, dass die Erfahrungen, die man sammelte, ein Leben reich machten. Sie wollte am Ende so viel gesehen haben von der Welt, wie es ihr möglich gewesen sein, und so viele Dinge getan haben, wie sie gekonnt haben würde. Caro dagegen war nicht dieser Meinung. Sie blieb lieber in sicherer Entfernung zum Geschehen. Ihr reichte es oft, alles aus der Ferne zu betrachten. Sie musste nicht dabei sein. „Ayleen, ich weiß nicht, echt", meinte Caro unsicher.

Ayleen sah sie genervt an. „Caro, was gibt es da nicht zu wissen?"

„Na ja, du musst ja nicht den Rest deines Lebens deiner Mutter ins Gesicht sehen und dir denken, ich habe einen Verbrecher durchkommen lassen. Deine Mum ist kein Cop! Weißt du, wie schwer das für mich ist? Ich finde, wir sollten Mum Bescheid sagen, dann gäbe es ein Verfahren, und wenn er dann unschuldig ist, kann er doch gehen?"

Ayleen schüttelte den Kopf und blaffte ihre Freundin etwas zu gereizt an: „Ja! Na klar! Er ist kein Objekt! Und er hat schon genug durchgemacht, Caro. Ganz ehrlich, dann kannst du auch gleich die Klappe halten. Und was soll das bitte mit deiner Mutter? Mal ehrlich, weißt du, was andere Leute ihren Eltern alles verheimlichen?"

Caro sah sie wütend an. Trotzig erwiderte sie: „Ja, aber ich eben nicht. Ich bin eben nicht so taff wie du!"

Ayleen lachte kurz und hysterisch auf. „Taff? Willst du mich verarschen! Ich bin nicht übermäßig taff! Du bist feige! Und unfair! Caro, denk doch einfach mal an Ethan!"

Caro starrte sie entsetzt an „An Ethan!", ihre Stimme überschlug sich beinahe.

Ayleen erwiderte ihren Blick erschrocken „Ja …?"

„Mann, Ayleen! Ethan kann mich mal! Er ist ein böser Mensch! Sei doch nicht so naiv, Ayleen, du weißt das auch!"

Ayleen konnte nicht fassen, wie Caro reagierte. Sie hatte sich dieses Gespräch anders vorgestellt. Leichter. „Caro, bitte", flüsterte sie, weil sie nicht mehr wusste, was sie sonst noch sagen sollte. „Übertreib doch nicht so, Ethan ist kein böser Mensch. Was erwartest

du denn von ihm? Dass er in diesen sechzehn Jahren zum Engel geworden ist? Mensch, Caro, er ist kein Heiliger! Er ist ein ganz normaler Mensch, dem viel zu viel Scheiße im Leben passiert ist!"
Caro sah weg. „Da hinten steht er übrigens", bemerkte sie beiläufig und deutete mit dem Kinn Richtung Klippen.
Ayleen riss ihren Kopf herum. Sie starrte aus dem Fenster.
„Was macht er denn da?", meinte sie mehr zu sich selbst, vielleicht zu der Welt da draußen. Caro stellte sich neben sie ans Fenster. Dort, in einiger Entfernung, in der das Ufer eine Rechtskurve beschrieb und die dort stark ansteigenden Klippen den Blick auf den Horizont versperrten, stand Ethan am Rand der felsigen Klippe, die viele Meter hoch über dem Wasser emporragte. Was genau darunter lag, konnten die Mädchen nicht sehen, da die Klippen direkt vor ihnen den Blick auf das Ufer verdeckten.

Die Sonne schien auf die Erde. Das Wasser verwandelte sie in eine glitzernde Oberfläche aus tausenden Reflexionen. Es war warm. Ethan trat weiter auf den Rand des Felsens zu. Er schloss die Augen. Eine eigenartige Ruhe hatte das Chaos in seinem Inneren verdrängt. Er hatte nichts mehr zu verlieren. Die Sonne strahlte angenehm auf ihn. Er hatte ihr Vertrauen nicht gebrochen. Er fühlte zum allerersten Mal seit viel zu langer Zeit das befriedigende Gefühl des Erfolgs. Auch wenn er nicht direkt etwas erreicht oder gewonnen hatte, so war doch wider all seiner Erwartungen nichts kaputt gegangen. Diesmal war alles gut gegangen. Er hatte das Gefühl, die Wärme auf seiner Haut in sein Inneres aufzusaugen, als würde seine Seele sich regelrecht danach verzehren. Die Wärme breitete sich in ihm aus, aber nicht schnell und brutal wie ein Lauffeuer, sondern langsam und ruhig. So wie die Welt um ihn herum. Eine leichte Brise wehte, sonst stand alles still. Endlich einmal war die Welt still, wenn sie es sein sollte. Endlich hatte er einmal dann Ruhe, wenn er sie wollte, nicht wenn er in Einsamkeit auf ein Wunder wartete, oder auf ein Ende. Endlich hatte die Qual ein Ende. Das Chaos war weg. Er hatte alles geklärt. Er würde nicht verschwinden. Nicht restlos. Ethan spürte keine Sorgen mehr. Er war frei.

Langsam zog er den zerknitterten Zettel aus der Hosentasche, auf dem fünf Namen standen. Vier davon waren durchgestrichen. Er atmete tief ein und wieder aus. Im Geiste strich er auch den letzten Namen durch.

~~Laura Richards~~
~~Amelia Smith~~
~~Joseph Larson~~
~~Paula Anderson~~
~~Monica Clinton~~

Er ließ sie gehen. Es war vorbei. Seine Rache hatte ihr Ende gefunden. Seine Rechnung war beglichen.

Er hatte in diesem Moment das Glück, einmal mehr die Unbeschwertheit zu empfinden, die nur in wenigen Augenblicken greifbar war, und die man niemals festhalten konnte, da sie niemals blieb. Eigentlich streifte sie einen nur so kurz, dass man in dem Moment, in dem man sie spürte, schon wieder an die Sorgen von morgen dachte. Es waren kurze, glückliche Augenblicke, nicht länger als eine Millisekunde, aber befreiend und belebend wie ein Rausch. Ethan hatte das Glück, dieses Wohlempfinden länger zu fühlen, in sich zu behalten, als andere. Denn Ethan Farrell hatte keine Sorgen mehr, weil er kein Morgen mehr hatte. Er hatte mit diesem, seinem Leben abgeschlossen. Es war vorbei. Es gab nichts mehr zu tun. In diesem Moment wurde ihm bewusst, dass er glücklich war. Ein zutiefst zufriedenes Lächeln breitete sich auf seinem Gesicht aus. Nie in seinem Leben hatte sein Gesicht einen so entspannten, so befreiten Ausdruck gezeigt. Ethan öffnete wieder die Augen. Da lag das Meer. In seinem endlosen Kampf. Ethan fühlte sich auf einmal nicht mehr wie ein Teil davon. Er war befreit, befreit von seinem inneren Kampf, ausgebrochen aus dem ewigen Ring. Er musste nicht mehr kämpfen. Er hatte abgeschlossen. Die sechzehn Jahre waren vorbei. Für immer. Er hatte es Ayleen erzählt, er hatte sein Leben ihr gegeben, jetzt musste er es nicht mehr selbst tragen. Seine Geschichte war jetzt ihre. Er hatte sich daraus entzogen. Er hatte sich aus sich selbst befreit. Er sah auf das Meer und fühlte sich so frei und leicht, dass er glauben könnte, darüberfliegen zu können. Es gab keine Rache mehr. Keinen Hass. Die Liste war abgearbeitet. Es war endlich vorbei. Alles. Das Leid. Der Schmerz. Das ewige Zögern. Das ständige Chaos. Die Zweifel. Die Angst. Alles vorbei. Ethan Farrell stellte sich auf die Kante. Dann drehte er sich langsam um. Das Wasser hinter ihm. Die Natur vor ihm. Grün und leuchtend in den Strahlen der Sonne. Ethan sah hoch zum Himmel. Die Welt war in Ordnung. Sie hatte schöne Seiten und grausame. Es war nicht alles schlecht. Es war ausgeglichen. Endlich fühlte auch Ethan einmal dieses Gleichgewicht, von dem alle ausgingen, es würde der Realität entsprechen. Dabei war es Gnade. Gnade, auch nur einmal die schönen Seiten zu sehen. Ethan wusste das jetzt. Die Welt schuldete ihm nichts. Vielleicht die Menschen. Aber sie waren Teil eines gigantischen Systems, eines komplexen Kreislaufs, der sich das Leben nannte. So sehr er auch ihre Reue gesucht hatte, ihm war klar geworden, dass am Ende doch jeder für sich selbst lebte, dass jeder seinen eigenen Weg ging, andere Prioritäten hatte. Er hatte das vergessen gehabt. Jetzt, wo er hier stand, wusste er es wieder. Und in diesem einen Augenblick konnte er sich damit abfinden. In diesem Augenblick war es *okay*. So war die Welt. So waren ihre Menschen. Niemand würde das je ändern. Niemand würde das je können. Schon gar nicht er. Und in diesem Moment wollte er das auch gar nicht mehr.

Langsam breitete er die Arme aus. Fliegen. Fast musste er lachen. Es war zu absurd. Ethan grinste, dann schloss er wieder die Augen. Diesmal empfand er keine Trauer. Keine Wehmut. Nur Freude, ein Hochgefühl. Er war glücklich. Er hob die Arme noch ein Stück höher, streckte sie noch weiter zur Seite aus. Mit dem Gefühl, ganz weit oben zu sein, ließ er sich nach hinten fallen. Das Adrenalin schoss durch seinen Körper. Nie im Leben war er freier gewesen. Er raste nach unten. Endlich war er frei!

Ayleen starrte nach draußen. Eine seltsame Unruhe breitete sich in ihr aus. Sie drückte angespannt ihre Hände gegen die Scheibe der Terrassentür. Nervös beobachtete sie ihn. Sie wusste, was er tun würde, noch bevor er sich umgedreht hatte. „Nein", flüsterte sie panisch. Und dann fiel er. „Ethan!", schrie sie gebannt vor Schreck. Sie schlug mit der flachen Hand gegen die Scheibe. Sie hörte, wie er hart auf dem Wasser aufschlug.

Dann rannte sie raus. Wie vor einem Tag lief sie den Weg hinunter, an den Klippen vorbei. Sie wollte nicht darüber nachdenken, warum er das getan hatte, was jetzt passieren würde. War er noch da? Oder dachte sie nur, er wäre nicht verloren, dabei war er schon längst nicht mehr unter ihnen. Es war ein seltsames Gefühl der Ungewissheit, befremdlich. Zeit spielte keine Rolle mehr. Nur Geschwindigkeit. Sie stolperte nach unten zu der kleinen Bucht. Ein winziger Streifen Sand säumte das Ufer. Als sie unten ankam, machte ihr Herz einen Satz vor Erleichterung. Nie hatte sie solche Angst gehabt, nie war ihr die Angst so einfach genommen worden. Ethan Farrell stand hüfthoch im Wasser. Er war noch da, er war nicht verletzt. Nicht tot. Als er sie sah, erwiderte er ihren entsetzten Gesichtsausdruck mit einem irritierten Lächeln.

„Ethan!", rief sie fassungslos, ihre Stimme klang immer noch hoch und atemlos. „Ethan! Oh mein Gott! Ethan!" Sie rannte auf ihn zu. In keinem Augenblick ihres Lebens war sie glücklicher oder erleichterter gewesen. Er kam ihr langsam entgegen. Ayleen lief die letzten Schritte durchs Wasser. Sie sprang ihm in die Arme. „Mann!", rief sie überglücklich und schlang ihre Beine um seine Hüften. Er hielt sie reflexartig fest. „Ich dachte echt, du würdest weg sein!"

Ethan sah sie überrascht, aber fröhlich an. „Wieso?"

Ayleen grinste verstört. „Na wegen gerade eben!"

Ethan lachte. Seine Augen leuchteten. Sie hatten vorher nie so geleuchtet. Ayleen wusste auf einmal, dass es Lebensfreude war. Sie hätte nicht beschreiben können, wie glücklich es sie machte, ihn so zu sehen.

„Das mache ich öfter", gestand Ethan mit einem breiten Grinsen.

„Du Wahnsinniger!", rief Ayleen begeistert und umarmte ihn noch fester.

„Ayleen ... das ist schwer zu sagen, aber ich glaube, ich bin glücklich", sagte er leise.

Sie nahm ihren Kopf von seiner Schulter. Es freute sie über alle Maßen, das zu hören.

Ayleen ließ sich langsam an ihm herunter, bis sie vor ihm im Wasser stand. Ihre Arme ließ sie um seinen Hals. „Ethan, du bist mir sehr wichtig ... zu wichtig. Bitte geh nicht."

Ethan sah ihr fest in die Augen. „Vielleicht werde ich bleiben."

Ayleen strahlte überglücklich. „Ja", flüsterte sie, „bleib."

Ethan lächelte das befremdliche, geheimnisvolle Lächeln, das sich manchmal – in den unerwartetsten Momenten – auf seine Lippen schlich. Dann beugte er sich langsam zu ihr hinunter und küsste sie.

Das tiefe Glücksgefühl durchströmte Ayleen wie die Liebe zu ihm. Sie war glücklich. Sie würde sich immer an diesen Augenblick erinnern und damit daran, dass das Leben so unheimlich schön sein konnte. Und dass es nicht um die Ewigkeit ging, sondern um den Moment. Hier und jetzt begriff sie das tatsächlich, in dieser kurzen Zeit war es ihre Realität, auch wenn sie es bald schon wieder vergessen haben und weitermachen würde, wo sie vorher aufgehört hatte, ihr Leben für die Zukunft zu planen. Aber für diesen, im Verhältnis zu ihrem gesamten Leben, winzigen Augenblick, wusste sie, dass es am Ende nicht darauf ankam, wie sehr sich ihr Lebensplan erfüllte, sondern dass sie einen Moment tiefen Glücks empfunden hatte, der ihr für immer in ihrer Erinnerung erhalten bleiben würde.

18. Tod

Das Leben war niemals einfach nur gut. Es war niemals nur schlecht. Trotzdem war es den meisten Menschen unmöglich, sich den guten Momenten bewusst zu werden, obwohl sie so schnell wieder verschwinden konnten. Die meisten sahen erst, was sie gehabt hatten, wenn es nicht mehr da war. Ayleen dachte, ‚Jetzt' könnte für immer sein. Aber sie irrte sich.

Der Tag ging vorüber. Die Sonne sank hinunter. Der Himmel färbte sich tiefrot. Er schien jeden Tag den exakt selben Zyklus zu vollziehen und doch war jeder Sonnenuntergang einzigartig. So wie es jeder Tag war. Dieser Tag würde Ayleen immer in Erinnerung bleiben. So wie der folgende.

Nur wusste sie das in diesem Moment noch nicht.

Sie hätte alles geändert. Aber in dieser Welt war es unmöglich, die Zukunft zu sehen. Sie saß neben Ethan auf der Couch im Wohnzimmer. Die anderen beiden saßen ihnen schweigend gegenüber. So harrten sie aus, warfen sich Blicke zu. Aber niemand wagte etwas zu sagen.

Ethan beobachtete sie alle immer der Reihe nach. Er spürte, dass eine gefährliche Spannung in der Luft lag. Caro hielt nicht ein einziges Mal seinem Blick stand. Mark starrte eiskalt zurück. Es machte Ethan nervös. Irgendetwas stimmte nicht mit den beiden. Alles war gut im Moment, bis auf die beiden. Aus irgendeinem Grund hassten sie ihn. Und Ethan wusste, dass es nicht der Mord an Laura Richards war, denn Ayleen hatte ihnen davon nichts erzählt. Es war etwas anderes. Schwer einzuordnen. Je länger sie dort saßen, desto mehr wollte Ethan den Grund für ihre Feindseligkeit wissen.

„Was ist los?", fragte er etwas zu gereizt.

Caro zuckte bei seinen Worten zusammen. Mark starrte ihn an.

„Was ist passiert?", fragte er erneut.

„Ich kann dich nicht leiden, Mann! Solltest du langsam kapiert haben, oder?"

Ethan erwiderte kalt seinen Blick. „Ja, das weiß ich. Ist das alles?"

Caro schluckte.

„Was ist?"

„Nichts", erwiderte sie beinahe verlegen.

„Caro!", rief Ayleen plötzlich.

Caro sah weg. „Ich habe mit Mum geredet."

Die Zeit stand still, als sei ein Blitz eingeschlagen. Einen Moment blieben sie erstarrt sitzen, den Blick fassungslos auf Caro gerichtet, dann rief Ayleen plötzlich: „Du hast *was* getan?! Wie konntest du nur? Ich dachte, wir hätten eine Vereinbarung?"

Ethan spürte Panik in sich aufsteigen. Sein Instinkt wollte auf sie losgehen, kämpfen, töten. Sein Verstand hielt dagegen, weil er wusste, dass ihn das nirgendwo hinbringen würde. Also verharrte er und wartete.

„Was hast du ihr gesagt, Caro?", fragte Ayleen scharf.

Caro sah ihre Freundin flehend an. Ethan verstand den Ausdruck in ihren Augen nicht. Warum war sie nicht wenigstens mutig genug, zu ihrer Entscheidung zu stehen? Aber so war Caro nun mal nicht. Das hatte Ethan mittlerweile begriffen. Sie brauchte immer den Schutz der anderen und dafür musste sie alles rechtfertigen. Er wünschte sich in diesem Moment, Caro würde einfach stolz zu ihrer Mutter stehen und genauso wie sie damals einen Fehler machen, anstatt Ayleen anzuflehen, ihre Entscheidung gutzuheißen. Zu seiner Erleichterung empfand Ayleen Caros Entschluss alles andere als gut.

„Caro, warum?", rief sie ein weiteres Mal.

„Ich weiß nicht. Ich dachte, es sei besser so ..."

„Besser?", mischte sich Ethan verwundert ein. „Was soll daran *besser* sein? Und für wen ist es besser?" Es war eine Falle, aber auch dieses Mal verstand Caro das nicht und tappte hinein.

„Na, für mich! Weil ich dann ruhiger schlafen kann, wenn ich weiß, dass du niemandem mehr etwas tun kannst!"

„Für dich!", rief Ethan genervt.

„Hast du in deinem ganzen Leben auch mal an wen anders gedacht?", mischte sich Ayleen aufbrausend ein.

Caro riss den Kopf zu ihr herum. „Ja? Ich denke doch dabei an uns alle!" Sie wandte sich wieder Ethan zu. „Ethan, versteh mich nicht falsch, aber du bist nun mal ... wie soll ich das sagen, ... du bist ein Psychopath – was ganz normal ist, nach dem, was du erlebt hast – aber deshalb wäre es das Beste, wenn du Hilfe bekämst ..."

„Hilfe?", knurrte Ethan. „Sechzehn Jahre lang wollte mir niemand helfen, und jetzt steht ihr auf einmal alle Schlange dafür, oder was?"

Ansonsten erwiderte er darauf nichts. Auch Ayleen tat das nicht. Sie wussten alle, dass Caro nicht so falschlag, wie sie es gerne hätten. Ethan war klar, dass er nie wieder in den Augen dieser Menschen einer von ihnen sein würde. Das Höchste, das ihm zuteilwerden würde, war, dass er geduldet wurde. Aber anerkennen würden die Menschen dieser Gesellschaft niemals jemanden wie ihn. Er würde immer der Ausgestoßene sein, den man mit Vorsicht behandeln musste, die fremde Kreatur. Ein Monster. Er hatte wenig dazu beigetragen, dass es hätte anders kommen können. Es lag nicht an den sechzehn Jahren. Es lag daran, was er in dieser Zeit und was er danach getan hatte. Das war in Wahrheit alles, was zählte. Die Jahre waren nur ein schmerzhafter Verlust, aber kein Stigma. Die Taten waren es schon. Sie hatten seine Seele geschwärzt, so tief, dass sie nie wieder hell werden würde. Er hatte Schwellen überschritten und Hemmungen überwunden, die normale Menschen in ihrem Leben nicht zu Gesicht bekamen. Vor wenigen Stunden noch hatte er tatsächlich geglaubt, er würde wieder Teil dieser Gesellschaft werden können. Doch sosehr er sich in Ayleens Gegenwart auch wie ein normaler Mensch fühlte, so war er in der Gegenwart anderer doch ein Fremdkörper. Dass er dazugehören könnte, war so schön, dass es nur eine Illusion sein konnte. Es war nicht real. Er versuchte sich an das Gefühl zu erinnern, dass er vor wenigen Stunden empfunden hatte. Er war glücklich gewesen. Und ihm war klar geworden, dass er in seinem ganzen Leben wohl noch nie glücklich gewesen war. Bis zu diesem einen Augenblick. Jetzt, wo er die anderen mit ihren kalten Mienen beobachtete, verspürte er plötzlich eine seltsam fremde Dankbarkeit dafür, dass er dieses Gefühl überhaupt empfinden durfte. Er war sich sicher, dass die anderen es wohl schon lange nicht mehr fühlten, dass sie schon lange nicht mehr glücklich waren. Obwohl sie es sein könnten. Ethan war für einen winzigen Moment froh darüber, dass seine Vergangenheit, das wozu er geworden war, ihn nicht daran gehindert hatte, wieder Glück zu finden. Egal wie kurz es sein würde. Egal, ob es jetzt schon vorbei war. Es war da gewesen. Es hatte existiert. Es war real.

„Ja, Hilfe, und was vor sechzehn Jahren war, dafür können wir nix, klar?!", riss Caro ihn zurück in die graue Stumpfheit der Realität.

„Ich weiß", stellte Ethan kalt fest. „Aber du willst mich einsperren, nicht mir helfen, Caro."

Sie starrte Ethan entgeistert an. Er wusste, dass er ins Schwarze getroffen hatte. Nichts sonst hätte diesen Blick erklären können.

„A...Aber ... wir wollen doch nur ...", fing sie hilflos an.

„*Wir?*", fiel Ayleen ihr gereizt ins Wort. „Meinst du damit, dich und Mark? Immerhin bin ich mir gar nicht so sicher, ob deine Mutter überhaupt Bock hat, sich noch einmal in ihrem Leben mit ihrem wohl größten Fehler auseinanderzusetzen."

Ethan sah sie erstaunt an. Er hatte auf ihre Unterstützung gehofft. Aber er war dennoch verwundert, sie tatsächlich zu erhalten.

„Boa, Ayleen, es war nicht ihr größter Fehler!", rief Caro wütend.

„Nein! Das war wohl, dass sie deinen Dad vergrault hat!", erwiderte Ayleen eiskalt.

Caro zuckte zusammen. Dann fing sie unvermittelt an zu weinen. „Ayleen, du bist so gemein, echt! Warum fängst du jetzt mit meinem Dad an? Das hat doch damit nix zu tun!" Sie schluchzte leise in ein Kissen.

Ethan sah einen mitfühlenden Schmerz in Ayleens Augen. Es tat ihr leid. Ethan tat es nicht leid. Er hasste Caro auf seine Weise. So wie sie ihn. Damit waren sie quitt. Da war kein Platz mehr für Mitleid.

„Caro", fing Ayleen sanfter an. „So habe ich das nicht gemeint. Aber du musst zugeben, dass deine Mutter verdammt scheiße zu deinem Dad war und dann wollte sie ihn wieder zurückhaben! Ich meine, das war doch verdammt dumm von ihr!" Gegen Ende wurde sie immer lauter.

Caro sah ihre Freundin feindselig an. „Ja, ihr seid ja perfekt, nicht wahr?", rief sie unter Tränen.

„Nein", meinte Ayleen hilflos, „aber darum geht es doch jetzt gar nicht." Verstört sah sie Ethan an. Er erwiderte ihren Blick ratlos. Er hatte keine Ahnung, was er jetzt machen sollte.

„Caro, wann kommt Clinton?", fragte Ethan trocken.

„Morgen früh", antwortete Caro verheult hinter ihrem Kissen.

Ayleen sog scharf die Luft ein und verzog vor Schmerz das Gesicht. Ethan fragte sich, was ihr so wehtat.

„Warum hast du mit ihr geredet?", fragte Ayleen verzweifelt. Ihre Stimme bebte. „Caro?", rief sie. Caro sah vorsichtig hinter ihrem Kissen hervor. „Warum hast du das gemacht? Ich dachte, wir hätten eine Vereinbarung gehabt?"

Caro richtete sich auf. „Vereinbarung!", rief sie verächtlich. „Die Vereinbarung war, Ethan ihr zu geben! Vergiss das nicht, klar? Und du hast es dann einfach geändert. So was nennt man keine Vereinbarung."

Ayleen sah weg. Traurig. Zumindest empfand Ethan es als traurig. Die ganze Situation war traurig. Sie verlieh das Gefühl einer hilflosen Endgültigkeit. Als gäbe es keinen Ausweg mehr, keine *gute* Lösung. Nur eine. Ethan wusste selbst nicht mehr, was er eigentlich wollte.

Chaos.

Es war wieder da. Und beherrschte ihn. Für einen Moment war die Welt gut gewesen. Jetzt stürzte sie wieder ins Chaos. Aber immerhin. Für einen Moment …

Ethan schloss kurz die Augen, hoffte dadurch seine Gedanken klarer zu sehen. Aber das dumpfe Gewirr blieb. Es umfing ihn wie ein taubes Vakuum. Endlos. Ohne Ausweg. Er hatte wieder einen Schritt zurück gemacht. Zurück in das, was er so traurig sein eigenes Leben nannte.

„Bitte, Caro, noch ist es doch noch nicht zu spät", flehte Ayleen plötzlich eindringlich, „noch ist sie doch noch nicht losgefahren. Bitte, ruf sie an und sag ihr, dass sie nicht fahren muss. Bitte, Caro, bitte!", rief sie.

Caro zuckte zusammen. „Das kann ich nicht", erwiderte sie schwach.

„Du bist so feige, es ist echt unglaublich!" Ayleen ließ sich in die Kissen hinter ihr zurückfallen.

„Feige? Wieso? Ich will doch gar nicht, dass er freikommt. Und das ist echt zu viel für einen Freundschaftsdienst."

„Was hast du ihr gesagt?", mischte sich Ethan beinahe gelangweilt ein. Für ihn spielte es keine Rolle mehr.

Caro sah ihn verwirrt an. „Na ja, ... dass ... dass du eben ... na ja ... ein böser Mensch bist und grausame Dinge getan hast."

Ethan nickte, als hätte er genau diese Antwort erwartet. „Vermutlich hast du recht." Sein Blick verlor sich in Richtung Küchentür. „Ich bin ein böser Mensch, so wie du das gesagt hast", murmelte er mehr zu sich selbst. „Aber egal, was auch passieren wird, ich werde das immer bleiben."

Caro und Mark sahen ihn an wie einen Geist. Ayleen zuckte bei seinen Worten zusammen. Aber sie widersprach ihm nicht. Es gab nichts zu widersprechen. Mark riss plötzlich den Kopf zurück in die Richtung, in die Ethan ausdruckslos starrte. Die Küche. Die Messer. Ethan dachte nicht daran, nicht einmal für den Bruchteil einer Sekunde. Aber das spielte keine Rolle. Mark dachte, Ethan denke daran. Mark zuckte zurück. Dann stand Ethan auf. Mark schnellte ebenfalls hoch und mit einer unheimlich schnellen Bewegung drückte er Ethan eine Pistole in den Bauch. Ethan starrte ihn erschrocken an. Mark erwiderte seinen Blick kalt. Ethan bewegte sich keinen Zentimeter. Angespannt wartete er auf die nächste Handlung seines Gegenübers.

„Ich knall dich ab", zischte Mark. „Wenn du auch nur auf die Idee kommst, irgendetwas Dummes zu tun ..."

Seine Drohung prallte an Ethan ab wie eine Feder an einer Stahlwand. „Etwas Dummes?", erwiderte er provozierend. Mark schnaubte. Ethan verzog abfällig das Gesicht. „Lass mich in Ruhe,

Mark, ich tu dir nichts." Mark ließ nicht von ihm ab. „Denk an deinen Arm", fing Ethan in gelangweiltem Ton an. Er wollte ihn warnen, ohne ihm zu drohen. Mark zuckte kurz. „Mark, nimm die Waffe weg", wiederholte Ethan. Ein weiteres Zucken ging durch Mark.

„Mark!", schrie Caro plötzlich voller Angst. „Nimm die verdammte Waffe weg!"

Marks Blick schnellte zu ihr. Caro war aufgesprungen. Ayleen dagegen saß in Schockstarre auf der Couch. Es irritierte sie alle, dass gerade sie in diesem Moment nur dasaß, nichts sagte, nichts tat. Aber sie konnten nicht wissen, dass Ayleen gelähmt war vor Angst, Mark könnte abdrücken. Sie hoffte innerlich, wenn sie nur lang genug still säße, würde die Situation sich wieder entspannen. Ayleen war mit Ethan die Einzige im Raum, die tatsächlich wusste, dass Mark schießen würde. Ayleen kannte Mark schon lange und nach allem, was er getan und gesagt hatte, wusste sie, dass er in seinem Patriotismus abdrücken würde, auch wenn er das vielleicht gar nicht wollte.

„Woher hast du die Waffe?", murmelte Ayleen wie in Trance.

„Glaubst du ernsthaft, ich wäre ohne eine mit hierhergekommen? Bist du echt so naiv, Ayleen?"

Ayleen warf ihm einen finsteren Blick zu. „Ich bin nicht naiv. Ihr seid grausam!"

Mark lachte kurz und freudlos auf. „Grausam? Wenn hier einer grausam ist, dann er!", er verstärkte den Druck der Pistole gegen Ethans Bauch. Noch immer rührte er sich nicht. „Caro hat mir erzählt, dass er eine Waffe bei sich hat?", fragte Mark in gehässigem Ton.

„Du hast doch auch eine", stellte Ayleen kühl fest.

„Haha, ja, aber es geht ja darum, was man damit macht!"

„Du bist wahnsinnig", sagte Ayleen leise.

„Mark!", schrie Caro, „du machst mir Angst! Bitte, hör auf!"

Mark warf ihr einen schmerzerfüllten Blick zu.

„Was sein muss, muss sein, he?", fragte Ethan zynisch.

Mark sah ihn hasserfüllt an. „Halt die Klappe."

Ethan erwiderte nichts. Er musste nicht das letzte Wort haben, um sich wohlzufühlen.

„Mark!", kreischte Caro und machte einen Satz in seine Richtung. Mark wehrte sie mit seinem gebrochenen Arm ab. Caro fiel ungeschickt auf die Couch hinter ihr. Ayleen sah ihr zu. Eine gute Freundin wäre vielleicht aufgesprungen und hätte ihr geholfen. Aber gute Freunde, das waren sie schon lange nicht mehr.

„Mark, bitte …", schluchzte Caro, während sie sich aufrichtete.

„Tut mir leid, Caro, aber verstehst du das nicht?"

„Was ist daran auch zu verstehen?", fragte Ayleen gereizt.

„Du, halt die Klappe! Deinetwegen sind wir doch überhaupt hier!"

Ayleen zuckte bei seinen Worten zusammen. Es war mehr die Lautstärke, in der er die Worte ausspuckte, als ihr Inhalt, die sie traf.

„Mark", meldete Ethan sich leise zu Wort, „drück einfach ab, Mann, dann ist es vorbei."

Mark starrte ihm in die Augen. „Was?", zischte er voller Erstaunen.

„Drück ab."

Marks Hand, in der er die Waffe hielt, fing an zu zittern. Dann fasste er sich wieder. Er entsicherte die Waffe. „Bist du echt so cool, oder ist das eine von deinen Masken?"

Ethan grinste. „Eine von meinen Masken, die ich in den letzten Jahren gelernt habe in solchen Situationen aufzusetzen."

Ayleen erstarrte. „Bitte nicht, Mark", hauchte sie mit flehender Stimme, „bitte, Mark, bitte nicht."

Mark sah Ethan immer noch ins Gesicht. „Du bist tot", sagte er mit eisiger Stimme.

„Vergiss nicht, wer hier gerade wen zerstört", antwortete er lauernd. Ein eiskaltes Grinsen legte sich auf Ethans Gesicht. „Sterben müssen wir alle einmal."

Und dann begriff Mark. In dem Moment, in dem er tatsächlich den Abzug betätigt hätte, wurde es ihm plötzlich klar. Ethan würde tot sein, aber er würde leben, nur würde er das mit einem Mord tun.

„Mark, du kommst in den Knast, wenn du das tust. Dann wird Clinton morgen dich abholen und nicht ihn", meinte Ayleen leise.

Mark warf einen letzten Blick in Ethans kalte Augen. „Du bist gnadenlos, Mann", knurrte er. Dann ließ er die Waffe sinken. Ethan stellte sich wieder gerade hin. Mark sah beschämt zu Boden. „Irgendwann erwische ich dich, Ethan, und dann bist du dran, kapiert?"
„Kapiert", antwortete Ethan trocken. Mark verließ den Raum. Caro wollte ihm folgen, aber Ayleen hielt sie fest. „Caro! Lass ihn, er braucht jetzt sicher ein bisschen Zeit für sich."
Caro nickte. Sie blieb stehen.
„Caro, Ethan hat doch nichts gemacht. Lassen wir ihn gehen, bitte", flehte Ayleen so leise, dass nur Caro sie hören konnte. Ihre ehemalige Freundin warf Ethan einen kurzen Blick zu. Er stand immer noch genau dort, wo er die letzten Minuten gestanden hatte. Zwischen den beiden Couchen. Starr. Regungslos. Tief in sich versunken. Oder verloren. Caro war sich sicher. Es war ‚verloren'. Es musste ‚verloren' sein.
„Was ist mit der Waffe?", flüsterte sie leise.
Ayleen zuckte mit den Schultern. „Wie du siehst, können auch gute Menschen Waffen tragen." Dabei bezeichnete sie Mark nur als *gut*, um keinen weiteren Streit zu provozieren. Dass weder Mark noch Ethan *gut* waren, war ihr längst klar.
Caro sah sie hilflos an.
„Wie du willst", gab Ayleen wütend nach. „Alles passiert, wie *du* es willst. Ist ja eigentlich nichts Neues."
„Ayleen", flehte Caro traurig.
„Nein, Caro, ich habe dich gebeten, angefleht, was soll ich denn noch tun? He?", zischte sie gereizt.
Caro sah wieder zu Ethan. „Aber ich hasse ihn."
„Richtig", knurrte Ayleen, „*du* hasst ihn."

Es war windiger als am vorherigen Tag. Die herrschaftliche weiße Villa lag ruhig im weichen Licht der aufgehenden Sonne. Kein Mensch war auf der Straße. Kein Motorengeräusch war zu hören. Nur das Gezwitscher der Vögel war ab und an zu vernehmen. Der menschliche Teil der Welt schlief noch. In diesem Moment schien die Zeit still zu stehen und mit ihr der Schmerz, die Angst. Ohne

die Zeit gab es kein Leben, ohne das Leben keine Emotionen, keine Bewegungen. Alles war ruhig. Dieser Morgen versprach einen schönen Tag, Hoffnung, Sonnenlicht, Freude.
Er war ein Lügner. So wie die Menschen, die sich zu dieser Zeit in der Villa aufhielten. Sie hatten alle jemanden belogen. Sich gegenseitig. Sich selbst. Es spielte keine Rolle mehr. Nur würde es trotzdem nie die Wahrheit sein. So wie der kommende Tag niemals sein Versprechen halten würde. Es würde nie wahr sein, egal wie sehr es wahr schien, egal wie sehr es wahr sein könnte. Es war nicht real. Nur ein Wunsch. Ein Traum.
Ethan erwachte und wusste nicht, dass es das letzte Mal sein würde, dass er dieses Haus von innen sehen würde. Er hörte, wie die Mädchen diskutierten und ging nach unten. Er übertrat die Schwelle der Terrassentür. Aus dem Inneren drang ein lauter Schrei. Es war Ethan unmöglich zu sagen, ob es Freude oder Schmerz war. Er trat hinaus in den Garten. Am Himmel prangte ein leuchtendes Rosa, dass sich langsam in ein leuchtendes Gelb verwandelte. Ethan schloss die Augen und atmete tief durch. Gestern war Vergangenheit. Aber nur im zeitlichen Sinne. Der Hass blieb. Aber er war Ethan egal. Langsam ging er aus dem Garten und zu dem kleinen Wäldchen auf den Klippen. Einen kurzen Moment lang glaubte er, sich erinnern zu können, dort als Kind einmal entlanggerannt zu sein. Aber er war sich nicht sicher, ob das nicht nur seine Einbildung war.
Ruhig wanderte er durch die wenig dicht stehenden Bäume. Hier war es wunderschön. Seine Eltern hatten echtes Glück gehabt, dieses Grundstück zu ergattern. Und wiederum furchtbares Unglück … Er sah sie vor sich, wie sie ihn mit gebrochenen Herzen anstarrten, um schließlich ein allerletztes Mal hinter ihm die Tür zu schließen. Er fühlte sich ihnen fremd. Vielleicht hatte er das ja immer getan. Einige Sonnenstrahlen fielen in dichten Bündeln durch das Blätterdach. Ethan musste lächeln. Er hatte Glück, … hier zu sein.
Ayleen rannte überglücklich die Stufen der Treppe hinunter. „Ethan!", rief sie. Als sie ihn im Haus nirgends ausmachen konnte, lief sie eilig aus dem Haus. Ihr Blick suchte verzweifelt die Kippen ab. Aber er war nirgends zu finden. Dann rannte sie wieder los.

Aus dem Garten, die Klippen entlang. „Ethan!" Es kam keine Antwort. Unruhe machte sich in ihr breit. Wo konnte er noch sein? Ayleen lief weiter, bis sie vor dem kleinen Wäldchen stand. „Ethan!", brüllte Ayleen so laut sie konnte. Hundert Meter weit entfernt drehte Ethan sich alarmiert um. Ayleen rannte bereits in den Wald. Auf ihn zu. Erstaunt blieb er stehen.

„Ethan!", rief sie außer Atem. Ethan sah ihr verwirrt zu, wie sie auf ihn zukam. Die letzten Schritte lief er ihr entgegen. Ayleen stoppte knapp vor ihm. „Ethan!", fing sie atemlos an, „ich konnte sie überreden."

Ethan sah sie verwirrt an „Was?", fragte er tonlos.

Ayleen strahlte ihn an. „Caro hat Clinton angerufen." Ethan zuckte bei der Erwähnung ihres Namens zusammen. „Sie wird nicht kommen! Caro, hat ihr gesagt, dass nichts wäre, und sich ihr Verdacht als falsch erwiesen hätte."

Ethan starrte sie fassungslos an. Völlig ungläubig nuschelte er: „Warum, warum auf einmal?"

„Sie hat irgendwann gemeint, es wäre nicht fair, dir nicht wenigstens eine Chance zu geben", meinte Ayleen glücklich und umarmte ihn überschwänglich. Sie verschwieg ihm, dass Caro gesagt hatte, es sei nicht fair, ihn einzusperren, wenn er doch nur in Freiheit sterben wollte. Ayleen ließ ihn wieder los, warf die Arme in die Luft und rief: „Du bist frei, Ethan! Frei!"

Ethan fing an zu lachen. „Hätte nie gedacht, dass dich das tatsächlich glücklicher macht als mich."

Ayleen sah ihn besorgt an. „Bist du nicht glücklich?"

Ethan sah ihr fest in die Augen. „Ich bin schon froh, dass sie nicht mehr hinter mir her ist, aber wirklich glücklich macht mich das nicht. Auch wenn ich *freigesprochen* wurde, bin ich doch deshalb noch lange nicht *unschuldig*."

Ayleen sah ihn ernst an. „Das sind wir doch alle nicht."

Ethan lächelte vorsichtig. „Meinst du?"

„Ja, die einen eben mehr, die anderen weniger. Ich glaube, als Mensch kann man nicht *unschuldig* sein."

Ethans Lächeln wurde breiter. „Du solltest Anwältin werden ... Die könnten ihre Gefängnisse alle dichtmachen."

Ayleen lachte. Dann sah sie ihm tief in die Augen und sagte mit fester Stimme: „Ich weiß, dass es *falsch* ist. Aber es gefällt mir so besser."

Ethan erwiderte ihren Blick mit der gleichen Intensität. „Du belügst dich selbst", stellte er fest.

„Damit kann ich leben."

„Sicher?"

Sie nickte. „Ganz sicher."

Hier in diesem Moment waren sie beide gleichermaßen frei. Sie fühlten sich gleich. Trotz der Geheimnisse, die noch immer zwischen ihnen lagen, waren sie sich nah. Jeder hatte seine Geheimnisse, seine Winkel, die niemand anders je kennen würde. Geheimnisse waren menschlich. Und in diesem Fall bedeutungslos. Sie verheimlichten sich nicht ihre Gefühle oder ihre Gesinnung, nicht ihr Leben, nicht wer sie wirklich waren. Der Rest waren Details, die keine Wirkung auf ihre Beziehung haben konnten. Hier hatten sie wieder zusammengefunden. In diesem kleinen Wald, der voller Ruhe den reißenden Wind abschirmte. Sie fühlten sich wohl hier. Sie waren zufrieden. Eine sanfte Gelassenheit umfing sie.

„Ich war ziemlich hart zu Caro, oder?" Ayleen grinste schief.

„Ein bisschen." Ethan lachte auf. „Bisschen ist gut", meinte er ironisch, „ich war gemein."

Ayleen legte den Kopf schief. „Worauf willst du hinaus?"

Ethan seufzte. „Vielleicht sollte ich mich entschuldigen."

Ayleens Augen weiteten sich vor Verwunderung.

„Was schaust du so erstaunt?" Er grinste schief. „Ich bin kein böses Monster, hast du das vergessen?"

Ayleen lachte. „Du bist ein liebes Monster? Klar!", fügte sie ironisch hinzu.

Ethan lachte. „Nein, ehrlich, ich werde ihr sagen, dass es mir leidtut, dass ich mich so in ihr getäuscht habe."

Ayleen musterte ihn lächelnd. „Du bist ein besserer Mensch, als sie jemals sehen wird."

„Vielleicht."

„Bestimmt", beharrte Ayleen grinsend. „Vergiss nicht, Caro ist der sturste Mensch, den ich kenne."

Ethan lächelte sanft. „Ayleen, danke, dass du die ganze Zeit zu mir gehalten hast." Diesmal weiteten sich ihre Augen aus freudigem Unglauben. „Ich hätte nie gedacht, dass ich mal nicht alleine sein würde. Du bist der einzige Mensch, der für mich zählt."
Ayleen schluckte. „Wieso sagst du so was?", fragte sie leise. Ihre Stimme bebte leicht.
„Ich wollte es eben einmal gesagt haben", antwortete er leise.
Ayleen nickte. „Was ist mit deinen Eltern?", fragte sie verunsichert. Intuitiv kannte sie die Antwort bereits. Auch wenn sie das nie begreifen würde.
„Die waren nie da für mich."
Ayleen nickte wieder. Als sie den Kopf hob, erwiderte er ihren Blick. Ein sanfter, gelassener Ausdruck lag in seinen Augen. Ruhe. Ethan lächelte. Dann wollte er sich zum Gehen wenden. Aber Ayleen hielt ihn fest.
„Kommst du dann wieder her?"
„Ja, versprochen." Er machte wieder Anstalten, zu gehen, wieder hielt Ayleen ihn fest. Ethan sah sie etwas unsicher an. Ayleen umfasste schnell sein Gesicht mit beiden Händen und küsste ihn. Als sie sich wieder voneinander lösten, sah Ethan sie einen Moment mit diesem fremdartigen, glücklichen Blick an. Dann wandte er sich endgültig ab und lief eilig Richtung Klippen zurück. Sehnsüchtig sah sie ihm nach.
„Ich liebe dich", flüsterte sie, aber sie wusste, dass er es nicht mehr gehört hatte. Ayleen nahm sich fest vor ihm dass das nächste Mal zu sagen.

Ethan rannte aus dem Wald. Er war frei. Er war glücklich. Er war immer glücklich, wenn er bei Ayleen war. Vielleicht sollte er ihr das einmal mit genau diesen Worten sagen. Die Sonne hatte sich bereits ein Stück weiter erhoben. Das strahlende Licht ergoss sich über die Landschaft und ließ alles in satten Farben leuchten. Der Wind stürmte von der Küste über das Land. Ethan lief zuerst Richtung Haus, dann vernahm er die Stimmen der beiden anderen von der kleinen Bucht her. Er hielt darauf zu. Es war reine Euphorie, Freude, warum er rannte, warum er ihr jetzt gleich danken wollte. Sie hatte ihn gehen lassen. Er würde Clinton hoffentlich nie, nie wiedersehen. Ethan verfluchte innerlich die Glock 17 in seinem Hosenbund, die sich beim Rennen als eher unpraktisch erwies. Er hatte sie nur zur Sicherheit mitgenommen, falls Mark wieder auf ihn losgehen sollte. Dann sah er sie. Caro und Mark standen an dem kleinen Strand und unterhielten sich. Der Wind trug ihre Stimmen weit hinaus. Mark bemerkte ihn. Ethan fiel sofort auf, dass sich etwas in der Haltung des jungen Mannes veränderte, dass er sich aufrechter hinstellte. Caro drehte sich zu Ethan um. Ethan kniff die Augen zusammen. Der Wind trieb ihm Tränen in die Augen. Halb blind stolperte er auf sie zu. „Caro!", rief er. Caro blickte erstarrt zurück. Er war nur noch wenige Meter von ihr entfernt. Plötzlich fiel ihm die Waffe in Marks Hand auf. Sie war auf ihn gerichtet. Ethan riss die Glock aus dem Hosenbund. Lud sie durch. Richtete sie auf Mark. Voller Hass starrten sie sich an.

„Ich habe dir gesagt, wenn du noch einmal etwas Dummes machen willst, dann ..."

„Deshalb bin ich doch gar nicht hier!", rief Ethan verzweifelt. Er wollte nicht schießen.

Caro stand zwischen den beiden jungen Männern, gelähmt vor Angst, und betete, Ethan möge nicht Mark erschießen.

„Caro", brüllte Mark, „geh aus dem Weg!"

Caro gehorchte. Die beiden jungen Männer standen sich gegenüber. Niemand konnte sie in diesem Moment sehen, bis auf ein zutiefst eingeschüchtertes Mädchen. Sie waren gleich alt. Aber ihre Leben hätten nicht unterschiedlicher verlaufen sein können. Und dennoch trafen sie genau jetzt aufeinander. Hier in diesem Augenblick waren sie völlig gleich. Sie standen gegenüber auf körnigem Sand. Zu verlieren hatten beide ihr Leben. Dann drückten beide ab. Das Mädchen kreischte auf, als einer von ihnen tot in den Sand fiel. Dann standen sie da und betrachteten den Toten. Er war gegangen. Zu schnell. Aber für immer. Caro hatte seine Brutalität hingenommen, jetzt wusste sie, dass sie sich in ihm getäuscht hatte. Seine Waffe war nicht geladen gewesen.

Ayleen drehte vor sich hin summend ihre Kreise durch den kleinen Wald, als sie den Schuss hörte. Sie erstarrte. Ihre Augen vor Schreck geweitet. Gelähmt. In diesem Augenblick hörte ihre Welt auf zu existieren. Sie brach zusammen. Alles zerfiel. Ihre Hände zitterten. Es war vorbei. Alles. Es gab nichts mehr. Eine Sekunde lang erfüllte sie eine Leere. Vakuum. Dann kam die Erkenntnis und mit ihr der Schmerz. Er war atemberaubend, surreal. Endgültig, endlos. Sie zitterte am ganzen Körper, als sie Luft holte für einen kehligen stummen Schrei. Mark. Mark hatte eine Waffe getragen. Sie hob hilflos die Hände, als sie auf die Knie sank. Wieder stieß sie einen stummen Schrei aus. Sie weinte leise. Aber verzweifelt. Kehlige Laute entfuhren ihr, während sie sich kniend wand. Sie riss an ihren Haaren und fuhr mit ihren Fingern hart über ihr Gesicht, als wollte sie es zerkratzen. Er war weg. Er war wirklich weg. Für immer. Dabei fühlte sie sich ihm noch so nah, so verbunden, obwohl er gar nicht mehr da war. Sie wollte das nicht wahrhaben. Ayleen wollte für immer in seiner Nähe bleiben.

Warum? Warum! Warum, war er nicht hiergeblieben? Vor wenigen Augenblicken hatte er noch gelebt. Es war alles gut gewesen. Er hatte versprochen, gleich wiederzukommen. Aber er würde nie wieder herkommen, er würde nirgendwo mehr hinkommen. Er war tot. Warum hatte Mark ihn erschossen!? „Warum?!", wimmerte sie, gefangen ihn ihrem eigenen Wahnsinn. „Nein!", flehte sie, „nein!" Sie ließ sich ganz auf den Boden fallen und rief:, „Bitte, bitte nicht!" Sie starrte in den Himmel. „Bitte!", drang es lang gezogen und schmerzverzerrt aus ihrer Kehle. „Gib ihn wieder zurück! Bitte!" Aber sie wusste, dass all ihre Bitten nichts ändern würden, was ihre Verzweiflung umso gewaltiger machte. Ethan Farrell war tot. Heulend und schreiend lag sie im Wald. So verweilte sie, bis die Sirenen kamen.

19. Epilog

Die Kneipe war fast leer, bis auf ein paar ältere Damen und zwei Teenager, die an den besonders begehrten Tischen in der Ecke saßen und sich unterhielten. Ayleen ging es nichts an, was sie zu besprechen hatten, deshalb versuchte sie gar nicht erst, mitzuhören. Das waren deren Leben. Sie hatte ihres. Und was konnten diese Leute schon erzählen, was sie beeindrucken würde? Die letzten Wochen waren schrecklich gewesen. Wenn auch nicht so, wie sie geglaubt hatte. In dem Moment, in dem der Schuss gefallen war.

Es waren Menschen gestorben ...

Es fühlte sich nie richtig an, wenn ein Mensch starb, aber es war unumgänglich, da sie alle einmal sterben mussten. Die neue Mitarbeiterin wischte eifrig ein viertes Mal die Theke. Ayleen hatte wieder angefangen, in der Kneipe zu arbeiten. Caro arbeitete nicht mehr hier. Sie war seit dem Vorfall in Therapie und würde in einigen Monaten anfangen, Psychologie zu studieren. Sie hatte sich geschworen, Menschen verstehen zu wollen und nicht nur zu jagen, wie ihre Mutter. Clinton. Sie war seitdem nur noch wenige Male in die Kneipe gekommen. Aber kein einziges Mal wieder um sechs, so wie früher. Als hätte sie Angst, dort wieder einem Geist ihrer schmerzhaften Vergangenheit zu begegnen. Clinton hatte nie erfahren, was wirklich vor wenigen Wochen passiert war. Caro würde es ihr nicht sagen. Ayleen auch nicht. Die Tür schwang auf. Die vier Personen in der Ecke drehten reflexartig die Köpfe, um sich im nächsten Augenblick schon wieder um ihre eigenen Geschichten zu kümmern. Es war Lauren.

„Hey!", rief sie enthusiastisch wie immer.

„Hi", murmelte Ayleen gelangweilt.
„Was'n los?"
„Nichts", erwiderte sie etwas gereizt.
„Arbeit scheiße, he?"
„Kann man sagen", antwortete Ayleen, um ihrer schlechten Laune einen Grund zu geben.
Lauren grinste. „Musste ja nicht für immer machen."
„Hast recht."
Lauren schwang sich auf die Theke und blinzelte interessiert dahinter. „Oh", rief sie entzückt, „was'n das?" Ayleen seufzte, als Lauren eine Postkarte hinter der Theke hervorfischte. „Oh, ich weiß, wo das ist!", rief sie begeistert, als hätte sie ein Preisausschreiben gewonnen.

Ayleen musste mit einem Schmunzeln feststellen, dass Laurens Glas wirklich immer halb voll war. Andererseits hatte sie noch nie so etwas erlebt, sie war Ethan Farrell nur einmal begegnet. Aber sie hatte nicht das Pech gehabt, sich in ihn zu verlieben.

„Hey", beschwerte sich Lauren neugierig, „da steht gar nichts Gescheites und ein Absender ist auch nicht drauf." Sie lehnte sich mit einem forschenden Grinsen zu Ayleen vor. „Von wem ist die denn?", fragte sie mit zuckersüßer Stimme.

Ayleen lächelte. „Das weiß ich nicht", meinte sie geheimnisvoll. Sie nahm Lauren die Karte ab, auf der in einer unsauberen Handschrift stand: „Geister sind geruchlos und unsichtbar, aber sie sind trotzdem da."

Ayleen hatte sich damals geirrt. Eines Tages würde Ethan Farrell gehen, eines Tages würde er nicht mehr aufstehen. Aber dieser Tag lag noch in weiter Ferne. Ihr fiel plötzlich auf, dass sie Paula das alles noch gar nicht erzählt hatte. Bei dem Gedanken wurde ihr schlecht. Und für den Augenblick beschloss sie, es ihr nicht zu erzählen. Es war besser so. Sie würde sich keine Sorgen machen müssen. Sie würde frei bleiben. Lauren fing an, über irgendetwas zu reden, was sie erlebt oder gehört hatte. Ayleen hörte ihr nur mit halbem Ohr zu. Den Rest ihrer Aufmerksamkeit widmete sie der Welt um sich herum. Es gab so viele Möglichkeiten. Ihr Leben lag vor ihr. Sie wusste jetzt, worauf es wirklich ankam. Als ihr Blick die Tür streifte, musste sie unwillkürlich an Ethan denken. Sie lächelte die Tür an und sagte im Geiste zu sich selbst: Ethan Farrell, ich werde deinen Namen nie wieder vergessen.

Die Sonne stand hoch. Es war 13 Uhr. Der Bus fuhr über die staubige Landstraße. In seinem Inneren befanden sich nur wenige Menschen. Sie saßen gedankenverloren auf ihren Sitzen und starrten in die Luft. In der ersten Reihe saß ein junger Mann. Er sah nach draußen, so wie die anderen. Auch ansonsten schien er sich nicht von den anderen zu unterscheiden. Jeder Mensch hatte sein eigenes Leben und damit seine individuellen Erfahrungen gemacht. Niemand war genauso wie jemand anders. Paradoxerweise waren in diesem Punkt wieder alle gleich. Der Drang der Perfektion hatte das nicht verstanden. Er zwang sie alle in einen Bund aus Wahnsinn, der niemals und für niemanden wahr werden würde. Aber niemand konnte sagen, ob es so bleiben würde. Obwohl der junge Mann aussah, als wäre er ein Teil dieser Gesellschaft, war er es doch nicht. Er sah aus wie sie. Aber er fühlte sich nicht wie sie. Es war viel passiert in seinem Leben. Vieles, was andere nie erleben würden. Aber es war nichts, dem man nachtrauern sollte, wenn man es nie gesehen hatte. Sein Leben war nicht von viel Freude gezeichnet gewesen. Mehr von Schmerz. Aber wenn er eines dennoch daraus gelernt hatte, so wusste er jetzt, dass die Welt, und kein Leben in ihr, nur schlecht oder nur gut war. Er hatte begriffen, dass zwischen Schwarz und Weiß viele Grautöne lagen.

Der Bus hielt. Der junge Mann mit der Narbe auf der rechten Schläfe stieg aus dem Bus. Er straffte die Schultern und ging die Straße hinunter. In ein neues Leben.

Er musste weitergehen, denn er hatte sich entschlossen zu bleiben.

Irgendwann würden sich die Zeiten vielleicht wieder ändern und mit ihr die Menschen. Es würde irgendwann eine neue Welt geben, in der die Menschen andere Werte finden würden. Vielleicht würde es weitere Kriege geben, vielleicht Katastrophen, vielleicht würde es nur die Sättigung sein, eines Tages würde die Gesellschaft wieder anders sein, sich von ihrem Wahnsinn abwenden und vielleicht würde er dann wieder dazugehören können, wieder ein Teil davon sein. Sollte er diese Zeit noch miterleben, so würde es irgendwann einen Tag geben, an dem er wieder dazugehören würde. Der junge Mann freute sich dennoch bereits jetzt auf diesen Tag. Auf jenen Tag, an dem auch sein Inneres, das, was er wirklich war, kein Fremdkörper mehr sein würde. Auch wenn nichts und niemand ihm versprechen konnte, dass dieser Tag jemals kommen würde.

Jetzt brauchte er wieder ein Ziel. Sein altes hatte er verloren. Ein neues noch nicht gefunden. Aber genau das musste er, wenn er weitergehen wollte. Die Freude auf eine neue Welt würde nicht reichen, sie war nur ein Traum. Ein Wunsch. Es war nicht sicher, ob er jemals wieder ein Ziel habenwürde. Aber die Hoffnung blieb. Und auch, wenn sie alles sein sollte, was ihn weitertrug, so sollte sie dieses Mal reichen. Das letzte Mal hätte er hoffen sollen, es hätte gereicht. Aber er hatte es nicht getan.

Auch wenn er nie vergessen oder verdrängen würde. Er musste weiter. Auch wenn er besonders *Sie* nie vergessen würde. Ihretwegen war er überhaupt noch hier. Das war das Leben, eine Kette, ein Fluss an Handlungen Einzelner, die auf die Handlungen anderer trafen. Und genau deshalb brauchte er ein Ziel, um irgendwann durch das ganze Chaos hindurch ankommen zu können. Irgendwo. Er konnte nicht im Geschehen verweilen, das sollte nur in sanfter Andacht bleiben aber ihn nicht vor dem Kommenden festhalten. Denn wer nur in der Vergangenheit lebt, wird niemals in der Zukunft zu Hause sein.

Nachwort

Man sagt das Leben ist das, was wir daraus machen. Manches *können* wir nicht ändern, in manche Situationen werden wir hineingeboren oder -geschubst. Und stets suchen wir nach dem Sinn des Lebens. Aber vielleicht besteht dieser gar nicht aus den Momenten, die uns glücklich machen oder aus der seltenen Erfüllung von Wünschen, sondern aus unseren Zielen. Den Beweggründen, aus denen wir nach vorne gehen und weiter machen: Ein Weg. Aber es liegt immer an uns, zu entscheiden, auf welchem Weg wir weitergehen, ob wir abbiegen oder einfach auf dem vertrauten, aber manchmal auch falschen Weg bleiben. Doch die Welt – unsere Realität – ist biegsam, beeinflussbar, und in mancher Hinsicht nicht zu ändern. Die Menschen ändern sich nur in weniger Hinsicht. Und manches bleibt einfach so, wie es ist: die Angst, die Prägung, die Erinnerung. Im Endeffekt können wir also nicht alles verändern oder beeinflussen aber für unsere Ziele kämpfen. Und so lange wir ein Ziel haben, finden wir auch einen Weg. Ob er uns an dieses Ziel führt, wird stets ungewiss bleiben. So wie wir uns manche Wege nicht aussuchen können: Den, auf dem wir starten und die vielen, die den eigenen kreuzen. Obwohl es so scheint, als hätten wir keine Wahl, so ist das nicht ganz richtig, denn wir können beeinflussen, auf welchem Weg wir enden.

Demnach erscheint die Idee durchaus interessant, das Leben nach dieser Zahl zu definieren: 52!+ … 52! Möglichkeiten gibt es, wie ein Pokerblatt gemischt sein kann. Aber sähen wir unsere Realität als Spiel, es gäbe eben noch weitere Möglichkeiten: der Bruch von Regeln, der Ausstieg aus dem Spiel, das Hinzufügen weiterer Asse. Ein Extra, ein Plus, das nur das größte Spiel aller Spiele böte: das Leben selbst.

Danksagung

Mit 15 Jahren begann ich in einem Ferienhaus auf Mallorca zu schreiben. Damals schämte ich mich beinahe dafür, sodass meine Schwester Jennifer und meine beste Freundin Charlotte Odenwald meine Geschichten als Geheimnis bewahrten, da sie die einzigen beiden waren, denen ich mich anvertrauen wollte. Seit meinem ersten Tag, im Sonnenlicht auf dem Dach eines klassisch spanisch-deutschen Ferienhauses, als ich anfing, mit Bleistift in ein Notizbuch zu kritzeln, haben sie meinen Worten gelauscht und meine Geschichten mit Begeisterung nachverfolgt. Dafür werde ich ihnen für immer unendlich dankbar sein. Ohne euch hätte ich längst aufgegeben!

Als ich schließlich begann, „Endeffekt" zu schreiben, war meine Schwester sofort so begeistert davon, dass ich gar nicht mehr aufhören konnte. Sie hat immer daran geglaubt, dass es einmal veröffentlicht werden würde.Ich danke Jennifer auch dafür, dass sie unter ihren Kommilitonen so viel Werbung für ein nicht fertiges, aber aus ihrer Sicht wertvolles Buch gemacht hat.

Ich danke besonders Nele Wotha, die mir sogar eine E-Mail mit Lieblingszitaten aus meiner Geschichte geschickt hat. Du bist ein Grund dafür, warum ich an diese Geschichte glaube. Und ich danke meiner besten Freundin Mieke Salewski, die mir irgendwann völlig unerwartet sagte, „Endeffekt" sei richtig gut und die mich trotz meiner Liebe zu Fledermäusen ernst nimmt.

Natürlich danke ich auch meiner Familie, die nicht nur mein Studium, sondern auch die Veröffentlichung dieses Buches finanziert hat, ein Leben lang für mich da war und es immer sein wird. Ich liebe euch!

Danke an meine beste Freundin Isabell Stich, die mich zum Schreiben inspiriert hat und an meine Großeltern Dieter und Heidemarie Severin, die mich nicht nur inspirieren, sondern mir beweisen, dass man auch mit einem harten Schicksal wieder Freude am Leben finden kann. Ich bewundere euch für eure Ausdauer und Lebensfreude, von euch können wir alle noch viel lernen.

Nachdem ich innerhalb eines Dreivierteljahres „Endeffekt" fertiggestellt hatte, begann ich die Suche nach einem Verlag, was als Neuautor relativ schwierig ist. Also ein Dankeschön an den Novum Verlag, der sich meiner angenommen hat. Als Erstes hieß es dann gleich einmal, ich bräuchte einen neuen Titel. Eigentlich sollte mein Buch ‚Abrechnung' heißen … Ein weiteres Mal nahm sich meine Schwester Zeit dafür, obwohl sie mitten in ihrer Klausurenphase steckte. Von ihr kam die Idee, es 52!+ zu nennen.

Ich danke auch meiner Lektorin Tanja Ferscha, die mich davon abhielt, einen Titel zu wählen, der viel zu viel mathematisches Allgemeinwissen erforderte, und die mich überzeugte, auf jeden Fall einen Titel ohne Zahlen zu verwenden. Also entschied ich mich schließlich nach (verdammt) langen Überlegungen, meine Geschichte „Endeffekt" zu nennen, was übrigens ebenfalls der Einfall meiner Schwester war.

Danke außerdem an alle, die für die Veröffentlichung zuständig waren, für ihre Arbeit und Unterstützung. Und zuallerletzt ein Dankeschön an alle zukünftigen Leser.

Bewerten Sie dieses Buch auf unserer Homepage!

www.novumverlag.com

Die Autorin

Miriam Schwardt wurde 1996 in Nürnberg geboren und wuchs in Schwabach auf. 2015 machte sie dort das Abitur und studiert seit 2016 Psychologie an der Medical School Berlin. Sie schreibt seit ihrem 15. Lebensjahr, auch Drehbücher für bislang nicht veröffentlichte Video-Projekte und Fan-Fiction.

„Endeffekt" ist ihr Debütroman, für den sie das Coverbild selbst entworfen hat.

novum VERLAG FÜR NEUAUTOREN

Der Verlag

„ *Wer aufhört besser zu werden, hat aufgehört gut zu sein!*

Basierend auf diesem Motto ist es dem novum Verlag ein Anliegen neue Manuskripte aufzuspüren, zu veröffentlichen und deren Autoren langfristig zu fördern. Mittlerweile gilt der 1997 gegründete und mehrfach prämierte Verlag als Spezialist für Neuautoren in Deutschland, Österreich und der Schweiz.

Für jedes neue Manuskript wird innerhalb weniger Wochen eine kostenfreie, unverbindliche Lektorats-Prüfung erstellt.

Weitere Informationen zum Verlag und seinen Büchern finden Sie im Internet unter:

www.novumverlag.com